喜嫁 貳

目次

壹之章◆微雕藝卓鎖重樓

夜晚的街路燈火通明，林夕落卻無心查看，她心底在想林府如今怎樣？父母如何？也有心再攀談幾句卻找不到話題。

一個內宅女子與一個沙場武將能有何事可談？她心中惴惴不安，再見魏青岩臉上已露疲憊之色，閉目不言，她這一路上只好掃過路旁燈籠，心中千絲萬縷般雜亂。

快至林府，林夕落忽然開口：「大人，比這髮簪上更小的字也有法子看到。」

魏青岩道：「停！」

車駕停下，李泊言在馬車外道：「大人，有何吩咐？」

魏青岩未答，而是看向林夕落，林夕落未再垂目低頭，而是與其四目相對，重複道：「我有法子能讓您看到比這更小的字。」

「去麒麟樓。」魏青岩道出這話，李泊言卻略有猶豫，「已至林府，不先去通個信兒？」

魏青岩沒開口，李泊言便吩咐車馬前行，就這般從林府正門而過，倒是讓門房準備迎接的人都愣了。遠遠就得回報侯府車駕行來，停下卻又走了，這是為何？九姑娘到底在不在馬車之上？

有下人壯了膽子上前問，可惜侍衛卻閉口不言，魏海前行折回，朝著門口道：「你們九姑娘的丫鬟在哪兒？叫來一個跟著。」

「九姑娘，可……可在車駕之上？」管事得到消息急忙出來賣笑探話。

「廢話！」魏海急催：「快些，難不成讓魏大人等你們？」

管事立刻點頭，連連賠著不是，可腦袋卻往車駕隊伍中探去，馬上未有魏大人的蹤影，那就是……管事立馬閉口，那就是跟九姑娘一同在車駕之中。狠狠地咬了一口嘴，管事閉口不言，連忙跳腳地催促小廝。魏海瞧其這副德性，咬牙詭笑，心中嘀咕道：他媽的，探老子話？

春桃很快便被小廝們用轎子抬出，魏海抓著她就扔到馬上，管事隨即上前追問：「九姑娘何時能歸來？」

「這也輪得到你問？」說罷，魏海上馬追上隊伍，門房小廝各個探目看去，又回頭看向管事，「晚上要守夜嗎？」

管事心中好似有火燒炙一般，「守？守個屁！」說罷，管事往院子裡跑，直接去尋林忠德。

車駕行至麒麟樓，林夕落下了馬車，見春桃也被帶來，她的心中略微安穩，但魏海未允其馬上跟著林夕落，林夕落只得朝向春桃微微點頭，讓她別慌，而後跟隨魏青岩行至樓上。

屋中只有魏青岩與林夕落二人，其餘之人都在門外等候，魏海盯著李泊言看，目光中的調侃詭笑不言而明。

李泊言時而看看緊閉的大門，時而瞪魏海一眼，他的心中也揪緊得難受，本是欲送林夕落歸家，卻又被帶至麒麟樓，她與大人……李泊言的臉上赤紅，心中的滋味兒難以形容。

行進屋內，林夕落不等魏青岩開口，取下髮髻上的木條簪，又在四壁架上尋找物件。

魏青岩坐在主位上看著，見她皺著眉頭，四處找尋，待高處眼望不到，愣是搬著凳子踩上再翻，不知翻了多久，才拿了一個水晶棋盤下來。

拿在手中似是略有不滿，斟酌半天開口道：「能砸嗎？」

魏青岩揚手，「我只要結果。」

林夕落點了頭，走到一旁用力朝牆上扔去……

稀里嘩啦一陣碎響，水晶棋盤碎落在地，門外之人瞪眼驚愕，李泊言沒忍住推門而進，卻被魏青岩斥吼：「出去！」

李泊言下意識關門，可臉上焦急難忍，魏海上前將其拽走，「大人欲作何事與你無關，你如此擔心作甚？不是與這位九姑娘婚約消了？」

「可……」李泊言話語出不了口，「可她也是我師妹，還是剛及笄未嫁的姑娘，這如若傳出，於禮不合啊！」

魏海忍不住哈哈大笑，「大人從不遵禮，但你這位師妹好似也從未遵禮守規吧？親手打人，又要撣子，砸院子、毀壽禮，規矩二字放這兩人身上就等同於放屁，你腦子裡都尋思什麼呢？」

李泊言瞧著魏海瞪他，再看一旁守著的春桃低頭不語，便無奈自言自語：「羊入虎口了……」

御賜水晶棋盤就這麼碎了，可瞧林夕落將碎片拿於手中好似仍有不滿，又從髮髻上抽下木條簪，另用衣襟將碎水晶片擦拭許久，放置木條簪上，發現不妥，再尋另外一片……

挑挑揀揀，好不容易找到一個合適的，拿著在地上又磨蹭許久，藉著屋中光亮，比試半晌，好似終於滿意了，林夕落才從地上爬起來，遞至魏青岩的面前道：「大人請看。」

魏青岩看她半晌，接過此物，透過水晶碎片，看向那銀針木條簪上的雕字。光線不明，折射起來隱約可見其上雕字，可如若手中碎片一動，便又不見。

林夕落一直在旁看著，見他拿此物姿勢不對，光線角度也不妥，忍不住上前道：「我為您拿，您來看？」

魏青岩點了頭，林夕落從其手中接過此物，折射好，又將螢燭尋好角度，光線折射，兩個碎水晶片正好放大銀針木簪之上的字，「觀自在菩薩，行深般若波羅蜜多時，照見五蘊皆空……色即是空，空即是色，受想行識，亦復如是……」

魏青岩將《般若波羅蜜多心經》從頭至尾看一遍。林夕落持片翻簪，心中格外緊張。

經文看完，林夕落鬆了口氣，手指一抖，晶片錯位。魏青岩抬頭，正看到她赤紅的臉，厚重的手掌握住她拿著髮簪的手腕，目光中帶有威懾冷意，「此法還有何人知曉？」

林夕落答：「除我無人。」

魏青岩道：「如今還有我知。」冰冷目光中所散之殺意，讓林夕落的心霍然繃緊。

林夕落被他的目光盯住，一動都不敢動。

她心中略覺魯莽，更已想到將此法說出，魏青岩會否在得知後便處置了她。可隨即再想，他應該不會，一來，除她之外，再尋能微雕文字的人不提是否可以尋到，但總要耗費精力；二來，他如若要下手，不會說剛剛那一句話。

儘管林夕落心中已將此事想明，但她的心依舊不由自主地顫慄，硬挺著讓身子不發抖，可她的額頭上滲出一層冷汗，順著面頰滑落下來。

魏青岩就這樣看著她，伸手抹掉她額角的水珠，口中道：「跋扈、張狂，妳不是個能任人控制之人。不殺妳，心不穩，可如若殺了妳……倒覺屈才了。」

「民女願為魏大人效力，只求安和度日，父母無憂。如若非此，民女也不會張狂跋扈到如此地步。」林夕落咬緊了牙，讓自己鎮定下來，魏青岩沉嘆口氣，「泊言與魏海，妳擇其一？」

「誰都不選！」林夕落鎮定下來，「大人吩咐之事可以盡力做好，我也有份可狐假虎威的依仗，樂得做這奴才，但婚事是民女的底限，不作交易。」

魏青岩看著她，林夕落的目光堅定如鐵，未有半分退縮，反而冷冷地看回去。

「更微小的字如何看？這水晶碎片可否做成物件？」魏青岩轉了話題，問起正事，林夕落沉了半晌，將心思落定，便答道：「更微小的字也可見，但並非所有人都能刻出。水晶碎片可以製出成物，但如若此法被人知曉，傳播開來，微雕之功就徒勞無用了。」

魏青岩沒有反應，而是靜默思考，林夕落在一旁也未閒著，隨意去藝架上尋找木料，拿起一把木摺扇，又四處找尋能替代雕針之物，可找尋半晌都沒有合用的，索性將髮簪取下，把銀針掰出，握於手中，閉目之餘，小手卻劃動不停。

魏青岩目不轉睛地看著，直至她收手，才起身過去。林夕落將剛剛砸碎的水晶棋盤碎片和螢燭取來，挨個比對，選出合適的展給魏青岩看。

魏青岩站其身後，看到摺扇上一行細細的小字：「口說不如身逢，耳聞不如目見」。

「野心不小。」魏青岩如此評價，林夕落認真地答：「人不犯我，我不犯人……」

「如若惹了妳又如何？」魏青岩看她，林夕落仰頭道：「有魏大人撐腰，無人敢惹，即便惹我，也要有跋扈囂張的根在……」

「妳倒是精明！」魏青岩口中的「精明」二字是擠兌，林夕落卻不入心，「謝大人誇獎！」

魏青岩不再問話，轉身出了門，李泊言與春桃立刻從外面跑進來，見她毫髮無傷，只是碎片滿地，不由得鬆了口氣。春桃略微膽怯，不敢相問，李泊言看著地上碎片，開口道：「妳惹大人生氣了？」

「我砸的。」林夕落說完，李泊言瞪眼看她，「大人，可……」

林夕落道：「大人什麼都未做，這是我砸的。」

李泊言的臉瞬間漲紅，而這時，魏海也從外進來，「林姑娘，大人吩咐您要在此處留宿，已經為您選出休憩的屋子。」

「謝過魏統領。」林夕落起身行禮，魏海連忙身，看向春桃道：「隨我去收拾妳家姑娘就寢的物件，此處就妳一個丫鬟，辛苦了。」

春桃忙點頭應下跟隨，屋中只剩李泊言與林夕落。

李泊言斟酌半晌，「師妹，妳……此事不可魯莽。」

「我無從選擇。」林夕落看著他，「難不成讓我回去看著父母被他人欺辱，而我則像個家畜一樣被送去嫁人？」

「魏大人並非如妳所想的那般。」李泊言道：「他為人霸氣冷漠，但不好女色，身邊更是從不用丫鬟侍奉，這妳也瞧得出，否則不必將妳的丫鬟帶至此地，妳用此法，低劣！」

林夕落對他的話迷茫半晌，而後想明白了便瞪目看他，「師兄，你想什麼呢！」

「妳……妳不是……」李泊言支支吾吾不知如何開口，指了指她凌亂的髮髻，再看她剛剛爬凳尋物、擦拭碎片，以及被扯壞的衣紗。林夕落自己低頭相看，心中才明，合著李泊言認為她在勾引魏大人？

目光狠瞪向他，林夕落語氣甚怪地道：「師兄，你該娶個媳婦兒了！」

「不許轉移話題，既為妳兄，我要為妳負責。」李泊言猛斥：「這讓我如何與老師交代？」

林夕落起身叉腰冷哼瞧他，「交代個屁！」說罷，轉身出門。李泊言追出門外，卻被魏海攔住，「行了行了，你在這兒嚷嚷什麼？全被外人聽見了！」

「她……」李泊言說不出口，可那副表情誰都看得出，他是認為林夕落以色相誘。

魏海點了點頭，「林姑娘說得無錯，你是該娶個媳婦兒了！」說罷，轉身欲走，可好似此話不說憋得難受，便又走回來上下打量著李泊言，湊其耳邊噓聲道：「你就不尋思尋思，林姑娘剛剛那副模樣是在作何？髮髻亂糟糟，裙上碎口撕裂還沾了泥，好似個土人似的，勾爺們兒的女人你又不是沒見過，會是這副模樣？縱使她無此心，大人有意，那也不會這麼短的功夫就出來啊！書呆子，你倒是用用腦子！」

「那她是在幹什麼？」李泊言恨不得尋個地縫兒鑽，可心中依舊擔憂。

魏海朝他腦袋就是拍一巴掌，「那是大人的事，輪得到你管？」

魏海揚長而去，獨留李泊言在此。李泊言僵持半晌，狠狠地抽了自己一嘴巴……

林夕落這一晚未有睡意，用掉春桃拿來的燕窩粥，躺在床上回想著今日的事。春桃守夜，林夕落讓她到床上來，有意問起府內之事：「府裡頭如何？」

「亂套了！」春桃說完仨字，話匣子也打開了：「您被魏大人帶走之後，齊獻王爺也走了，老太爺與各位老爺、夫人連忙送客，百桌壽宴無人吃上一口，都各回各的院子，倒是七老爺被老太爺叫去，奴婢被喊出門來伺候您時，老爺還未回院子。」

「母親可是擔心了？」林夕落想起胡氏，這是她最擔憂的。

「您被魏大人帶走之後，六姑娘當眾說您鬧事，大夫人也跟著附和，咱們夫人與大夫人吵了一通，老太爺打了六姑娘一巴掌，但夫人回了院子便開始哭，奴婢來時，她特意讓傳回個信兒，也讓奴婢與您寸步不離。」

春桃低頭不再說話，林夕落想起林綺蘭，這時候還添油加醋，她這腦子白長的？

她只得回去再好生安慰胡氏，但府中的事她也要知曉清楚，思忖片刻，又繼續問道：「二房有何動靜兒？」

春桃連連搖頭，「沒有，二姨太太未被允去拜宗祠，但戲樓聽戲她也在，出了事以後，她就帶著三夫人、六夫人和七姑娘回了香賦園，三老爺、六老爺被老太爺一同叫走。」說著，有些為難，斟酌半晌才道：「九姑娘，明兒咱能回府嗎？若夫人問起，奴婢怎麼回？」

林夕落想到魏青岩還未有任何表態，無奈搖頭，「我也不知了……」

翌日清早，林夕落起身之時，春桃已備好洗漱的水，又奉上一碗茶，「魏大人說茶可明目。」

林夕落用手沾茶水，抹一抹眼，本是酸澀的眼睛清亮了幾分。

她起床穿衣，不再是昨日破損的衣裳，銀紅錦綾裙，外罩鴉青色披風，穿於身上，倒正合身。

春桃見她驚訝，解釋道：「昨晚魏統領派人來問了姑娘衣裳的尺寸，讓錦繡鍛莊的師傅連夜趕製。」

林夕落釋然一笑，髮髻上依舊是那銀針木條簪，臉上不施脂粉，穿戴整齊，帶著春桃出了門。門口李泊言正候著，見林夕落出來，他意欲上前卻又不知如何開口。林夕落瞧見他那副手足無措的模樣，率先上前見了禮，「師兄。」

「先去用早飯吧，已經備好。」李泊言引其往另一方向而去，林夕落左右探看，「魏大人呢？我可能回府？」

李泊言答道：「一早進宮了，他歸來後妳才能回。」

林夕落對此不覺驚奇，更覺如此甚好，魏青岩有囑咐，足以證明她昨日所為還是有價值的。

她帶著春桃隨李泊言去用早飯，李泊言自坐另外一席，待早飯用過，春桃上了茶，他才站起身，恭恭敬敬地向林夕落行了一禮，「師兄昨日有錯，在此給師妹賠罪。」

林夕落不得已站起身，「師兄，何必如此？」

李泊言有一番道理要述，林夕落立即擺手，奇怪嘀咕著：「你怎麼比爹娘的話還多？」

「我……」李泊言話語憋回，「我也是為妳好！」

「師兄心意夕落感激不盡，但三言兩語便想將我變成知書達禮、循規蹈矩之人，你覺得能成嗎？」林夕落笑著看他，李泊言卻愣了，「罷了罷了，都是我多嘴！」

林夕落使了眼色給春桃，春桃立刻上前倒茶，未過多久，外面便有侍衛回報魏大人歸來。起身相迎，魏青岩進門便將一摺子遞給李泊言，「速去林府宣旨。」

聖旨？李泊言連忙道：「大人，可是要卑職隨傳旨官前去？」

「你就當一次傳旨官，耍威風要銀子還不會？」魏青岩指指林夕落，「再率侍衛去將她父母家人帶至金軒街的宅院，往後他們便安居那裡。」

「大人，我已經跟老太爺要了宅邸，一家子要搬……」林夕落話語未等說完，魏青岩看著她一字一頓道：「妳自今日起便隨我而行，不離半步。」

魏青岩此話一出，所有人都愣了。

不離半步，這到底算何事？男女有別，而且中間還有李泊言在？

林夕落瞪眼看著他，魏青岩看著李泊言，又看魏海，隨後轉身與林夕落道：「妳不是不嫁他二人？那就跟隨於我。擇二選一，妳自己定奪。」

說罷，魏青岩與李泊言道：「先去林府傳旨，皇衛已在路上，並且告訴林忠德，他們這一家子搬出林府，但林府仍要擇一寬敞的院子備著，如若他不肯應，就讓他一直跪著，旨意不宣。」

李泊言被剛剛的話刺得面紅耳赤，應下之後連忙就走。魏海也覺得此地不合時宜，擇個理由去一旁吩咐事。

林夕落僵持住，以往都是她讓旁人啞口無言，果真現世報，如今她也面臨此境。

「大人，您這是不信任？」林夕落斟酌半晌才開口，魏青岩點頭，「智者不如行者，何況我也不知妳是否真做得了，讓我信妳？那就讓我瞧瞧妳有何本事值得我信。」

林夕落心底的銳意湧上，「可否隔些時日允民女歸家探望父母和弟弟？雖說他們離林府而居，但民女不露面，母親依舊不能心安，如若不允，民女寧死不從。」

魏青岩斟酌一二，點了頭，「也好，十日，十日後妳如若讓我滿意，我便陪妳歸府探親。」

「應了。」林夕落褪去披風，「有何吩咐，大人請講。」

「妳有什麼必用之物，先寫在紙張上。」魏青岩讓侍衛拿來筆墨，林夕落拂袖行字，密密麻麻幾頁，遞上道：「恐怕還需他物，容民女思忖後再提。」

魏青岩將那紙張給了侍衛，隨即走在前面，林夕落跟隨其後，往魏青岩的屋中行去。春桃意欲跟著，卻被魏海從一旁拽住，「妳跟去作甚？」

「奴……奴婢跟去伺候姑娘。」春桃略有膽怯，魏海瞧著她，調侃道：「甭跟著了，妳去也無用，妳家姑娘欲留此地許久，還要為她採買須用的物件，我個大老爺們兒不懂，妳跟著。」

「哦。」春桃雖不情願，但魏海出言她不敢反駁，心中連連念叨：夫人，奴婢也沒轍了……

李泊言前往林府宣旨的路上，心裡格外忐忑。

魏大人剛剛的說辭雖是實話，可在李泊言的心底就好似一根刺，尖銳難忍。

他自己說不清為何如此，但心中卻知自己這師妹應是得到魏大人垂青，否則魏大人不會為此連夜入宮請旨，更不會將她留在身邊。

師妹……李泊言仰頭一嘆，必須護住她。

他與皇衛接頭，一同前往林府，林忠德一家老老小小早已經得到傳話，全都聚集此地。

一早便得皇上頒旨的消息，香案備好，貢品擺上，正服齊齊上身，林忠德等候在此，心中不安。一宿未眠，臉上晦暗、眼袋黑沉，好似老了五六歲。這一宿，熬心啊！

一旁的林政武、林政齊等人都在思忖這旨意到底與齊獻王有關，還是與魏青岩有關。昨日魏青岩帶走那丫頭至今都未有消息，林府上下音訊皆無，到底怎麼回事？

林政孝與胡氏兩人也心中憂沉，胡氏一夜都在擔憂著林夕落，她的閨女啊，昨日就那樣被帶走，她卻問不出消息，一早得知傳旨，若非林政孝硬拖其到此，她恨不得立刻出去尋李泊言問個清楚。

門口小廝前來傳信，傳旨官已經到此，林忠德率眾跪地相迎，可抬頭一看，卻見傳旨之人是李泊言，不由得目瞪口呆，驚愕難信，可隨即便知此事與魏青岩有關了。

「李千總，您……」林忠德厚著老臉有意探問，李泊言目光掃去，看向林政孝與胡氏，朝兩人微微點頭，示意林夕落無事，兩人頓時憂色全無，露出喜意。

李泊言又看向林忠德，手中聖旨未展，開口道：「林大人，魏大人有話讓卑職傳給您，七老爺這一家要搬出林府，於金軒街擇宅而居，但林府要有院落留給這一家人，說不準何時歸來探親訪友，您可能應下？」

李泊言這話一出，林忠德險些咬了舌頭，搬出林府，而且於金軒街所居，這是要林府分家？

「李千總，林府世代子孫群居，這乃百年都未變過的舊例啊！」林忠德反應極快，他如若放走林政孝這房，如何牽制得住魏青岩？話語停頓，又道：「老夫有意先問，九孫女可好？」

「她很好，您不必擔憂。」李泊言自知林忠德的狹隘之心，淡言道：「魏大人也說了，您若不應此事，這旨意便不宣。他昨晚連夜入宮請旨，這份人情，您可還不起。」

「父親，七弟一家終歸姓林，即便搬出林府，不也是您之子，兒等七弟？何況金軒街離此不遠，不如……」林政武上前給林忠德一個臺階，林政齊破天荒地與林政武同一口徑，「父親，大哥所言有理。」

林政孝納罕之間再聞此話，心中意冷，雖說如今的情況與他和夕落的打算略有差異，但離開林府就離開吧，離開這個籠子，去哪兒不一樣？

胡氏的眼中卻掉了淚，夫妻二人對視之餘，都看出對方心中所想，俱將說辭嚥回腹中，任由他們在此作戲。

林忠德知曉躲不過去，只得硬著頭皮再問：「老夫自會留出宅邸給兒孫，之前還應夕落將北面一三進院落送她，不如就讓他們搬去那裡？老夫年邁，不願兒孫遠離，也是看一眼少一眼了。」

李泊言冷笑，「林大人此言有理，但魏大人興許時而到此，您雖是二品左都御史，但魏大人乃是皇封從一品都督同知加授龍虎將軍，您這年邁的身子也不能總跪地磕頭。」

不容眾人驚愕再開口，李泊言的臉色冷了下來，「魏大人的脾性眾人皆知，他吩咐的話從未有改回之意，你們如若不應，我便回了。」

「李千總稍候，父親也是捨不得七弟一家。」林政武急忙看向林忠德，都知此事無得更改，便擠眉弄眼讓林忠德應承下來。

林忠德也知只能如此，當下跪地接旨。李泊言淨手，叩拜後展開聖旨，宣讀道：「奉天承運，皇帝詔曰：林忠德為官多載，功過各半，老邁油滑，家事不寧，毀百年林族之名號，特此痛批，朕用人之際，特召回朝繼任左都御史，再汙族名，絕不輕饒……欽此！」

李泊言宣完，林家所有人的臉上抹了一把汗後，隨即容光煥發，本就在等皇上下詔召林忠德入朝繼任，但昨日荒唐之事後，所有人都心涼了半截。

林家大族早已成為幽州城之大笑柄，誰還敢想此事？但今日聖旨頒下，不僅林忠德老懷欣慰，連林政武、林政齊等人都鬆了口氣，有林忠德再入朝任官一事，無人再提昨日荒唐，成為佳話都有可能。

林大總管上前送上銀子，李泊言本就不爽，掂掂分量，撂下一句：「不夠。」

林忠德立刻跳腳地吩咐下人取銀：「少拿銀子，要金的！」

小廝齊齊抬來，整整一箱，李泊言上前左看右看，嘲諷念叨著：「您給看戲的都撒金粒子，林府財大氣粗啊！」

「再拿！」林忠德咬牙吩咐，立刻又搬來一箱。

李泊言讓人打開瞧，一箱子金元寶，金燦燦、黃澄澄，格外刺目，更刺人心。他不耐地擺了擺手，侯府侍衛抬箱離開，他便將聖旨雙手遞於林忠德手中，去與林政孝、胡氏敘話。

有人高興有人憂，高興的是林忠德一系人，憂的是林政孝夫婦。

剛剛糾結的話題就是他們這一家人是否離開林府，可誰問過他一句？林忠德愛子心切沒有看他一眼，幾位兄長護弟心切也沒有看他一眼……

林政孝心中有說不出的酸澀，再見眾人點頭答應他們離去，李泊言宣旨過後的興高采烈，更是無人搭理他們夫婦一眼，他……他感覺自己就像是漂浮與空中的羽毛，尋不到能棲息之地，如若剛才對離開林府有惋惜，如今便是巴不得馬上就走。

「泊言。」胡氏遠遠見李泊言朝此走來，也不顧眼中含淚，忙問道：「夕落怎樣？」

李泊言怔住半晌，回道：「師母放心，她很好，真的很好。」

胡氏瞧其尷尬之色，不由得追問：「這到底怎麼回事？魏大人與夕落……」

「師母多心了，師妹多此靠山，您應高興才對。」李泊言隨意敷衍，林政孝也看出來，「此話暫時不提，先收攏東西吧。」

胡氏點了頭，帶著侯府的侍衛一同往宗秀園而去。

此地師生二人漫步敘談，林政孝道：「泊言，你是為師最引以為豪的學生。」

「老師……」李泊言連忙道：「夕落自當吾妹，絕不容她受半分委屈。」

「好！好！」林政孝駐步看他，把李泊言看得心裡發虛，「老師，師妹性銳，我說服不過。」

「我乃其父都無能為力，何況你了？」林政孝苦笑，「人生一世，如駒過隙，旁日不覺，自她日前險些離去才有此感。泊言，為師無宏圖大志，只願家居其樂，夕落能平安無事，我便安心了。於你，為師同感。」

李泊言心中釋然，向林政孝躬身，林政孝扶其直身，師生二人繼續朝宗秀園行去。

林府為這一旨意熱鬧非凡，有喜有悲，林忠德更為皇上痛批「家中不寧」將林府眾人挨個怒罵，更思忖這府事尋何人來管？

與此同時，林夕落與魏青岩面對面辯駁得面紅耳赤。

「魏大人，雖說您吩咐半步不離，但民女在刻字之時您不用還看得如此仔細吧？」林夕落回頭就見被魏青岩盯著，她心跳加速，手顫不穩啊。

「妳怕？」魏青岩挑眉，林夕落敷衍：「怕冷。」

「嘴硬！」魏青岩起身行去一旁，半晌，林夕落就覺身上多了件厚重的大氅披風，隨即又見魏青岩坐其身旁，言道：「這回不冷了，繼續！」

一連三日，林夕落都隨魏青岩在屋中微雕字。

起初只是用小木片，林夕落許久未動手做微雕，不寢不眠地練，反倒是入了進去。

她手速越發流暢，字也越發雋秀，即便微小，若不用晶片放大幾乎無法看到，但她卻樂此不彼，連帶著壓抑的心也徹底放下，將這當成樂事一般。

清早起身，春桃伺候著洗漱後，林夕落便準備去那屋子，可剛出門口就看到魏青岩那張冰寒無比的臉。

「大人。」林夕落行了禮，魏青岩側身端詳半晌，才開口道：「今兒去尋料，妳提前思忖一二，讓泊言來幫妳。」

林夕落應下，魏青岩先行離去，用早飯之餘，李泊言來到此地，與林夕落用過早飯後，李泊言才開了口：「老師和師母、天詡已經搬到金軒街的宅子，我這兩日時常過去，妳不必惦記。」

「有勞師兄了。」林夕落想起胡氏，心中也添幾分思念，自那日後，李泊言也知曉魏大人為何將林夕落留此，再憶及他之前所想的確是愧疚無比，可他一大男人又不願將此事再掛嘴上，便頻頻去安撫林政孝和胡氏這一家子，算是做出些補償，但李泊言對林夕落這手藝格外驚詫。

他連番回想，都不知她到底何時學會這門本事，前日魏大人讓他與魏海親眼見那不用晶片瞧不到的刻字，二人驚呆得嘴都合不攏，眼珠子也快瞪出來。再思忖魏大人讓林夕落寸步不離也實屬應當……對於他們，傳消息被敵人截獲是最為頭疼之事，如今有此方法，便是最穩妥的了。

但此法應只有魏大人心腹能得知，魏海乃侯府賜姓護衛，李泊言卻不是，如今能得此任，他的心中有說不出的滋味兒……

李泊言撂下心中所思，道：「師妹還需何物可提前思忖，此外大人已吩咐在樓院之中為妳單蓋一個小院和閣屋，妳有何要求可預先提出，大人自會應允。」

「容我想想再議。」林夕落想起林府，「林府如今怎樣？那日事後可有何變動？」

李泊言撂下茶杯停了半晌，「大人留妳於此便吩咐我去宣旨，林忠德被皇上召回續任二品左都御史，這兩日林府應酬頻繁。鍾奈良沒了消息，齊獻王與大人私談一次也未再有所動作，師妹還想知何事？」

「無人掌府，林府的弊病依舊存在。」林夕落苦笑道：「如今我也不知是該盼著他們倒楣，還是盼他們撐著了。」

「林政武欲另娶二房了。」李泊言說此：「此事也是聽老師提起。」

許氏要被休？林夕落略有驚愕，隨即搖頭，女人終究是靶子，她如此拚爭不也是為了躲？

用過茶，林夕落隨李泊言去尋料，雖是尋料，卻未出麒麟樓，而是往後方一空場而行。

林夕落此時才看到麒麟樓內的景色，四層閣樓的「井」字大院中央是一湖泊，湖泊中央還有一庭院，柳葉紛落，紅楓飄逸，紫菱縈繞，水面上泛起微微輕紋，捲起草木清香，雖無富麗堂皇之感，卻讓她感到清爽。

她有意往湖泊中的庭院行去，見李泊言已至另一樓中，只得撂下心思，待空閒之餘前往。

屋閣之中擺放滿滿的物料，木料玉石俱在，林夕落披上一身工衣，上前挨個搬看，李泊言在一旁道：「這些可都有用處？」

「自當有用，做不出傳信的物件，還可以雕出把玩的藝品。」林夕落一一看過之後問道：「師兄，遠方傳信所用可是信鴿和鷹隼？」

李泊言點頭，「不出意外應是如此。」

「那這玉石重木，多壯的牲畜能戴著飛得動？」林夕落問出這話，卻讓李泊言愣了，隨即面赤撓頭，「不是只需輕薄一片？」

林夕落看著他，不作答，卻把李泊言看得不知所措，「疏忽了，的確是疏忽了。」

「並非疏忽，而是傳信路程以及何種方式都要與我說清才可，擇選也有斟酌。」林夕落見李泊言的臉上略有為難，出言道：「如若師兄不好開口，我會與魏大人說清楚。」

「師妹，妳入得太深了。」李泊言輕聲叮囑：「妳好歹是個姑娘家，往後還要嫁人，但……何人敢娶？」

不提沾染刑剋之人，再為魏青岩做如此祕事，她將來可怎麼辦？

「師兄，你的心意我明白，但以婚事作為交易，我心難容。」林夕落低頭，「何況此時一切都還未平，待過幾年再說吧。」

「過幾年……」李泊言沉默了，索性不再多說，幫著林夕落一同搬選木料、斧鑿切片、打磨，另外要雕一件能夠看清微雕小字的水晶鏡給魏青岩，這才是急迫之事。

未過多久，李泊言被魏海叫走忙公事，一直到午時時分，林夕落才感到疲累，春桃提了一籃子午飯到此，她才覺出肚子餓，不顧髒亂，坐在地上就吃。春桃這幾日也已習慣，在一旁拿著帕子為其擦拭，口中說著：「剛剛魏大人讓奴婢問姑娘，可否還需丫鬟來侍奉？怕奴婢一人照料不到。」

林夕落連連搖頭，「不必，此地進來便出不去，莫再尋人進這籠子了。」說著，看向春桃，「妳怕不怕？」

春桃怔愣，「怕？為何？」

「這地兒不像個籠子？」林夕落問道，春桃連忙搖頭，「吃穿用都齊，而且比在林府更好，姑娘怎麼如此說？」

林夕落輕笑不提，她的心思始終與春桃等人無交集。吃用過後，林夕落淨了手，灌了整整一大壺茶提神，便繼續在木堆裡忙碌。

日後黃昏，紅霞漫天，林夕落依舊在打磨木料，連一旁點亮螢燭都未感覺到。

魏青岩已在門口待了近一個時辰，這丫頭卻未發現，只在那裡「叮叮噹噹」，用棉布擦拭木料，但凡挑揀好的便放於一旁箱籠之中，好似呵護寶貝一般。

她是故意的？魏青岩皺眉納悶，警覺性未免太低了吧？

春桃在一旁也站了許久，她初次與魏大人如此靠近，瞧其眉頭微蹙許久，更在此地近一個時辰，她不由得腦門發汗。

自家姑娘就這脾性她早已知曉，但如今可不在自己院落，而是要看魏大人臉色行事。

天色又暗淡幾分，魏青岩讓春桃再送一盞螢燭進去，春桃送了進去，林夕落依舊未察覺到。

魏青岩的神色又冷峻些許，看著春桃指向林夕落，還未等他先開口，春桃立即跪地道：「大人，九姑娘尋常也是如此，她如若用心做事，許是外人說話都聽不到，直至做完為止。」

怪丫頭……

魏青岩從位子上起身，直接走進屋中，腳步無聲，見林夕落在磨一晶片，護手早就破裂，被扔於一旁，一雙小手通紅，卻仍在用勁兒地磨著……

「這是作何？」魏青岩瞧其力氣太小，可晶片形狀奇怪，不由得好奇問出口。

林夕落一心在做水晶鏡，身旁忽然有人說話，她嚇得「噭」一聲，回頭就看見魏青岩冰冷的臉，下意識地嚷道：「搗什麼亂？嚇死人了！」

春桃在外被嚇得立刻蹲下，假裝不在。

魏青岩初次被人斥吼，還是這丫頭，眉頭蹙得更緊。

林夕落看著正在磨的水晶片劃出了一道很深的裂紋，心中更是氣惱，「都弄了一下午了，如今卻成這樣！」

魏青岩冷意越盛，「不過一道裂紋，至於如此？」

林夕落舉上前道：「不信你看！」

魏青岩拿於手中，取下她頭上的髮簪比對，的確，如若無這裂紋，此鏡的確完美，但有此紋痕，除卻效果有瑕疵之外，倒無太大影響。

「這不也可用？」魏青岩隨意回答，林夕落卻瞪了眼，刀子嘴似的絮叨著：「這可是為您隨身攜帶所做，如若此片外雕一麒麟木紋將其包裹在內，再配上蜜蠟珠便可當腰佩攜帶，也不引人注目，如今中間裂紋這麼深，怎麼帶？」

魏青岩低頭看她，林夕落滿臉惋惜地看著那晶片，好似天大的遺憾。

魏青岩雖惱，可不知為何，駁不出半句，未等他再開口，就聽林夕落埋怨道：「往後民女在此做事，您不要再進來搗亂了，物件一定做好就是。」說罷，又扎至料堆之中，用小工具繼續打磨，好似在看可否將此物挽回。

搗亂？魏青岩被斥責一頓後晾在原地，說不出心情如何，想要開口，卻又覺如此計較不免狹隘，但就這麼算了？

「起來。」魏青岩開口。

林夕落轉身，手中還攥著那塊晶片，「大人有何吩咐？」

「隨我去用飯。」魏青岩轉身先行，林夕落略有不滿，「這物件還沒做完，民女還不餓……」

魏青岩走過去，另尋一塊晶片，抽出腰間匕首，上去幾刀起落，晶片削成與林夕落手中之物一模一樣。其後扔於林夕落之手，不再開口。林夕落訝異相看，連忙道：「這把刀我要了！」

魏青岩將匕首遞上，林夕落接過刀立刻尋晶片試去，卻無論如何都削不出魏青岩那般效果。

「本大人要吃飯。」話畢，魏青岩拎著她的小胳膊就往外走。林夕落踉蹌著跟上，此時李泊言正巧進來，眼見如此，心不由得更沉……

此日過後，魏青岩派四名侍衛助林夕落打磨木料石料，另外也吩咐人對她隨身護衛。

對此李泊言也覺甚好，林夕落畢竟是女子之身，力氣不足，何況行此祕事，有人護著終歸更為安全。

林夕落連續十日，除卻用飯、睡覺之外，便為魏青岩微刻消息於木片之上，但都由李泊言或魏海傳信，對此她也只需交代兩句既可。

十日好似一眨眼，儘管林夕落一心扎在雕字上，心中依然記得魏青岩允她十日後歸府探親，故而一早天色剛亮便已經起身，洗漱裝扮好，讓侍衛去回稟她可否歸家。

不一會兒功夫，李泊言從外進來，「魏大人還在忙事，道稍後來此。」

林夕落嘟嘴，「歸家探親而已，至於如此？十日仍不放心，他未免心胸太過狹隘。」

「安全為重。」李泊言不知說何才好，只得如此敷衍，他總不能告訴林夕落，魏大人在應酬齊獻王吧？

今日一早齊獻王便突然來到麒麟樓，非要四處看看魏青岩這些時日把玩的木料和玉石。他賴著不走，魏青岩推脫不掉，只得尋物敷衍，這已有大半個時辰了，齊獻王還無去意。

這等事李泊言不願告知林夕落，這丫頭既然專心在此刻字，不妨少知些事為妙。李泊言也有私心，他不願林夕落太出風頭……

木秀於林風必摧之，林夕落被魏大人帶至麒麟樓本就引人議論，若再出謠言，她將來怎麼辦？

如此思忖，李泊言閉嘴不說。

林夕落也無心再做雕件，索性坐下盤養著鏤雕的手串，一粒一粒，極為細緻。李泊言在一旁看著，雖然把玩雕刀雕木也不是女人應該做的事，可總比在木頭堆中幹活要強吧？

時至今日，李泊言依舊難以把林夕落與雕字傳信兩件事合二為一……

這時，春桃從外進來，本欲開口說話，孰料見李泊言在此，嘴巴連忙閉上，走到林夕落身旁，心中仍在猶豫，說出來，李千總可能不會答應，可不說，她又怕九姑娘知道後不安心。

春桃心中糾結半晌，壯著膽子湊上前，在林夕落耳邊噓聲地道：「九姑娘，剛剛跟魏統領出去遇上了吉祥，吉祥說豎賢先生要走了。」

「走？他去哪兒？」林夕落忙問，春桃搖頭，「好似要離開幽州，奴婢未等問，他就被魏統領趕走了。」

林夕落怔住，林豎賢上一次在林忠德六十花甲大壽上被齊獻王那番羞辱，如今要走，會否與此有關？

他一清正文生定受不了那般羞辱，離開幽州出去消散一陣倒也無壞處，讀萬卷書不如行萬里路，他總會有些收穫。林夕落站起身，一日為師，終生為師，他離開幽州，她應要送才對。

林夕落下意識便往外走，李泊言連忙起身攔住，「師妹，妳去何處？」

「我……」林夕落未提林豎賢，話語道：「家中有急事，可否讓我先走？」

李泊言皺眉，口中帶絲埋怨道：「老師和師母那方也有侍衛護著，如若有事理應來報，有何事妳不妨直說，何必遮掩？」

林夕落見他有怒色，只得道出實情：「師兄，先生欲離開幽州，我要去送一送。」

林豎賢？李泊言眉頭更深，對這個人李泊言不知如何品評，但見林夕落執意如此，只得道：「此事欲回魏大人一聲，妳在此等候，我去去就來。」

李泊言離去，到門口與正在吩咐侍衛做事的魏海特意囑咐莫讓林夕落露面，魏海應下，道稍後便去林夕落門前把守。

林夕落等了半晌，不見李泊言歸來，心中焦急便欲至麒麟樓正門等候，可還未等走出這院子，就見魏海將其迎回，「林姑娘，您不能走。」

「大人允我歸家，為何不可？」林夕落瞪著魏海，魏海撓頭，轉頭看看，才出言道：「齊獻王在此，外面都是他的人，妳若露面，容易惹是非。」

齊獻王？林夕落愣了，李泊言剛剛怎麼沒說？想起此人林夕落就覺渾身發冷，可還未等轉身回去，就聽到身後有話語之音：「魏老弟，你鬼鬼祟祟地弄什麼雕物雕件的，但就給本王看那兩幅雕品，你糊弄鬼呢？忒不實在，你不說不怕，本王定會問個明白！」

齊獻王邊說邊走，卻見角落中有一人影匆匆離去，再一看，略覺眼熟，不等思忖何人，立即指著便道：「何人？給本王站住！」

魏青岩其實早就看到林夕落，可未等遮擋就被齊獻王先瞧見。

林夕落站住腳步，齊獻王快步走來，一見是她，目光再看魏青岩便多了幾分諷刺，「喲，都說這麒麟樓中變了樣，本王今日才會來此，果真是變了樣了！」

「給王爺請安。」林夕落叩拜禮，魏青岩冷看她一眼，「妳出來作何？先回去。」

林夕落應下便要走，齊獻王忙上前，「別走啊，怎麼著？你前後一番亂折騰，就為了這匠女？」齊獻王仔仔細細盯著林夕落瞧，「也非天姿國色，老弟，你這品味不佳啊！」

魏青岩邁步將林夕落擋在身後，「我樂意，不勞您費心。」

「本王怎捨得讓你太過勞累？你讓那鍾奈良牙都沒了，給本王行了方便，本王也要為你操勞一二？」齊獻王笑著行至一旁，「林忠德那老王八被你給搶了先，他那幾個兒子還在我手上，可本王總覺得差點兒什麼，總不能讓你占了先？如今見了這丫頭才恍然想起怎麼報復你這小子。」

說到此，齊獻王湊到魏青岩跟前，指著林夕落道：「這丫頭你留著也無所謂，本王這就去林府提親，讓他們家那嫡長孫女跟了本王，魏老弟，本王可等著你磕頭認慫地喚一聲姊夫了，哈哈哈哈⋯⋯」

齊獻王笑著離開，臨走時不忘在林夕落身上橫掃幾眼，笑得更加陰損。

林夕落被他盯得渾身發抖，直至齊獻王出門，才聽到魏青岩朝後猛斥：「誰讓她出來的？」

魏海即刻拱手，「卑職疏忽，未能守住。」

「是卑職的錯。」李泊言立刻站出，卻被魏海給推了回去，「少在這兒搶，逞什麼英雄？」

李泊言被魏海斥責，閉口不言，只得看向林夕落，此事都是他太過縱容，哪裡是魏海的錯？他站出來也是為不讓魏青岩惱意太盛。

魏青岩看著林夕落，目光中的凶意格外深沉，林夕落心跳更快，連忙道：「都是我的錯，我不知齊獻王在此⋯⋯」

「本就是妳的錯！」魏青岩目光更冷，「妳以為這籠子單單是為了囚妳？張狂得沒有腦子！」

魏青岩指著魏海，「怎麼罰你自己看著辦。」

魏海立刻跪地，赤裸上身，吩咐一旁侍衛道：「二十棍！」

林夕落站在一旁看著那棍棒落於魏海之身，劃下道道紅痕，幾棍之後便滴出血，她驚呆得不知所措，雖不敢看，卻又覺應隨魏海一同領罰，斟酌之餘，索性跪在地上，「連我一起打好了！」

侍衛看向魏青岩，顯然在等候領命，魏青岩未等發話，林夕落從一旁拿過棍子，狠狠砸在腿上，幾棍落下，腿骨便浮起一片青紫。

魏青岩一把將她手中木棍扔飛，拎起她的衣襟道：「妳想作甚？」

「民女認罰，大人如若不解恨，便殺了民女。」

林夕落硬氣地梗著脖子，李泊言連連搖頭，去扶魏海起身，又讓侍衛去取傷藥。

魏青岩揪其衣襟氣惱極盛，吩咐侍衛道：「將齊獻王所見之物一把火燒了，一塊不留，加人守衛，日夜守此，不得有半點兒疏忽。」

「是！」魏海領命，因身上有傷，自不能跟隨出行。

李泊言上前問：「大人，可用卑職去通傳改日再去金軒街？」

林夕落的腿上有傷，怎能回府探親？

魏青岩未搭理他，將林夕落夾起便闊步往外行去，扔上車駕。魏青岩竄上來，看她腿上的青紫，冷漠道：「往後不要拿這種方式敷衍我，不是妳想死就可以死，再有下次，我就親手打斷妳的腿！」話畢，下了馬車，春桃急忙拿著傷藥爬上來，為林夕落擦拭。

林夕落沉悶的心長舒口氣，待藥擦上身才覺出絲痛。

而此時，便聽魏青岩上馬吩咐：「往金軒街景蘇苑。」

車駕行走，春桃才敢開口說話：「九姑娘，嚇死奴婢了。」

「別怕。」林夕落本想接「有我」二字，可自嘲一笑將話嚥回，她如今都不是自由人，怎能護住別人？

春桃斟酌半晌，說道：「都怪奴婢，如若不說豎賢先生的事就好了。」

「與妳何干？」林夕落用手帕繫在腿上，將裙子拉低遮掩，再聽春桃道：「李千總要是直說就好，姑娘也就不會出去了。」

林夕落搖頭，「師兄也是好意，不願我多思忖。」

春桃不再開口，主僕就聽著馬車輪轂的聲音，可惜未走多遠，外面陡然響起嘈雜之聲，而這聲音極為熟悉，林夕落思忖片刻，這不是林豎賢的聲音？

撩開車駕的簾子，林夕落正見有人上去撕扯林豎賢，一旁的小廝正是吉祥，破衣爛衫，臉都被打腫，見此車駕路過，看到林夕落探頭出來，吉祥急忙喊道：「九姑娘，快救救先生！」

林夕落聽見聲音，立刻大喊「停車」，未等起身下車駕，就聽魏青岩斥道：「妳不許下來！」

林夕落不敢再動，只得回到座位在一旁看著。

春桃探問：「要奴婢下去看看？」

林夕落從車窗處掃一眼魏青岩是否在此，待見他在遠處，便擺手讓春桃下車，她則在馬車上焦急地等待消息。

今日本就欲見林豎賢，因為齊獻王意外出現她才打消了這個念頭，如今回去探父母，路上又遇到他，是老天爺安排好的要有一次相逢？

林夕落心中雜亂，外面熙熙攘攘的吵鬧，還有歇斯底里的叫喊接連響起，可她又不敢掀開轎簾查看，只能偶爾從縫隙中偷瞧。人群擁擠，她也看不到半分情景，未過多久，春桃倉促爬上車，車駕繼續前行，林夕落忙問：「怎樣了？」

「齊獻王的人來截先生，魏大人已經攔下，九姑娘放心，先生正隨同一起去探老爺和夫人。」

「齊獻王？」林夕落心中一緊，這王爺是不肯放過林家了……

一直行到金軒街的宅子，偌大的院門高聳矗立，橫匾上題「景蘇苑」三個大字，周邊都是侯府侍衛把守，林夕落下了馬車，才見林豎賢從其後的小轎上下來。

一身破爛衣衫，臉上劃出幾道傷痕，但無半絲氣餒，腰桿更直。

師生二人對視，各自看到對方目光中的惦念，林豎賢遵禮守規，先行至魏青岩跟前深深鞠躬，「學生林豎賢謝魏大人援手相助。」

魏青岩隨意擺手，在他與林夕落之間各自看上半晌，當眾道：「你離開此地也躲不了齊獻王之手，不妨在此想想往後你要怎麼辦、如何辦。」

魏青岩的拉攏之意明顯，林豎賢思忖片刻回道：「使口不如自走，求人不如求己，躲必是躲不了一輩子，為此屈居苟活也對不住習書二十六載的年歲，學生欲離開此地，待丁憂期過後再歸幽州城內。螻蟻之身，胸懷只為黎民百姓，無爭權奪利之心，如若不能一展抱負，不如於林間做一個農，清貧自樂度日才好。」

魏青岩對他這番說辭略有鄙夷但未表露，沒有再說話便先進了院子。李泊言見林夕落、林豎賢似有話談，輕咳兩聲站在一旁，明擺著不走。

林豎賢看他一眼，也無戒備之心，看向林夕落道：「刑剋乃鬼神之說，魏大人雖性情冷漠，但文武雙絕、功績卓越，為大周國創數戰功，堪稱一大丈夫，妳若能為其出力是好事。」

「先生不以禮訓學生了？」林夕落看著他臉上滲出的血絲，瞧其蒼白的臉色，心中湧起一股酸楚，輕攥了一下手，微微抬起手上前擦拭他面頰的血跡。林豎賢快步退後躲開，臉色赤紅低頭道：

「女子也有豐功偉績之前輩，禮拘不了妳，不妨豪邁一把，也不枉為此生添一佳筆，何況以己之身挽林府正名，可佳。」

「您仍在躲。」林夕落緊緊咬唇，眼中略有濕潤，如若不是得知他欲離去，如若不是巧遇林豎賢被齊獻王的人糾纏，她還不能探知心底對他的好感……可他呢？

林豎賢忽聽此言也嚇了一跳，雙目對視，雖未表各自心跡，但都看得出對方目光中的情分。

李泊言在一旁翻了白眼，儘管醋意萌生，卻也轉過身去，不看兩人。

林夕落看著林豎賢，等著他開口。

可惜，林豎賢終究先低下頭……

林夕落自嘲一笑，轉身離去，行出多步之後，忽聽背後聲響：「如若……如若他日我能有一番成就……」

「先生不必再說，您多保重！」林夕落話畢，行步更快，直接往院中而去。

林豎賢站在原地看她身影消失，心中略有尷尬懊悔，李泊言轉過身來看他，冷哼道：「書生誤國，文腐無家，果真如此！」

「你也文生出身，何必如此自嘲？」林豎賢看他，李泊言輕笑，「雜念於心，失了師妹對你那絲師生情分，你喜歡她，為何要躲？為何不說？臨至最後也不肯表露心緒，虛偽！」

林豎賢怔住，隨即駁道：「你但說無妨，心中無愧自可，何必與你釋解？」

「荒唐人做荒唐事，待你日後自有體會。」李泊言朝其拱手先行離去，林豎賢怔立半晌，但心中自覺無錯，跟行進宅。

林夕落看到胡氏便賴在她懷裡撒嬌，摟著胡氏不肯鬆手，胡氏摸著她的臉蛋直瞧，「可是讓娘擔心死了！」

「我也想娘！」林夕落緊緊地摟著胡氏，她的確是發自內心地想念父母、想念弟弟。

「身子倒是豐潤了。」胡氏上上下下仔細打量，連忙問：「洎言說妳在那裡幫魏大人做事，卻還不能與爹娘說，到底是何事？」

林夕落搖頭擺手，「不能說，娘也不必問，總之能為魏大人做事，您與父親也離了那破宅院，省心省力，過得可還舒暢？」

「哎呦，甭提了，起初娘總嫌棄宗秀園小，可如今來了這景蘇苑，裡裡外外就妳父親、我和天詡三個人，其餘都是丫鬟婆子小廝侍衛，怪冷清的。」胡氏說到此，不由得一笑，「娘是不是太挑剔了？」

「放心，待女兒忙過這陣子，定會歸來陪娘。」林夕落上前親胡氏一口，母女兩人笑意甚濃，胡氏頓了下，忍不住又問起她：「魏大人不會是對妳……」

「沒有。」林夕落連忙否認，胡氏嘆口氣，裡外看無外人在此，拽著林夕落低聲道：「他雖救過你，但畢竟是刑剋之人，對妳名聲有礙，如今外傳之言娘實在擔心，要不然……娘再與洎言說一說親？」

「不可。」林夕落連忙擺手，「此事女兒自有斟酌。」

胡氏道出心中之言：「娘不放心。」

「娘，如今總比在林府被當成畜生隨意送人好吧？」林夕落覺得此事不能再躲，要與胡氏說清楚：「齊獻王已經放話了，要向祖父要人，多半會是綺蘭。王爺有正妻，她送去也不過是個側室，娘，女兒爭累了，只想安安穩穩地過日子，何況女兒剛過及笄之年，婚事不要再提可好？」

胡氏倒吸口冷氣，「那她可沒好日子過了。」

母女二人都沉默，胡氏再看著林夕落道：「娘知道妳是個有主意的，可為妳操心是娘的本分，嘮叨妳也要聽。」

「女兒願意聽，您隨意說。」林夕落笑著回，兩人又說起悄悄話，不一會兒便有人來傳話，正堂的席已擺好，魏大人請二人一同去用席。

林夕落拽著胡氏出了門，短短路程也有婆子抬轎，行至正堂，林政孝正與魏青岩在敘話，林豎賢、李泊言也都在此，似是關係不近，輩分又不明，只得讓林夕落與胡氏也湊至此地，算是用一餐飯作罷。

魏青岩見林夕落從外緩步而行，與尋常大步流星判若兩人，明明腿上有傷卻又在父母面前忍著，就這樣一步一蹭地往前走，連笑容中也帶幾分忍痛。

胡氏欲帶林夕落向魏青岩行禮，魏青岩瞧她隱忍難耐的模樣便擺手，「人少，不必分尊卑之禮，都坐一席吧。」

林政孝覺得不妥，看向李泊言，李泊言點了頭，林政孝才上前先行禮，隨即坐半邊椅，胡氏與林夕落跟隨坐下。

眾人無話，魏青岩話極少，也不知如此場合應該說什麼，只端起了碗，「用飯。」

食不言寢不語，只有輕微筷碗相碰之聲，無人多說一句。

這桌上，只有林夕落一人吃得暢快，獨自在屋中用慣了，見著飯菜就香。魏青岩看著她，胡氏瞧見，連忙在桌下踢她一腳，林夕落「嗷」一聲喊，又立刻捂住嘴。

胡氏尷尬賠罪，「大人莫惱，夕落她……她獨自用飯已習慣了，規禮不熟。」

林政孝也是滿面尷尬，手中握著筷子都有些手顫，林夕落連忙到一旁去清理衣襟，可腿上的傷被胡氏這一腳踢得極疼，歸來時便一瘸一拐。

林豎賢略有擔憂地看著，春桃上前扶著，胡氏納罕道：「這怎麼弄的？我沒……沒用力啊！」

「沒事的，娘。」林夕落忍著疼坐下，看向魏青岩擠出笑道：「給大人賠罪了。」

魏青岩看她一眼，又端起碗，依舊二字：「吃飯。」

此話說出，他率先舉筷用飯，也無斯文規禮一說，李泊言知他這是有意而為，索性跟著端碗大口吃用。

林政孝鬆了口氣，胡氏一邊往口中送著一邊看林夕落，心中困惑卻不敢說出：這魏大人到底要自家姑娘作何事呢？

齊獻王聽到下屬來報，道是本欲直接將林豎賢這前科狀元郎為王爺直接帶來，孰料冤家路窄，這會兒功夫遇上魏青岩，被魏青岩打了不提，還直接將林豎賢帶走。齊獻王砸碎一桌子的茶碗，連連罵道：「他媽的，這個魏崽子，手腳真快，又被他給搶了！」

「大人，您何必盯著林府跟魏大人爭搶？」手下之人納罕提問，齊獻王冷道：「本王不跟他搶跟何人搶？林府算個屁，什麼百年林家的名號不過是個屁簾子而已，本王要的是角力，是要他把本事都用出來，更讓那位怕了他，把他逼上絕路！」

手下繼續巴結問道：「他雖得皇上喜愛，但不過是宣陽侯的庶子，王爺犯得上與他爭嗎？」

齊獻王似自言自語，陰狠道：「他可不只是庶子，也不只是得父皇喜愛，他身上的事沒那麼簡單！刑剋？他媽的都是放狗屁，你瞧著吧，老子非要把他背後那點兒遭事逼出來，讓那位爺活活氣死！宣陽侯？他老人家能不能豪橫地進棺材就不一定了！」

與林政孝、胡氏用過飯，魏青岩便欲帶林夕落歸去。

胡氏依依不捨，眼睛裡湧了淚，卻硬憋著不敢流出來，林夕落也動容，但強忍著笑。

還未等她說出再歸府探望胡氏的日子，就見一小腦袋瓜「蹭」的竄出來，直接撲到林夕落懷裡，高聲狂呼：「大姊！」

林夕落本就有腿傷，被林天詡突然一撲，結結實實地坐個屁墩兒。

胡氏連忙上前拎著小傢伙兒耳朵揪起，「沒規矩，還有長輩在，你怎能如此無禮？」

林天詡撓頭，看著魏青岩略有膽怯，嘟著小嘴賠禮道：「給您賠禮了。」

魏青岩隨意點下頭，看向林夕落，林夕落剛剛躲林豎賢硬撐著快走不提，被胡氏踢一腳腿上傷更疼，如今又屁股疼，只覺渾身骨頭酸疼難忍，還不敢齜牙咧嘴地叫出聲，只得看著春桃，讓其扶她起來。

可春桃也不過是力弱的小丫頭，林夕落的身子她撐了半晌都未起來，胡氏不由得納罕，上前道：「摔傷沒有？可要請大夫來瞧瞧？」

林政孝在一旁皺眉，看林夕落遮掩的模樣怎麼好似腿上不舒坦？

「夕落，妳的腿……」林政孝還未等問出口，林夕落立刻頂回：「父親，我無事。」隨即使眼色給李泊言。

李泊言看到她的眼色也不敢上前，他總不能因為此事與林政孝這位老師說假話？

胡氏聽林政孝這般問，狐疑地欲看她腿，林夕落急忙阻止，「娘，外人還在。」

「那就回去請個大夫來。」胡氏開口欲與魏青岩說，可她有些不敢開口。

魏青岩未看胡氏，直接看著林夕落道：「能不能走？」

林夕落翻著白眼，明擺著是走不了，否則她還會坐在地上不動？

林天詡自覺犯了錯，「大姊，我不是故意的……」

「乖，沒事。」林夕落摸著他的腦袋安撫，林天詡小胳膊拽她的手：「姊，我扶妳。」

魏青岩未讓他上前，只向林政孝一拱手，「得罪！」隨即一手將林夕落拎起夾在胳膊中，大步流星往門口走……

胡氏驚得瞪了眼，再看林天詡好奇地看著，忙將他眼睛捂住。林政孝依舊擔憂林夕落的腿，轉過身道：「夕落的腿怎麼回事？」

「這些時日忙碌，興許是累了。」李泊言破天荒地說了謊，自覺實在說不下去，只得連說告辭追上魏青岩。

林豎賢站在此地，一直看著林夕落離去，胡氏看著人影漸漸離去，滿心擔憂道：「她的名聲算是毀了，往後、往後這可怎麼嫁啊？」

無人能應此話，林政孝感慨道：「難為她了。」

林豎賢咬牙半晌，忽然轉身看向林政孝，深深鞠躬，「表叔父，夕落乃一大氣女子，為林家大族立下汗馬功勞，此乃眾人所見，豎賢在此向您表證，如若三載之後，因名聲之礙無人娶夕落，我自願娶她為妻。」

不等二人有反應，林豎賢跪地磕上三個響頭，隨即便進屋準備收攏東西離開幽州城。

胡氏與林政孝面面相覷，都驚愕無言，林政孝微抽幾下嘴，問道：「如今妳不擔心了？」

胡氏摸摸胸口，「我怎麼覺得這心更不踏實了……」

林夕落被魏青岩夾得胃腹翻滾，手腳亂踢，「疼死了！」

魏青岩索性搭上另一隻手，將其橫拖著，林夕落感覺自己就像是盤菜被端著，可終究比剛剛那般舒坦些許。

李泊言已吩咐侍衛尋輦來抬她，魏青岩將其放在上面，出門便上了馬。林夕落於車駕之上坐好，春桃追跑著跟上來，手中拿了傷藥，「九姑娘，奴婢可被嚇死了！」

「怕什麼？」林夕落緩著氣，心中在埋怨魏青岩又當著眾人將自己夾走……

春桃在一旁道：「您沒瞧見，剛剛豎賢先生的臉色極為尷尬……」

「不必提他。」林夕落不願再提此事，更覺剛剛是她自作多情。春桃不再說話，很快車駕便已行走，林夕落心中極為雜亂。

雖說不願提起林豎賢，但不知為何，此人的模樣在她腦海中揮之不去。

林夕落承認自己對林豎賢有情，但她自己說不清這份情到底為何，是尊他彬彬君子？還是敬他師德正道？憶起兩人同雕百壽圖，憶起他出面為自己擋責罵，再看他今日險被齊獻王的人抓走，臉上浮出的傷，甚覺心酸。

可落花有意，流水無情，他心中的顧慮太多，不能痛快地接納她……

拿得起放得下，先生，就是一輩子的先生吧！

車駕緩慢，林夕落疲累之意湧上，躺在一旁睡了過去，待她醒來之時，已經是在麒麟樓的屋子當中。

屋外的侍衛在收拾燒焦的雕木灰渣，些許木料和玉石、水晶石留了下來，林夕落看著熟稔的雕刀、雕鑿、雕針，起了身，披上工衣繼續做事。

麒麟樓的另外一間屋中，魏青岩與李泊言在談論林豎賢此人。

李泊言對此人一直都無喜無厭，但剛剛在金軒街的宅子中，他與林夕落的對話讓李泊言極為反感，魏青岩問起此人，李泊言直接回以四字：「酸腐書生。」

魏青岩眉頭微皺，也看出李泊言的不喜，開口道：「為何？」

李泊言不知如何答，他總不能說剛剛發生之事？

「心比天高，兩袖清風，卻不知腳踏實地，徒有志向之心，常提大義大禮，這不正是書生之氣？」李泊言語氣帶幾絲不屑，魏青岩冷哼，「你之前不也如此？」

李泊言噎住，不知如何回答，只得換了話題：「大人，您有意拉攏他？」

「齊獻王看中的人，自要拉攏。」魏青岩斟酌後道：「尋人查探他欲去何處，隨即再看可否能幫襯一把。」

李泊言知曉這是正事，連忙點頭應下，又聽魏青岩道：「這幾日我欲出城，你與魏海誰來護著那丫頭？」

「魏海。」李泊言斷然拒絕護著林夕落，他也不隱原因，直接道：「一來，避嫌；二來，遇上事，卑職這張嘴說不過她。」

魏青岩未再開口，門外有侍衛前來送信，李泊言見信之顏色，便知是侯府的人送來的消息。眉頭緊蹙，魏青岩將信扔給李泊言，李泊言拿於手中，驚呆道：「他還真去提了親？」

「這畜生！」魏青岩怒罵一句，思忖半晌便道：「她……我會帶走。」說罷，起身出門，去了林夕落所在之地。

從門口看去，一弱小背影，工衣著身，埋頭打磨晶片，沒有感覺到門口有人盯著……

「我進來了。」魏青岩說罷邁步進屋，林夕落也未行禮，只聽魏青岩道：「齊獻王已經到林府提親，欲娶林政武之女為側室。」

林夕落的手頓停下，看向魏青岩，驚訝地張大嘴：「側室？」

魏青岩點頭，「休歇一日，後日我欲離城，妳隨同我出行。」

「為何？」林夕落下意識相問，卻覺得自己這話多餘，早就說過不離半步，她必然要跟隨，但見魏青岩忽然提起這門婚事，她琢磨半晌道：「可要民女回去問問？」

魏青岩搖頭，「林忠德會來尋妳，妳離開正合適。此次離去不能帶丫鬟，妳準備好欲用之物，後日清晨便動身。」

魏青岩離去，林夕落無心再做晶片，而是想起林綺蘭。

她本就是林家的嫡長孫女，之前欲與鍾奈良結親，但婚約未成，嫁與王爺為側室，名分足矣，但她這般嫁過去，林忠德會不會應？

如若應下，那他依舊脫不開齊獻王，可如若不應，齊獻王恐怕不會輕易甘休。

林忠德會來找她嗎？

林夕落不知他們為何要爭奪林家，但她知道她如今跟隨的是魏青岩，與林府反而格格不入。

林夕落不敢確信，她更惦記的是林政孝與胡氏，不過所居宅邸門前都有侯府侍衛把守，想必應該不會有太大差錯。一家人被權爭割得四分五裂，好比「林」字分開，全都成了「木」了。

林夕落不再多想，轉身去準備出行所需之物，而林家大宅內，林忠德與林政武在談論齊獻王提親之事。

「父親，齊獻王好歹是王爺，綺蘭與鍾家的婚事不成，已然無人上來提親，您如若不應，她豈不是要困死在林府？」林政武苦口婆心，又提起自身道：「何況兒子依舊在大理寺行職，鍾家已經得罪，如若再不尋一穩妥靠山，鍾家若反擊，我的官職極為危險。」

林忠德冷哼，「鼠目寸光，還有意尋我開口？你個混帳東西！」

「父親！」林政武跪於地上，低頭道：「魏大人即便再受皇寵可終究是宣陽侯庶子，他的背後是太子殿下，與齊獻王無從相比，您難道意欲投他不成？」

「此事容我思忖一二再議。」林忠德不願多提，齊獻王提親之事來得實在突然，但自家三子都歸於其手上，如若再嫁嫡孫女為其側室，豈不是全都拴住了？此事也應探探魏大人的口風……

林政武見林忠德不願再提，只得先行離去，而許氏也正在與林綺蘭說此婚事，她哭訴道：「綺蘭，娘是否能保得住這名分，可就都靠妳了！」

林政武欲娶二房已不是祕事，許氏二子，一個是生死由天的病秧子，一個是丫頭，自此之外再無所出，被休也無話可說，但如若林綺蘭嫁與齊獻王為側室，她於禮也能保住這名分。

林綺蘭想起林夕落，再想自己婚事的前前後後，腦中憶起最喜歡的豎賢先生，喃喃地道：「娘，為了您，我嫁，但女兒的日子怎麼過得如此慘？怎麼連庶系的臭丫頭都不如了……」

後日一早，林忠德派林大總管送拜帖求見魏青岩，李泊言心中驚訝魏大人說得果真無錯，林家還真找上了門，但他早已想好了說辭，直接告知魏大人不在，林大總管再提老太爺想探孫女，李泊言不由得輕笑，「魏大人他都見不到，九姑娘就更甭妄想了。」

不再多說，李泊言轉身回麒麟樓內，林大總管納罕不明，這九姑娘到底與魏大人是何關係？千方百計地打探到林政孝與胡氏所居之地，可見門口侍衛把守森嚴，林大總管只敢尋人傳話，不敢妄自上前。

林政孝顧念一絲舊情，傳話讓林大總管進了院子，敘談之間得知林府如今遇上的困難，林大總管有意讓林政孝幫襯著問一問，林政孝擺手，苦笑道：「不妥，前日魏大人與夕落才歸來探望我與夫人、天詡，下次還不知何時，我如何問得？」

九姑娘……魏大人，探家？

林大總管只覺頭皮發脹，林府內所有人都在猜度這七老爺一家到底與魏大人是何關係，可如今這一句話他就不敢再問下去了。

將府中林林總總大事小情一一說個遍，林大總管恐也有尋地兒發發牢騷之意，林政孝招待他於此用了飯，便放之歸去。

胡氏在一旁冷哼，「之前壞事都能想著老爺，如今還不放了您！」

林政孝搖頭苦嘆，「府上，亂了。」

「老夫人過世後就未平穩過。」胡氏想起之前的苦，再想眼下日子，「女兒，可苦了她了。」

「如今逍遙自在，索性兩耳不聞窗外事，夫人，別再想了。」林政孝如此勸慰，可他的心底未能安寧下來，林綺蘭欲嫁齊獻王，這日子還能平靜多久？

林夕落天色未亮便跟隨魏青岩出城。

不帶丫鬟同去，是因為不方便有馬車跟隨，林夕落看著馬背比自己高一頭的駿馬，再看魏青岩，瞪眼問：「我怎麼上去？」

魏青岩眉頭擰緊，看向魏海，「不是讓你尋一匹小的？」

「這是馬隊中最小的了，年幼的馬匹性子傲，林姑娘不安全。」魏海看著林夕落，也覺此事不太安妥，「大人，不如您帶林姑娘同乘一匹，即便她自己會騎，速度也跟不上馬隊，依舊是拖累。」

又要跟他同乘？林夕落面色古怪，魏青岩沒多話，直接將林夕落身上背行的小包袱遞與魏海，帶她至頭匹馬前，不等林夕落感慨這馬比自己高出如此之多，就見魏青岩率先上馬，隨即單手將她拎上馬背置於身後，取出一條布繩將她捆於自己身上。林夕落緊緊抓住這布繩，未等開口抱怨，就被魏青岩的披風遮擋住，行出幽州城，才將披風撤掉。

駕馬速度越發迅捷，林夕落閉緊雙目，只聽到耳邊呼呼風響，直到屁股被顛得麻木，馬匹才停穩下來。

魏青岩解開身上捆綁的繩索，林夕落瞬間就歪倒，險些掉下馬匹，魏青岩揪著她的胳膊，「為何不扶好？」

「我渾身都僵了。」林夕落抱怨著，魏青岩看向魏海，「接著她。」

「卑職不敢。」魏海連忙往後退一步，林夕落瞪他，可這馬實在太高，她腿上還有點兒輕傷未痊癒，否則她跳下去也無妨。

不容她多想，魏青岩單手將她拽至胸前，林夕落未等坐穩，就被魏青岩舉著跳下馬。身子落地，林夕落覺得腿腳發軟，就好像踩在棉花上一樣。

魏青岩讓魏海在此護著她，他則往前方的軍營而去……

魏海遞上她的包裹，便遠遠站於一旁。林夕落四處張望，此地風沙遍地，偶有草葉也是枯黃乾乏，軍營在這種地方，士兵要有多苦？

包裹中只有兩件衣衫和雕具，魏海遠處見此，忍不住道：「林姑娘，您不會只帶了此物吧？」

「怎樣？」林夕落看他，「不夠？」

「這地兒興許要待許久，您……」魏海嗤笑，「老爺們兒無謂，可您是否夠用便不知了。」

林夕落一怔，「要待許久？沒人與我說啊。」

「這您尋大人啊，您的事都由大人吩咐，卑職等人不敢插嘴的。」魏海話語中帶有調侃，林夕落瞪他一眼不再說話，揉著自己的腿腳，待舒緩之後，便起身四處瞧看。

這一天魏青岩未再出現，魏海帶她到一營帳之內後也離去，只吩咐兩個侍衛在營帳外守候。

馬背顛簸，又在此地被風沙狂吹，林夕落晚間便覺渾身酸疼，躺在營帳中的床上睡去便未醒來，不知睡了多久，迷濛間好似有說話的議論聲，待清醒過來仔細聽辨，是魏青岩正與幾名將領交談。

林夕落無法再安睡，起身時忽然發現所有人都齊刷刷向她看來。

魏大人的床上有個女人？這是……

魏青岩轉頭就看到她睡眼惺忪的迷糊之態，著實容易讓人誤解，不由得輕咳兩聲，朝她擺了擺手，「妳過來。」

「是。」林夕落整理好衣襟髮髻，緩步走出，就見三個身著甲冑的將領目光不離己身，她的神色平靜下來。

三名將領似覺不妥，但目光依舊在她與魏青岩之間來回，其中一人先出言道：「大人，談此事有她在，不妥吧？」

「大人縱使再寵她，也不可公私混談！」此人說完，還不屑地看了林夕落兩眼，林夕落回瞪，卻敵不過將領之威，只得低頭不語。

魏青岩今日特意趕至此地，欲傳三人送信之法，可此話還未提，三人就見有女人在此，而且瞧其年歲不大，這可如何是好？

原本都知這位大人不好女色，兩次娶親未果之後便獨來獨往，大人成家他們自然樂意，但將一黃毛丫頭帶至此地，實在荒唐。

另一人雖不開口，但審度之色不離林夕落，即便是魏大人的女人，也不應摻雜軍中正事。

林夕落被這三人盯得有些惱，只得看向魏青岩，「大人何事請吩咐。」

「將妳的物件拿來，給他三人演示一遍。」魏青岩撂下話，也未多解釋。林夕落應下後便去取來包裹，打開一盒又一盒的雕刀、雕木、雕針、雕鑿，隨即便是零零散散的木條、木片，以及小石子兒。

三名將領驚訝看她，林夕落翻了半晌，本欲取下髮髻上的簪子，可剛才三人的嘲諷之詞、鄙視之語卻讓她停了手，轉而取一木片，拿出雕刀，橫趴在魏青岩的桌案之上，手速極快地刻字。

木屑微微抖出，三名將領看得驚詫，難不成大人所言之事，就是這丫頭做的玩意兒？

林夕落很快便刻完，又從包裹中取出一晶片，與三人淡漠道：「用這晶片照著，尋好光線看看就知道了。」

三人看向魏青岩，魏青岩抬手示意如此即可。其中一人率先取過，但無人演示，他實在不懂如此怎能看到？那木片之上有微微的痕跡，如若不細摸根本感覺不出來。

林夕落低聲諷刺：「好歹也是一將領，卻如此蠢笨！」

另一將領手扶刀上橫眉瞪她，魏青岩皺了眉，看向林夕落，顯然是讓她去教習一番。林夕落歪頭不從，魏青岩只得親自動手。

晶片置於木條之上，隨即拿螢燭對好光線，魏青岩親自動手，三人也無暇與林夕落一般見識，目不轉睛地看著，待晶片與光線對好，便都看見木片上所刻之字。

「蒿草之下或有蘭香，茅茨之屋或有侯王。」

明擺著罵他三人狗眼看人低……

被個丫頭斥罵雖心中憋屈，但這微字傳信一事著實讓三人目瞪口呆，心中驚詫。

「大人英才，如此傳信，絕不怕外人竊取，妙哉！」一將領喜形於色，興奮之情溢於言表。

另一將領拱手道：「大人能尋此法，實是老天爺的恩賜，如若以此法傳信，不僅可放心他人竊取，方式定下，也可分辨消息真假。」

魏青岩點頭，指向林夕落，「此法乃她所創，特意來此，也為與你三人定下此事，有何不懂，自可問她。」

三人訝然，這辦法是個黃毛丫頭所創，而不是魏大人？不過想起她的剛剛那番作為，好似除她之外，還真未見過有此手藝之人。

三人面面相覷，只得拱手向林夕落行禮，賠罪話雖沒說，但明顯表達歉意。

林夕落雖不懂官銜，但這三個人能與魏青岩那般說話，顯然不是逢迎巴結的主。武將不似文官那般複雜，錯便是錯，對就是對，既然人家已經道歉，她便也不記在心上，朝向三人還了禮，剛剛的小隔閡就此作罷。

兩位將領至一旁向林夕落請教此事，魏青岩與另外一人說著近期軍營動向，待事情說罷，此人不由得問道：「此女何地尋來？能會如此妙法，實在少見。」

「林家人。」魏青岩隨口敷衍，此人驚詫，連忙問道：「……可有意納其為續弦？」

魏青岩沒有回答，而是看著他，「你覺得如何？」

「這自然為好，侯爺也在惦念大人的婚事，巴不得早日抱孫。」此人說完，魏青岩苦笑搖頭，「先去用飯，此事再議不遲。」

眾人就此告退，魏青岩未讓林夕落跟隨，帶三名將領逕自離去。

魏海將飯菜送來給林夕落，又親自拎來洗漱的水，「林姑娘，您將就些。」

「謝過魏統領。」林夕落沉口氣，一邊用飯一邊想剛剛那兩位老將提起的事該如何解決。

直至深夜，魏青岩等人也未再回來，林夕落洗漱過後便躺於床上準備睡去。

孰料一陣急碎步子臨近，瞬間便有箭矛穿入。林夕落手臂被劃傷小指長的血痕，頓時疼醒。

忽然一人撲於她身，壓得她透不過氣，未等驚嚷呼喊就被堵住了嘴，待看清此人是魏青岩，她狠狠地張嘴咬他的手，口中有血，但魏青岩紋絲不動，湊其耳邊命令道：「不許出聲！」

林夕落聽魏青岩這般一說，微微鬆開了嘴，可滿嘴的血腥讓她忍不住作嘔。

鴉雀無聲，只有輕輕的呼吸和緊促的心跳。

林夕落閉緊雙目，可手臂被劃的傷極為疼痛，她輕推魏青岩，示意他可否起來，就在這時，營帳簾子被撩起，藉著帳外透入的月色看去，一人持刀走了進來。

一步、一步，幾不可聞的腳步聲越來越近，林夕落的心跳更快，但魏青岩依舊不動。

那人好似在尋螢燭，未至床邊，刀先伸過，凌厲刀芒在眼前疾閃，林夕落閉緊雙眼不敢再看，否則難保喊出聲來。

刀尖從兩人身上擦過，魏青岩被削掉的髮絲正落於她的面頰上。

林夕落害怕了，顧不得髮絲刺得她口鼻發癢，止不住地顫抖，這、這到底是什麼回事？

未等多想，便覺身上陡然一輕，隨即打鬥聲響，刀刃碰撞，帳中之物被撞落四散，一聲悶哼倒地，林夕落聞到很強的血腥氣。

魏青岩召喚一聲，外面的人匆匆進來。

螢燭點亮，林夕落起身就見一具無頭屍首橫地，當即驚天怒嚎，歇斯底里，一件偌大的衣裳蓋在她的頭上，她仍然在喊，直至嗓子喊破。

「夠了！」

魏青岩叱喝，林夕落仍未住嘴，魏青岩索性一把將她扛於肩上，帶她出了營帳。

外面屍橫遍地，士兵正在打掃，林夕落再喊不出聲，被放下後便開始作嘔。有人前來為其胳膊的傷口擦藥包紮，她卻躲得遠遠的，不允任何人靠近。魏青岩的手也在不停滴血，兩位兵士立刻跑來，跪地請罪道：「大人受驚了！」

「不知那猴崽子有這賊心，太過大意了！」另一人致歉，再看林夕落的狼狽模樣極為可憐。

魏青岩也看著她，卻未出聲，直至她喊不出聲，眼淚稀里嘩啦地往下掉，他才從魏海手中拿過傷藥，與他人道：「此事不必張揚，順便找尋一下是否有漏網之魚，挨個審，具體之事明早再議。」

說罷，魏青岩扶著林夕落往另一剛搭好的營帳行去。

因為剛支起，屋中除卻一張床被並無他物，魏海親自送來了棉巾和水就退了出去。

魏青岩看著蜷縮成一團的林夕落，親手為她手臂的傷上藥。林夕落欲躲，卻被他狠狠將肩膀按住，塗抹好藥，隨即繃帶纏繞，林夕落嗓子沙啞，哽咽斥道：「你早就知道那個人不對勁兒，拿我當誘餌引其動手，你卑鄙！」

魏青岩擦著自己手上的血，口中道：「那又如何？」

林夕落無法回答，她能如何？她要依著此人活，那就要為其所用，當誘餌又如何？死了不過一了百了。

她的眼淚依舊在流，閉嘴不再說話，她恐懼，剛剛那具無頭屍就出自眼前人之手；她害怕，很想回城內，撲在胡氏的懷中好好哭一場。

「娘……」哭聲中夾雜微弱的呼喚，讓魏青岩的手停頓片刻。

魏青岩攬著她的身子入懷，林夕落的哭聲更甚，旁日裡唧唧喳喳，如今哭得梨花帶雨，好似受了極大委屈的可憐人兒。她的手不停地打他，他就任她這般捶打。

哭夠了，打夠了，未過一會兒，林夕落便因失血和疲累睡了過去。

魏青岩就這樣抱著她，口中喃喃地道：「娘，您是什麼樣子……」

貳之章◆兩情相對心上秋

翌日一早，林夕落醒來時已天色大亮，外面兵營呼喝之聲入耳，她卻紋絲不動。想起昨日之事，好似一場夢魇，如若不是手臂包紮的傷口仍覺疼痛，如若不是哭成紅腫的眼睛酸脹，如若不是換了這空蕩蕩的營帳，她真會覺得昨晚是一場夢。

從床上起身，看到一旁的桌上擺了一碗清粥，除此之外還有傷藥和棉布、一盆清水。

洗漱了臉，用手理一理頭髮，盤成圓髻，又自己換傷藥，重新捆綁好傷口，才往營帳外走去。

陽光明媚，湛藍的天空綴有幾片淡淡的雲，她無心再碰雕刀、雕針，只站在原地看著這片荒蕪的沙土地。

魏海從一旁行來，「林姑娘，歇好了？」

林夕落微微點頭，她的喉嚨很疼，不想開口說話。

魏海看她半晌，也知昨日之事定將她嚇住，心中仍存陰影。

「昨日刺殺妳的人……」

「別說。」林夕落立即制止，「我不想聽。」

魏海閉了嘴，可好似又忍不住，「他是大人的親娘舅，也是大人母族唯一的親人了。」

林夕落怔刻，冷笑諷刺：「甥舅動刀見血，不知是誰可憐？刑剋之人不見得只剋母妻子，連親娘舅都能親手殺了！」

「放肆！」魏海陡然厲喝，嚇了林夕落一跳，未等反駁，便見魏海冷目視她，這是她從未見過的凜意。

「林姑娘自詡為硬氣之人，實則也不過是打個管家、抽打姊妹罷了，能為父母捨身，外人都知您是孝女，但這其中並非沒有您自己的私心，旁人都眼瞎瞧不出，但您蒙蔽不了大人的眼睛，您硬氣？那昨日不過見一死人而已，您喊什麼？您哭什麼？不過胳膊上一道輕傷，不過是腿扭了下一瘸一拐罷了，大人為護您手上的傷不提，背後被刺四箭您可知道？」
林夕落怔住，魏海繼續道：「大人如若不親手殺他，昨日死的便是您，如若真拿您當誘餌，何必如此費事？不過是刻兩字傳個信而已，您還當此事非您不可？莫把自個兒看得太高，林府也不過是狗屁！硬氣？笑話！」
魏海說罷，氣惱離去。林夕落被晾在原地，不知該說何話，呆呆地站了許久，到底是誰錯？
午飯林夕落未吃用，晚上兩位將領來尋林夕落問傳信之事。
林夕落沉上半晌，將心中想好之策一一說出，更教習如何看此物以及刻字特有的筆跡。
昨日三人，今日兩人，一切平淡如常，好似那被砍了腦袋的人從未出現。
林夕落見其二人拿著刻好的字和碎晶片來回嘗試，忍不住開口道：「大人曾說過，如若是特別緊要之事便以此法相送，周身之人還是戒備一些，別被人窺見，免得再出人命。」
耳聽林夕落說此，其中一將領放下手中之物，自知她所言為何，開口道：「人命怕啥？沙場裡滾出來的，還怕沒了這條命嗎？怕的是兄弟反目，那可不單單是二人對峙，而是死傷千萬。」
「林姑娘，朝堂之爭您本不應知，但替大人刻字傳信，您還是要清楚得好！文辭道理我不會講，但曾因一道消息被截，與他國交戰時死傷十萬餘人，這非是對戰之國的陰謀詭計，只因朝堂各派為了那位子所做的惡事，您說這些人死得冤嗎？」
另外一人冷哼講著，繼續道：「而且為此敗仗，朝堂的官員被滿門抄斬的又有多少？一個雷霆大怒便是不計其數的人掉腦袋，可非您所想的『人命』二字那麼簡單。」
「唉，說這作何？林姑娘大族出身，怎麼能知摸爬滾打之人的死活？」另一人撂下晶片，「這事大概明瞭，往後就靠林姑娘了！」
另外一人也拱手告辭，林夕落收攏這些物件，心中起伏不定。

對這二人所說之事，她不懂，但死傷的數量格外震撼人心。僅僅為了讓另外一方失敗，便可葬十萬餘人性命？她自詡非善人，但與此較惡，她真覺自己渺小。

腦中回想魏海今日當面的斥罵，她不由得咬緊了牙，旁人死活與她無關，護著自家父母、弟弟才是她所求……也要紮紮實實硬氣起來才可以。

心思想通，林夕落晚間用了兩大碗飯，吃飽睡覺，翌日一早便洗漱裝扮好，出門讓侍衛教習騎馬。魏海不在，侍衛不敢同意，可見林姑娘執意如此，只得到馬隊中尋一小馬牽來，提前告知道：「林姑娘，此馬雖小，但性子不熟，您興許會被摔下來。」

「我不怕！」林夕落說著就要上去，侍衛連忙擋住，「您稍候，還未繫好馬鞍……」

林夕落尷尬怔住，就見侍衛將馬鞍、韁繩都繫好，又拿了一把菜葉遞給林夕落，叮囑道：「您在其右側餵牠半晌，將菜葉攤平於手中，牠便不會咬到您，千萬不要去牠身後。」

林夕落依著侍衛所教這般餵著，心中帶了一絲緊張，但手掌攤平，果真不會被牠咬到，餵上幾片菜葉之後，她便嘗試著欲湊進馬鞍，邁腿欲上……

踩著馬鐙，好不容易騎了上去，正欲鬆口氣，可腿還未等放好，小馬忽然抬起前蹄，嘶鳴不已。林夕落驚愕喊出聲，小馬前蹄落地，隨即又跳起來後腿向後踢，林夕落縱使手再有力也拽不住韁繩，瞬間順勢飛出，結結實實摔在了地上。

渾身骨頭好似散了架，胳膊、腿不是自己的一般，但左右看看好似還未摔斷，卻攤倒在地起不來身。侍衛上前探看，見其還有口氣，立刻跑去向魏大人回稟。

林夕落幾次欲起身都未果，只得這樣躺著，讓繃緊的身子緩一緩。

過了不久，林夕落就聽耳邊傳來急促的腳步聲，仰頭往身側一看，就見魏青岩正看著她，口中只斥一個字：「笨！」

魏青岩有意上前扶她，林夕落不肯，昨日之事依舊在心中緩不回味兒來，她一時不願那雙沾了人血的手再碰自己。她並非有意如此，而是見他便會憶起那具無頭屍，心裡煩亂不知所措。

兩人僵持，魏海去尋隨軍大夫來，大夫來此也束手無策。

他是男大夫，這是女病人，旁人家的女眷病了不過號脈即可，這位是摔傷，怎麼辦？再看魏大人那冷峻的臉，他更不敢下手，但這話要怎麼說？大夫心中一凜，忽見魏海的眼色，只得硬著頭皮道：「大人，摔傷單以目瞧，是瞧不出端倪的，您可否勞累地幫襯著將這位姑娘扶起？卑職也要依傷準備藥。」

魏青岩只是看著林夕落，林夕落自見不到後方魏海所使的眼色，但魏青岩來扶她又不願，掙扎著自己欲起，可動彈一下，又被石子硌得生疼。

「不必忌諱男女尊卑，你自扶她瞧傷即可。」魏青岩這話一說，大夫立即看向魏海，剛剛那眼色是他理解錯了？大人不是要尋臺階？

魏海轉頭自作不知，而此時魏青岩已轉身離去。

魁梧闊姿，身後束起的髮隨風揚起，帶著幾分孤冷……

不知為何，林夕落見此，心中隱隱浮現一絲難以察覺的心酸。

魏海吩咐侍衛在此陪護，他則快步追上魏青岩。

林夕落擺了手，未讓大夫瞧，就這樣在沙土乾草上躺了很久很久，直至身子能動彈些許，才扶著木樁子，由侍衛送回營帳內。

一連幾日，林夕落除卻幫魏青岩刻字送信，便出門學騎馬，摔過幾次，都是靜靜躺著，直至能起身才由侍衛送回營帳。魏青岩未再踏入她的營帳半步，即便讓其刻字傳信，也由魏海轉述。

林夕落覺得如此甚好，免得心中那烙印無法消除。如今跟小馬熟稔，她已經不會摔下馬背。每日駕馬溜上兩圈，小馬有時不耐就噴鼻停下，時間一久，她心中感慨：馬比人的脾氣還大……

清晨一早，林夕落洗漱用飯過後便準備去溜上兩圈馬，此時軍營二將領迎上前來，時間一久，她也知兩人身分，一是陳凌蘇，此地營將，年歲稍長，二是張子清，參將，隨同宣陽侯出生入死，兩肋插刀之屬下，魏青岩對此二人格外信任。

待見了禮，林夕落道：「二位大人有何事？」

張子清先上前半步，拱手道：「魏大人昨日深夜便帶侍衛出行，本是說好今晨便歸，如今已過約定時間，可否請林姑娘刻一信送去？卑職也好斟酌是否前去迎大人。」

走了？林夕落想起昨晚的確未見魏海出現，便問道：「刻信隨時都可，但可有送信鳥禽？」

「有一鷹隼，林姑娘放心。」陳凌蘇朝天吹哨，未過多久便有一黑影急速飛來。

林夕落立即進了營帳，取來雕針，隨手從地上拾起一根小木枝，看著二人道：「如何寫？」

二人面面相覷，索性推給林夕落，「姑娘斟酌。」

林夕落沉上片刻，只與其上劃下「何時歸」三字。

陳凌蘇捆綁於隼爪之上，鷹隼提爪飛去，瞬間便不見蹤影。

陳凌蘇回營訓兵，張子清在此與林夕落一同等候消息。

林夕落無心再去溜馬，而是安安靜靜候著，心中焦慮不安，索性尋話題將這難熬的時間度過。張子清知她出身林家，便說起其父林政孝，繼而便轉至李泊言身上。

張子清恍然點頭，「泊言時常會提起林姑娘之父，道是他今生的恩人之一，如今知曉姑娘身分，便不覺稀奇了。」

說罷，張子清再看林夕落的目光中不由得多了幾分不自然，卻未開口探問，反倒讓林夕落覺得不悅，「參將有何欲問，不妨直言。」

張子清尷尬一笑，道：「曾知泊言的婚約乃其師之女，想必便是林姑娘。大人曾為其說親，他便以此推脫。」

「正是我。」林夕落未想到眾人都知此事，自嘲一笑，張子清點頭，「兵部統領大人之女，多少人想攀的高枝，可惜泊言堅決不應，林姑娘好福氣。」

林夕落搖頭，「師兄此時恐怕已消此念。」

張子清怔愣，隨即大笑，「林姑娘大氣，性子剛烈，比之某些文人書生都慨然大義，深閨中拘不得，泊言雖已從軍，但身上難免還有幾分文氣，的確不妥。」

「我也納悶，師兄當初科考平順，為何忽然從軍？」林夕落一直都困惑為何李泊言會投入魏青岩麾下，而且如此盡職盡忠。

張子清沉默半晌，才開口道：「此事有幾年了，泊言不多提，但與林姑娘敘一二句也無妨。」

林夕落不言，等其開口，張子清道：「不多贅述，從其科考府試過後講起。本已上榜，可惜那時遇奸人考官，收了銀錢，將其卷宗調走給一紈褲公子哥兒，他便落榜。泊言本以為是學識不夠，孰知那紈褲明目張膽地在他面前將此事說出，泊言急了，一刀捅死此人，便被收押大牢，等候處斬。」

「那時正趕上監斬的官是宣陽侯的門生，閒談時說起此事，本是痛罵這貪銀子的官，也感慨窮苦出身之人的命，這話正巧被魏大人聽見，便是發了話，如若泊言敢將那貪官也捅死，他就親自出面保泊言一命。那人自然不信，孰料泊言還真紅了眼，將那貪官數刀捅死，隨後魏大人出面，將其收攏麾下。」

林夕落怔愣，她一直都覺李泊言是矛盾的人，文生去作武將，硬氣之中還不乏幾分文生規禮，可較之文生來看，他對儒雅聖言又滿是鄙夷。

如今張子清所言正可解這謎題，林夕落感慨命運多厄，大起大落，富貴榮華又能有幾時？

「師兄這命，真是殺了人換回來的。」林夕落想起魏青岩，「魏大人倒是一言九鼎之人，還真瞧不出他有如此善心良意。」

提起魏青岩，張子清本不欲多說，但再想這林姑娘與他……張子清不由得開了口：「林姑娘，魏大人並非對任何人都如此善心良意，泊言孤苦，他憐憫，故而才肯伸手，對您，魏大人的心意也足了。」

林夕落心中一抖，低頭閉口不言。兩人沉默等候，未再交談。

可時間越久，兩人心中越不能安穩，林夕落本是平緩的心焦慮起來，他不會出什麼事吧？

午時已過，飯菜放於面前，林夕落卻顆粒未曾入口，張子清與陳凌蘇二人換了職，輪番在此等候消息，他大口大口將食物填入口中，好似無事之人一般。

「您還嚥得下……」林夕落苦著臉帶著一絲抱怨，陳凌蘇看她，又往嘴中塞了幾口，嚥下便道：「有何嚥不下？魏大人不在，難不成還尋死覓活？不填飽肚子怎麼等？把自個兒餓成了鬼，還如何出去營救？如今不過才半天而已，出兵交戰之時，等上三五個月都是痛快的，婦人之仁！」

林夕落被這通斥，也端了碗，可往嘴中塞了幾口，怎麼都嚼嚥不下。

陳凌蘇就地補眠，醒來便螢燭看書，只有林夕落一人默默在營帳前坐等。

時至深夜，張子清訓兵歸來，陳凌蘇二人噓聲商議此事該如何辦才好，林夕落在一旁焦急地等，孰知二人居然商議的結論是就此作罷，明日再議。

林夕落跳了腳，「不出去尋一尋？」

陳凌蘇不願對個女眷解釋，張子清安撫道：「林姑娘，此時不佳，您不妨先進營帳安歇，一旦有消息自會來尋您。」張子清說完就走，林夕落連追幾步都未能留住。

就這麼等？林夕落心底不安，但營兵歸來人員雜亂，她只得行進營帳之內，不再出去。

這一夜，林夕落都未能閉上眼，雖有侍衛在此看護，可營帳外一有聲響，她就驚醒，怎麼也睡不踏實。旁日雖然也一人獨睡，可知魏青岩在，她無須擔憂，如今這人不在，她怎麼也無法安穩入睡。

翻來覆去，覆去翻來，林夕落這一宿瞪著眼直至天亮，侍衛在外已備好洗漱的水，林夕落隨意洗了把臉，整好衣裳，出去問陳凌蘇與張子清可否有消息傳來。

張子清不在，只有陳凌蘇一人，待見林夕落來問，他才恍然道：「忘記告訴林姑娘，魏大人已經回城了。」

「回城？」林夕落頓時火冒三丈，「那我怎麼辦？怎麼不來說一聲？」

「應會有人來接您，如若無人，自會派侍衛送您回去。」陳凌蘇轉頭吩咐營兵做事，待見林夕落不走，又問道：「林姑娘還有何事？」

林夕落僵在原地，只覺得頭昏腦脹，氣得渾身發抖，這一宿她如何熬過？她一直在擔憂他的安危，孰料他卻將自己扔此地獨自歸城？張子清還提什麼良心善意，狗屁！

林夕落指著自己的鼻子罵道：「自作多情！林夕落妳活該，活該！」

再隔一日，林夕落才等來接她回城的人。

不是魏海，也非李泊言，而是宣陽侯府的人。

林夕落略有驚訝，她未見過此人，即便張子清與陳凌蘇能確認此人身分，她依舊心中存疑。

「五爺果真神機妙算，就知林姑娘不會相信卑職，請看此物。」此人從懷中拿出一包裹好的錦盒遞給林夕落。

林夕落接過打開，裡面是一帶有劃深印痕的晶片，正是她當初沒製成之物……

行了禮，林夕落才開口問：「您如何稱呼？」

「卑職是侯府的管事齊呈。」

「齊總管。」林夕落看向車馬隨從，無馬車，她要如何回？

似是看出林夕落心中所想之事，齊呈上前道：「此處有一段山路，馬車行走不便，故而這一段路林姑娘要騎馬前行。」

「騎馬……」林夕落略有擔憂，她不過剛剛騎在馬上不摔，能不能安穩騎駕實在心中沒譜。

「林姑娘放心，有護衛隨從，即便您不能騎馬，也可以支架抬著您過去。」齊呈與張子清和陳凌蘇告辭，便讓林夕落上馬，侍衛前後左右護著，她的心仍是沒底。

因有林夕落在，回程的路走得很慢，她的馬由侍衛牽著，倒是未如之前的小馬那番倔強不屈，不過時而響鼻，時而低頭嚼上幾口草。

就這樣慢慢前行，林夕落不再有緊張之感，放眼向四周看去，茫茫荒野，極遠之處才能看到村落的裊裊炊煙。行出不知多久，便見一崎嶇山路之地，齊呈駕馬在前，看向林夕落道：「林姑娘，此地狹窄，您莫害怕，有侍衛牽馬，您別太緊揪韁繩，以免馬匹忽然驚躥。」

林夕落點頭，齊呈不放心，自行為林夕落牽馬。一條小徑、一面山壁、一面懸崖，林夕落來時因被魏青岩的披風蓋住，不知曾走過此地，如今回去，心中的確害怕。

齊呈在前緩慢帶馬行過這段窄路，林夕落閉著眼睛聽到石子掉落懸崖下的聲音，儘管看不到實景，心依舊跳個不停，腦海中浮現起初被魏青岩披風蓋住時的抱怨，還有那將兩人勒緊的繩子，林夕落忽然開口問：「魏大人那日為何沒歸此地？」

齊呈搖頭，「卑職只奉命來接林姑娘，並不知具體之事。」

他如此說，林夕落便未再細問，行過這段狹隘之地，林夕落鬆了口氣，心也安穩下來，忽然湧起一個念頭：她真的是個硬氣的人嗎？

前方有一輛馬車等候眾人，林夕落騎馬行至那裡便被扶下，上了馬車，看到眼前之人便愣了，魏青岩與其對視半晌，言道：「過來。」

他怎麼會在此地？林夕落顧不得多思忖，坐於馬車一旁，不知該如何開口。

魏青岩扔過一封信來，「妳看一看，然後告訴我該如何回他。」

林夕落看著那封信，其上字跡格外眼熟，心中驚愕，連忙拾起打開，猶帶風韻之字映入眼簾，字裡行間表明心跡，林夕落餘光偷偷看了魏青岩一眼，他卻閉目不語，她不由得心中憂沉，這讓她怎麼回答？

此信是林豎賢所寫，信上之意無非是丁憂期出仕之後願為魏青岩行正事三載，請魏大人莫在三載之內為林夕落許婚，甚至將其慨然大義、以身救林府聲名寫得淋漓盡致，幾乎將她塑造成偉岸之人。

但三載不許婚，林豎賢卻未提三載後她嫁誰……林夕落仔仔細細又將這封信看了一遍，自嘲道：「先生其心正直，將我當成如此佳人，實在心中有愧。」

魏青岩睜開眼，「好壞無分，依妳之意，此信如何回？還有一個時辰，他便要離開幽州城，朝南方而去。」

林夕落搖頭，「聽天由命吧。」說罷，將信撕碎。

林夕落雖未說出口，但她卻有些失望。

一直以來，她都迫切欲將命運握於自己手中，從回林府的種種作為，跋扈、張狂，任憑別人汙言斥她、諷她，她都置之不理，只求這命能握於手中，當初選擇跟隨魏青岩，不也是為搏一把？李泊言也好，林豎賢也罷，他二人都是好人，都是好意，可惜卻都欲將她困住，好比籠中野鳥，如若不能掙脫，便是死亡，她不要如此。

將碎紙扔出車外，林夕落的心思再明不過，魏青岩並未感到驚訝，繼續問道：「妳欲送他？」

林夕落搖頭，不再說話。此事已有結果，魏青岩吩咐車駕啟程。

儘管林夕落婉拒，但行至幽州城門處，魏青岩依舊讓車駕停在一旁。

撩起車窗輕紗，林夕落能見到遠處書生，還有小廝吉祥在那裡等候。林政孝應是允了吉祥跟隨他，這讓林夕落略微放心。遠遠相看，林夕落的心無以往那番波瀾，平靜如水……

魏青岩只看著她，直至林夕落撂下紗簾，他才吩咐馬車繼續往城內走。

林豎賢等候半晌都未得回音，臉上不由得有幾分失落。吉祥在一旁站得腰酸背疼，索性蹲在地上安撫道：「先生，魏大人許久沒歸了，此時說不定還未見到信兒。」何況魏大人是侯府的爺，即便不看也無妨吧？吉祥這後半句未出口，只在心中所想。

林豎賢搖頭，「依他為人，應該會看，再等一等。」

「那興許是九姑娘不願意如此呢？」吉祥隨意叨念，卻是讓林豎賢怔住，「她……她會看那封信嗎？」

吉祥沒答話，林豎賢自己尋不到答案，心底卻感煩亂，他不敢表明三年後欲娶林夕落，當初林忠德欲將他招贅，便是他最忌諱之事。三年，他林豎賢拚搏三年，如若能有成果，自當八抬大轎風風光光迎娶她入門，但如若無成……

林豎賢心中對魏青岩沒有音訊而覺納罕，可轉眼太陽西落，再不走，可就過了今日。

吉祥在一旁早已提起包袱等候，林豎賢只得道：「走吧……」

魏青岩的車駕未歸麒麟樓，而是行到宣陽侯府北側門的一座宅院，林夕落左右探看，納罕地問道：「民女可還至麒麟樓等候？」

「一同下來吧，這幾日就在此地。」魏青岩聲音無以往那番冷峻，林夕落看他從位子上起身，才注意到他右腿上捆綁了木板……受傷了？

未多問，林夕落下了馬車便上了轎輦，隨同魏青岩一同進了侯府側宅。

此地進門便是一二進的寬敞大院，林夕落來不及多看就跟著魏青岩行進最後一道門，他因腿傷而被抬進屋內。

褪去身上的披風，魏青岩卻是赤裸上身，橫七豎八纏繞的繃帶上，隱約透出血紅之色。林夕落不敢往那處看，連忙站在一旁閉目揉額。

魏青岩看她，「妳何時有守禮之心？」

「我暈血還不行嗎？」林夕落隨意敷衍，縱使她膽子大，縱使她不是宅門閨房中的嬌弱小姐，但看到他赤裸上身繃帶冒血的模樣也該害怕吧？

「倒也練了妳的脾氣。」魏青岩指著一旁的衣裳，「拿來給我。」

林夕落走過去，隨意拿出一件遞去。魏青岩披在身上，才與林夕落議起正事：「林府已經應下齊獻王提親之事，媒聘之禮已送到，於大年初二迎娶。」

「這麼快？」林夕落驚愕，如今已是十月，那豈不是還有兩個月林綺蘭便要嫁人了？那林瑕玉怎麼辦？

「其上還有一個姊姊……」林夕落知此事定當隱瞞不過魏青岩，魏青岩未意外，諷刺道：「林忠德稱府上除此之外，待嫁二女只有林政齊的女兒和妳了。」

這是不認了？林夕落垂頭不語，四姨太太被扔至亂葬崗埋了，林瑕玉又不認，四房豈不是就等死了？抑或……林瑕玉已經死了？

她那位從未謀面的九叔父就這樣不聲不響不吭聲？

如若當初鍾奈良選她為貴妾，未有魏大人的出現，未有她的反駁，那她的下場是不是就如同林瑕玉一樣悲慘，甚至有過之而無不及？

林夕落未掩蓋複雜的神色，就這樣沉默著，魏青岩繼續道：「麒麟樓這些時日暫且不去，我養傷還需要一陣子，妳也在此暫居，待齊獻王大婚過後再露面也不遲。」

魏青岩受傷一事定是隱瞞眾人，特別是齊獻王，否則這偌大的二進院子也不會只有侍衛把守……但她也要在此待至過年為止？

林夕落心中不太情願，可未說出口，與魏青岩商議好這些時日的事，便至東閣間中靜歇。

未有丫鬟侍奉，林夕落只能自給自足，好在侍衛每日都將飯菜送來，她跟隨魏青岩吃用即可，偶爾魏青岩召其過去，刻一封書信傳出，偶爾有侍衛送出，但這些時日都未有外人到此，更沒有侯府的人出現。

林夕落覺得這靜謐之日格外舒心，每日就在竹園裡讀書品茶，魏青岩也會在此靜思，話語不多，互不干擾，可惜這舒坦日子過了沒多久，齊呈便一早趕來，見林夕落與魏青岩正在用飯，苦笑道：「五爺，您安生不得了，齊獻王尋不到您，已經在麒麟樓前揚言，如若您再不出現，他要將那裡一把火燒了！」

燒了麒麟樓？林夕落險些咬了嘴，立即看向魏青岩，他如今這副模樣要如何出面見齊獻王？

他腿傷還未好，不能觸地行走，身上纏繞的繃帶在衣衫之下都能看到影子，何況他尋常冰冷的面龐上還有一絲疲憊病態。

魏青岩似遇棘手之事，撂下手中書本，臉上帶著幾絲不耐道：「讓他燒。」

齊呈面帶猶豫，林夕落也愕然，他是斷定齊獻王不敢動手嗎？

「大人，您受傷一事，能允多少人知道？」林夕落未忍住，開口問道。

魏青岩看著她，目光中帶幾分探詢，齊呈上前道：「林姑娘有話不妨直說。」

「如若連聖上都不能知曉，那您不能讓齊獻王燒，否則進宮去訴您幾句，縱使不提其中糾葛，只說您不肯露面，也難免會讓人起疑。」林夕落說完，齊呈連連點頭，兩人都看向魏青岩，他的臉上又多一分煩躁。

誰都未再多言，林夕落先進了屋子，留他主僕二人在此敘話。

齊呈道：「林姑娘所說有幾分道理，侯爺昨日已經被召進宮去，皇上未問，太子殿下卻特意請侯爺品茶，更問起了那件事……」

「父親如何說？」魏青岩挑眉，齊呈聳肩，「侯爺的性子您知道，大庭廣眾就說了那人本就該死，死得太晚了！」

魏青岩斟酌半晌，無奈吩咐：「備馬吧。」

「五爺，您的腿……」齊呈上前阻攔，「騎不了馬了！」

「抬我上去，做做樣子也好。」魏青岩話語篤定，朝屋中喊著：「丫頭！」

林夕落從屋中走出，「何事？」

魏青岩上下打量她半晌，緩緩道：「陪本大人騎馬。」

魏青岩將腿上的木板拆掉，換上棉布緊緊纏繞來固定斷了的腿骨。林夕落若沒親眼見到，絕想不到魏青岩傷得這麼重。

他身上裹了一件超大的披風，齊呈和侍衛一起扶著魏青岩上了馬，林夕落在他身前坐著，也被裹進了披風之內。

林夕落苦笑，什麼陪他騎馬？明擺著被他當了轉移視線的靶子。兩人如此騎馬出去，明日這城內還不鬧開了鍋？林忠德會不會被氣死？胡氏會不會多心？父親又會如何？

腦中思緒紊亂，挨個把所有人的驚訝反應想了一遍，索性心道：不如此又能如何？背後這棵樹倒了，她也安穩不了幾日。

出了侯府，魏青岩身體虛弱，駕馬不快，林夕落緊緊地攥著馬鞍，風起拂面，略有幾分刺痛，轉過身去，正被披風擋住了臉……

「大人，我可否用面紗遮掩？」林夕落忽然想起懷中有一深色帕子，魏青岩諷道：「這時思忖起規矩了？」

林夕落翻了白眼，「風吹得睜不開眼而已……」

魏青岩沒答話，她便將帕子折疊成面紗，掛在髮髻之上。兩人這般行出府宅，一路上不知多少人駐步停看，魏青岩可是眾人皆知的人物，如今就這樣帶個女人在街上走，可是有意續弦？

侯府侍衛在前後左右圍擋，未過一會兒，街路上便議論紛紛，好似遇上天大的樂事成為談資。

林夕落忽然開口：「大人，您這一箭多雕的計策果真高明！」

「妳數一數，我聽。」魏青岩未有反駁，林夕落便只兩人能聽見的聲音數道：「其一，您拿我當幌子見了齊獻王；其二，齊獻王與六姊姊的婚事也訂了，而我這位林家人隨您出行，林府的規矩成了空架子，好比在齊獻王炫耀與百年大族結親的喜慶上澆了一盆冰，給祖父又與齊獻王勾搭的事敲敲警鐘，也讓齊獻王這股火只能憋了肚子裡。」

魏青岩接道：「還有？」

「還有便是往後無人再敢娶我，我如若還想保一條命，就只能跟隨您的左右，興許是……直至老死也嫁不出去。」林夕落停頓後，念叨道：「暫時只想到這些。」

魏青岩點了頭，「妳的腦子動得夠快，不過最後一點我不認同。」

「為何？」林夕落立刻道：「民女婚事不允您插手，這是底線。」

魏青岩不再說話，而這一會兒已行至麒麟樓這條街道，遠遠就能看到皇衛把守緊密，但依舊有熙熙攘攘的人群層層圍觀。

侯府侍衛上前清道，林夕落沉沉地喘口氣，算是做好了被諷刺的準備。

魏青岩的腿輕輕一敲馬肚，駿馬嘶鳴，朝前狂奔，而此時正巧人群散開，正面便是齊獻王坐在那裡仰頭叫罵，轉頭就見魏青岩騎馬飛奔而來，嚇得他連忙跑到一旁。

韁繩勒緊，駿馬止步，林夕落感覺背後的心跳夾雜粗喘，知他需有平復的時間，她便先開了口：「給齊獻王爺請安了。」

齊獻王瞪了眼，快步行至馬前，仔仔細細地繞一圈，將兩人看個清楚，隨即道：「魏崽子，行啊，開始泡上女人了，這丫頭是何人？給本王請安也不下馬，成何體統！」

「大人不允下馬，民女也沒轍。」林夕落說完，魏青岩已緩過神來接了話：「您不是要燒了麒麟樓，怎麼還不點火？」

「你這小子瘋了吧？」齊獻王目光中依舊存疑，「這娘們兒是誰啊？讓本王瞧瞧！」

魏青岩淡淡地道：「不可。」

齊獻王道：「為何？我又不好……」說著連忙閉嘴，他可是欲大婚之人，這話不可出口。

魏青岩冷笑，齊獻王指著道：「這些時日你都沒了影兒，不會就在跟這妞玩樂吧？如若不提燒了此地兒，你恐怕還不出現，怎麼，這地兒有寶貝？」

「燒此地自然不怕，不過得來尋您要銀子，重新再建一次也不錯。」魏青岩話一出，齊獻王指著自個兒的鼻子道：「跟本王要銀子？你真開得了口！」

魏青岩看了麒麟樓一眼，口中道：「此樓乃皇上所賜，不然……我進宮去尋皇上討？」

齊獻王噎住，他來此也不過是為了讓魏青岩露面罷了，真燒了此地，再借他三個膽子也不敢下手，但這小子好似安然無恙，不是說那兩方人廝殺時，帶頭的受了重傷……難道不是他？

齊獻王不再揪著燒麒麟樓的話題不放，只看著魏青岩，可後有披風遮蓋，前面還有一女人遮擋，單單看個臉能看出個屁？

齊獻王指向林夕落，道：「妳下來！」

林夕落搖頭，「魏大人不允，民女不能從命。」

「本王的話妳都不聽，長了幾個腦袋？」齊獻王看著她面上遮掩的輕紗，心中也在懷疑是不是林家的那個丫頭。都知那丫頭跋扈張揚，可終究未出閣，不會這些時日都不歸林府吧？

但如若真是她，他便要好生思忖這事該不該挑明了。

兩人僵持在此，齊獻王忽然問道：「孝盛侯是不是你殺的？」

林夕落身子一僵，卻被背後手臂鎖住，魏青岩道：「我也正尋此人。」

「你直接找上你自個兒不就得了，何必在此矇騙？」齊獻王貌似隨意出口，可三角眼中的銳光一直都在看著魏青岩。

魏青岩故作漫不經心，「孝盛侯的功夫曾是大周國魁首，能把他弄死的人……」說著側頭看向齊獻王，「王爺，您也擋不住！」

齊獻王心中一冷，「放屁！本王、本王礙著他什麼事了？」

「難不成您要為個死人撐腰？」魏青岩的聲音有幾分顫抖，明顯有撐不下去的感覺。

齊獻王白他一眼，「好奇，怎麼著？」

「您不去尋人，跑來燒我的樓，撐的？」魏青岩話語中帶幾分銳意，不想再與齊獻王糾纏，齊獻王卻故意拖延，「撐的，不如請本王進去喝一杯茶，消消腹中餐食，如何啊？」

魏青岩道：「無茶品伺候。」

「來點兒水果也成？」齊獻王在馬前來回地看，「這麼半天都不下馬，你在怕什麼？」他疑心已起，林夕落的手中出了汗，魏青岩微有粗喘，她便硬著頭皮道：「這地兒剋人，王爺不怕？」

林夕落接了話，魏青岩的手陡然繃緊，齊獻王卻驚愕地張了嘴，目光緊緊看向魏青岩，指著便道：「她說這話，你都無反應，魏崽子，你不會這麼慫了吧？」

「民女可是被魏大人嚇死又活過來的，自然不怕。」林夕落忽然將臉上的面紗揭去，眾人突然見其真顏，都訝於此女的身分到底為何？

其中似有見過林夕落之人，在一旁喊道：「林家的九姑娘！」

「林家？」

「齊獻王不正與林家結了親？」

「那是林府的嫡長孫女，這個是庶系的……」

話語忽然轉至齊獻王大婚之事上，齊獻王的臉赤紅到脖子根兒，指著林夕落說不出話。

林夕落笑道：「王爺莫怪罪了，興許過了這一年，民女便能喚您一聲姊夫，犒賞的紅包可莫太少了……」

「沒王法了，沒規矩了，沒、沒他媽的了！」齊獻王被噎得只能叫罵，周圍議論紛紛，皇衛出刀都壓不住流言蔓延。

此地不宜再留，否則與齊獻王糾纏起來，魏青岩必然撐不住。林夕落話畢，索性仰頭大笑，自已輕敲馬肚，抓緊韁繩駕馬離去，林府九姑娘的名號也迅速傳開……

駕馬離開這條街道，林夕落便感覺身上極沉。

她欲回頭看上兩眼，卻聽到魏青岩虛弱的聲音：「別動。」

他的腦袋擱置在她的肩膀之上，雙手抓緊韁繩，將林夕落整個人都壓在懷中，駕馬馳奔，往侯府疾馳而去。

林夕落連忙喊道：「不能回侯府了！」

魏青岩也覺不妥，頭腦空白，一時不知如何決定，林夕落立刻拽韁繩往金軒街的景蘇苑而去。

林政孝與胡氏二人在門口踱步不安，初次見面是魏青岩帶林夕落歸府探親，而這次招呼不打一個，駕馬而歸，直接進了屋子至今未出，這到底是怎麼回事？

門外侍衛重重，將此地團團包圍起來，胡氏感覺自個兒的心都快跳出嗓子眼兒，「老爺，這……這怎麼辦啊？」

林政孝自知胡氏擔憂為何，思忖半晌，「此事只當不知便罷。」

「啊？可豎賢那孩子……」胡氏連忙閉上了嘴，捶手頓足，繼續焦慮地等待。

林夕落在屋中看著魏青岩身上的傷口全都迸裂冒血，一時不知所措，魏青岩指著她道：「取一盆冰水讓我清醒下。」

「啊？」林夕落怔愣，「冰水擦臉？」

「直接潑我身上。」

林夕落嚇了一哆嗦，吩咐人取一盆冰水拿來，閉著眼睛朝魏青岩身上潑去……

只聽到一聲悶哼，魏青岩卻不再躺於床上，而是坐起身取了棉布捆綁傷口。林夕落雖慌亂，但也尋了木板來將他斷骨的腿捆好。褪去纏繞的棉布，他的腿因騎馬已青紫腫脹，格外嚇人。

「去尋人來幫您？」林夕落有些腿腳打顫，魏青岩不說話，手上的動作極其迅速，可惜背後的傷無法搆到，只得道：「後面交給妳了。」

林夕落一哆嗦，「我害怕。」

「克服掉！」魏青岩的聲音凌厲，林夕落狠狠地攥了拳咬牙上前，瞪眼讓自己別嚇昏過去。

可惜見到那橫七豎八、血肉模糊的傷口，她仍然頭皮發麻、四肢酥軟，耳邊只聽到魏青岩的話，照著他所說的動作。她一遍又一遍地為他擦身，血染紅了不知多少棉布，抹藥後，將他背上的傷纏好，她突然想起魏海曾說他為護自己所擋的箭，兩道巴掌長的傷口，一個拇指粗的深洞清晰在目，她只想遮擋，不忍再多看一眼。

全都包紮好，魏青岩直接倒在床上，林夕落探其鼻息，便聽他輕聲道：「還沒死。」

林夕落嚇了一跳，坐在一旁，待他昏睡過去，才去一旁的淨房重新洗了把臉，隨後出門與林政孝、胡氏相見。

胡氏見自家女兒的髮髻濕漉漉的，差點兒咬掉了舌頭，連忙盯著她上下打量，特別是盯著她的小屁股瞧。林夕落恍然明白胡氏在擔憂何事，「娘，您瞎擔心什麼！」

胡氏瞪眼，「沒有？」

「沒有！」林夕落語帶怨念，胡氏拍著胸口道：「娘安心了，安心了……」

林政孝立刻問道：「魏大人這是？」

「不要外洩魏大人與女兒在此，誰都不見。」林夕落沉沉地嘆了口氣，「有些事，您與母親還是不知為妙。」

林政孝認同地點了頭，胡氏則拽著林夕落問長問短：「魏大人好似病了，要不要請大夫？這兒好歹都是侯府的侍衛，請來一個侍奉他吧？」

「醒來再議。」林夕落知胡氏不願她與魏青岩有過多接觸，但這件事如若被傳出，齊獻王興許又會追上門來……心中有些後悔將魏青岩帶至此地，如若真出意外，父母、弟弟都要受牽連，但情急之下實在無處可去，直覺便想到父母身邊。

如今再想也已無用，林夕落更納悶魏海和李泊言二人到底去了何處？

她從城外軍營歸來，是齊呈去接她，上了馬車進了城，也未見兩人身影，不會出什麼意外吧？顧不得多想，林夕落知魏青岩身上的傷行動不便，便先回屋內守著，待他醒來也好問一問接下來該如何辦。

十月的天頗寒冷，屋中擺了兩個火盆卻嗆得人口乾舌燥，林夕落也累了，坐於一旁自嘲地回想今日之事，也不知自己哪來那麼大的膽子……不知不覺中，她伏在桌上睡了過去，醒來之時，天色已黑，起身去點螢燭，轉頭就見魏青岩正看著她。

林夕落嚇了一跳，拍拍胸口半晌才平復過來。

一張臉慘白無色，本就冰冷的面相，如今再看好似數九寒霜。

她上前探其額頭，極為滾燙，轉頭尋來一床大棉被蓋在他身上，「大人，如今怎麼辦？此地都是侯府的侍衛，可否讓他們去將齊呈請來？您身上的傷沒有藥，而且……而且也缺一個伺候您的人，您覺得何人可行？」

魏青岩渾身滾熱乏力，眼睛依舊看著她，「去取藥，不需要別人伺候，有妳即可。」

「我是姑娘家，」林夕落聲音大起來：「總有不方便的時候！」

魏青岩看著她，「克服一下。」

「不行。」林夕落堅持不從，「我去找齊呈，魏海和李泊言在何處？」

「魏海傷了，李泊言不在城內，齊呈不會來的。」魏青岩閉上眼睛不再開口，林夕落抱怨半晌，他卻一句不答。

林夕落瞪著他，怎麼辦？換傷藥、清理傷口還無所謂，可除卻「吃喝」還有「拉撒」之事？出了門，林夕落去尋林政孝，她如今也不得在城內露面，否則定會有人藉此尋到魏青岩身上，而且此事到底會引起多大的態勢，她也要預先知道。

此事她只能問林政孝，也算提前與父親打個招呼，免得他知曉後慌亂失措。

父女二人尋地兒私談，林夕落將今日之事大概說出，林政孝半晌都沒合上嘴，怔了片刻，他才道：「夕落，妳跟魏大人……」

「爹，您怎麼想得跟娘一樣？這事兒您甭提了，現在要的是傷藥，還有誰能來侍奉他？」林夕落嘆氣，歪著頭看林政孝，「爹，女兒給您添麻煩了！」

「妳也是為這個家，怎會是麻煩？」林政孝緩過神來連忙安撫，林夕落卻搖頭，「不，不全為此，魏海訓得對，我也為己。」

林夕落將林豎賢給魏青岩送信之事說了，「……他的心意女兒自知，但對此我不能接受，女兒一直掙扎不願做個木偶被人擺弄，而他此舉，雖是實心實意，可……可他有問過我半句嗎？」說到此，神色有些落寞不忿……

「夕落，人不為己天誅地滅，善惡也乃相對而言。」林政孝道：「損人利己，乃為己行善；利他損己，乃對己行惡。如今妳為人為己，實屬大善，此事不可一概而論。豎賢此舉為父未曾想到，他雖有善心善意但對妳不公，父親苦熬多年，為官多年，早已不圖大富大貴，只圖於己心安，而妳此行此舉，為父自豪！」

林夕落的眼中蘊了幾許濕潤，「爹……」

「為父自有安排，妳且安心便罷。」林政孝言語雖輕，卻讓林夕落懸於心口的大石頭落了地，父母永遠是心頭最重的人。

這一夜，林夕落未能睡得安穩。

翌日，林政孝從外取來了藥，林夕落為魏青岩換上，退燒的藥也灌進了他嘴裡，可惜深夜時分，他卻高燒不退。屋內的炭盆不敢滅，厚厚的棉被濕漉漉的，魏青岩整個人已近昏迷，林夕落無奈，只得讓林政孝尋一盆冰水，用棉巾一遍又一遍為其擦身。

她未覺有半分的男女之礙，因其身上已經沒什麼好地方，傷口實在駭人，藥也熏得嗆鼻。待累了，便將棉巾包裹上冰塊放置他的額頭，休歇一會兒，便繼續擦。

這一宿過去，她只覺得頭暈腦脹，天色微亮，魏青岩身上的高熱才退去。

胡氏從外悄悄進來，林政孝叮嚀囑咐許久不允她多問，胡氏見到此景也不敢胡亂開口。送來清湯熱麵，林夕落自己先填飽肚子，胡氏則為她擦拭著臉。

「娘，女兒沒事。」林夕落撫摸胡氏的手，她伺候魏青岩一晚，如今娘疼她，都說人這輩子是還債的，她本欲依靠己力讓一家人安妥，可如今來看，她依舊是受父母庇佑。

「娘心疼妳。」胡氏為其吹著熱麵，往裡間看上兩眼，「魏大人如何了？」

「高熱退了。」林夕落剛說完，便聽到裡間有聲音，哀嘆地起身去看，正是魏青岩醒了過來。

兩人對視，林夕落看到他的臉上多了一分複雜之色，「用飯？」

「我……」魏青岩沉了一刻，「可有拐杖？」

林夕落道：「你要那物作何？」

「淨房……」

林夕落怔住，昨兒本還想著此事，但他高熱不退，忙碌之餘將此事徹底忘至腦後……

瞧林夕落這副呆愣的模樣，魏青岩就知沒有準備，只得道：「扶我起來。」

林夕落只得上前，可一魁梧高大，一嬌小瘦弱，她根本就扶不動，他的手剛攀上其肩未等起身，林夕落就覺得被壓得腿軟。

胡氏從外進來，站在一旁有意上前幫她，魏青岩的面色尷尬，初次結結巴巴不知該怎麼開口，這時候一個小傢伙兒從外跑進來，「大姊，我來幫妳！」

林夕落看著林天詡，胡氏有意攔他，好好一個小子，怎能做伺候人的活兒？

林政孝在外輕咳兩聲，魏青岩直了直身子，出言道：「放此即可，你們出去等候。」

胡氏擔憂地看著，林夕落則拽著她與林天詡出門，魏青岩這人霸氣慣了，絕不願這倒楣的模樣被更多人見到……

瞧見林夕落從屋中出來，林政孝上前噓聲道：「老爺子忽然來了，夕落，妳是見還是不見？」

林忠德到此，林夕落並未驚訝。

昨日在麒麟樓前發生的事，想必林家早就得知，但他能沉至今日才來，應該也想看看齊獻王與魏青岩各有何動作。

魏青岩定無他想，齊獻王有什麼動作她也想知道，但這位祖父……她不能見。

思忖片刻，林夕落道：「父親見吧，女兒在一旁聽一聽他有何說辭即可。」

想到魏青岩的傷狀，林政孝也未強拽，只道：「那便於前堂相見，妳在側面小廳就能聽到。」

林夕落點了頭，林政孝讓胡氏和林天詡也跟隨而去，還未等轉身，就聽到屋內一陣響聲，她連忙跑進去，卻看到地上的桶子翻倒，魏青岩單腿站地，雙手扶著床，歪頭看她。

桶中空空如也，想必這位大人還沒處理好內急……

「笨！」林夕落叉腰單吐一字，明顯是在報復。

魏青岩的臉色不太好看，她走過去扶起桶子，扶著他蹭到床邊，轉過身去，等候水響，可半晌都沒聲音……

「怎麼了？」林夕落不敢轉頭，魏青岩苦著臉，咬著牙道：「妳還是出去吧。」

林夕落朝天翻了個白眼，只得出了門，心中仍不能放下心，便讓宋嬤嬤在門口守著……

行至正堂，林夕落從引門進了側屋，已能聽見林忠德與林政孝敘話的聲音。

「……老七，你這輩子碌碌無為，但生了個奇才，夕落當街與魏大人同乘一馬，而且揚言頂撞齊獻王，老七，這讓為父情何以堪？為父已是快被城內的唾沫星子淹死，連出門都不敢抬頭！」林忠德話語越說越重，林政孝卻無反應，片刻道：「父親，夕落言行膽大，大義之女總好過背後行髒惡醜事，被人戳脊樑骨。」

「你——」林忠德話語冷下，道：「如今腰板子硬了，與為父都這般說話？」

林政孝拱手道：「就事論事，何況所言乃兒子引以為傲的閨女，這事兒不可同日而語。」

林忠德咬牙冷哼，「她在何處？」

「兒子也不知。」林政孝補言道：「魏大人偶爾會帶她來此探望，但行程從不多言，兒子也未多問。」

「政孝，為父老了。」林忠德硬的不成，索性撂下剛剛那副斥責之態，滿心感慨，「可如今見你兄弟幾人如此之狀，為父閉不得眼。老大庸碌，老三油滑，老六更不用提，草包一個，但這三人如今都被齊獻王抓攏在手，這不是正道。」看著林政孝，繼續道：「夕落雖被魏大人所賞，但終究是女娃子，你如今已近不惑之年，正當人生好時機，不如藉此機會也往高處走一走，也圓為父心中一願了！」

「兒子雖有志向，但力不從心。」林政孝轉身摸摸一旁林天詡的頭，「也只能期待他了！」

林政孝被他這話憋得半句回不上，冷哼地歪過頭飲茶，卻因氣嗆咳許久。林政孝連忙上前，為其擦拭著嘴，林天詡在旁遞著帕子，口中道：「祖父，您放心，孫兒一定好好讀書，為林家光宗耀祖！」

林忠德看看林政孝，再看看這小孫子，怔了半晌，卻一句話都未答出。

旁人見了他，全都挖空心思吹捧求官，而自己這兒子卻屢屢退後，不願求官，但提孝字，他的確不虛「政孝」之名；再見這孫子，年僅六歲，卻把讀書置於前，起碼在林府的孫輩中，難得啊！

如此感慨不過是於林忠德心中一過，林府的名聲、林府的未來依舊要謀劃，林忠德擦拭好衣襟，又說道：「政孝，並非為父多心，即便為子、為女你也不可就此棄罷仕途，為父直言，夕落終歸要嫁，你一七品縣令，又非嫡系，雖都是為父手心之肉，可外人對此絕對分得清，你讓她如何攀得上宣陽侯府？若不夠名分，寵夠了，她豈不是被人扔在一旁置之不理，連丫鬟都不如？」

林忠德看了林天詡一眼，繼續道：「還有這小娃子，待他長大，你已近花甲，縱使交友再廣，你也幫不上他半分了，雖提求人不如求己，但你是他的父親，能幫一把，何必看兒女苦熬？」

林政孝心中略有氣惱，他當初在府中寒窗苦讀，一心科考才得這七品小官，他這位堂堂二品左都御史的父親可曾幫襯過？他林政孝可以敬他為父，但於心，他不敬，這話隱藏心底多年，他不願提，如若此話真的為他所想，他也認了，但父親此言是為他這一家著想嗎？

林政孝不是傻子，毫不猶豫地便能想出此舉為何。

林政武、林政齊、林政肅被齊獻王把持，林忠德不願林家在這一根繩子上吊死，如今有魏青岩在，他巴不得再尋一人攀附上，也給林府留一契機，可惜他才七品小官，如今又不居林府，不為他所控，他自要尋法子再將他握於己手，令其為林府出力。

林夕落在側屋聽著林忠德的話，心中冷笑，老頭子到如今還想把持這一家子，如若林政孝對此點了頭，他定會提林政齊在吏部幫襯一二，豈不是又被捲入紛爭？一人揣八個心眼兒，但與自己家人動這份心思，怎能不讓人心寒？

林夕落等著林政孝的回答，可屋中半晌都未有聲音。

靜了不知多久，林政孝才開口：「父親好意兒子心知，此事容兒子思量一番。」

林忠德雖未能得到最滿意的結果，但如此尚可，兩人轉而寒暄起家事，更提過年之時必須回林府，林政孝點頭應下。

林夕落不願再聽，悄聲無息地離開出去。

魏青岩瞧見她進門，臉上還帶了幾分怨氣，問道：「妳去了何處？」

林夕落見屋中之物已經收攏乾淨，答道：「祖父來此，我過去聽一聽他與父親如何說。」

「怕名聲有礙？」魏青岩一直看著她。

林夕落坐在床邊，探他額頭已經不再發熱，索性手中又把玩起雕針來，坐於床邊嘮叨道：「名聲？民女的名聲還用提。最初被您嚇昏，名聲已經有礙，而後是匠女，跋扈、囂張、無禮、蠻橫全都罵來，還提名聲二字作何？」

剛聽到林忠德與林政孝相談，她心裡有幾分不忿和抱怨，悶在心裡難受，一口氣兒全都倒出。

魏青岩初次聽她抱怨，不由得繼續問：「那妳何必一臉怨氣？」

「自然要怨。」林夕落話語欲出，連忙閉嘴，瞪他一眼道：「不與您說。」

魏青岩閉上眼，兩人不再說話，林夕落的心底五味雜陳，可卻不知從何怨起，便剜著手中木塊兒，一針一針地刺下，作為發洩⋯⋯

一連幾日過去，魏青岩的身子略有好轉，卻依舊要在此休養。林夕落每日除卻伺候他換藥、喝藥，便無他事可做，而且離開時間稍長，就會被魏青岩叫回。

兩人也不說話，一個躺臥休養，一個在床邊把玩小物件，林天詡偶爾來此尋林夕落，起初膽怯害怕，而後被魏青岩叫住審問，熟稔些許後，他的膽子也大了起來。

林夕落剛為魏青岩換好傷藥，門口就有一小傢伙兒大嚷：「大姊，泊言哥哥來啦！」

話音未落，這小傢伙兒就衝進林夕落懷裡，直接趴在她的腿上，舉著手中之物給林夕落看，「泊言哥哥送的，大姊看看。」

魏青岩端詳林天詡，見他的小手就這樣摸著林夕落的大腿，目光有些複雜，只得道：「泊言在何處？」

「他在前堂與父親、母親談話。」林天詡自來熟，又拿過物件給魏青岩，卻是一類似魔術方塊之物，「大人會嗎？」

魏青岩伸出手，來回擰轉，卻總差幾塊對不上。

此時李泊言也從外進來，進門就見魏青岩躺在床上，林夕落坐於床邊，林天詡這個小傢伙兒瞪眼看著他把玩物件，心中湧起幾分酸意，在門口輕咳兩聲，「大人，泊言求見。」

「進來吧。」魏青岩口中說著話，手上動作依舊不停。

林夕落與李泊言互相見了禮，魏青岩看他，「事兒可成了？」

李泊言點頭，「成了。」

魏青岩沒再多話，只是一門心思玩那小物件。林天詡年幼，在一旁比劃著，林夕落怎麼看都覺得彆扭，平素冰冷之人把玩魔術方塊？這哪裡是在玩，分明是在較勁！

林夕落轉頭與李泊言說起他的傷：「……齊獻王欲燒麒麟樓，大人硬撐著去了一趟，歸來便傷重了，魏海的傷勢如何了？」

「他無大礙，已經休養得差不多。」李泊言思忖一二，言道：「我自會去請大夫再備傷藥。」說到此，轉頭看向魏青岩，「大人，何時歸？」在此地久留畢竟不合適，何況他也有私心。

魏青岩看他一眼，「不走了，就在此休養甚好。」

李泊言驚愕，連忙道：「可軍中之事要有您下令，何況齊呈也欲找您，糧、鹽商行、錢莊、賭場等地的掌櫃還都等著向您報帳，另外遠郊的地已至冬日，佃戶也在等領銀錢過年，府外的莊子如何建也要您發話。」

魏青岩不吭聲，手上的動作疾速，終於將魔術方塊的圖形擺正，便往林天詡手中扔去，又指向林夕落，輕言道：「這等瑣事我早受夠了，往後找她。」

魏青岩這話道出，讓林夕落愣了，交給她？這是額外添的差事不成？

糧鹽商行無所謂，錢莊、賭場這等事她怎麼處置得了？

未等反駁，林夕落就看李泊言的神色複雜，似是有話憋於心口不說，林夕落忍不住道：「大人，這事兒我做不得。」

魏青岩看她，篤定道：「妳做得了。」

「我不做。」林夕落換了說法，「當初隨您一起為刻字傳信，可如今這什麼賭場、錢莊……我好歹是個姑娘家，如何管？」

「都是皇上賞賜的，無人敢惹。」魏青岩似是起了興致，「具體之事待齊呈來時讓他與妳細談，詳情我也不知。」頓了半晌，補言道：「賺的銀子分妳一半紅利。」

以銀子當誘惑嗎……

林夕落承認她略有動心，糧鹽乃民用之本，自不用提，錢莊是放高利貸的，賭場是紈褲享樂之地，不過皇上會給他這等賞賜？這事兒怎麼聽都覺得彆扭。

林夕落還欲再說，李泊言伸手阻攔，「師妹不必再出推脫之詞，大人吩咐照做即是。」

林夕落不知李泊言內心還揣著何意不說，只得應下，幫魏青岩打理這些事，好歹也算得另外一用，多幾分安穩之心。

李泊言似有事回稟，林夕落便拽著林天詡出屋。

魏青岩看他，李泊言低頭言道：「……毀屍滅跡，卑職親自督檢三遍，應該不會出差錯。」

「辛苦你了。」魏青岩頓了一下，「你對我分派這丫頭管雜事有異議？」

李泊言答：「能得大人重用是師妹的造化，卑職沒有異議。」

「話語中都帶著酸味兒，何必如此？」魏青岩頓了下，而後道：「林豎賢曾傳信於我，為我做事三載，換這丫頭三載不許親，你覺得此事如何？」

李泊言瞠目結舌，嘴巴張合半天才說道：「他……他應也為師妹名聲著想，如此寧折不彎的人道出這番言辭，他對師妹的心意足矣！」

魏青岩皺了眉，「你為何不問問那丫頭如何想？」

「她……」李泊言本欲說出口的話嚥回腹中，她不應覺得如此甚好嗎？憶起之前林夕落與林豎賢在此地相見，她還欲伸手為他拭汗……

李泊言悶聲不語，魏青岩道：「她將那封信撕了。」

不等李泊言開口，魏青岩又道：「人各有志，你雖離開書本三載，但中毒太深，禮教於民所為祥和，如若都如你們這番遵規守禮，大周國的始祖怎能拚出如今的天下？泊言，你缺的是擔當。」

聽到如此之詞，李泊言拱手道：「願聽大人指正。」

「你跟從我至今，行事穩妥，可幾乎是一令一行，你不覺得委屈？」魏青岩看著他，「縱使你心中有怨，也依令而行，你不覺話語憋在心中不吐不快？」

「大人之命，理應遵從。」李泊言納罕，「有何不對？」

「你不是魏海，你也不是齊呈，你就是李泊言，如若非科考遭遇禍事，興許高中皇榜之人是你，興許官袍加身的地方父母官之人也是你，你為何不肯吐半句建言？」魏青岩有意將話說開，思忖道：「六品千總，你覺得足矣？兵、士、軍、將、帥，只有最底層才無謀略，你難不成想六品一輩子？」

李泊言心中雜亂，可對他這番話多幾分感激，「大人之言直刺心底，泊言有愧。」

「愧疚不提，誰都不知他人之心。」魏青岩看著這屋邸，「好比這丫頭，你與林豎賢所犯的錯都是對她好，卻不問問她想要什麼……」

李泊言臉上赤紅，心中酸溜溜的，「大人知人善任。」

魏青岩不再開口，將此事揭過。李泊言初次將心中對如今事態所想一五一十說出，魏青岩聽後與其商議，時間很快過去，臨近飯時才停。

林夕落將飯菜端進屋中，擺了炕桌在床上，飯菜放好，卻不給筷子，一碗濃濃的湯藥從外端來，「喝吧。」

魏青岩眉頭緊皺，這藥味兒聞著都苦。

李泊言退至一旁，「這是何藥？」

「自然是治病的藥。」林夕落將藥端至魏青岩嘴邊，魏青岩接過嚥下，林夕落立刻將藥碗拿出門外，隨後才拿了筷子進屋。

「師兄，你出去與父親、母親用飯吧，父親有事與你說。」林夕落坐在一旁，繼續雕著手中木件，李泊言腳步行出，卻又駐步轉頭，「妳不用？」

林夕落道：「我已用過了。」

李泊言瞪了眼，居然先用過飯才端來給魏大人，再看魏大人，他好似根本不忌諱，逕自慢條斯理地吃著。

轉頭出門，李泊言心中忽然蹦出一念頭：魏大人不會是故意賴這裡的吧？

翌日一早，齊呈便尋至此地，臉上一派苦澀，看著魏青岩便開始抱怨：「五爺，這帳目拖了許久，帳本都快被耗子嗑了，您何時看？」

「不看。」魏青岩未直接就提林夕落，看向齊呈道：「您勞累勞累？」

「一拎刀之人，讓我整日理銀錢數字，實在苦不堪言。」齊呈看了林夕落一眼，「不如大人另擇一人管此事？」

魏青岩立即駁斥：「周圍無一不是持刀吃飯的，我能尋何人？」

齊呈剛要指林夕落，就見她手持一把小雕刀在刻木料，張開的嘴緊閉，「侯爺說了，您如若再不管，他便將這些鋪子都歸府中打理，絕不再為您往裡添半個人和半分銀子！」

「這是那老婆娘說的吧？」魏青岩話語乍冷，齊呈沉默不語，半晌才試探地開口道：「不如請林姑娘幫襯幫襯？」

魏青岩未即刻應下，林夕落瞧他一眼，連忙推脫：「不可，大人不允我離半步，何況這乃侯府家事，我怎能插手？」

齊呈瞧她如此斬釘截鐵，心中猜度消去。魏青岩不搭理他，林夕落也不吭聲，他有意難為這齊呈，想必定有緣故，但其中原因她不想知，心中只嘆魏青岩的城府太深。

如此僵持也不妥，齊呈上前道：「爺，這好歹也是皇上賞賜的，歸府中不妥當，何況您心裡頭也不忿，不如尋幾個妥當人管著，您這方也能與侯爺有個交代。」

「歸府中？她也得敢張口要！」魏青岩的神色極冷，「你與父親回，人我可以找，但之前的那筆爛帳他要清了，另外醜話說在前，如若我接了這帳目便與侯府無關，老婆娘和二房若在其中指手畫腳，我就把她手指頭給剁了！」

齊呈臉色難堪，卻也只得硬著頭皮應喝，臨走時又看了林夕落一眼，似有話說，但林夕落故作不見，沒跟著出去。

老婆娘？怎麼各個府中都有刁老婆子？林夕落有些發怵，說是糧鹽商行、賭場錢莊，可這其中好似夾雜不少的彎彎繞，她可別又鑽了這套子裡，整日爭得你死我活……

未等開口推脫，就聽魏青岩道：「妳已應下，不許反悔。」

林夕落張著半截的嘴，因晚他半分，心頭不忿，「您之前可說無人敢惹。」

「自不敢惹，可來招惹的妳收拾了不就成了？」魏青岩不再開口，索性臥床睡去，林夕落有意再說話，他卻不耐道：「不要擾我。」

林夕落不依，「我一個小丫頭怎能收拾得了侯府的人？」

「有我在，妳怕個甚？」魏青岩斥道：「我欲睡，妳別吵！」

林夕落嘴不停：「您有傷勢在身，難不成我挨了欺負再歸來告狀？什麼事都晚人家半拍，這怎能成！」

「別吵了！」魏青岩訓斥，林夕落繼續念道：「我不依，我反悔！」

魏青岩道：「君子言出必行，怎能反悔？」

「我不是君子，我是女子！」林夕落叫嚷不休，魏青岩一把將其拽到床上，林夕落嚇得連忙蜷住身子捂住臉，可半晌對方未有動靜兒，睜眼一看，魏青岩已經睡著了。

林夕落面紅耳赤，從一旁悄悄地溜下床，坐在床邊的椅子上，心中忿恨道：無賴，看我貪光你的銀子！

齊呈翌日再來時，明確告知魏青岩所提之事侯爺答應了。

魏青岩指著林夕落，「往後都交由她管，讓各商鋪的管事都來拜她即可。」

齊呈看著林夕落，昨日還堅決推辭，今日就應了？可見她一臉不耐，他未敢開口。

有意在此報帳，魏青岩卻滿臉不悅，「聽著銀子就厭煩，離開此地再說，這兒只休息。」

「我離開此地，您不怕齊獻王找上門？」林夕落一直都在想這個事，如今齊呈和李泊言等人每日往來於此，他在此處之事再難以隱瞞。

魏青岩道：「他昨兒剛剛被皇上罵了，還有一個月娶親，不敢再有異動。」

林夕落白他一眼，怪不得敢如此明目張膽地露面，她只好帶著齊呈去了前堂，審閱帳目，可越看眉頭皺得越緊，到後面根本看不下去，直接扔在一旁，「這怎麼都是虧的銀子？大人不是說，侯爺將之前的虧空補上了？」

「侯爺已經撥了銀子，但這些都是大人自個兒的虧空……」齊呈苦笑，也帶著一絲幸災樂禍，「五爺雖文武雙絕，可惜對銀錢心中無數，林姑娘，往後可都看您的了！」

林夕落怔刻後心中怒罵，又上了他的當了，什麼分一半銀子的紅利，她這是頂了一半的債！

儘管覺得自己被魏青岩戲耍了，林夕落依舊用了幾日的時間將這些帳目核對完畢。

合上最後一個帳本，她嘆了口氣，這到底是什麼買賣？

糧行的米價比他人低，還給兵將貼補，虧；鹽行所需衙門的鹽引，這對魏青岩來說自不用擔心，可鹽引上的數額與到商行中的數額卻差出一半以上，鹽價又低，虧；錢莊自是放高利貸的，可惜借貸銀子不還，連利息都不給的大有人在，那些銀子放箱子裡都起了霉也未再拿出去做其他事進行周轉，虧；好在就賭場有一點兒進項，但抵比不過前三個虧錢的坑……

林夕落看著屋內點燃的螢燭，很想一把火把這些帳冊燒了，這些事要如何料理才行？

往隔壁魏青岩的房間方向探看一眼，林夕落對這位文才武將心中湧起強烈的鄙視，再雄才大略的人都有他缺心眼兒的一面！

心中有氣，林夕落不顧此時已是深夜，起身走進魏青岩的屋子，他也未睡，正在看書。

「何事？」魏青岩看著她，指著床邊的椅子，示意她過去。

林夕落拿了帳冊，站他面前，開口道：「明兒一早齊呈帶著管事們來回稟事，民女在思忖可否尋一時機去糧倉、鹽行看一看。」

「依妳。」魏青岩繼續問：「還有事？」

「另外有個事要大人拿主意，帳冊上的虧空有一部分是您麾下將士們所欠，而且歷年皆如此，這是您曾有過的承諾嗎？此事不定，民女不好再為這些人立規矩。」林夕落不等魏青岩開口，又道：「大人對這些兵士貼補是正道，可不能如此無謂，隨意一個兵將家中每月就賒去幾百斤米，家中要有多少張嘴才填得滿？」

魏青岩眉頭微皺，「未曾有過承諾，妳自己斟酌著辦。」

林夕落瞪眼，「齊呈曾說過您有過承諾。」

「有過嗎？」魏青岩揉額，「我不記得了，妳看著辦就好。」

林夕落無奈，狠狠地瞪他一眼，連說過的話都能不記得？

「明兒魏海來，我想讓他陪著見這些管事。」林夕落不用仔細琢磨都知道替他管銀糧的會是什麼人，背後若無人撐著，她可不敢貿然獨自前去。

魏青岩一直看她，「妳過來一下。」

林夕落不去，「幹什麼？」

「過來。」魏青岩的聲音多了幾分和緩之意。

林夕落斟酌半晌才走去，未等臨近床邊，突然被魏青岩拽至懷裡。

「放開！」林夕落掙扎著，雙手緊緊捏著他的手臂，可卻紋絲都掐不動，魏青岩單手束縛住她，另外一手輕理她的髮絲，淡斥道：「別動，不會將妳怎樣。」

林夕落半信半疑，魏青岩看著她道：「妳不是喜歡那雞毛撣子？明兒就拿著，誰惹了妳，妳就罰他，敢再多嘴的，就用象牙尖捅了他。魏海不能隨妳去，他另有要事，我會多派侍衛護著。」

「泊言師兄呢？」林夕落聽他這般說，又想起李泊言，好歹這是認識的人，心中也有底。

「他也不成。」魏青岩搖頭，林夕落看他越發湊近的臉，立刻用手擋住自己，悶聲問：「齊呈可能信任？」

魏青岩將她的手拿開，道：「對外，他可信；對內，不可信。」

寬敞的胸膛雖然可依，但林夕落只覺得這姿勢曖昧難言，螢燭微閃，讓她覺得不自然……

「腿都瘸了，還有這樣的心思！您若有意，我明兒尋個丫鬟來伺候您！」林夕落的心猛跳不停，張口便斥，魏青岩破天荒一笑，「怎麼，妳不從？」

「不從！」林夕落臉上赤紅，心跳的聲音更加猛烈。魏青岩目不轉睛地看著她，半晌才問道：「妳的心裡是哪一個？林豎賢？李泊言？」

「都不是！」林夕落惱怒，魏青岩鬆開手，她立刻起身離開，卻又覺得被他調戲心中受辱，冷哼道：「不許再有下次！」

魏青岩看著她跑出屋子，臉上的笑容漸落，拿起一旁的書繼續看。

林夕落跑回屋中，手摸著自己的臉和身上，只覺得滾燙，想起魏青岩那張冰冷的臉，還有他露出的笑，她說不出是什麼感覺。

這些時日的相處，她逐漸放鬆了之前對他的戒心和畏懼，但這種轉變她其實一直都明白，只是在尋理由遮掩，但剛剛那一幕……她承認心中略有所動，但只不過是一剎那。

林豎賢？李泊言？林夕落覺得他話語中這兩人的名字格外刺耳，她好似被困在囚籠中，而他們便是那一根一根的鐵柵欄。

她趴在桌子上，看著那一冊又一冊的帳本，忽然心生厭煩，很想將這些全都撕碎棄之不理……腦中煩亂，索性趴在桌子上睡了過去。

翌日清晨，林夕落沐浴淨身，換上一套規整的衣裳，外披胡氏為她新做的紅絨披風，魏青岩吩咐的侍衛早已在此等候，一共四十九人，統領上前，手中拿的便是魏青岩當初送給她的那根雞毛撣子……

再見此物，她丁點兒也笑不出來，怎麼看都覺得彆扭，索性又將其放回侍衛手中。

林政孝與胡氏未露面，卻在一旁的屋中看著，林天詡也在旁目不轉睛看著，「大姊真厲害！」

胡氏心裡是說不出的感覺，覺得女兒本事大，可又擔憂她的安危，林政孝則靜觀不言半句。

未過多久，齊呈便帶了管事們到此，初見這架勢，齊呈略微發怔，未等他開口，林夕落直言道：「今兒任務重，單聽管事們回稟恐怕不成，先去糧倉，再去鹽行，到了那裡再聽諸位管事們回話。」

管事們唏噓議鬧，瞬間便開始吵嚷，「姑娘家不能進糧倉，不吉！」

「林姑娘這是不信任我等，還要去看糧倉？」

「魏大人在何處？我要見魏大人……」

林夕落聽著眾人吵鬧，臉上分毫表情未有，齊呈覺得不對，抬手制止管事們爭鬧，上前道：「林姑娘，這群管事都跟侯府牽連頗大，您剛剛接手，不必張揚過大。」

林夕落笑道：「齊大管事辛苦，您帶路即可。」

齊呈愣了，無奈點頭，召喚著管事們道：「林姑娘的吩咐大家聽著就是，哪來那麼多抱怨？魏大人也是你們說見就見的？都少說兩句，走！」

聽到齊呈如此說辭，管事們心中都知他意，林姑娘吩咐？如若未有齊呈在，未有魏大人的令，他們哪知這林姑娘是誰啊？

「走什麼走？不提帳目反而直接去看糧倉，就沒見過這麼管事的人！林姑娘如若不信任我，老子索性不幹了，換他人來管！」一人起鬨，所有人都跟著嚷嚷。

齊呈在一旁不說話，林夕落瞧他一眼，冷笑地朝後擺手，侍衛們立即上前將眾人團團圍住。

「怎麼著，還要動刀子？我可是跟著侯爺出生入死的，任妳一丫頭動刀子？放屁！」

其中一腿瘸、瘦骨嶙峋的禿老頭指著林夕落就罵，林夕落看著眾人道：「想不幹的，本姑娘不攔著，但也要兌一兌這帳，但凡帳目兌清，自可走人，如若不清，別怪本姑娘下手狠！」

林夕落說完，看向齊呈，「齊大管事，您對糧倉的路不熟？那您回了吧，這兒不用您。」

要把他攆走？齊呈心中苦笑，可卻不能就這樣罷了，侯爺興許還有話要問的……

「林姑娘莫怪罪，卑職這就帶路。」齊呈朝下擺手，隨即引路先行。林夕落上了馬車，由侍衛護著。管事們駕馬的駕馬，行車的行車，浩浩蕩蕩的隊伍從這靜謐小院離開，胡氏的心瞬間提了起來。

「老爺，這可怎麼辦啊？這些人兇神惡煞的，夕落怎能制得住？」

胡氏忍不住嘮叨，林政孝也擔憂，這畢竟不是林府那些丫鬟婆子、小廝管事，這些人瞧面相便知不是好對付的主，連金四兒那類人在其中都算長得良善的，魏大人怎會將此事交給她一個丫頭呢？

「要不要去尋魏大人說說？」胡氏雖有此意，卻還無膽。

林政孝搖頭，「看情況再說吧，好歹有侍衛跟隨……」

林政孝的心中沒底，而這會兒，魏青岩在後院看著魏海，問道：「老頭子問你丫頭的事了？」

「問了，卑職如實回稟，侯爺道過些時日再與大人談。」魏海說著又笑道：「卑職將那法子展示給侯爺看，侯爺險些眼珠子瞪出來，更細問大人與林姑娘如何相識、如何得知此法，卑職說了，您當初差點兒將林姑娘嚇死，就這麼認識了。」

魏青岩瞪他，「多嘴！」

魏海聳肩，不當回事，門外有侍衛回稟：「大人，林姑娘帶眾人去了糧倉，管事們有鬧事之嫌，齊呈也跟著去了。」

「走了？」魏海連忙問：「可要卑職將林姑娘攔回來？糧倉可不是輕易能動的。」

魏青岩揉額，本以為她昨日隨口說說，誰知今日就動了身？想起昨晚二人的對話，還有她憤憤離去的模樣，魏青岩的心底初次不安，「先把手邊的事放下跟隨她去，記住，別阻攔也別靠近她，守著就成。」

糧倉在幽州城郊之地，離城內約十幾里的距離。

遠遠望去，斜坡之上，糧垛像是畫卷上的墨滴，可走近時，比壯漢還高出半個身子的糧垛讓人不由得心生敬畏。

民以食為天，此乃人存之本。

齊呈引林夕落一路行到糧倉的議事廳，說是議事廳，不過是一搭建的草棚子。林夕落尋了張木凳坐下，周圍的侍衛站好，管事們在兩旁各自尋地等她開口。
看向一旁蜂擁而至的苦力，破衣爛衫、亂草髮髻、灰土滿身，目光中只有看熱鬧，對來此何人、為何而來，絲毫無關切之意。
齊呈上前道：「林姑娘，可是開始對帳？」
「不急。」林夕落看著管事們，「各位管事自早折騰至現在也都累了，先歇一歇。」又指向門外幾個苦力，「找幾個進來說說話。」
齊呈不明她有何意，但能阻總比應承好，雖噓聲說話，可聲音卻讓所有人都聽得到：「林姑娘，管事們還等著，何況您這樣做，不免讓管事們多心……」
「不過隨意聊聊，齊大管事，您這心眼兒太細了吧？」林夕落一副納罕之態，再指一旁的侍衛上前，直接選了四名苦力帶進來。
林夕落不顧其他管事們的冷眼氣惱，看向這幾人，隨即問道：「出身何地？在這裡做工可還過得習慣？」
其中一人道：「兄弟隨軍，打仗死了，得魏大人體恤，便來此吃飯幹活，至今已有三年了。」
又一人道：「以前是滬軍營的，腿凍瘸了，只能在此混口飯吃。」
另外二人不願開口，林夕落也未追問，看了齊呈一眼，齊呈立即道：「多數都是如此情況，侯爺和五爺體恤下屬，糧行也為此而建。」
「每個月能得多少糧食？」林夕落繼續問，那腿瘸了的冷笑道：「有口吃的就不錯了，還想得多少？」
其中一管事咳嗽幾聲，他便不再說話，轉而拱了拱手，滿臉不以為然，「這位姑娘不必多問，幹活去了。」說罷，轉身就往外走，其餘的苦力多數也跟隨離去，齊呈故作阻攔之狀，隨後滿臉無奈，與林夕落道：「……這些人粗鄙慣了，您莫多心。」

之前的帳目可是一人能賒百斤不還，可如今這苦力的卻只有一口飯？

林夕落沒回齊呈的話，開口道：「對帳。」

齊呈朝下一擺手，管事們上前回稟帳目花銷、支出、收入，林夕落就在一旁聽，半句不問，也不打斷。管事們陸續說完，已是一個多時辰過去。林夕落坐在椅凳上動都未動，管事們心裡卻開始打鼓。

他們拿著厚厚的帳冊上前念，她聽聽就罷了，這其上的數額她能記得住嗎？

有人看向齊呈，這位可是侯爺身邊的大管事，魏大人的事多數也經他之手，他到底是何意？

齊呈此時心裡也沒了底，傳聞這位林姑娘性格跋扈、脾氣暴戾，可如今她半句話都不說，到底在想什麼？五爺對她又是如何吩咐的？

齊呈不信五爺會允她直接來這糧倉，這地兒多數養的都是傷兵殘將，雖是往裡填補銀子，但這地兒若動了，連帶著侯爺和五爺現在手下的兵都會跟著暴動，可不是小事。

此時顧不得多心，齊呈使了個眼色給下方的管事劉大麻子，示意他適可而止，莫在此時張揚過大，也別鬧出事來，但以訛傳訛，這眼色不比口述吩咐，旁人見之難免有所誤會。果然，劉大麻子瞧見齊呈眉頭皺緊，不停擠眼，只當是對這位林姑娘的作為有所不滿。

連齊大管事都不滿意了，那這位林姑娘還能得了好？

劉大麻子心中本就有氣，這會兒得了上頭的令自然想歪了，這是讓他尋個法子把她弄走吧？

眼珠子一轉，劉大麻子下意識地往遠處的糧垛看去，也不知是歪腸子多，還是心思鬼，這糧垛什麼東西最多？除了糧食和人，自然是耗子啊！

劉大麻子出了門，尋兩個苦力悄聲吩咐，歸來時還不忘朝齊呈擠眼，一副讓他等著看好戲的神色。齊呈見此，心中頓時湧起不好的預感，不過是讓劉大麻子等人收斂些許，這出去一趟歸來打算作甚？正準備將劉大麻子叫來問問，此時恰好管事們全都回稟完。

林夕落出言道：「魏大人當初得皇上恩賜，便將此地建了糧倉，主要還是為屬下謀福，特別是跟隨出征傷殘的兵將以及他們的家人，這番善心大家可懂？」

當即便有管事嚷道：「這還用說，宣陽侯及魏大人體恤兵將是大周國數一數二的，林姑娘何必拿此話來說？」

「林姑娘，我們跟隨宣陽侯征戰時，您恐怕還未從娘肚子裡生出來呢！」

眾人大笑，林夕落也不介意，「善心總要有善得，你們回報這帳目，不用我說，但凡是會數數的都聽得出來怎麼回事，從今往後，這規矩要另立。」轉身看向齊呈，「齊大管事，您覺得如何？」

「林姑娘，這不合適吧？」齊呈連忙道：「這舊例已有年頭，何況五爺並不在此，此事不如回去問一問五爺再定？」

「您如若凡事都要請魏大人拿主意，那何必還讓他另選人來管帳和糧倉鹽行？」林夕落反問一句，卻是讓所有人都愣了，本都以為是魏大人派人插手，難不成是齊大管事請來的，這到底是怎麼回事？可讓這個十五歲的黃毛丫頭來管他們，簡直是荒唐！

齊呈反駁不了，林夕落讓侍衛拿來筆墨，親自一張一張地寫，寫罷便讓齊呈當眾念。

齊呈躲開，林夕落指著剛剛嚷得最歡、嗓門子最大的管事道：「你念！」

「老子不識字！」

他這般說完，所有管事爆笑，林夕落冷哼，吩咐一旁的侍衛，侍衛拿於手上，站於草棚正中，開口念道：「隨軍一年，月糧一碗、銅錢一吊；隨軍兩年，月糧二碗、銅錢兩吊；隨軍三年，月糧三碗、銅錢三吊……以此類推，此乃無論做不做工，都可得之物，額外為糧倉做工，計活另算，兵將家屬同此……」

這規矩念出，卻讓所有人都驚了。

這不是在剋扣，而是在闊賞。這裡隨軍年頭少的也有五七載，門外聽著的那些苦力頓時唏噓，全都不敢相信地議論開來。

侍衛念完，管事們頓時愣了，本以為這林姑娘來此是為了查虧空，可孰料虧空未查，反倒是先賞了銀子，這到底是怎麼回事？

眾人有議論的，也有看向齊呈的。齊呈也有些驚愕，這位林姑娘到底想作何？

林夕落由著他們議論，待聲音漸落，才吩咐侍衛道：「把這些貼至門外，有不識字的，就讓識字的給他們念來聽聽。」

「是！」侍衛每人手持一頁，拿至門外，剛剛那大嗓門子管事立馬急了，「林姑娘，您這到底要我們如何？您倒是給個痛快話！」

林夕落看著他們，口中道：「都是一起摸爬滾打死人堆兒裡闖出來的，瞧瞧這些苦力們，再看看你們，腦滿腸肥，各個都只當此地界是伸手就能吃上飯的有多少人？不琢磨琢磨這飯能不能吃一輩子！」

林夕落站起身，指著雜役那方便道：「糧倉中幹活的，各個瘦骨嶙峋，只給一口飯吃，這是誰吩咐的？」

「以往就是如此。」另一管事上前回道：「連年戰事，傷殘太多，如若都依著姑娘這番給銀子，宣陽侯府也給不起啊！」

「只尋思拿，不尋思賺？」林夕落指著這片空場，「上百畝的地，只尋思存糧，不尋思種糧？

即便不尋思種，就不會將這地兒做點兒別的？」說著看著最胖的那個管事，「你是這糧倉裡管何事的？」

胖子的臉肉滾滾，一拍胸脯道：「管收糧。」

林夕落續問：「那這糧倉現在有多少糧？」

「起碼也得有個……」胖子聲音漸弱，捂著腦袋想半晌，「起碼也得有個萬斤……不是，十萬……」磕磕巴巴，索性一拍腦門，「反正到不了百萬斤！」

不等林夕落發話，旁邊已有人踹他，「你個死胖子，糧都被你吞了肚子裡了，收糧的連數都不知道！」

胖子立馬嚷嚷：「我怎麼知道，我本就不識數！」

眾人哄笑，可笑後瞬間就平靜下來，這糧倉虧在何處？就虧在他們不管；這花銷為何大，收入為何少？各個都說自個兒貪魏大人半個銅子兒就不是人養的，可這事擺在眼前，誰都沒了底氣。

林夕落瞧見眾人已有轉變，便走出草棚子，開口道：「這糧倉一共有多少糧垛，每一糧垛中能存多少糧食，陰天下雨有多少損耗，你們可都知道？來送糧的，你們可親自看著秤？親自將糧過了手？這些都不看著，提『管事』二字，臉上就不覺臊得慌？」

林夕落直接走到其中一個糧垛前，從侍衛手中拿過刀，順著糧垛的木板劃開，米粒簇簇流出，其中夾雜著沙土、石子兒，甚至還有泥。眾人面色赤紅的空兒，卻聽一陣嘰喳亂叫，一片灰濛濛的玩意兒竄來，齊呈頭皮一炸，耗子？

林夕落驚聲尖叫，這一聲尖叫，將一旁齊呈的耳朵險些震聾了。

他捂著耳朵只覺得腦中嗡嗡直響，可不等齊呈和眾人動手打耗子，林夕落便開始跺腳踩，手中的刀也不閒著，在地上連連畫圈，外加侍衛立即圍護，耗子全都繞著她跑。

但耗子繞著她跑，管事們卻躲不開，各個上躥下跳，跺腳斥罵：「這他媽的是哪個王八犢子幹的屁事，太不是東西了！」

「耗子趕上兔子肥了！」

「哎呦，牠咬我一口……」

雞飛狗跳，人也跟著亂，好一陣才將這些耗子殺的殺、攆走的攆走，待清好了場，齊呈依舊耳鳴，看向劉大麻子的目光恨不得吃了他。

早就看這王八蛋擠眉弄眼不是好主意，居然弄出這等噁心人的事出來，幸好林姑娘不是尋常的嬌弱小姐，否則嚇出個好歹，他如何跟五爺交代？

林夕落抖抖裙子，再看齊呈望向那人的目光，還有那一臉麻子的管事灰溜溜的模樣，明擺著此事有貓膩兒，她冷笑一聲，看著劉大麻子道：「看到這糧垛中的沙子、石子兒，您心裡頭可舒坦？」

「舒坦個屁啊，這幫王八羔子，居然拿這等糟糧來糊弄人，老子跟他們沒完！」劉大麻子本就心虛，這會兒被問，嗓門子提高八度，其餘管事也心中不忿，那收糧的胖子管事直接抽刀挨個地朝糧垛插兩刀，不僅僅是沙子和石子兒，連苞米糠子都有……

他面紅耳赤，一肚子氣，主管收糧的幾人頓時被他人罵得狗血噴頭，恨不得尋個地縫兒鑽進去，終究忍不住這臊勁兒，胖子管事出口道：「都是鄉里鄉親，又是熟人，誰知他們有這等狗心腸，我一定將這事兒算個清楚，否則任林姑娘責罰！」

其他人紛紛附和，林夕落從侍衛手中拿過魏青岩為她做的撣子，笑著道：「既然你們如此說，那索性我再立個規矩，之前這筆舊帳就此洗了，要回一個銅子兒也都算你們的功勞，但從今日起，誰再偷奸耍滑，不把事兒辦利索了，可別怪我手中這撣子不認人！你們的疏忽可不是對不起魏大人，而是對不起這些等糧吃飯的兄弟！」

劉大麻子拍胸脯子叫嚷：「林姑娘放心，我要不把舊帳算清楚，我就不配叫這劉大麻子，叫我狗屁我都認！」

眾人又是應和，更有心急的，二話不說，直接駕馬離開糧倉，尋那些糊弄他們的人算帳。

林夕落也不在此處久留，道是三日後再來此地聽眾人回稟。

參之章◆紅顏雷霆震工頭

齊呈送林夕落歸府的途中，讚道：「林姑娘，您這一放一收的手段用得妙啊！」

「齊大管事過獎。」林夕落看著他，「那些耗子……」

齊呈連忙作揖致歉，「都是劉大麻子起的事，腌臢人就會玩這等腌臢手段，不過這些人也都有點兒小把戲，不似口中說得那般慨然仗義。」

「往兜裡算計銀子是人都逃不開的誘惑，但終究是窩裡貪，都是曾跟隨侯爺和魏大人出生入死的，睜一隻眼閉一隻眼便罷，但這是關起門說話，外面那些個貪財的想把手伸這兒來？休想！」林夕落毫不隱瞞，索性直言：「今兒初次來見，也是敲打敲打，再來賒帳賒糧的別怪我扣利錢，更要告訴眾人，魏大人行的善事不能讓他們當成理所當然，應當應分，該報恩的也得磕兩頭、念聲好才成，否則魏大人豈不成了冤大頭？」

齊呈只當沒聽見林夕落最後一句，也心知這是林夕落告誡他的話，便轉了話題道：「林姑娘那番闊賞苦力，這銀錢恐怕越添越多……」

林夕落看著齊呈，知他是在探話，便故意抱怨道：「苦力們計件領工錢，這些管事的自也如此，活多，兜裡銀子就多，他們能自給自足已經不錯了，魏大人建這糧倉不過是為了義氣，也為名聲，他又不缺這點兒銀子吃飯。」

齊呈被這話噎得不再開口，心中不敢再小瞧林夕落，今兒這番做派與他所想的完全不一樣。她能入得五爺的眼，果真是與尋常女子不同。

回了府，林夕落沒再去鹽行，今兒糧倉一行她雖硬撐著將事圓了，但所聽、所見、所聞與心中所想大相徑庭，糧倉這番破爛結果，使得她對鹽行不抱太大希望，還有錢莊、賭場，光想起便覺頭疼。

進了府門正院，齊呈也有意尋魏青岩回稟事，兩人直接往院中行去，可旁日靜謐無聲的地兒今日卻格外熱鬧。
林夕落仔細聆聽，怎麼似是林天詡的叫嚷？
她快步進屋，卻見一大桌子的菜，林政孝、林天詡與胡氏都在此，而正位所坐的是魏青岩。
林天詡未看到林夕落，依舊喊嚷著：「父親，我也要騎馬，大姊都會我也要會！魏大人說了，光讀書打不死賴漢子，書要會讀，仗也要會打，我要騎馬！」
胡氏連忙捂著他的嘴，尷尬之餘不知如何插話。林政孝看向魏青岩，魏青岩點頭道：「是我說的，他年近七歲，如若再不鬆鬆筋骨就晚了。」說完，看到林夕落與齊呈進門，眾人目光也跟隨向外探去。
林夕落心中納罕，怎麼覺得這才是一家子，好似她是外人一般？
林天詡扭頭看到林夕落，立即從椅子上跳下，撲進她懷裡，「大姊，我要學騎馬了！」
林夕落翻白眼，魏青岩的話她聽得一清二楚，這是要把林天詡給教成什麼模樣？
齊呈在一旁輕咳，只當沒聽見。林政孝與胡氏見兩人歸來，有意先離開，魏青岩擺手示意不必忌諱，讓侍衛搬來椅凳出言道：「這麼早便歸來？坐下一同吃用。」
林夕落的確覺得餓了，何況前往糧倉一來一回實在耗費心力，便淨了手，也不說話，坐著便端碗開吃。齊呈卻無這份胃口，在一旁道：「五爺，可否借一步容卑職回稟今日之事？」
「就此說吧，無妨。」魏青岩未動，齊呈道：「那便不急，待林姑娘用過飯後再與您細說。」
「糧行的事與我回作甚？已是交由她全權接手，不必來與我說。」魏青岩不甚在意，齊呈的心裡又是一抖，看向林夕落，未等有話說出，林夕落反倒先抱怨開來：「什麼糧倉管事，都是病殘之將，收糧的管事連數都不識，怎麼收？一刀劈下去，糧裡面都摻了沙土粒子、苞米糠子，連石頭子兒都有，倒是夠分量，拿侯府魏大人當冤大頭，不知是誰有這麼大的膽子！」

林夕落說完繼續用飯，魏青岩被「冤大頭」三個字擠兌得面色乍冷，狹長眼中露出不滿。

齊呈苦著臉，這位林姑娘不是背後捅刀子，而是敞開話報復，但拿五爺當冤大頭，這事兒他怎麼敢？

「五爺，此事並非卑職……」齊呈支吾回不上，這裡頭牽扯侯府，他一個下屬能說何？

魏青岩擺手，讓他不必再說，他則看著林夕落用飯。林政孝與胡氏半句不提，只覺得在此格外尷尬，渾身上下都彆扭。

今兒一早就有侍衛來回，道是魏大人在城內的「福鼎樓」定了席面送至家中，請他二人與小公子一同吃用。

兩人心裡頭打鼓，可又不敢拒絕，只得硬著頭皮到此。魏青岩本就話少，這四人只有林天詡的小嘴不停，才沒讓氣氛僵冷成冰，直至魏青岩與林政孝談起文壇書史，氣氛才略有緩和。

這會兒功夫林夕落便歸來，可坐下便是抱怨，什麼食不言寢不語的規矩，胡氏硬是憋在口中不提，只偶爾提筷子為她夾菜。

林夕落用完飯菜，齊呈也不過是隨意嚼用一二，侍衛撤了桌，魏青岩看他道：「你還有事？」

齊呈一愣，「明日鹽行的事，不知大人是否有……」

「沒事你就回侯府吧，明日再來問她。」魏青岩直接下令攆人，齊呈硬著頭皮告退，臨走時特意看向林夕落，目中複雜，可此時又不能再多說。

齊呈離開此地，林天詡下晌要念書，胡氏藉機帶他離開，林政孝也就此出門，屋中只剩魏青岩與林夕落二人，他便道：「扶我進去。」

「扶不動。」林夕落連忙拒絕，昨日之事她不願再次發生，縱使未有何太過親密的接觸，她也覺得不合適。

魏青岩繼續道：「扶我。」

林夕落看他，「您已能拄拐行走，何必要人伺候？」

魏青岩的神色冷了下來，林夕落不看他，縱使他的目光火辣，讓她心跳加速……

魏青岩架起拐杖，站起身，林夕落立刻往後躲了一步，就聽他冷言道：「妳就如此怕我？」

林夕落不知如何回答，怕他？她對其已無膽怯之意，可若提不怕，她為何下意識地躲他？

見其咬唇不語，魏青岩把一封書信扔於桌上，「看完告訴我如何回答。」

說罷，他自行進了屋。林夕落走上前，拾起信拆開，書信極簡，但內容卻讓她心驚，此乃宣陽侯告知魏青岩，齊獻王已開始注意到她，更問魏青岩如何處置她這會刻微字的丫頭。

林夕落心中一緊，處置？是要弄死她嗎？

她坐在屋中許久都沒有動，看著紙頁上倉促行草之字，筆鋒銳利，稜角分明，這宣陽侯絕不是能隨意應付的人。

時間一點一滴流去，太陽西垂，於天邊將雲朵染上一抹橙紅，霧月悄然升起，露出輪廓。

門外侍衛送來傷藥，林夕落接過走進了屋中，將螢燭燃起時，魏青岩正看著她。

兩人都未開口，林夕落拿著藥上前，先為他敷好傷腿，隨即等他褪去衣物，為其背後的傷口塗藥。魏青岩不動，林夕落轉頭看他，「要怎樣？」

「妳想好了？」魏青岩這話說完，林夕落自知問的是宣陽侯的信……

林夕落斟酌片刻才言道：「我怎知如何回，不過是為大人辦事的奴才。」

魏青岩直直地看著她，林夕落不敢回視。

他伸手抬起她的下顎面向自己，林夕落依舊不敢看他……

「妳在怕什麼？」魏青岩道出心中疑惑，林夕落抿著嘴，答道：「怕死。」

「那就學著活。」魏青岩鬆開手，褪去身上的衣物。林夕落拆掉這一層又一層的棉布，裡面的傷口就像是歪扭的爬蟲，格外駭人。

林夕落用浸濕的棉布輕輕擦拭，又聽魏青岩道：「過年妳不必回林家，隨我回侯府。」

「可父母還在……」林夕落有意推脫，未等說完，魏青岩便道：「妳不能離開我身邊，再者，大年初二齊獻王大婚，妳隨我同去。」

林夕落知曉縱使她不隨魏青岩去，林綺蘭那方她也推脫不掉，再想自個兒這身分，不由得嘲諷道：「您又要我這匠女去搗亂？」

魏青岩霍然轉身，將她拉入懷中。林夕落掙脫兩下，動彈不得，魏青岩看著她，認真言道：「妳是我的女人。」

林夕落心中一震，「這話您已說過。」

「妳不願，無人能動妳，我也不會，我等著。」魏青岩摸著她的臉蛋，皺眉道：「何必自嘲自諷？妳的匠女之名在刑剋大忌之名面前就似螻蟻般不值一提，往後妳的雕刀只能為我所用，知道了？」

林夕落嘆口氣，不再說話。被摟在他的懷中無那份愛撫的悸動，也無心跳加速的狂熱，只覺得這堅實的身板是堵可以遮風擋雨的牆。

名聲？自她拿起雕刀雕針，這名聲便已不在；名分？魏青岩已稱她是他的人，另許他人恐無可能，但他能給她名分嗎？

一是從一品都督同知加授龍虎將軍，皇上面前的紅人，一是七品小縣令之女，縱使她沾了祖父林忠德二品左都御史的光，她個庶系的丫頭也搆不上侯府大門。

林夕落不知自己對魏青岩是何心思，可她累了，只想尋能庇護自己的屏障，而他，恰好合適。

魏青岩就這樣抱著她，誰都沒有開口，沉默了許久，林夕落才道：「還未給您塗藥。」

「妳歇夠了？」魏青岩不答反問，林夕落從他懷中掙脫，出門換了一盆水，溫了藥，繼續為他塗抹，待全都包紮好之後，林夕落欲走，魏青岩拽住她，「明日一早去鹽行，只對帳即可，有何事待我傷癒之後再議。」

林夕落點了點頭，從他的手中執拗抽回手，悄聲離去。

魏青岩看著她的背影，嘴角微動，她也有這樣老實的時候？

翌日一早，林夕落醒來起身，剛洗漱完準備吃飯，就被林政孝叫至一旁。

林夕落見他神色微蹙，略有擔憂，為林政孝倒上茶，便開口道：「父親，有何事？」

林政孝沉了片刻，言道：「夕落，為父有事與妳商議，不，是告知妳，妳要有心理準備。」

「父親有事不妨直說，女兒聽著就是。」林夕落見林政孝的神色帶著幾分悵然，便靜靜坐下，等待他開口。

林政孝苦笑一聲，「父親有意辭去官職，也不再等候吏部調動，辭請之書已經送往吏部，想必不出三日便能有消息傳來，為父也是提前告知妳一聲。」

林夕落瞬間從椅子上蹦起來，林政孝連忙安撫，「勿驚，坐下說，坐下說！」

「父親，您這是為何？」林夕落知曉林忠德有意讓林政孝藉著魏青岩的勢力往上提官兒，可他卻辭官不做？林夕落心中震驚，那日之後，她也曾想過父母要如何才能安穩，但卻從未想過讓父親辭官。

林政孝見她盯著自己，不由得道：「自妳祖父離去之後，為父便在思量此事，也與妳母親商議過，如今家中狀況，為父這七品小官實在是障礙，也是拖累，不妨棄之。即便有一日妳不隨從魏大人，為父一七品小縣令也抵擋不過他人的踩踏，不妨就此罷了。」

「父親何必如此？」林夕落心裡有一分衝動，很想回到林府狠狠地抽林忠德一巴掌。

林政孝有今日作為，顯然是逼不得已的。

孝字當頭，林忠德往日之言他都聽之順之，如今卻因為她，因為她這個女兒而作無聲反抗。

棄官不做，寒窗苦讀多年的成果如此棄之，這需要多大的勇氣？林夕落不敢想，也不敢深思，林政孝見她面色怔紅，繼續安撫：「為父有妳，引以為豪，夕落，不必再多說，為父心意已定。」

林夕落起身跪地，向林政孝磕了三個頭，「爹，您放心，女兒一定不讓您今日之舉失望！」

林政孝連忙上前扶起，林夕落有意再說，門外卻齊呈已到來。齊呈先向魏青岩請了安，之後便引林夕落往鹽行而去。

這一路上，林夕落心裡頭複雜難言。

上輩子，她無父母緣，這輩子她格外珍惜，甚至恨不得將父母捧於手心中護著，儘管她是個女娃子，也不顧名聲地強硬出頭。可如今再看，她這是在作何？硬拚、硬闖，自以為是護衛父母、弟弟，可惹出一堆禍事還要父母跟隨擔憂，這是孝敬父母嗎？這是疼愛兄弟嗎？

自始至終，她都未懂父母二字到底是何意，如今林政孝辭官，她發自內心懊悔，無論她能拚出多大的天地，她在林政孝與胡氏面前永遠是個孩子，一個他們庇護的孩子。

車輪滾滾而動，林夕落想得頭疼，待馬車停至鹽行門口，下車便看到了春桃。

「大姑娘！」春桃見她下車立即衝上前來。

林夕落也頗感意外，自魏青岩帶她去城外軍營之處，春桃便未再跟隨，自始至終待在麒麟樓，即便她回城如此之久，她都沒被魏海帶過來，如今再見，林夕落的心裡多了一分喜意，笑著斥道：「如此之久都不肯回府，妳到底是誰的丫頭？」

春桃臉上嗔羞，轉頭指向魏海，「魏統領不肯帶奴婢回去，奴婢也不知那地方在何處。」

林夕落看著魏海，再看春桃，二人神色略有不對，他不是看上自個兒的丫鬟了吧？

魏海連忙上前行禮，「林姑娘，大人未有吩咐，卑職也不知您何時歸府，故而便讓春桃姑娘在麒麟樓等候。」

「你確定是為此？」林夕落目光中帶了幾分質疑，魏海看春桃一眼，有些抹不開顏面，點頭道：「的確如此。」

「那倒是要謝謝魏統領，春桃我就帶在身邊，你就不用護著了。」林夕落拽著春桃就往裡走，魏海怔住，「林姑娘……」

林夕落不理，春桃回頭瞪他一眼，快步跟上林夕落，魏海頓足，「裝什麼犢子！娶媳婦兒怎能慫？」可此時再改口已不妥，只得跟了進去。

齊呈已經先與管事們見了面，林夕落進來，齊呈忙引見道：「林姑娘，這位是鹽行的大管事孫浩淳，鹽行中也有著二成的乾股。」說罷，看向孫林淳，「這位是林姑娘。」

孫浩淳的目光上下審度，帶有幾分不屑之色。林夕落有些納罕，這人的下巴快仰上了天，可不像是個普通的管事。

春桃見魏海使眼色，忙湊至林夕落耳邊道：「魏統領剛剛說過這個人是侯府二奶奶的表兄。」侯府二奶奶？林夕落未聽魏青岩提起，不過他之前告誡此次只需將帳目查明即可，其餘之事都等他病癒再辦，想必這事兒也的確棘手。

家家有本難念的經，府府都有亂糟的事，想必宣陽侯府的人也都不是一群省油的燈。

孫浩淳看向林夕落，似在等候她先行禮，林夕落本有意開口，但見他這副姿態索性不動，屋內之人目光齊齊聚此，卻鴉雀無聲，這般僵持著，齊呈的額頭開始冒汗……

齊呈心裡頭苦，好端端的宣陽侯偏偏讓他將這幾樁事都交回五爺手中，可五爺不自個兒出面，而是讓林夕落全權負責，昨晚與宣陽侯回報時，連侯爺都瞪了眼。

昨兒那些大嗓門子嚷嚷得歡，好歹也都是指望著糧倉吃飯的，林夕落給點兒好處，批駁兩句終歸不會出太大的事，但今兒來鹽行，這兒處處都是軟刀子，特別是這位孫浩淳，極其不好對付。不但不好對付，還是侯府二奶奶的表親，這就更是難上加難了。

齊呈不再多想，只覺應該提醒林夕落，便湊近她低聲道：「林姑娘？」

林夕落知齊呈有意圓這個場，但她實在看不慣這鼻孔看人的孫浩淳，先與他打招呼，她是絕不會幹，轉而吩咐齊呈道：「時候不早了，將帳冊都拿出來，立刻開始審，提到誰，誰來回話就是了。」

林夕落轉身去一旁的正位坐下，春桃連忙尋人倒茶，魏海到門外吩咐好侍衛列隊，隨即又走向林夕落這方。孫浩淳被晾在原地，一張小白臉泛了青。

這丫頭他之前也有打探過，不過是林忠德庶子的閨女，庶子是什麼？那不就是家中略有身分的奴才！如今能得魏青岩庇護是她一家子的造化，也不知魏青岩是瞧上她什麼，模樣說俊俏？倒是不醜，但明豔照人卻算不上，而且還是個匠女，簡直是瞎了眼。

他好歹是宣陽侯府二爺的大舅子，論地位、論輩分，他可都在其上，就這麼被她晾著了，他何處說理？

齊呈讓其他管事去拿帳冊，他們則各個都瞧著孫浩淳，這可不是他們不聽齊呈的令，而是這鹽行中的帳冊有很多種，孫浩淳沒吭聲，他們怎知要拿哪一套給這位林姑娘看。

林夕落看向孫浩淳，孫浩淳此時來了勁兒，逕自踱步走向主位一旁，看著她道：「小匠女都能混成替魏大人查帳的管事，妳的本事不小啊！不過……這位子好像輪不著妳來坐！」

林夕落看著他，「為何？」

「我雖是鹽行的大管事，可也是有著兩成乾股的，妳不過是替魏大人來查帳的奴才罷了，坐主子位……妳也配？」孫浩淳越說聲音越厲，就像是被踩了脖子的公雞，眼凸銳嗓兒，連齊呈的臉上都掛了幾分不滿。

林夕落知他在找麻煩，但她不能退讓，便是道：「這鹽行的乾股如何分的？孫大管事不妨與我說一說。」

孫浩淳瞪眼，厲聲道：「這事兒也輪得到妳來問？」

林夕落沒回，魏海站在一旁，規規矩矩地拱手道：「孫爺。」每次這般稱呼，魏海都覺得心中不舒坦，孫子還是爺？這他媽的什麼輩分……

孫浩淳被他出言打斷面色不悅，可魏海是賜姓家奴，又是魏青岩身邊的人，他不得不給幾分顏面，「何事？」

「魏大人請林姑娘掌管糧行、鹽行、錢莊與賭場，也答應分其一半的乾股給林姑娘。」魏海這話說完，孫浩淳的金魚眼兒瞬間瞪出血絲，一半的乾股？這鹽行中他兩成、二爺兩成，魏大人獨占六成，如今分這丫頭一半，比他還多一成，魏青岩瘋了吧？

但此話乃魏海親口說出，孫浩淳即便不想信也知確有其事，林夕落看向他，「您可以說了？」

說什麼？有什麼好說的？孫浩淳冷哼一聲，出言道：「既然林姑娘也算這鹽行的東家，那不妨就與妳說一說。春夏都是陰天下雨，秋天好不容易得緩，可惜這入了冬，大雪不停，今年買賣可虧了本，我屢次前去與魏大人商議，可惜他公務繁忙，無暇搭理此事，如今林姑娘來了，妳說此事如何辦？」

林夕落不知春季之事，但夏秋剛過，她可沒見著幾滴雨，何況開口便談天氣，孫浩淳這是拿她當傻子糊弄？

「查帳本。」林夕落道：「這些事都看帳說話，孫大管事不妨先等一等。」

孫浩淳見她不肯離開，便朝後吩咐身邊的小廝：「去把帳目拿來。」加重了「帳」字，小廝自知孫大管事的吩咐是要拿虧本的帳，帶著幾個人朝後屋去，陸續搬出一箱又一箱的帳本。

這明擺著是故意的，齊呈怕林夕落惱，但林夕落不抱怨也不反駁，起身拿著帳本逐頁地瞧。

孫浩淳見林夕落查帳，他在此處就這樣等著也不合適。

「齊大管事，不如你我二人去隔壁的茶館聽上兩段兒小曲？」孫浩淳有意拽齊呈走，一是要問問魏青岩此為何意，二是要問問這林丫頭到底怎麼回事。

齊呈沒等答話，林夕落開了口：「孫大管事若是渴，不妨就在此地用上幾杯，這帳目說不準有何事要問您。」

孫浩淳道：「那就再去茶樓尋我不成？」

林夕落看他，「您一曲聽不完，我時而派人去打斷，這好似不太合適？」說罷，吩咐春桃：「給孫大管事沏茶。」

孫浩淳被噎住，齊呈連忙拽他坐下，示意稍安勿躁。林夕落仔仔細細看了許久，臨至晌午，孫浩淳正欲跳腳出去吃飯，便見林夕落合上帳本，出言道：「為何千斤的鹽引拿至此處，就要消去三成？孫大管事如何解釋。」

林夕落看向孫浩淳，雖說魏青岩囑咐過只查帳即可，有事待他病癒再議，但看到這些爛帳，她實在忍不住開口，即便不直接翻臉，也要敲打幾句。

孫浩淳不屑皺眉，撣撣衣襟灰土，才緩緩開口：「剛剛不是說了？天氣不好。」

「這鹽行賣的鹽從何處而來？」林夕落似是隨意提起，孫浩淳道：「自是鹽政衙門的條引，從鹽場領的。」

林夕落嘴角輕扯，「那與天氣有何關係？若你說儲存不當，你這大管事臉面恐怕掛不住吧？何況即便儲存不當，這鹽中若無雜質泥沙，也絕無半分損耗，孫大管事，這等事你不懂嗎？」

孫浩淳一驚，這小妮子合著還頗懂行？不會是詐他的吧？

「屢次取鹽可都有魏大人簽了條子的。」孫浩淳將此事擺出，又道：「不信妳可以看看，這鹽政衙門可是個肥地兒，縱使是魏大人出面，該打點的也少不得打點，所花費的銀兩自要從中扣算，閻王好過小鬼難纏，何況幹活兒的兄弟也都要吃鹽，沒了鹽可就沒了命。」

「孫大管事，您口味真重啊！」林夕落舉起帳目上的一頁開始念：「孫大管事：一月領鹽半斤，二月領鹽二斤，三月領鹽五斤，您這是作何？魏大人不拘著您用鹽，可也別把自己給苦著？身子重要！」

林夕落陰陽怪氣，卻把孫浩淳氣得駁斥不出，回頭就看向記帳的小廝，那冒火的眼睛恨不得將他吃了。小廝心裡頭也委屈，這拿走的鹽他能如何記？零零散散的都還有找不出緣由的，只得寫是他拿走了。

齊呈怕林夕落繼續問下去會與孫浩淳二人僵持得鬧起來，縱使她有五爺做後盾，可五爺此時根本不能出面。

「林姑娘，這帳目不妨慢慢地看，五爺雖交給了您，可不急於這一時，您說呢？」齊呈緩和說出此話，林夕落也知他是在給自個兒臺階下，便點了點頭，「齊大管事說的對，這會兒已是午時，別耽擱了大傢伙兒用飯的功夫，這帳目我慢慢看就是了。」

齊呈的心鬆到了底，但林夕落下一句卻讓他又驚了，「齊大管事，您是個明白人，這私鹽的事，您知曉多少？」

私鹽？這可是大周國最禁忌的事，林夕落口中道出如此二字，齊呈險些沒咬了舌頭。

孫浩淳嚇得走到門口就站住了腳，回頭卻見林夕落正看著他，「孫大管事，您不是餓了？這事兒我不懂，不過是讓齊大管事為我說一說，不然行事之間露了怯，丟人！」

孫浩淳只覺得心中像有團火在燒，他盯著林夕落看了許久，想知曉她到底知道多少。

林夕落臉上絲毫表情未有，好似誠心向齊呈請教。齊呈見孫浩淳露了相，連忙擋住林夕落的視線，似是有意提起：「林姑娘，這二字可不能亂說，最高刑罰可是要挖腕骨的。」

齊呈細聲細氣，可臉上的表情卻帶著幾分怒意和警告，明擺著不允她此時再說。林夕落一笑，只當她未開口問過此事一般。

孫浩淳只覺得自個兒再往外行走時的腿都跟著發軟，雖是寒冷冬日，身上卻被汗濕透，艱難地走出鹽行的門，立即吩咐：「去，去尋二奶奶！」

其餘的管事都被齊呈打發走，鹽行的屋中只剩林夕落、春桃、魏海與齊呈四人在此，林夕落收攏著物件準備歸府，齊呈未忍住心中之怨，開口道：「林姑娘，您闖禍了！」

林夕落對齊呈的話不以為然。

齊呈看向魏海，魏海到門口守著，春桃也退出多步，盯著後方的小門小窗看是否有人偷聽。

齊呈道：「這鹽行的買賣雖虧，但其中兩成乾股是孫浩淳的，另外兩成是侯府二爺的，也是五爺的兄長，但二爺不過是頂個名。」齊呈頓了下，繼續道：「官鹽在明，但各處私下都有些小動作，旁人心知肚明卻都不提，林姑娘今兒將這二字提出，著實是大忌。」

林夕落看著齊呈，「依齊大管事所言，那我問您，他們私下的小動作，魏大人可都清楚？」

齊呈斟酌下道：「五爺略有知曉，但無暇經管。」

林夕落再問：「那這每每虧了銀子，是誰往裡填補？」

齊呈答：「自當是五爺。」

「若是他們鬧出了事，這鹽行內誰的乾股最大？」林夕落不等齊呈說完，冷言道：「這是皇上賞賜給魏大人的，他自然脫不了干係！」

「可此事如此挑明，於侯府實在不妥啊！」齊呈也有猶豫，林夕落道：「侯府的二爺為何頂名，這我不管，但我只知道一點，魏大人想要此地紋絲不動，他何必讓我一個丫頭來查帳？齊大管事，您這『闖禍』二字恐怕是安錯了地兒吧！」

林夕落說罷，帶著春桃便走。魏海看了齊呈一眼，連忙追出。齊呈目送她們離去，心中起了凜意，這位林姑娘可不單單是跋扈囂張的匠女，五爺應也要有動作了。侯爺這次把所有的東西交還給五爺，或許是個無法挽回的錯誤了……

林夕落上了馬車，春桃自然跟隨，魏海如今的胳膊還捆著板子，臉上的刀疤未退痂，居然也欲跟隨林夕落回府。

看著這兩人的模樣，林夕落自知魏海對春桃有意，可他不提，林夕落絕不會應。魏青岩欺負她就罷了，連他身邊的侍衛都想把自己的人拽走，這她怎能答應？

「魏統領，您跟著作甚？」林夕落直言相問，魏海一怔，尋個由頭道：「卑職向大人回稟今日之事，也是大人特意吩咐卑職來護衛林姑娘。」

林夕落意有所指地看向春桃，卻見春桃一臉赤紅，帶著幾分氣惱。

「我今兒無事，你就甭跟著了。」林夕落吩咐侍衛行車。

魏海急道：「林姑娘，我還欲與您提……」

「我不答應！」林夕落不等他說完當即回絕，魏海怔住，而此時林夕落已經吩咐車馬離去，魏海原地撓頭道：「還沒說她就不答應，娶個媳婦兒這麼費勁？」

春桃聽林夕落那番說辭，臉上赤紅，輕咬著嘴唇，不等她開口，林夕落便看到她眼中的失意，不由得拍著她的手安撫道：「總要刁難刁難，別是一時動情，過兩日就忘了。」

「大姑娘疼奴婢。」春桃得知林夕落是為此拒絕，感激一笑，「奴婢願多陪著您，才不急。」

林夕落調侃地道：「還說不急？瞧妳那小臉兒紅得，但不能他提出就應下，被他牽著走，憑什麼？」這話好似也在說自己。春桃應下不再說話，這一路上，林夕落都未想鹽行的事，而是在想林政孝辭官之事。

林忠德如若得知此事，定會第一時間就斥罵父親，除非父親不出這個宅院，否則林忠德定會把這股火發洩出來，可她怎麼能讓林忠德不敢斥父親半句？

思忖一路，林夕落都未能想到妥當的辦法，下了馬車進了屋，胡氏將她迎進去，吩咐宋嬤嬤取茶暖胃，而後才端來午飯看著她用。

林夕落見此地只有胡氏在，訝異道：「娘，父親和天詡呢？」

胡氏苦笑，「都在陪著魏大人。」

林夕落一口茶嗆到嗓子眼兒，陪他？他何時需要人陪了？

春桃連忙遞上棉巾，林夕落接過，又問：「可是為父親辭官一事出主意？」

胡氏愣了幾分，「妳父親與妳說了？」

「今早得知的。」林夕落說完，就見胡氏嘆口氣，「吃吧，吃完再說不遲，免得餓壞了。」

林夕落瞧胡氏這副模樣，恐應另外有事發生，草草地用過飯，便去了胡氏的寢房，母女二人已經許久未如此親近，她便躺在胡氏的腿上，聽著她說話。

「妳父親辭官一事被駁了。」胡氏說到此，臉上更苦，「接信的人是妳三伯父的至交，直接將信扣下，尋了妳三伯父，如今老太爺也知道了，欲尋妳父親好生地談一談再議。」

胡氏看向林夕落，「閨女，此事如何辦才好？」

林夕落皺眉，林政孝辭官的信都會被扣，如今到底有多少人在盯著此處？父親做出辭官的決定，心中已經略有感傷，如今這中間又出了差錯，可讓他如何是好？

「魏大人知道了？」林夕落想起魏青岩，這事兒不得不與他說起……

胡氏點頭，「午間他依舊派人來請過去用飯，吃用過後，妳父親有意說起，我就先回來了。」

林夕落心中略微有底，卻又對自個兒這份安心苦笑搖頭，他會如何做？

胡氏見她面容滿是疲憊便換了話題，拽著她比量衣料，林夕落也未躲，但凡胡氏覺得好的，她都直接應下，更是選了幾套合胡氏心意的髮簪頭釵，哄逗著胡氏著裝打扮。母女嬉笑，好似忘卻煩惱。

未過多久，林政孝從外歸來，見林夕落在此略微驚詫，隨即道：「今日之事可順當？」

「父親放心，女兒還能應付。」林夕落未開口問林政孝辭官一事，也不提魏青岩對此事何意，看林天詡不在，便想起是否要為他尋一先生，可剛剛開口，林政孝的臉多了幾分抽動，猶猶豫豫地道：「魏大人說是要親自教他。」

他教？林夕落瞪了眼，那會教出什麼好孩子？

她心思不定，起身向後進的宅子行去，剛穿過一個小園子，就聽到林天詡嘰嘰喳喳在吵嚷：「大姊說我《明賢集》和《五言雜字》都沒讀過，不讓我讀論語，她還因為這個被先生罰了！」

魏青岩冷言道：「那些都是識字的書本，不適合你讀，《論語》、《大學》、《中庸》念念認字即可，兵法才是正道。」

桌面上擺的全是石子兒，魏青岩從孫臏此人講起，好似是在講故事，林夕落索性坐在院子角落聽他細說，而林天詡也不客氣，不時插嘴提問，魏青岩解釋後便繼續講。

一連過了小半個時辰，林夕落才起身走進，魏青岩餘光睹見便停了口，林天詡順其目光看去，看到林夕落便欲跑出去，魏青岩輕咳一聲，林天詡連忙坐好，一直看著林夕落進門。

「大姊，魏大人說要教弟弟兵法。」林天詡嘟著嘴，他的心裡也納悶，之前被先生尊為聖言的書，魏大人卻不在意，那他到底是學還是不學？不過聽其所講的故事，他格外有興致，如今看到林夕落在，他下意識便開口問。

林夕落不知怎麼回答，「明兒再學不遲，去玩吧。」

林天詡應下，從座位上起身，向魏青岩鞠躬行禮，便跑了出去。

「連他這六歲的小子您都不肯放過？」林夕落話語帶有幾分諷刺，魏青岩抬頭道：「這家不可能總倚著妳，妳終究是女眷，他一個男娃子整日只知禮儀尊卑，豈不是學傻了，將來怎能撐起這個家？」

這是為她一家子考慮？

林夕落心裡自嘲，索性轉了話題，「……今兒在鹽行見到了孫浩淳，也看了幾本帳，齊大管事斥民女闖了禍。」

魏青岩略感疑惑，「如何闖的？」

林夕落看向魏青岩，「他斥民女提了『私鹽』二字。」

魏青岩沉默了，林夕落卻未如以往那般安靜，將今日之事前前後後講了一遍，隨即道：「民女有幾種猜測，其一，孫浩淳將官鹽的三成扣掉，而剩下的換成了泥沙混入，陰天下雨會結鹽晶，以此稱耗損也有拿給您看的證據，其二，他也可能將井鹽換了海鹽，出了事也是您的買賣，他藉此謀個私利就是了，其三，他將全部的官鹽都換成了不純的私鹽，若出了事，也有大人應承。」

林夕落頓有片刻，繼續道：「民女更覺他全沾了。」

魏青岩看著她，目光中有幾分驚詫與複雜之色。林夕落不再開口，只等著他發話。

「妳過來。」魏青岩又讓她過去，林夕落搖頭，「我才不去。」

「怕什麼？」魏青岩語帶一絲調侃，林夕落依舊搖頭，「怕您忍不住……」

魏青岩哈哈大笑，笑得極為暢快，起了身，拄著拐向前走幾步，拽著林夕落便往屋中走。兩人一前一後進屋，魏青岩拽她坐於那條未傷的腿上，未提鹽行之事，反倒說起侯府的幾位爺。

「侯爺子嗣不多，共有五人，我最小，嫡長兄魏青石、二哥魏青煥、三哥魏青羽、四哥魏青山，我得長兄、四哥名而合一字，才有青岩之說。」話語停頓，魏青岩續道：「魏青煥在鹽行的兩成乾股是為他岳丈頂了名，他岳丈便是鹽政衙門的官，而我與魏青煥自幼不和，他右手的拇指便是被我掰折……丫頭，妳怕嗎？」

林夕落只覺其中關係複雜，而魏青岩所問的「怕」，恐怕不單單指這鹽行一事……

她沉了許久，無奈言道：「怕，可怕又能如何？」

林夕落為魏青岩換了傷藥，又依著他的口信刻了字，這封信是給城外的張子清，字簡，林夕落不懂其上字意，也無這份好奇心。她尋了一個裝有銅錢的盒子，捆綁結實，刻字的木條只作盒鎖的插條，狀不起眼，若非魏青岩特意囑咐過，連她都看不出端倪來。

讓侍衛送走之後，天色已不早，林夕落想回她的屋子歇著，可想起還未同魏青岩說林政孝辭官一事，她是否要回去問問？可她不願見他親暱的模樣……

她對他並非絲毫感覺都未有，拋開規矩與男女大防不提，他不是循規蹈矩之人，她也不是，可如今這種狀況讓她覺得這是個漩渦，一旦邁進去，她怕自己出不來。

而他的話語、他的行為，又讓自己釐不清自己對他到底是何感覺。

他是為了她會雕字所以束縛自己在身邊？還是真的有心？

她不願將自己的感情當成利益的籌碼，這是她心中的結。

林夕落腳步遲疑，最終沒再回去尋魏青岩，父親辭官一事，就交由他斟酌著辦吧。

回了寢房，春桃已等候在此，興許是得了胡氏的囑咐，林夕落只要去魏青岩的院子，春桃就不再跟著。

洗漱過後，林夕落雖覺疲憊，但躺臥床上卻睡不著。看向春桃，將其叫來，拉她坐在床角，林夕落問起她離開之後，麒麟樓的狀況。

春桃本以為林夕落會問起魏海，可說出是問麒麟樓，她的小臉嗔紅，連忙道：「大姑娘走了以後，奴婢就跟李千總在那裡守著，可魏統領歸來時就受了傷，李千總下令不允隨意出進。齊獻王爺的人不時找上來，奴婢不敢出去，而且那裡又都是男人……魏統領也為護著奴婢，就讓奴婢跟著他，免得出亂子。」

春桃說完，待見林夕落看著她笑，她才恍然，怎麼說著說著又拐到魏海身上了？

春桃急忙擺手解釋，好似快哭出來，「大姑娘，奴婢整日被他關在屋子裡不讓出去，對很多事都不知道，奴婢要回來尋夫人和您，他又不允。」

林夕落拍拍她，「行了，瞧妳這副模樣，女大不中留了，魏海倒是個漢子，可以考慮。」

春桃的臉色赤紅，「魏大人對大姑娘也有心。」

林夕落看她，不用問春桃就答：「這是魏海說的。」

閉目揉額，林夕落不願再提此事，轉過身睡去。

春桃也不知自個兒是不是說錯話，心裡連連埋怨自己實在話多……

翌日清晨，林夕落並未急著去錢莊和賭場，糧倉她看過，但糧行還未去，何況鹽行的事給她敲了警鐘，魏青岩雖未有半句埋怨，可將其中的關係擺明，明顯是她做得略微過火。
洗漱用飯，林夕落繼續查看帳目，可她不找事事找她，剛看完一本帳，李泊言便從外趕來。未有寒暄之詞，李泊言開門見山道：「魏海有意要娶妳的丫頭，讓我來說合說合。」
「他這麼快就忍不住了？」林夕落邊說邊看向春桃，春桃小臉依舊通紅，磕磕巴巴地說去給李泊言倒茶就趕緊跑了。
李泊言苦笑，「主子的事都沒成，這兩人倒是動作快。」
「師兄，狹隘！」林夕落知他意思，可這酸醋味兒大，並非是對她有好感，而是氣不過。
李泊言擺手不再說，反而問起林夕落這幾日的糧鹽之事，林夕落一五一十地說了，李泊言沉了許久，噓聲道：「宣陽侯功績卓越，但他可沒有大人的胸懷，莫看大人能得皇寵，連齊獻王也忌憚他幾分，但在侯府之中大人並不如意，否則也不會久居麒麟樓，也不會將皇賞的土地、買賣置之不理，任由眾人糟蹋，師妹，妳要小心。」
這是提醒也是告誡，林夕落點了頭，將帳本撂下，反倒有意推心置腹地談幾句：「師兄，妹妹如今也不知該如何做，從回到幽州城到今日的結果，好似都是我一手惹出來的禍，可回想起來，如若不這麼做，我或許就成了林家送人的把柄，過得生死不如。」又自嘲苦笑，「但如今可真是上了樑子下不來了。」
李泊言看著她，安撫道：「放心，還有師兄在。」
林夕落朝其一笑，兩人敘起閒話，提起林政孝辭官一事，李泊言道：「我今日一早趕來也正為此事，但拿主意的還得是大人。」
「有勞師兄了。」林夕落見李泊言的目光帶有幾分探尋，自然明白他心中欲問之事，可她又能回答什麼？因為連她自己都不知道答案。

李泊言心裡惦念林政孝的事，不再對此過多耽擱，直接去了後院向魏青岩請命。

林夕落思及李泊言所提之事，再想魏青岩那副冰寒之面……他在侯府過得不如意？

搖搖頭不再多想，她繼續看帳，要想出這糧鹽商行要如何辦，這可不是林府，管事們不服扣點兒銀子，再不服賞幾個板子就能老實的事，身邊還真是缺幾個得力的人……

臨近午時時分，林夕落才理清糧行的帳目，根歪藤歪，她之前直奔糧倉一點兒錯處未有，可糧行就是耗子的門兒，那裡才是耗子洞。她就等著明日再去，看看慨然拍胸的管事們如何說辭了。

準備用午飯，林夕落被胡氏直接帶至後院，魏青岩依舊讓福鼎樓送了席面，林政孝一家子與魏青岩、李泊言同用。

李泊言並非初次體驗，可見魏青岩吃得順順當當，連林天詡都時而插上兩句話，心中突然有種感覺，規矩越大，情分越淺，大人整日如此，不會是把這兒當成家來體驗吧？

想著魏青岩的刑剋出身，李泊言思及自己父母雙亡，又見胡氏不停地夾菜給林夕落，林政孝沉默不語，林天詡不時嚷嚷幾句魏大人講給他聽的故事，林政孝思忖一二便點一點頭，隨即繼續用飯。

家……這才是家的感覺。

李泊言的心裡釋然些許，索性端碗大口大口地吃嚼起來。

林夕落卻沒有他這麼多想法，用過午飯直接說起她手邊缺人手，「……齊呈這個人我信不過，我也不能總四處盯著，那豈不累死？大人要派人手給我，而且得是信得過的。」

魏青岩擦擦嘴，架著那條傷腿，想了片刻，看向李泊言，「你有何人推薦？」

李泊言搖頭，隨即道：「魏海如何？他正有意提親，看上了師妹的丫鬟。」

魏青岩不由得面露好奇，左右看去，「哪一個？」

林夕落回頭去尋春桃，可這丫頭早就跑得沒影，只得道：「就是我身邊一直帶著的春桃，可我還沒答應呢！」

胡氏怔愣，隨即不停使著眼色給林夕落，丫鬟許親是正事，何況魏海是魏青岩的侍衛統領，這可是好事。

林夕落不依，「我的丫鬟怎能那麼容易許出去？他也得做出樣子給我瞧瞧！」

「這小子！」魏青岩斟酌後道：「他不合適，雖有頭腦，可為人直正，妳所選之人應有幾分缺點，有缺點的人更好拿捏，無論是貪財或好色、官迷都可。」

林政孝一口茶險些噴出，胡氏急忙捂住林天詡的耳朵，「吃飽了？娘帶你去小寐。」說罷，也不顧林天詡是否樂意，拽著他便往外走。

林夕落瞪了魏青岩一眼，「那又有何人選？」

林政孝輕咳兩聲，「我有一人推薦。」

「何人？」林夕落直問，林政孝答：「金四兒。」

金四兒？林夕落想起他，那倒是又貪財又好色……

魏青岩不知其為何人，林夕落見他望過來，只得道：「貪財好色的主兒，是林府故去老夫人的族弟，以往在林府中主管修繕，外方的事倒也混得熟。」

提及林府之人，李泊言多少有些顧慮，「他靠得住嗎？」

魏青岩未駁，與林夕落道：「妳斟酌著辦。」

這頓飯用過之後，李泊言著急離開去辦事，林政孝未當著林夕落的面與魏青岩商議辭官一事，寒暄幾句之後便離去。

林夕落將糧行的帳目大概說了幾句，魏青岩不耐地擺手，反問道：「妳就不問問妳父親辭官一事如何？」

林夕落撂下帳本，「這事兒我操心又無用，還不都是大人說的算。」

「沒心沒肺！不孝之女！」魏青岩冷斥，林夕落答：「民女力不從心，何必再於父親身上施壓？」這也是她近日心中之感，這事林政孝都未再開口與她細談，而是直接來請魏青岩拿主意，她如若插嘴，恐怕讓事情更複雜。

魏青岩拍了拍她的腦袋，「倒是比以前聰明了。」

「大人對父親之事有何意？」林夕落揉著腦袋，看著他。

魏青岩冷笑道：「林忠德想要讓妳父親去求他，連林政齊都能站於妳父親脊背之上，他這心思不正！」

林夕落道：「本就不正，這話何必再說？」

「我給他兩個選擇，一是繼續辭官，待我病癒，直接去吏部拿了尚書大印蓋上；一是將你父親調職至吏部，讓林政齊去邊塞當個小縣令，妳覺得如何？」

林夕落一張臉憋紅，「你這做法夠狠，父親多半會選辭官。」

讓林政齊與林政孝官職對調，這還不得將林政齊氣得吐血？何況依著父親那清正柔軟的心腸，定會選擇辭官。林夕落看著魏青岩，目光中的驚愕、審度絲毫不遮掩，一五品官，一七品縣令，官職對調在他口中如此簡單……

他要林政孝作官，可否還有他意？林夕落突然對自己的自作多情臉紅起來，連忙轉頭。

魏青岩挑眉看她，「妳想什麼呢？這事兒也需籌策，妳以為我說句話就成？」

「難道不是？」林夕落不顧驚訝，魏青岩只道一字：「笨！」

齊呈倒是個守日子的人，林夕落去糧倉後三日，他一早便尋上門，請林夕落去糧行看一看。

「糧倉那方已經開始在籌備重新選糧、篩糧，管收糧的胖子、管運糧的麻子也都在糧行等候回稟姑娘這兩日的事宜。」

林夕落應下，而此時春桃端來了早飯，看齊呈在此，不由得問道：「齊大管事用過了？」

齊呈微怔，連連退後，「卑職在此等候即可。」

「一同用吧，再為齊大管事備一份。」林夕落指著那粥菜道：「這是魏大人讓福鼎樓每日送來的，如今早、中、晚的飯菜幾乎都是福鼎樓的，院子的廚房快成了擺設，廚娘們整日只做些茶點，閒得都開始納鞋底兒了。」

齊呈抽著嘴角，「福鼎樓的一餐飯可不便宜……」

「所以這賺銀子的事，還得齊大管事多多幫襯著了。」林夕落意有所指，齊呈微怔，連忙道：「願助林姑娘一臂之力。」

春桃再端一份，齊呈推脫兩次便坐下吃用。兩人用過便起身出門，向東城那方的糧行趕去。

糧倉在城郊，這「頃東糧行」便在東城的繁華之地。

偌大的空場，糧米一袋袋疊起，除卻大米之外，還有黃米、玉米、高粱等物，兜售之物齊全，一進院子便覺此地小廝苦力幹勁十足，朝氣蓬勃，可就是兩字：虧錢。

林夕落站在空場之中四處掃量許久才行進糧行正廳，右側房是前來付帳買糧的百姓，瞧見眾人簇擁一女眷到此，不由得投來目光，議論紛紛。

正廳之中，管收糧的胖子、管運糧的劉大麻子都候在此，在糧行主管賣糧的便是那瘦骨嶙峋的瘸老頭，那日指著林夕落鼻子斥罵，如今依舊一副不入其眼的做派。

這老頭姓嚴，曾是宣陽侯麾下將士，自瘸腿無法行軍之後，就在糧行管一差事吃飯。

見林夕落到此，胖子與劉大麻子先上前拱手行禮，嚴老頭只投來目光，坐在椅子上也未起身，齊呈瞪他一眼，他才道：「瞪我作甚？又不是沒見過！那日去見林姑娘，她帶著眾人去糧倉，老頭子我體弱無力，這糧行也多事，自當走不開！」

齊呈有意駁兩句，林夕落擺手讓他不必多說，胖子懂眼色，立即上前道：「林姑娘，那日我可說了，這矇騙老子銀子的，我是一個接一個去砸了門。」說著往一旁的箱子指了指，「挨個的都賠了銀子給我，只不過銀兩瑣碎，還望林姑娘受累數個清楚。行軍多年，也未壞過一次軍紀，這事兒我辦得窩囊，就此不提。」

林夕落沒當即開箱數銀子，而是看向劉大麻子，那日他攛掇人弄耗子嚇唬她，這事兒她還沒忘，「劉管事，您這些時日作何了？耗子可都養肥餵飽了？」

劉大麻子一怔，想起那日的囧事，臉上沒幾分好顏色，慨然道：「林姑娘這是罵我？這幾日我去尋了幫我從城郊往城內運糧的人，他們開始不肯說，挨了一通拳頭才肯吐實話。這一路上他們也有剋扣，銀子我也要了，都是一群吃喝玩耍的東西，沒要回多少。」

一個袋子往桌上一放，稀里嘩啦的碎銀子倒是有些分量。

林夕落笑著道：「此事我絕不再提，往後對這些人等多留份心眼兒便罷，涉及到銀錢的事，誰都不能輕信。」說完此句，看向嚴老頭，「您說是不是這個理兒？」

嚴老頭冷哼地咬口大煙袋，不吭聲，林夕落繼續道：「嚴大管事不肯認這個理，那我倒是要問一問，劉管事往常運至此處的糧，為何到您這兒計數就會少？縱使運量的漢子們一人偷上兩口，也不至於少上三成，除此之外，這糧為何要比旁人家的糧便宜三成？您倒是說說是何道理。」

「有個屁道理！老子跟隨宣陽侯出生入死，能為宣陽侯擋刀子的人，還要向妳個小丫頭彙報？窮苦百姓吃不上、喝不上，賣得便宜點兒又如何了？」嚴老頭皮包的顴骨格外高，露出一口糙牙吵嚷，模樣極為猙獰，而且擺出為宣陽侯擋刀子，無人敢再接半句話。

胖子與劉大麻子在一旁不吭聲，他們慣於分資歷論排行，這嚴老頭是資歷最老的人，縱使心中有怨，他們也不敢提。

林夕落看著嚴老頭，齊呈在一旁道：「嚴大管事，林姑娘也是為五爺掌管糧行事宜的……」

「魏大人？」嚴老頭看向齊呈，也知他這是提醒，悶聲沉一口氣，再次開口：「之前糧價就是如此，只不過旁人家漲價，頃東糧行的價格終究未動而已。魏大人公務繁忙，幾次問他，他都不當回事，就此拖延。」

說完，嚴老頭拍拍屁股往外走，指著搬運米袋子的小廝就是罵：「你他媽的輕點兒，本就比別人家賣得便宜，少一粒米都會被扣不夠秤的屎盆子，這世道的人都鑽了錢眼兒裡，沒義氣二字了，還想占便宜來買糧？那是做夢！」

嚴老頭這大嗓門一嚷嚷，門外的小廝議論聲更大，而買糧的百姓也跟著議論開來，剛剛進去一名女眷，嚴老頭便說出糧便宜，這可是要漲價？

「黑心的人太多了！」

「此地糧價本就便宜，興許是合不上本錢了！」

「渾說，如若賠錢，這麼大的糧行還能如此多年都不關門？旁人家黑心，這邊也不白了！」

「快些買，過些日子漲價了……」

「對對……」

一堆人嘰嘰喳喳的話語聲傳進正廳，廳內靜謐無聲。

胖子看著林夕落，劉大麻子也覺氣氛不對，灌上了茶，又因茶太苦，接連呸著茶葉……

齊呈見林夕落思忖著不說話，也知此事實在過分，便開口道：「嚴老頭之前是侯爺身邊的近身侍衛，征戰時被打瘸了腿，一直都是侯爺給銀子養著，而後大人這方缺一管事，侯爺便讓他來此地。」

「他可有子女？」林夕落問，齊呈愣半分，「有，林姑娘問此事作何？」

林夕落看向齊呈，「他這般年邁，不如讓他兒子來接班？」

齊呈立刻擺手，「此事不可，之前曾有人私下提過，嚴老頭破口大罵，說宣陽侯絕不會攆他，一日沒死就在此地做一日的管事。」

林夕落冷笑，不再與齊呈問話，而是讓人搬著胖子與劉大麻子交上的銀子就裝了馬車，準備回府。嚴老頭見銀子裝箱帶走，他直接帶人過來，未等開口，林夕落便道：「嚴大管事辛苦，不必相送。」

「這銀子……」

「這銀子是魏大人要點的，自要帶回去，您歸吧。」林夕落上了馬車，嚴老頭有意讓人圍上，齊呈連忙阻攔，「……適可而止。」

嚴老頭目光中帶著幾分氣惱，可又知齊呈是宣陽侯的人，拿侯爺當門面與旁人說道可以，在齊呈跟前他還得退讓三分，便冷哼地帶人走。齊呈連忙吩咐車馬前行，剛走出沒多遠，林夕落撩起轎簾，「停。」

齊呈下馬來此，「林姑娘，有何吩咐？」

林夕落道：「把劉大麻子叫上，我有事問他。」

「林姑娘，這嚴大管事不能輕易動，雖說言語過分，可好歹也扯著侯爺的旗號撐門面。」齊呈知其有意與嚴老頭爭個高下，可他當初屢屢阻攔，怕的就是鬧出事，他不好交代。

林夕落看向齊呈，「你不去？那我自個兒去。」

齊呈的臉上多幾分冷意，只得派人將劉大麻子叫上。林夕落吩咐車馬前行，回到景蘇苑時，齊呈已經離開。

劉大麻子跟進院子裡，左右探看把守的侍衛，都是侯府的人，快走幾步追上林夕落，劉大麻子道：「林姑娘，您帶我來此地作何？我可什麼都不知道，之前放耗子嚇唬您，那也認過錯了，您還想如何？」

「帶你數銀子。」林夕落未去後院，直接到前廳坐下，劉大麻子自個兒尋了椅子，「我真的什麼都不知道！」

林夕落不管他的推脫，直接開口便問：「嚴老頭的兒子在作何？」

「當然是開……」劉大麻子張口說一半，立刻又閉了嘴，「不知道。」

林夕落立即接話：「開糧店？」

「我可沒說。」劉大麻子連忙否認，林夕落讓春桃沏茶給他，口中道：「劉管事，你不說我也知道，嚴老頭這糧價不肯漲，定是其家中也在做同樣的買賣，這方買了那方賣，中間也能賺一小筆。」

劉大麻子瞪了眼，即便沒有說出口，也納罕林夕落如何得知。

林夕落輕笑，「不必驚訝，這都是你剛剛無意嘴中漏出的信兒，隨意一想便能得知。你今兒不妨將這其中的彎彎繞講個明白，不然……我立刻就派人去查了他自個兒的糧店，而你，恐怕就要被認成背叛之人了。」

「林姑娘，妳卑鄙！」劉大麻子站起便罵，林夕落冷笑，「我卑鄙？你們不認清這飯是誰賞給你們吃的，不認清旁日的銀子是怎麼花的，還有臉與我談卑鄙？簡直是笑話！」

林夕落這話說出，讓劉大麻子支支吾吾半晌，一句話都回不上。

怎麼說？他們這些傷兵之人能有口飯吃，得的是侯爺與魏大人的賞，花的銀子也是從這裡面擠出來的。與其他跟著主子征戰歸來的傷兵相比，這已經是最順心如意的日子了……可、可他們為何如此？

劉大麻子心裡頭亂了，林夕落就在一旁看著他沒著急再開口。

今兒胖子和劉大麻子兩人拎著銀子來送，雖然胖子上交的銀子更多更全，但胖子的心眼兒可絕對比劉大麻子多。

劉大麻子粗布口袋，零零碎碎的銀子，散碎的想現尋地兒湊恐怕都不容易，他雖放耗子嚇唬過她，但她覺得他還有幾分良心，從這樣的人身上下手，總能找到如何整治那嚴老頭的招。

「劉管事，這事兒我也不急著催你，你不妨好生想想，那些來此年頭短的苦力、病傷更重的人，每日只有餬口的米，無富餘的糧，就連想娶個媳婦兒、生個娃都成了做白日夢。你們興許也有人從那時候熬過來的，就不回味回味那時的苦？」林夕落撂下茶杯，繼續道：「心慈所建的糧倉卻變成了個無底洞，無論宣陽侯與魏大人往裡填多少銀子，眨眼就無影無蹤，如今這事兒交給了我，如若我治不了，那這糧倉索性就撤了，不操這份心，誰的飯也甭吃。」

劉大麻子驚了，「這……這可是魏大人給兄弟們的，妳憑什麼說撤就撤？兄弟們不答應！」

「這時候想起魏大人了，他的銀子就是白來的？讓嚴老頭一人把守著那糧行，我也不答應！」

林夕落瞪他，劉大麻子氣焰又蔫了下去，可前思後想，這林姑娘所言卻也沒有錯，可……可如若他把嚴老頭賣了，他還不得被這些人的唾沫星子淹死？

林夕落沉得住氣，就看著劉大麻子等他開口，她並非要指著劉大麻子說出嚴老頭的那些噁心事，而是要讓他把這事兒想明白，他們應該向誰磕頭謝恩。

正堂中的香爐接連換了兩次香，劉大麻子才開口：「林姑娘。」

「劉管事有話直說。」林夕落的臉上沒絲毫表情，無和藹、無冷漠，讓劉大麻子分辨不出她剛剛的話語真假。

「您厲害！」劉大麻子道：「可出賣兄弟的事，我麻子臉絕對不會幹，但您說的話倒是那個理，嚴老頭的確過分，最初他這般做便不被兄弟們認可，可他跟隨過侯爺，也的確是為侯爺擋刀才落下這殘疾，而且他的資歷最老，我們這群糙人不看年齡，只認軍齡排老少，他也能稱其首，他說是為兄弟們留條後路，起初一二年還多少分點兒給兄弟們吃喝，如今這幾年整個鐵公雞，一毛不拔。」

劉大麻子沉半晌繼續道：「他也不容易，老伴兒病臥在床，大小子是個傻子，老二、老三精明，能幫襯著做些小買賣，林姑娘，這事兒我可交代了，只望您與大人好生說說，手下留情。」

林夕落倒未曾想這嚴老頭還有這等家事……

「家中的確有坎兒，但這抵不了他如今這副做派，即便他不當這大管事，家中恐也吃喝不愁，他能為侯爺擋刀，侯爺為人大度，自不會虧了他。」林夕落說完就見劉大麻子點頭，「您說得沒錯，可……」劉大麻子一擺手，「都看您了！」

林夕落瞧他面紅耳赤的德性，好似做了多大的虧心事，不由得安撫兩句道：「您也甭如此愧疚，我也可撂下許諾，我給他三次機會，如若他三次還不肯甘休收手，那可怪不得我不留情面了。」

「林姑娘大度！」劉大麻子聽她這話，目光中多了幾分驚詫，本以為她立刻就會派人去尋嚴老頭家中算帳，卻未料還給三次機會，這可不是三次尋常的機會，而是三張臉，初次不要、二次不要，如若依舊如此，連他們這些人都說不出半個怨字來。

林夕落露出一分笑，「我一個女眷，縱使心再狠也有幾分憐憫之情，何況劉管事今兒十句話有九句是為他求情，這臉面也是您為他求的，但醜話說在先，如若三次他都不肯……」

「我第一個站出來揭了他！」劉大麻子不等林夕落說完便先開了口，林夕落也不再將此事議個沒完，留他在此用了飯，便讓他回糧倉做事去了。

跟著胡氏、林政孝與魏青岩用完飯，林夕落起了興致，把大廚房沒活兒幹的廚娘全都叫至此地幹活，兩字：數錢。

稀里嘩啦的散碎銀兩和銅子兒一堆，瞧著銀光閃閃，可如若數起來絕對不是個輕巧活兒，林夕落讓侍衛去錢莊借來幾桿秤銀子的小秤，吩咐道：「銅子兒一千個一吊串好了，銀子也得秤準，分辨出是否有摻假。十兩一個包，如若今兒就數完，每人賞一吊銅子兒外加一頓紅燒肘子。」

林夕落這話一說，廚娘們全都來了興致，立即蹲在地上開始數，興致勃勃的勁兒好似大豬肘子馬上就入了嘴。

林政孝與胡氏瞠目結舌，胡氏看了魏青岩一眼，連忙道：「夕落，怎麼不直接拿去錢莊？在家數銀子這……這不妥當。」

「瞧著她們數錢，我心裡頭也有幾分幹勁兒，不然這腦子僵持不動，想不出好主意。」林夕落狡黠一笑，卻讓林政孝苦笑搖頭。

魏青岩在正屋門口瞧著，嘴角抽了下，索性把林天詡叫至身邊，又講起了故事。

「從前有一地發大水，村民紛紛逃命，其中一人背了個大包袱，裡面都是家裡的銀兩銅錢，比其他人游水慢，幸好得村民相助才能上了自個兒的船，可船小、人重、物重，他划得還比其他人慢，而洪水越發兇猛，他卻遲遲不肯將這包裹丟掉，最後風起水囟，將他與錢都捲至水底淹死了。」

「這人掉錢眼兒裡了，也太愛錢了！」林天詡下意識地嚷嚷開，魏青岩看向林夕落那活蹦亂跳的模樣，「你姊姊這也快了！」
林天詡一愣，隨即朝林夕落跑去，邊跑邊喊：「大姊，魏大人說妳掉錢眼兒裡了！」
胡氏嚇了一跳，連忙抓住林天詡不允他胡說，林政孝輕咳不止，看向林夕落勸道：「夕落，何必如此？如若傳出，此舉不雅啊！」
林夕落看到魏青岩坐在門口架著腿盯著她看，便走過去叉腰道：「我雖愛財，可不貪財，怎會是掉錢眼兒裡？何況這也是為您要回來的銀子，數數都不成？」
「笨！」魏青岩依舊這個字，「喜好數錢，不會讓錢莊將此都兌成銀票？」
「那不過癮，這堆兒大，聽著脆聲我就樂！」林夕落扭身欲走，魏青岩卻一把將其抓回，直接按在自個兒腿上。
胡氏見狀，慌亂得也不顧什麼說辭，抱起林天詡就往外走，侍衛立刻聚在正屋門前將魏青岩與林夕落二人擋住。林政孝一拍腦袋，將數銀子的廚娘們趕緊攆走，自己也搖頭離開。
林夕落的臉紅至脖子根兒，卻掙脫不開他的手臂，「大人，父母與弟弟還在，您太過分了！」
「我都不怕，妳怕個甚？」魏青岩按住她的小手，捏起她的下巴，「妳笑得好看。」
林夕落扭臉嘟著嘴，再看那些在此圍著的侍衛，憋了一肚子話不能發洩，魏青岩瞧她這小臉色也忍不住輕揚嘴角。
「今日去糧行，那姓嚴的老頭太過囂張，我準備動他，大人可有意見？」林夕落索性將話題轉至正事，魏青岩卻是點頭，「妳想怎麼辦都依妳。」
林夕落繼續道：「不過我也與其他管事說了，給他三次機會，畢竟是替侯爺擋過刀子的。」
「也依妳。」魏青岩摸著她的小臉，林夕落連忙用手擋住，卻又被魏青岩抓在掌心動彈不得，林夕落忍不住斥道：「我不從！」

魏青岩怔愣，隨即哈哈大笑，敲著她的小腦門，「都依妳，我等著妳先來。」

林夕落撇嘴，從魏青岩懷中掙脫起身，撒腿就跑離此院。

魏青岩瞧其離去的背影，笑容漸漸收斂，叫來一旁的侍衛道：「你去侯府告訴侯爺，林家這丫頭是我的人，侯府中誰若敢在她身上打主意，別怪我的刀子不客氣。」

林夕落回了自個兒的屋子，坐在椅子上沉半晌，春桃在一旁忍不住笑，林夕落瞪她，「妳與魏海好上以後，也敢調侃我了，胳膊肘向外拐，不忠！」

「奴婢也是為大姑娘高興。」春桃剛剛也見到那一幕，便跟著胡氏與林天詡一同離開。

林夕落心中苦笑卻不多言，她不願再多想魏青岩這個人，可腦中全是他的影像。隻身行至書桌前，提筆行字，一張接一張地扔出，她都不知自個兒寫得是何。

好不容易心思沉穩下來，林夕落吩咐春桃：「妳去告訴魏海，讓他將林府那個肖金傑給我帶出來，如若帶不出來，他也甭想娶妳了。」

春桃愣了，「大姑娘，您尋肖總管作何？」

林夕落淡道：「噁心人做噁心事，他最合適……」

肖金傑被魏海直接從林府帶出來，就像是被拎出來的狗，本是連連告饒，被魏海用繩子勒上了嘴，口水直往外淌，狼狽不堪。

將他扔在馬車上，魏海便吩咐侍衛將此人帶給林姑娘，林府的人追出來後，連連拱手道：「魏統領，您好歹也得留個信兒，這是府上的奴才，您直接衝進院子便帶人，我們無法跟老爺和夫人們交代啊！」

「交代個屁，這奴才我帶走了，告訴你們家老爺，這人是魏大人與林姑娘要的，至於用其作何我也不知！」魏海上馬踢馬肚，揚長而去。門房管事頓足，只得一溜小跑去找林大總管。

這一個奴才不是事，可衝進林府就這麼搶人，這不是小事！

林大總管得知此消息，一巴掌便抽了他臉上，「怎麼不攔著？」

「我怎麼攔得住啊！」

「他要此人作何？」林大總管納罕，肖金傑早就被扔至柴草堆裡頭等死了，這時卻被帶走？

「我也不知道啊，他進門便直接問肖金傑的名字，又問他在何地，拽著小廝帶路，我在後面跟著問他卻不說，如今帶了人就走，還說是魏大人與林姑娘要的人。」管事的捂著臉，「這可怎麼辦？」

林大總管沉嘆，「怎麼辦？天知道！」

肖金傑被魏海直接拎至林夕落面前，往地上一扔，開口道：「林姑娘，這人給您帶來了，我可否帶走她？」說著指向春桃，卻被春桃狠瞪一眼。

林夕落看著肖金傑，不搭理魏海，魏海也覺得自個兒唐突了，連連往春桃那面看去，春桃站於林夕落身後不搭理他。

肖金傑骨瘦如柴，嘴裡的牙未剩幾顆，蓬頭垢面，極為落魄，抬頭看到林夕落，好似尋到救命稻草，「九姑娘？九姑娘，您救救奴才啊，奴才可想死您了！」

「肖總管，你這日子過得怎麼如此悲苦？本是有意請你來坐一坐，可瞧你這副模樣，好似嘴裡喝口湯都得流出來！嘖嘖嘖……街上討飯的乞丐恐怕都比你周整些！」

「九姑娘，九姑娘，您念奴才的好，自從您走了，便是大夫人當家……她將奴才叫去便是一頓打，奴才可沒惹她，沒惹！」肖金傑說話漏風，支支吾吾大概能聽明白說的是什麼。

林夕落皺著眉，也納罕他怎麼混成如此德行，不過肖金傑越落魄，她越覺得好，「活該！讓你之前藉著二姨太太的名頭四處橫行霸道，狗仗人勢的東西，打死你都是活該！」

林夕落這麼一說，肖金傑立馬跪地磕頭，「九姑娘，奴才仰仗您了，您賞奴才一條活路吧！」

「不想見你這副糟蹋模樣，先去洗洗，吃頓飽飯，有了精神再來見我。」林夕落讓侍衛拎著他走，魏海的眉頭快擰成了鎖，「林姑娘，這狗東西，您還護著他？」

林夕落瞪他一眼，「不用他？那去挑撥賣糧、跋扈砸場子的事，你去不成？」

魏海噎住，「我不成，可他這軟麵條似的身板子也不成啊！」

「有了銀子，自然有人護著，何況他都這下場了，給銀子讓他去挨揍，你確定他不點頭？」林夕落冷笑，魏海的眼睛瞪得更大，林姑娘這心思可夠鬼的，去挑事砸場子都能想得出來，這可還是個姑娘家？

魏海看向春桃，春桃不理，他忍不住道：「林姑娘，卑職有意求親，還望您賞卑職這一緣分，卑職一定好生對待春桃。」

「我不嫁！」春桃立刻駁回：「我嫁了，姑娘身邊沒伺候的人了！」

魏海有些急，林夕落擺手，「等你養好了傷再議此事不遲，胳膊還捆著板子，娶什麼媳婦兒……心思倒是夠花的！」想起魏青岩，林夕落真覺被這主僕二人占盡了便宜。

魏海被這一斥，倒是拱手向林夕落鞠躬，「卑職之前有所冒犯，還望林姑娘莫怪罪。」

林夕落看著春桃，羞得滿面通紅，即使她有意攔下再等些時日，但這兩人還不得記恨她？林夕落出言：「我大度，不與你計較，但你若欺辱她，你可見到大人贈的撣子？我就讓你先嘗嘗那滋味兒！」

魏海朝春桃嘿嘿傻笑，春桃羞澀不理，魏海自當好話說盡，只期望胳膊明兒就好，然後談娶親之事。

林夕落將此事撂下，一門心思尋思嚴老頭的事，她對他沒有半點兒好印象，縱使他家中悲喪，他也不應將眾人都當成傻子。倚老賣老？這才是卑鄙！她倒是要看看，允其三次機會，他肯不肯上路了。

肖金傑洗漱後，往肚子裡填了一盆高粱米飯，撐得動彈不得，被侍衛直接從外面抬進來。

林夕落瞧他趴在地上就像條快撐死的狗，厭惡道：「這也像是大宅院中出來的？丟人！」

肖金傑連連磕頭，「奴才丟人，丟人！」

「交給你一事兒，你若做不成，就莫怪我再把你扔回林府……」林夕落未等再說，肖金傑拚命點頭，「九姑娘是奴才的救命菩薩，您說什麼奴才都做！您別讓奴才再回林府了，大夫人會直接要了奴才的命！」

「少在這兒拿大夫人說嘴，你那歪心眼子也莫在這兒用，何況你死了，與我何干？不過是這世上少了一惡糙的奴才罷了！」林夕落瞧他一眼，再問道：「你確定讓你作任何事你都能應？」

肖金傑立馬道：「奴才如若敢說個『不』字，天打雷劈，不得好死！」

「那你現在就去林府門口，替四姨太太和林瑕玉哭上一通喪，時間為一炷香。」

林夕落這話說出，肖金傑眼珠子差點瞪出來。

去替四姨太太和五姑娘哭喪？這兩人在林府中已經被視為從未有過的人物，他去哭喪，這不是找死嗎？

看著林夕落瞪向自己，肖金傑只覺得自個兒渾身上下的骨頭都軟，「九姑娘，這哭喪……」

「將他送回林府！」林夕落這話剛出口，肖金傑立馬道：「奴才去，這就去！莫說一炷香，哭上一宿奴才都樂意！」

林夕落看向魏海，「讓侍衛守著，你在一旁看著。」

魏海雖是點頭應了，可心中也對林夕落這番折騰人的功夫格外驚駭。

這還不如一刀捅死此人來得痛快，她這整個是想活活折磨死人啊！

魏海拎著肖金傑往外走，林夕落則帶著春桃去尋林政孝與胡氏，先說了肖金傑的事，隨即又讓胡氏再尋一丫頭來，看向春桃道：「這丫頭要嫁了，我這身邊沒個陪著的人不舒坦。」

春桃一聽，立馬擺手，「奴婢沒要嫁，奴婢陪您！」

「妳若再說，我可當真了！」林夕落說完，春桃便跑去胡氏那裡，「夫人，您看姑娘又欺負奴婢了！」

胡氏也知她與魏海的事，只點頭應下籌備著，便是說起為林夕落再尋丫鬟的事來，春桃斟酌片刻，「不如把冬荷叫來？她也是個苦的。」

「她是二姨太太的人，不妥！」胡氏立刻拒絕。

林夕落沉默許久，「我倒是對冬荷有些了解，過年父親與母親若回林府，不妨將她要來。」

胡氏見她有此意，便點頭應了，林政孝斟酌道：「魏大人對為父辭官一事所給的兩個選擇，為父實在難擇，辭官一事，倒是讓我心底輕鬆了，可為父若為老百姓，妳這婚事……」略去未細說，「如若能入吏部行職，倒是還有可能。」

魏青岩今日當眾拽林夕落坐其腿上，這一幕讓林政孝與胡氏不得不將此事記掛心中。

如若是尋常百姓，縱使魏大人有心，但身分不匹配，婚事也難成，而夕落這跋扈性子，也定不肯作妾，即便肯，他林政孝也不答應。但應其去吏部當差，把林政齊弄去邊塞當縣令，他又有些狠不下心，可這樣夕落的婚事才能有幾分把握……何況魏大人提出這兩個選擇時，雖說讓他去吏部當差，是欲多個可用之人，但不免也有為娶夕落鋪路。

林政孝本是糾結難定，今日卻見那一幕，便知不得不想了。

林夕落聽他提起此事，心中略有退縮，可也知這事要儘快做出選擇，「不妨等過了年再議？如若祖父依舊有意拿捏，父親也不必再心慈手軟，讓他們來求你，過幾天舒坦太平、指手畫腳的日子有何不好？」

林政孝點了頭，「就依妳，父親也著實心冷了。」

胡氏見林政孝的神色帶著幾分滄桑傷感，便拿林天詡說事，無非是被魏大人拎去學兵法詭道，還習練拳腳，這兩日被訓得筋疲力盡，除卻吃睡，便都在刻苦操練。

胡氏感慨過後也更訝異，「不過這兩日他的飯量倒是大了。」

林政孝覺此甚好，林夕落卻不願林天詡被魏青岩拿捏住，何況他是閒得無事可做，非要教習天詡？正道還沒學明白，此時就教習詭道，那還能教出什麼好？

再想林天詡這孩子，他看到魏青岩那一張冰寒的臉怎麼就不知害怕呢？

而這一會兒，魏海又拎著肖金傑進了門，「林姑娘，這奴才喊了兩炷香的功夫，最後剩的幾顆牙也都被打掉了，這可還都是大銀牙！」

林夕落讓侍衛尋一大夫來給肖金傑的牙黏上，讓他去跟著侍衛們休兩天，過些時日她還欲用他在糧行上做文章。

提起林府，魏海目光中帶著幾分鄙夷，可林政孝在此他不便多說，只說大門緊閉，而後尋人來把肖金傑打成如此模樣，若非有侍衛在旁，恐怕他就回不來了。

林政孝心中略有擔憂，雖恨林家人心髒手狠，可如若林家這名聲不淨，他還是不願見到的。

林夕落安慰道：「父親不必擔憂，不過一個奴才而已，話還沒喊出口幾句就被人打了，他們自然會再尋出點兒由頭搪塞過去，無礙的。」

「可惜政宏杳無音訊，子不孝，其母恐也死不瞑目……」林政孝感慨長嘆，胡氏也埋怨了幾句，雖說對四姨太太和林瑕玉不喜，但人就這樣不明不白的沒了，著實讓人心寒。

這也是他們一家子離開了林家，如若沒走，誰知現在過的又是什麼樣的日子？

案板上的魚肉，終歸是不好當……

兩日過後，林夕落未見肖金傑，只讓春桃去傳了信，讓他去嚴老頭所守的頃東糧行，張口問他兒子的糧行在何處，而且要張揚得眾人皆知，此外，又賞了肖金傑十兩銀子。

春桃說完事，賞完銀，肖金傑的臉更苦，這不又是個挨揍的活兒？摸摸嘴裡的牙，這可是剛剛鑲上的，難道又要保不住？

「肖總管，你如若還想好好地過日子，那就依著姑娘的吩咐辦，這前前後後都是什麼人，你眼睛不瞎自然看得見。如若你中途逃了，侍衛可是當即就斬，還算……還算是為林府清了汙言栽贓的禍害。」春桃想著林夕落的話，當著肖金傑就罵去。

肖金傑連連點頭不敢回絕，心中卻是在想，自從沾上九姑娘後便屢次挨揍，他這輩子到底是做了什麼孽？

他不敢再多耽擱，拿了銀子便往外走。林夕落乘了一頂小青轎，周圍有換成平衣布衫的侍衛跟隨，未太靠近糧行便停了轎，而肖金傑在頃東糧行的門口左顧右探，最後還是咬牙進了門。

他也不是傻子，腦子裡轉出了個鬼主意，進門先問哪位是嚴大管事，拍胸脯子說他是個大戶人家的管事，來此訂糧。

如此一說，小廝們自不敢怠慢，引他便往嚴老頭那方行去，見到嚴老頭，肖金傑打量半晌，張口便道：「嚴大管事？」

嚴老頭上下打量，覺得這人不靠譜，可依舊點頭道：「正是。」

肖金傑仰著腦袋道：「你兒子的糧店糧不夠，讓我到您這兒再訂上一批，這價格您看如何結算？主子那方還等著呢，我也得早早回去傳個話！」

「放屁！」嚴老頭格外謹慎，當即斥罵：「老子的兒子怎會有糧店？」

「不是你？」肖金傑皺眉，「不對啊，之前他可與我說，他父親的糧店就在此地啊，這地兒還有其他姓嚴的嗎？」

「滾！」嚴老頭轉身就走，肖金傑硬著頭皮上去攔，「你兒子的糧店在何處？是不是西角市的那一家？」

嚴老頭回手便是一巴掌抽到肖金傑臉上，「再放這狗屁，老子抽死你，狗屁的糧店！」

「是我尋錯人，合著你沒兒子，要麼就是那小子騙我，拿你當他爹來矇事的，我這就去找他算帳！」肖金傑說著就往外走，一邊走還一邊與其他人敘著話：「現在這黑心買賣人實在太多了，連爹都能隨便認，我還尋思這一家子都是弄糧的也有把握，這事兒瞎了，回去可如何跟主子交代？還有何處是好糧？這兒的糧倒是不錯……」

「西角市怎麼會有糧店？嚴老頭的兒子是在東市！」

「南市也有一家賣糧的，價格比這兒貴，掌櫃也姓嚴！」

「這兒的糧不好買，每日只往外銷一百斤，沒瞧著一清早的便這麼多人！」

眾人唏噓議論，嚴老頭氣得暴跳如雷，使了眼色給幾個扛糧的工人，工人立即上去連推帶踹地將肖金傑打出糧行，更是放下狠話：「再敢在這兒露面，挖了你的眼珠子！」

肖金傑嘴角流血，身上骨頭都在疼，踉踉蹌蹌地往回跑，便被侍衛給領至一旁的酒樓雅間，林夕落正在那方等著他。

「九姑娘啊，這哪是糧行，這是要人命的賊窩啊！」肖金傑搶先訴了委屈：「這裝作買糧的都被揍了一頓，奴才脫不開這挨揍的命了！」

「說正事，原原本本地回上來。」林夕落讓春桃給他一杯水，肖金傑入口吐出，都是腥紅，隨即便將剛剛的經過說出，而且連百姓們的議論都說出了口：「……他不肯承認兒子賣糧，但奴才這雙眼睛也不是瞎的，瞧他那副糙德行，明擺著就是說瞎話，百姓中也有人說，他兒子在東市，而且南市也有一家糧店掌櫃姓嚴。」

林夕落點了點頭，讓春桃去點幾道好菜，「慰勞慰勞肖總管，往後可還有你要做的事！」

肖金傑聽著那菜名，眼睛裡便冒金星，口水都快流出來，立刻跪地向林夕落連磕幾個響頭，額頭都快磕青了。林夕落讓兩名侍衛守著他，她則回了景蘇苑。

這是第一次試探，嚴老頭不傻，定能知道這是有人故意為之，就看他知不知道收斂了。

肆之章◆臨別依戀曉風流

回到景蘇苑，林夕落就見門口有身著林府家奴的人在此等候，見到林夕落，眾人紛紛行禮，「九姑娘。」

林夕落微微點頭，欲往正堂走，卻見林大總管在此，除此之外，還有三伯父林政齊。

瞧見幾人在此，林夕落的眉頭皺緊，快步行進，正聽到林政齊在與林政孝言道：「……雖說七弟搬出林府，可好歹也是林家的人，時而要歸府探望一下父親，他如今年老體邁，不比當年，而且經常惦念你這一家。別怪三哥訓你，你這離家如此之久，連派個人去探望兩句都未有，這情分也著實淡漠了。」

林政孝不知如何回答，便遮過去讓胡氏為其倒茶。林夕落進了門，讓春桃快步上前去接過胡氏手中的茶壺，口中道：「三伯父今日到此就為了訓斥父親的？」

林政齊看向林夕落，目光多了幾分冷漠，可知如今這九侄女不比之前，臉上勉強擠出笑道：「九侄女如今也出息了，伯父深感欣慰，今日來此自是探望，許久未見，甚是掛念。」

「三伯父如此好心，侄女心領了，不妨在此用過飯再走。」林夕落轉頭問向宋嬤嬤：「今兒的飯菜送來了？」

「福鼎樓每日都是巳時末刻送到，不差分毫。」宋嬤嬤有意加重「福鼎樓」三個字，卻讓林政齊愣了，「今兒倒是好口福，福鼎樓可不是尋常人家吃用得起的，七弟每日都用此飯菜？倒是享福了。」

林政孝依舊無話可回，林夕落道：「一日三餐都是如此，這宅院的大廚房就是個擺設。」

「果真是一日不見如隔三秋，三哥也替你高興！」林政齊話語中明顯帶幾絲忌恨氣兒，可卻壓著不動，林夕落就是想看看他何時才把這心裡頭的事說出來。

肖金傑是被魏海帶走的，林府上下皆知，可他立刻又回去為四房哭喪，這無疑是在林忠德的心裡頭扎上一把刀。

本尋思把父親辭官的信扣住，等候林政孝主動找他，可這方一點兒動靜兒都沒有，林忠德心中定然納罕，如今再爆四房的髒事，林政齊就找上門，顯然林忠德又出了什麼餿主意……

林夕落此時也不顧尊卑，讓肖金傑去噁心林忠德，為的就是讓他們忍不住，忍不住才能露出本性，也才能讓林政孝對是否為官有更好的選擇。

看向自己的父親，林夕落承認他更期盼他能去做吏部的官，但這一切都要他心甘情願，而非她強迫。這些時日她逐漸明白，人可孝父母、可護兄弟，但她不是為父母兄弟而活，同此，她也不願父母為她而活。

福鼎樓的飯菜送來，林政齊才停下喋喋不休的說辭，可一見這席飯菜，他縱使壓抑驚愕，嘴角也不免抽動幾分，「弟弟好福氣，一餐飯便要二十兩的席面，哥哥可是嫉妒了！」

「魏大人喜好福鼎樓的飯菜，弟弟也是借福。」林政孝道出此句，林政齊立即道：「魏大人也在此？」

瞧其眼中露出的審度，林政孝卻連連擺手，「偶爾來此，但他定下的規矩，誰有膽子改？」隨即又苦笑，請林政齊先持筷。林政齊半信半疑地道了謝，但見胡氏與林夕落也同坐一席，略有不滿。

林夕落只作不知，胡氏被林政齊瞪得尷尬，只得道：「魏大人慣於一席同坐，所以只備了一個席面。」

林夕落依舊大口大口地用飯，林政齊怎麼舉這筷子都覺得不爽快，吃用幾口如同嚼蠟，才言道：「七弟，你辭官之事為兄甚是不悅，這等大事也不事先說上一聲，若非為兄好友將此信扣下，你如今可就是個平頭百姓了，平頭百姓還與魏大人同席用飯？縱使魏大人不介意，被外人得知，你也是逾越禮規，不僅是要受罰，也會連累林府的名聲。」

見眾人無話，林政齊補言道：「我與父親商議，已用了三百兩銀子上下疏通，為你尋一好差，這幾日調令便到，你可要好生地做，別讓父親失望了！」

林政孝手中的筷子落地，發出的聲響讓所有人都看向他……

林政孝的手在顫抖，他寧可林政齊開門見山斥他辭官不與家人商議，寧可責他不管好夕落，讓肖金傑去林府門前提起四姨太太，但林政齊未如此做。

繞著彎的讚許、親情惦念從林政齊的口中說出，就好似一根針，在他的心口處狠狠扎入，待其說出花多少銀子為他打點買到的官，而且幾日後就下調職之令，他心中徹底冰冷，無法忍耐了。

如若未有這次歸府為老太爺賀花甲之壽，如若未有親眼目睹府中之人如何將自個兒家人當成奴才對待，如若未離開林府過上如今這脫離牢籠的日子，林政孝興許會點頭答應。如今暢快日子過慣了，不再聽旁人指手畫腳，不再聽胡氏抱怨受氣，雖偶有擔憂夕落，但為女兒操心乃他父親之責，他樂意為之。

而這一方，口中說著親情，可聊天、吃飯都如此芥蒂，這是什麼親情？

林政孝覺得自己就像一條被栓了鐵鏈子的狗，被他們如此玩耍、戲弄，讓他怎能再忍？

林政齊看著他，不等林政孝開口，便是道：「七弟，這事兒父親可為你操了很多心，連大哥與我他都未如此關注，從七品提至正六品的太常寺主事，這可不是一般人能做到的！」

「夠了！」林政孝霍然起身，張了半晌的嘴，心中埋怨卻說不出口，他轉身往外走去，離開這正堂席桌。林政齊也惱了，吼道：「站住！花了銀子為你買官你都如此拒絕，你到底想做甚？如今過上整日吃福鼎樓席面的日子，你就想混吃等死？如此不知好歹，我無你這弟弟！」

林政孝駐步，轉頭看了林政齊一眼，「弟弟人微言輕，做不得這一職，勞三哥費力，讓父親失望了！」說著朝其拱手，離開的腳步更快。

林政齊有意追趕，卻被林夕落攔住，「三伯父，此事還是作罷。留一份臉面，日後也好相見，別把事情做絕了，林家可禁不住家破人散的名聲。」

「妳此話何意？妳有何資格與我這般說話？」林政齊上下打量她，厲言斥道：「妳以為一個縣令的丫頭在這幽州城內能混出什麼名堂？那是做白日夢！就算妳給魏大人作個妾都沒這資格，妳能耀武揚威幾日？妳父親不識好歹，妳更不掂量掂量自個兒的分量！一正六品的官職都敢拒，連家主之命都不遵，跋扈囂張，不可理喻，我倒要看看你們能硬氣到何日！」

林政齊指著林夕落便是一通罵，未等林夕落還嘴，胡氏先氣嚷大怒，指著林政齊便道：「滾，你給我滾！」

侍衛見此，立刻上前將林夕落與胡氏眾人圍起來，林政齊不敢再還嘴，冷哼地出了門。林大總管一句話都插不上，緊隨而去。

胡氏眼淚不止，嚎啕大哭，林夕落連忙安撫，「娘，沒事的，甭聽他胡說！」

「都怪娘，娘一時心軟，他來見妳父親，便讓妳父親見了，可……」胡氏哽咽得說不出話，林夕落的心底也悶得難受，但為了安撫胡氏，她不得不做出無謂的大度，心底卻篤定暗道：這個仇，一定要報！

將胡氏安撫好，便送她回屋中歇息，林夕落讓宋嬤嬤好生照料，她則去後院尋魏青岩，過幾日調職之令便下，她不能任林政孝被林忠德那老東西呼來喝去，絕對不行，可剛行至後院，就見林政孝從魏青岩正屋之中走出，父女二人對視，都停下腳步。

林政孝先開了口，「為父已經做出決定了，魏大人也點頭答應了。」

「恭喜父親不必再為此事憂心。」林夕落臉上帶笑，林政孝納悶，「妳不問為父如何抉擇？」

林夕落答：「女兒願遵父親之意。」

林政孝點頭，卻又搖頭，慨然仰頭長嘆，鄭重言道：「為父聽妳此言甚是欣慰，夕落……等著為父的好消息。」

「父親……」林夕落欲開口，林政孝擺手不讓她再多說，逕自闊步離去。

林夕落站在院中半晌，魏青岩不知何時出來，拄著拐看著她。見林夕落依舊不進來，不由得出聲道：「進來吧，站在院子裡不冷？」

「不冷。」林夕落答完才轉身，魏青岩進了屋，不再搭理她。

林夕落追了進去，直接道：「大人要替我出氣！」

魏青岩坐在一旁看書不理，林夕落繼續道：「您不管？」

「妳父親有意繼續從仕，但不想去吏部，有意去太僕寺。」魏青岩看她，「可太僕寺反倒不如林政齊所提的太常寺。」

「大人不肯管？」林夕落看著他，魏青岩挑眉，「我瘸著腿，總要身體康癒才行吧？」

「可林政齊已說父親的調令這幾日便下了。」林夕落不得不心急，豁出去這張臉她也要把此事敲定，想起林政齊那番斥辭，心中格外彆扭，再想起胡氏傷心掉淚，這眼淚並非只為林政齊的話語難聽，也為她與魏青岩之間未有一個明確的關係。

是奴？他對自家人的態度比林府的人還近，林夕落不是傻子，她自體會得到，可……可她的婚事沒有定向，胡氏自然定不下心，再被外人戳破這層窗紙，她怎能不流淚？

魏青岩合上書，看她一臉氣惱，出言道：「怎麼？妳等不急了？」

他話語中略帶調侃，林夕落臉紅，立刻起身，「不勞大人費心，是我逾越了！」

「回來！」魏青岩一把拽住她，林夕落執拗，心裡頭也不舒坦，轉身看向魏青岩，目光中帶著怨氣，嘟嘴不語，魏青岩沉嘆一聲，「已經寫了條子給妳父親，他直接去太僕寺卿府，魏海親自相陪，讓太僕寺卿去吏部要人即可，妳還想怎麼著？」

林夕落怔住，對自己剛才那番耍鬧也覺得尷尬，可又不願認錯，「您不說清楚，我怎能知曉，又提不如太常寺……」

魏青岩搖頭，「太僕寺乃養馬之地，妳父親怎能適應？但太僕寺卿與我關係較熟，不妨暫且如此，他調職後也可不去，過了年我腿傷痊癒，再去吏部為他挑個合適的地兒。他胸有大志，養馬？屈才了！」

林夕落這才徹底放了心，可見魏青岩瞧著她，她有些不知所措，「謝過大人了。」

「一句謝就完了？」魏青岩抓住她的手，林夕落沉著氣，魏青岩道：「我喜歡見妳笑。」

林夕落喃喃道：「未有歡笑之事，傻笑作何？」

「妳也有多愁善感之時？」魏青岩話語剛出，林夕落的臉陡然陰沉，緊咬著嘴唇有意反駁，卻又憋著不說。

魏青岩捏她的小臉，探問道：「可是介意林政齊的胡言亂語？」

林夕落皺眉，林政孝絕不會將此話說出，這必是侍衛通傳回報的。林夕落扭頭一聲不吭，卻又心中賭氣，「您被扣上刑剋之名，難道不惱？」

魏青岩嗤笑，「我從能聽懂旁人話語之意時，最先入耳就是『刑剋』二字，已經無所謂了。」

「我無意的。」林夕落略有歉意，魏青岩摸著她的小臉，「心中記掛何人？」

「父親的官職、母親的笑，還有天詡的將來……」林夕落念叨完，又仔細想了想，「沒了。」

魏青岩再問：「沒有我？」

林夕落瞪了他一眼，臉上赤紅卻又說不出話，「大人就會拿我打趣！」

「那有誰？」魏青岩仔細數數，「泊言？他對妳其實有意，可妳的性子太硬朗，他拿捏不住；林豎賢，一介文生，對妳的心意倒是可敬，可就怕時間長久，他會生變。」

林夕落略有氣惱，「師兄便是哥哥，先生就是先生，您何必總提他二人！」

「林政齊提了妳的婚事，我自然要對此上心。」魏青岩依舊調侃，林夕落起身欲走，卻被他按住，林夕落硬道：「大人不必再說，我心中無人，尋不到良人成婚，那便終生不嫁！」

「我非良人？」魏青岩直言，林夕落不敢看他，他扳過她的小臉看向自己，林夕落看到他狹長的目光中帶有一絲征服的狂熱。

林夕落沉嘆口氣，索性道出心中壓抑已久的擔憂，「民女不作妾。」

「笨！」魏青岩鬆開手，林夕落喋喋不休，將心裡頭的抑鬱全都道出：「大人隨意說何都可，但這是我的底限，您不允我離開您身邊半步，又在大庭廣眾之下讓我與您同乘一馬，我本就名聲不雅，如今也無人敢娶！我不會嫁林豎賢，因他覺得我此舉是為林府名聲，娶我也是委屈求全，旁人更不用提，連多看我一眼都發抖，因我背後是魏大人你！」

林夕落喘口長氣：「……您何必屢屢試探？如若這般您都對我仍存疑，我明日便剃了頭當姑子去還不成？」

「妳這番抱怨，好似我很罪惡。」魏青岩看著她怒紅的小臉，反倒是笑了。

林夕落冷瞪一眼，不再開口。魏青岩摸著她的手，半晌才道出仨字：「我娶妳。」

林夕落的心底一顫，再聽魏青岩鄭重言道：「前提是妳喜嫁，也敢嫁，妳願意嗎？」

「為何要娶我？」

「我喜歡。」

「你一時興起？」

「我早有此意。」

林夕落躺在床上，魏青岩與她的這幾句對話不停地在腦中迴盪，即便閉眼捂耳，也逃不開。

她沒有立刻回答魏青岩是否嫁他，而他也要她好生思忖再做回答。

林夕落看著透過窗欞射入的月光，心中自問：怎麼辦？

她承認今日有些無理取鬧，因林忠德強行安排林政孝的官職、林政齊話語中的諷刺、胡氏的眼淚，她不顧身分地跑去與魏青岩耍賴撒嬌，硬讓他說出這一句。捫心自問，她也想知曉，魏青岩心中是否把她當妾。

如今得到他的回答，她卻不知該如何是好，她給自己找了難題。

她承認，她的心裡有他，不單單是因他可庇護家人、庇護自己。

這些時日的相處，她能體會到他冷漠下的孤寂和自諷，也能體會到他不善於交流卻期望的歡樂……可他需要自己作何？只是單純的喜歡，抑或利用？

林夕落不願提利用二字，因她不喜，也覺得是恥辱……

心中雜亂，她不知何時睡去，可夢中卻被此事纏繞不寧，醒來時天色已大亮，她躺在床上，輕嘆一句：「慢慢地等吧。」

用過早飯，林夕落便讓人去叫了肖金傑來。

肖金傑自那日從頃東糧行歸來，雖是挨了打，但平時跟著侍衛們一起吃吃喝喝，連衣裳都做了新的，兜裡也未空蕩，有了銀子，腰板子自然直了起來。

今日得知林夕落找他，他屁顛屁顛地隨著侍衛跑來，見面便是下跪，「奴才給九姑娘請安。」

「起來吧，這兩日可休歇好了？」林夕落打量著他，除卻那一口牙之外，這一身倒是周整些許，她還聽春桃說起，這肖金傑甚是會做人，被發去隨侍衛同吃同住，他接連兩日都請客吃玩，也算混個臉熟。

肖金傑立即點頭，「九姑娘有何事吩咐奴才，您儘管說。」

「歇兩日也該動彈動彈了，今兒再去一趟頃東糧行。」林夕落這話一說，肖金傑立馬瞪眼，「還去？上次那老頭子已經說了，奴才再去，他就把奴才的眼珠子挖出來！」

林夕落不顧他是否願意，繼續吩咐：「這次不是去買糧，而是去換糧。」說著指向旁邊袋子中的糙米，裡面夾雜了沙土粒子，「就說買的糧吃出了雜米和沙粒，讓他們退銀子！比旁人家糧店的價低，就用這等腌臢手段，險些嗑掉了牙！」

肖金傑看著那米袋子中，沙土快比米多，合著買的時候瞎了眼？

心中腹誹，可肖金傑不敢反駁，眼珠子骨碌一轉，背著米袋子就往外走。

林夕落讓侍衛隨從，她則帶另外一隊人前往南市。

南市多是尋常百姓所居，雜耍藝人、小商小販居多，雖不如東市富貴，但多了幾分熱鬧喜氣，林夕落一路探去，心情也好上幾分。

挨家糧店地問，林夕落坐在馬車上聽侍衛回報，一直尋出很遠，才有一家不太起眼兒的店，一旁吊了一塊歪扭的牌面，上面的「糧」字歪歪扭扭。朝內望去，零散兩三個買糧的百姓都只購少許，店內的夥計也懶洋洋的模樣，無精打采。

林夕落走進門，夥計也不過是抬眼瞧瞧，「買糧嗎？」

「你們掌櫃姓嚴？」林夕落問出這話，夥計才正眼瞧看，「掌櫃不在。」

春桃接了話問道：「去了何處？」

「我一個夥計，怎會知道？」夥計語氣不耐，甚至帶了幾絲刻薄，「能不能回來還說不準，不買糧就快些走吧！」

林夕落走過去，手抓起一把樣米仔細地瞧看，隨即取出二兩銀子往夥計身上砸去，「叫你們掌櫃出來！」

瞧著林夕落扔來的銀子，夥計驚喜，拿起來放入口中咬半口，立即燦笑，「這位姑娘，我們掌櫃真不在，店內只剩我一個人看著。嚴掌櫃家中有事，都兩三天沒來了。」

「你這米是從何處弄來的？」林夕落再問出口，夥計有些猶豫，支支吾吾不願說，春桃指著他道：「這是白拿銀子嗎？問你兩句話都不肯答，什麼東西！」

「這不能說。」夥計滿臉為難，「小的還想在此地謀生，哪能將掌櫃的家事散出去……」

林夕落又扔去一兩銀子，「說！」

夥計連連作揖，斟酌後拍了腦門道：「小的大不了不在此處做了，誰讓掌櫃做這等糙事！」頓了頓，繼續道：「小的自從來這糧店裡打雜，都是去頃東糧行買米，然後在這兒賣，而且每次都是晚上悄悄地去，有時也是那裡的工人送來的，掌櫃與小的說，如若有人問起，便說是每日去那裡排來的。」

林夕落冷笑，又問道：「這幾日可又來送過糧？」

「昨兒個夜裡來了一批，倒是不多，都存到掌櫃家裡，每日搬來此處些許。」小夥計說完，有意探問：「姑娘，您問這個不是要找我們掌櫃的麻煩吧？」

林夕落未答，轉身出門上了馬車，小夥計一直跟到門口，心中忐忑，但拍了拍兜裡的三兩銀子，又笑嘻嘻地回去了。

回到景蘇苑，林夕落一進院子就看到挨了打的肖金傑正趴在地上等著。

他瞧見林夕落歸來，立即捂著臉上前道：「九姑娘，奴才又挨了那老頭子一頓打，若非有人上前阻攔，奴才險些被打死！」

「他如何說？」林夕落直言問，肖金傑立即答：「那老頭子說了，讓奴才回來告訴您，別再玩這等小把戲，他老頭子不吃這一套！」說罷此話，連忙補言道：「奴才可對您隻字未提，即便被他好一通打，奴才都否認認識您！」

林夕落冷哼，「給臉不要臉！」

「奴才要臉啊……」肖金傑以為林夕落在罵他，林夕落厭煩地擺手讓他閉嘴，思忖半晌，初次她已給了嚴老頭面子，第二次他卻直接將人打回，第三次她便要尋人去說個明白，如若嚴老頭還得寸進尺，她就要看看是誰更厲害。

她讓人將齊呈、劉大麻子全都叫至此處，連那位胖子管事也一併同來，侍衛將南市糧店的小夥計帶了過來，肖金傑也在地上趴著。

齊呈看見這狀況，一拍額頭，越怕什麼越來什麼，他這幾日沒來此處，就發生這麼多事，當時就不該讓劉大麻子與林姑娘單獨相談。

先讓肖金傑將兩次去頃東糧行的前因後果說清，而後是小夥計戰戰兢兢地將南市糧店的事交代個清楚，雖是膽怯，但林夕落又賞了銀子，酒壯英雄膽，糧撐耗子窩，說幾句實話就比他當十年夥計拿的銀子還多，他自然樂意把知道的全都吐出來。

齊呈越聽臉色越黑，劉大麻子一張臉鐵青又鐵青，等小夥計說完，劉大麻子忍不住道：「林姑娘，您讓這奴才去糧行問事換糧，不就是鬧事的嗎？」

「劉大管事，依著你，你可知道這去鬧事的是為何？」林夕落看向胖子，「你不妨也說說。」

「林姑娘剛去過糧行，對此事頗有異議，過兩日便有這一幕出現，明眼人都知是林姑娘命人所為。」胖子道出實言：「只是這手法上……」

「低劣，可我不得不用。好話說了他不聽，只得以這種法子去敲打。」林夕落直接說出口：「我曾與劉大管事說了，給他三次機會，但如今可不止三次，他更捏著奴才的嘴，讓其來告訴我別要這些把戲，他不吃這一套，這糧行是他的嗎？」

林夕落話畢，劉大麻子也無話可說，「嚴老頭子脾氣倔，興許也……也氣不過姑娘這手段。」

「你說的對，如今我再給他一次機會，你們三個一起去，將此事掰開了揉碎了說個明白，如若他肯收手，我就向他賠罪，如若他不依，我後續做的事，你們誰都不許攔著，可行？」

劉大麻子立即應下：「林姑娘大義，我這就去，如若說服不了他，我……我就將此事說給其餘的管事們聽，誰敢再挑事，我麻子臉第一個不依！」

有人說了話，齊呈瞪了劉大麻子一眼也無可奈何。胖子見齊呈不拒，便悶聲不語。

三個人前後離去，林夕落就坐在正堂等消息，這會兒功夫，侍衛前來回稟：「已經知曉嚴老頭兒子東市糧行在何處。」

林夕落嘆口氣，「那就繼續等吧！」

日頭漸落，遠處浮起一片紅霞，與湛藍的天空融成一體，倦鳥鳴啼，於枝頭歇息，林夕落卻依舊在等。春桃又為她換了一杯茶，「姑娘，他們會不會不肯回來了？」

「不會。」林夕落篤定，「魏大人還在這兒，齊呈不敢。」

春桃不再多話，沒過一炷香的功夫，齊呈匆忙進了門，臉上一片難堪，「鬧大了，劉大麻子被嚴老頭打傷了，林姑娘，此事罷手可好？」

林夕落起身，「罷手？這話從你口中說出來也不嫌臊得慌！你怕，我不怕！」說罷，轉身看向侍衛，「去將東市、南市兩家糧店的鋪子砸了，所有的米糧、人都帶去頃東糧行，我在那裡等著你們的消息！」

林夕落帶著眾人直奔頃東糧行。魏青岩聽侍衛前來回報，不由得皺了眉。

「去找魏海，讓他帶人護著那丫頭，嚴老頭子若不依，就直接治死，不用再為侯爺留臉面。」

侍衛領命離去，魏青岩嘆口氣，便讓人去將林天詡叫來，看他蹲馬步、揮拳頭，小傢伙累了，休歇之時，魏青岩便以講故事的方式教習兵法，待歇夠了，再讓他繼續蹲馬步、練拳頭。

林夕落趕至頃東糧行，劉大麻子還因傷未走，腿上的褲布已爛，小腿骨上一道刺目的青痕，他的小腿被打斷了。

嚴老頭的手中依舊握著棒子，看到林夕落趕來，拿著棒子便往這方走，指著她罵道：「妳個小騷蹄子，如此栽贓老子，老子隨侯爺打天下時，還沒妳呢！狗心爛肺的東西，想將糧賣高價，找人搗亂不提，還尋這幾個貨與我商議？商議個屁，老子連妳一塊兒打！」

說這話，嚴老頭就要上前，侍衛連忙阻攔，卻被嚴老頭拎著棒子一頓掃，「敢攔老子？老子這就要去尋侯爺評一評道理，如今這群雜種，不給人留活路，我們這群跟他出生入死的人，跟著丟不起這人！」

周圍聚此瞧熱鬧的百姓越來越多，唏噓議論聲響起，更有不明是非的直接吵嚷，力挺嚴老頭。

侍衛接連壓制，卻壓制不住紛擾爭吵，林夕落紋絲不動，看向嚴老頭，「你想打我？堂堂的管事，自家開著糧行買賣也好意思將理字出口？你既是為百姓謀福，為何每日的糧不放開了賣？百斤糧食，那為何帳冊上每日賣掉的糧是千斤？拿為侯爺擋過刀來說事，大家是敬你忠義，憐憫你家中不寧，不是怕你！」

林夕落指向劉大麻子，繼續道：「當初我欲直接來此挑明，劉管事便道出你家中狀況，我便給你三次機會，可如今他來勸你，你居然將他的腿打折，你還是個人嗎？」

林夕落讓侍衛離去，「今兒就在這兒把話說明了，少拿為侯爺擋刀當說辭，本姑娘不怕！」

嚴老頭的一雙凶眼閃過一絲驚愕，他未想到這丫頭如此硬氣，但他也不會如此退縮，更不信林夕落不敬宣陽侯。

「放你娘的屁，老子隨侯爺出生入死，從沒做過虧心的事，老子的家人容妳一丫頭片子說嘴？有本事便隨我一同去見侯爺，我也要問一問，當初他允我在此討生活，怎麼就不算數了！」

林夕落冷哼，「這事兒你想找侯爺？這地兒是皇上賞賜給魏大人的，你去找侯爺？」

「老子跟隨侯爺出生入死之時他還是個娃娃！」嚴老頭對「侯爺」句句不離口，林夕落冷哼：「你不肯認？我再給你一次機會，你如若就此甘休，我依舊允你在此養老當管事，如若你不肯將家中東南兩家糧店關了，將之前的虧空補上，那就是你自找的了！」

「老子硬到底！」嚴老頭索性坐在地上，「想把這汙水潑我腦袋上，來吧！死都不怕，還怕這個？有本事就捅死我，老子做鬼都不放過你們這群被錢矇了眼珠子的畜生！」

「那就讓你死個明白！」林夕落朝後擺手，侍衛立即帶上那糧店的小夥計，小夥計如今才知道林夕落是何人，當初以為只是個姑娘家，拿了銀子便把事都說出口，現下這心裡頭著實後悔，可後悔也晚了，他如何是好？

看著林夕落，小夥計只得硬著頭皮上前，可一看嚴老頭那副兇神惡煞的模樣，還有他手中的棒子，小夥計連忙嚇得跪地，「小的……小的是南市糧店的夥計，糧都是在這兒買的！」

林夕落問：「你們掌櫃姓什麼？」

「姓嚴。」

「天下姓嚴的多了，你就知道是老子的兒子？拿這法子往老子身上潑髒水，放屁！」嚴老頭不肯認，瘦骨嶙峋的臉上肉抽搐著，「老子打死你這小畜生！」說著，便拿了棒子朝著小夥計打去。

侍衛不敢阻攔，那大棒子接二連三地往小夥計身上揍，那小子口中直嚷饒命，林夕落就一直看著，齊呈在一旁冷觀不阻，這位林姑娘撞牆才回頭，他是攔不住……

這一頓打得可不輕，林夕落也不攔，直至侍衛上前回稟：「林姑娘，兩家店已經砸了，人和糧都已經帶到。」

林夕落才點了點頭，「人帶上來。」

後方侍衛往前推搡兩人，卻都是肥粗白胖的中年人，他們一進門，瞧見嚴老頭，連忙上前道：「爹，這……這怎麼回事？」

這話一出，可讓所有之前跟著嚴老頭同聲斥罵的人都愣了。

這是嚴老頭的兒子？糧店被砸了，人被帶到，這事兒好似不是嚴老頭所說的那樣？

「這是嚴老頭的兒子嗎？爹骨瘦如柴，兒子肥成這樣？」

「只知道是南市賣糧的，但沒想到是這老頭的兒子！」

「這事兒可奇了怪了……」

眾人議論聲更躁，好似這天空中盈盈飛舞的一群蜜蜂。

林夕落毫不畏懼，嚴老頭卻被忽如其來的事驚得撐不住了。

他心思一動，指著林夕落罵道：「妳這狠毒的小蹄子，栽贓嫁禍！」

「栽贓嫁禍？你不認這是你兒子？否則何來栽贓嫁禍一說？」林夕落步步相逼，讓侍衛將他兩個兒子截住，上前道：「這可是你父親？」

最胖的一個看向嚴老頭，再思忖這事兒好似不對勁兒，連忙擺頭，「不是，認錯了！」

「不是？」林夕落冷笑，「為了銀子，連爹都能不認，你這心思可著實夠髒的了！」

看向另外一個，林夕落道：「怎麼，你也不認自個兒是嚴大管事的兒子？你們可都是從糧店中帶來的，這周圍的百姓也能認出你們是糧店的掌櫃。認了，那是嚴大管事窩私，將頃東糧行的糧拿去讓你們高價賣，而非他所說的為了平民百姓疾苦……你認不認啊？」

嚴老頭的小兒子一怔，忙擺手，「不是，這怎能是我爹，我是入贅的，我媳婦兒家姓嚴……」

這話一出，眾人一窩蜂似的笑，一旁有對此人了解的，在旁打趣道：「你媳婦兒不是姓王嗎？怎麼姓了嚴？你到底幾個媳婦兒啊？」

「那個小店也不大，怎麼還去入贅？」

「您還真信……」

熙熙攘攘的議論成了熱鬧，嚴老頭的一張臉青一陣白一陣，看著這兩個兒子，恨不得拎著棒子揍上一頓。他兩個兒子時而瞪著周圍的人，時而低頭不語，就是不敢朝嚴老頭那方看上一眼。

林夕落冷笑，上前問道：「這爹你們不認便罷了，但你們怎麼就能到此低價買糧高價賣？每日此地只賣一百斤，而你們的店內卻千斤的存貨兒，這是怎麼回事？」

嚴老頭的小兒子立馬道：「我的糧可不是從這兒買的！」

「那從何處？」林夕落指向一旁渾身是血的小夥計，「這可是你店內的夥計？」

那小兒子瞪了眼，「你這小子怎麼在這兒？」

小夥計躺在地上，只動彈幾下未說出話，但這一幕可讓所有人都明白了。

之前嚴老頭話語慷慨，他們還真對他憐憫同情，可這接二連三的事一出，百姓也不是傻子，嚴老頭打了那小夥計，罵他栽贓，而這兩糧店掌櫃進門叫爹，而後又不認，連入贅這事都能張口就來，如此無德之人絲毫不值得同情。

可憐之人必有可恨之處，所有人心中不約而同想起這句話。

「這事兒你們兩人如若老老實實說個清楚，我就放你們一馬，回去也甭在動這歪心眼兒，老老實實地做買賣養家餬口，怎麼，肯不肯認？」林夕落掃了嚴老頭一眼，嚴老頭急忙看向他的兩兒子，不允其二人點頭答應。

這種事咬死牙不認又能如何？真鬧大了，有魏大人出面，有侯爺出面，還能拿他怎樣？他為了侯爺斷一條腿，不過是貪點兒銀子窩點兒糧，他還能要了自個兒的命？

嚴老頭如此想，但他這兩兒子可是慫的。

這事兒認了又如何？自個兒爹還拎著棒子呢，誰敢惹？如今也不過是事都擺了眼前推不開，認慫就認慫，能怎樣？

兩人面面相覷，也不商量，立即就認：「姑娘饒命，我們再也不敢了，這都是賄賂了此地的人，半夜裡偷偷地買了糧，往後再也不敢了！」

「就是，您菩薩心腸，放了我們吧！」

兩人告饒，也不顧什麼顏面，那一副巴結模樣讓嚴老頭恨不得唾死他二人。

林夕落口中擠兌著嚴老頭：「你跟著生什麼氣？他們又不是你的兒子……」

嚴老頭被噎住，不再說話，他的小兒子看向林夕落道：「我們可以走啦？」說著立即起身，撒腿欲走。

林夕落一擺手，侍衛將二人攔住，冷哼地道：「我放你們一馬，但頃東糧行的兄弟們可不答應，他們都是跟侯爺與魏大人出生入死之人，都靠著糧倉糧行混口飯吃，你們在這兒弄銀子使賄賂，一毛不拔不提，反而還藉著這事橫行霸道？沒這道理！」

林夕落看向嚴老頭，手卻指向他的兩個兒子，「給我狠狠地打，劉管事一條腿瘸，他們就要雙倍的賠！」

一棍子下去，在此地偷啄兩口米粒兒的鳥嚇得飛上了天……

棍棍落下出了血，棍子折，兩人幾乎快被打死。

圍觀的人不敢再看，齊呈則對林夕落這一手段驚愕得不敢說半句。

林夕落盯著嚴老頭看，嚴老頭終究不忍兒子被打死，仰頭怒嚎：「這是老子的種！」

勢不可使盡，福不可享盡，便宜不可占盡，聰明不可用盡。

嚴老頭敗就敗在勢、福、利、招皆被他用「為宣陽侯斷過腿」一句話蓋過，卻未曾想到這個小丫頭會把他徹底端了。

他在此地橫行霸道為何？還不是為了家，為了兒子！

如今瞧著這兩聰明兒子，來此便不認他這個爹，連入贅都能張口就來，這是剜他的心啊！

可就看著他二人被打死？嚴老頭捨不下來這個臉，但這丫頭夠狠，真把他們打死也說不定。

嚴老頭吼完那一句，便蹲在地上一言不發。林夕落讓侍衛停手，更讓圍觀的人散了，此時為劉大麻子請的大夫已經到此，挨個地看傷、包紮。胖子管事忙前跑後，齊呈跟在一旁自始至終都未說一句話，未做一件事。

他能說何？剛剛去回稟，林姑娘便讓人砸糧店，看著嚴老頭欲上前打她，她半絲恐懼都沒有，她這性子哪像一個足不出戶的姑娘家？如今再想這城內對她的傳聞，齊呈信了，這一次親眼目睹的是比傳聞更厲害之事，他還能有何說辭？

想起剛剛在景蘇苑中，她批駁自個兒的話，想起剛剛心中幸災樂禍的想法，齊呈的臉上湧起一股難堪……

林夕落看著嚴老頭，緩緩道：「旁的事我不再多說，往後你回家好生照料家中的病妻傻兒，每月五兩銀子的份例，這五兩我出三兩，你這兩兒子每人一兩，他們兩人我也給選擇，一是回去繼續開小糧店，從此地拿糧，我可讓其賒帳，定期來結銀子；二是接你的差事，在頃東糧行當個管事做份工，也是每個月三兩例銀，刨去給你的，每人也有二兩，吃喝糧行都管了，二兩銀子也足夠家中花銷，你覺如何？」

嚴老頭看向林夕落，本以為她在擠兌，可見其目光認真，腹中惱意壓制下去，卻也不悅道：「勝者王侯敗者賊，憐憫我個老不死的，想安撫糧行中人的心？我呸！」

「安撫？」林夕落搖頭，「你把自個兒看得太高了……」不再與其多說，又看向齊呈，「齊大管事，這方你來與嚴大管事談，並將其送回家。」

齊呈本打算誰都不沾，誰都不得罪，可林夕落這話一出，明擺著將收攤子得罪人的事給了他，可反駁之話不能在此時說，只得點頭應了。

林夕落去那方看大夫為劉大麻子治傷，「腿斷了？可能接好？」

「林姑娘放心，沒事！」劉大麻子朝著林夕落一拱手，「您大義，我麻子臉佩服！」

林夕落擺手，「好生養傷，你運糧的差事也得換換了。」林夕落看向胖子管事，胖子連忙拱手，「林姑娘厲害！」

「往後你甭在糧倉管收糧了，來這個地兒當大管事，嚴老頭那兩兒子如若來此，就跟了你手下做活。」林夕落看向劉大麻子，「收糧的事交給他。」

胖子管事瞪眼，連忙拱手道謝。

林夕落詭笑，言道：「胖管事，你可先甭道謝，這興許是個苦活兒。」

胖子一怔，隨即明白了，在這頃東糧行當大管事，那豈不是定期要與林姑娘報帳回事？早前他們可都忌諱這嚴老頭，這位卻比嚴老頭更狠，人家是東家！

可既然答應了，胖子只得應道：「林姑娘放心，定不讓您失望……我姓方，名一柱，您往後叫我方子都成。」

林夕落知他介意人家叫他胖子，點頭應下便不再提。

而這一會兒，魏海從外帶人進來，行至林夕落跟前問道：「林姑娘，可有讓卑職幫忙之事？」

林夕落翻個白眼，「你倒是早來……」

魏海一笑，「卑職早就來了，大人吩咐在遠處護著您，若有意外再出手。」

林夕落臉上湧起一抹緋紅，周圍聞聲之人連忙轉開頭，本就在納罕為何這類事都由林姑娘接管，合著是與魏大人……

魏海所帶之人幫襯著清理糧行，待都收攏完畢，才正式介紹方一柱，也就是胖子管事為頃東糧行的大管事。對嚴老頭的處置眾人皆知，胖子也是旁日來往的夥伴，他來此任大管事眾人自無異議，這事兒暫且算是了結了。

林夕落帶著魏海眾人回了景蘇苑，在正堂盤算糧行後續的安排，臨近午時，春桃來此催促用飯，「……大人、老爺、夫人都在等您呢。」

林夕落撂下帳本，自從糧行歸來至此時，她一頁紙都沒看進去，只想著如何應答魏青岩。他雖已言此事多思忖些時日再回答，但這事兒就像顆球，在她心裡來回地滾，讓她無法靜心。

林政孝與胡氏也都在等，林夕落自知不能拖延，起身往後院而去，那方嘰嘰喳喳地議論，卻是魏海在講林夕落今日的做派，林天詡在一旁揮著小拳頭，「等我長大了，就去幫大姊！」

魏青岩拍他腦袋，訓斥道：「就做一打手？心比天高，命比紙薄，這是屁話！未有遠大的志向怎能有一人之下萬人之上的地位？幫你大姊打人，不如讓所有人都因你而忌怕她，豈不是更好？」

林天詡揉著腦袋點頭，「我都聽大人的！」

林夕落翻了個白眼，這小傢伙兒是徹底被他收攏了……

她從屏牆後走出，眾人的目光朝其看來，胡氏的臉上除卻擔憂也有幾分喜意，林政孝則讓人拿去飯菜上的遮蓋，準備用飯。

坐在胡氏一旁，魏青岩最先舉筷，一桌人便就此用飯。這一頓倒是遵了食不言寢不語的規矩，除卻筷子碰碗的脆聲，無一人說話。

用過飯，林政孝與胡氏帶著林天詡回前院，春桃守著林夕落不動，儘管魏海在那方眼睛都快擠出來了，她也沒看他一眼。

魏青岩看向她，沒提昨日之事，只問起她後續的打算：「就快過年了，糧行暫且一陣時日不會再亂，其餘的事妳打算如何做？」

林夕落斟酌一下道：「鹽行暫且不理，民女明日去錢莊，去錢莊借債的一是賭場輸了銀子的，二是商戶，還有一些與糧行的情況一樣，都是過去跟隨侯爺與大人您一同出征打仗歸來的傷兵殘將。糧行剛辦妥，不妨藉勢將錢莊這邊的人也辦了。賭場好歹在盈利，暫且不動，過了年再說。」

林夕落提起錢莊，魏青岩便說起那裡的事：「……錢莊共有三股，我、忠義伯嫡子錢十道，另外一股是我三哥，但三哥如今不在幽州城內，你也可替其在錢莊的事上作主。錢莊的大掌櫃姓汪，汪東籬，其為忠義伯嫡子的岳丈。」

簡短地將情況說明，林夕落心中重複一遍將其牢記。錢莊會虧銀子，這是她最氣惱之事，大股是魏青岩與其三哥，卻讓忠義伯的嫡子岳丈把持買賣，這不明擺著是他動的手腳？

這其後恐怕還有錯綜複雜的關係，林夕落不由得問道：「這忠義伯的嫡子岳丈可能動？」

「說是岳丈，不過是他一寵妾的爹，但錢十道為人好這張臉，又護短，最大的本事就是能將宮內的人巴結舒坦。」魏青岩面露幾分不屑，「此事本不應有他，是他硬夾進來，如何折騰，妳瞧著辦好了。」

林夕落心中有了譜，魏青岩卻對其安危略不放心，「……若有事直接分派魏海，如今我用不上他，甭讓他閒著。」

林夕落看向魏海，他卻兩耳不聞魏青岩的吩咐，只與春桃擠眉弄眼。

魏青岩也抬頭看去，春桃連連使眼色給他，讓他聽主子吩咐，可魏海以為春桃是在回應，這眼睛擠得更歡了。

春桃又氣又羞，轉頭就跑了出去。魏海一怔，這才發現林夕落與魏青岩都在看他，忙請示道：「大人有何吩咐？」

魏青岩沉了半晌，又說了一遍道：「從今兒起，你就跟著她，我暫且不用你做事，如若有急事自會叫你。」

魏海應下，又聽魏青岩道：「你的婚事甭急，何時我娶親，你便跟隨同喜。我若未娶，你就先忍著。」

魏海傻了，指著春桃跑去的方向，「我……可卑職已經……」

「嗯？」魏青岩此字拖了很長，魏海徹底蔫兒了，臉上格外不忿卻不得不從，「卑職遵命。」

魏青岩點了點頭，拄拐起身便進了屋。林夕落與魏海一直看著他，直至他關上房門，林夕落才捶桌大笑，指著魏海罵道：「活該！」

「林姑娘，您何時答應嫁與我們大人？我和春桃的事本就已訂好，連聘禮和她的嫁妝都開始籌備了，這大人又……」魏海不管不顧，直接就將此話問出口。

林夕落怔住，隨即瞪他，「有沒有點兒規矩？這事兒也是你能隨意出口的？」

魏海拍額，「我可是連新郎官兒的衣裳都準備好了，林姑娘，您早晚都是大人的人……」

林夕落當即斥道：「閉嘴！盼著娶春桃是吧？你老老實實地等著吧！」

翌日一早，林夕落並未馬上去錢莊。錢莊不比糧行和鹽行，單看個帳目也瞧不出端倪，錢莊賣的是銀子，收的也是銀子，這其中動點兒手腳根本查不出來，何況她從未接觸過錢莊這類事，對方跟賭場有何勾當也一無所知，貿然前去，不被人當傻子矇，那就是此人太缺心眼兒了。思忖半晌，林夕落又讓人去將肖金傑叫來。

林夕落問起賭的事，肖金傑連忙擺手，「九姑娘，若說宅院裡的事，充個奴才狐假虎威的事奴才都成，可奴才自小在府裡長大，偶爾看個小丫鬟，跟小廝們打點兒葉子牌故意賴點兒銀子還成，但賭場這地界可從沒敢去過。」

林夕落嘆口氣，有心埋怨兩句，卻又無從斥起，難不成說他連這事兒都不碰也算個男人？思忖半晌，林夕落又問道：「金四兒如今在林府作何事？」

聽林夕落問起金四兒，肖金傑立馬便想到她可能是要用金四兒，但若是金四兒來了，他還能有好差事做，有好果子吃？心眼兒一轉，他立馬道：「林姑娘，自從您走了以後，六姑娘又與齊獻王訂了親，大夫人便接了班，金四兒的腰板可硬氣多了，他論輩分，可還在大老爺之上，誰都不敢惹他！」

林夕落冷哼，「你騙我！」

「怒才哪敢？」肖金傑連忙諂笑，林夕落挑眉，「騙我，我就割了你的舌頭，你敢答應？」肖金傑不敢應，可知這位九姑娘是說得出做得到，只得轉了話道：「奴才本就被大夫人關起來等著餓死，後續的事也不清楚……」

「給你十兩銀子，去請他吃個飯，把這地兒的好吃、好玩、好樂子都說給他聽一聽，另外我要知道二房的事。」林夕落道：「但你也要記得，什麼該說，什麼不該說。」

「奴才一定做到，九姑娘放心！」肖金傑從春桃那裡得了銀子，立即就往外跑去，這等拿銀子裝鬧的事，他最是拿手了。
林夕落被迫將此事沉上一二日，待都弄明白之後再做打算。
她往林政孝與胡氏的院子走去，路上行走，天空落下稀稀落落的雪花，洋洋灑灑，落於臉上立刻化成小水滴，消失不見。
林夕落停住腳步，仰頭望向天空，來到這世，還是剛入夏，如今已是深冬。兩季過去，她好似從無閒暇之日，儘管夢魘不在，可何時才有平穩的日子可過？
臉上揚起一抹苦澀的笑，不再多想，前行去了胡氏的院子。胡氏正在為林政孝比量衣裝，瞧見林夕落來，立即笑著喊她：「快來幫妳父親瞧瞧這衣裝可合身？」
屋中站的是錦繡緞莊的師傅，又挨件為林政孝比量一番，林政孝苦笑，「明日與太僕寺卿相見，也結識些同僚，後日正式入職便須著官衣，何必為這一頓飯耗費銀子和精力？」
胡氏反駁道：「那可不成，您是太僕寺卿大人親自去吏部要的官員，同僚也要高看您三分，總不能讓他的顏面過不去。」
林夕落隨意指了一件，林政孝解脫似的長舒口氣，感嘆道：「高看三分也要瞧我行事的能力，總不能只看衣裝。」
「明日宴請？」林夕落探問，自上次與魏青岩相談一次，她一直都未再敢與其單獨敘事，但他承諾的事林夕落信，故而也未對林政孝入職一事擔心。
林政孝苦澀道：「我屢次提宴請，太僕寺卿大人都不允，由他作東，也是同僚相聚。」
林夕落知太僕寺卿是衝著魏青岩的臉面才有這番安排。
「父親何必掛記心上？來日方長，不差這一頓飯錢。」林夕落笑著說，胡氏立刻接口，「夕落說的對，瞧妳父親這臉可沉了許久了。」

林夕落只笑不答，與林政孝商議起用金四兒的事，「……先讓肖金傑去探探口風，他如若有心自會來找，如若無心，拽他來也不適合，他終究與大房走得近。」

「他定會前來。」林政孝滿口篤定：「老夫人過世如此之久，他在林府雖打著正室的旗號，可妳大伯父與大伯母一直對其不喜，可依仗長房嫡出，也要他來撐著門面。如今大房攀上齊獻王這棵大樹，定會將金四兒一腳踹開，否則長房老夫人的族弟在府中作管事，這身分傳出不雅。」

林夕落點頭，「那就看他了……」

她隨同林政孝與胡氏去了後院，魏青岩已經在此等候用飯。

時間長久，眾人也沒了最初的尷尬與拘謹，魏青岩除卻與林政孝說起朝事，便教習林天詡讀書、練拳，旁的倒未看出。林天詡也比以前結實了些，不再是骨瘦如柴的小童娃，攥起小拳頭也能繃出筋肉來。

用過飯，林夕落欲離去，魏青岩卻將其叫住：「丫頭，妳稍後再走。」

林政孝輕咳兩聲，帶著胡氏與林天詡離去，林夕落則站在門口，問道：「大人有何吩咐？」她的心跳加速，生怕魏青岩問起她可想清楚了。

魏青岩扔來一封信，「將這封信刻字，而後交給魏海，他知送與何人。」

林夕落長喘口氣，連忙行至桌前，取出放至抽屜中的木條與雕刀，坐在那裡先於手熟練一二，隨即照著那封信的字刻去，可還未刻完，便覺魏青岩行至背後，未等轉身，就被他攬入懷中，欲抗拒，耳邊卻傳來他的低斥：「怕我？」

「怕！」林夕落的手開始抖，無法刻字，索性撂下雕刀，卻又被他拿起放入她的手中，握著她的手，在桌上一刀一刀地劃下，「我等妳主動來說，不會提前追問，妳盡可放心。」

林夕落的臉面赤紅，卻又聽他道：「我又不是十八九歲急色的毛孩子，妳這丫頭想得太遠，也太狹隘了。」

「這怪不得我……」林夕落聲音弱小，魏青岩鬆開她的手，桌上卻刻了一個「等」字。林夕落不敢轉身，抹去此字一旁的木屑，「您在等何事？」

「等妳說要嫁我。」魏青岩調侃，林夕落搖頭，「您不肯說，我便不問。」

魏青岩又道：「等妳想明白要嫁我，也在等腿傷痊癒，尋妥當時機為妳請個誥命，讓他人見妳這小匠女要叩拜，口中稱頌，妳覺得如何？」

林夕落的心中一抖，立即轉身看他，目光中帶著一絲遲疑，卻又被他篤定的目光掃失。

他若再娶，便是續弦，見死去的正室牌位要行妾禮，其家人也可在她的面前耀武揚威，若有誥命在身，她便是有品級的夫人，無人會再以此規矩來要脅她。

林夕落知這是他的心意，可也有他所求，不由得嘆道：「大人如此勞心，卻是為何？」

魏青岩抬起她的下顎，輕聲道：「我能為妳清掉的障礙自會盡心竭力，宮門似海，侯門似刀，妳若嫁我，自不會再有如今同父母相聚的清閒日子。我的第一個夫人，生子難產而死，第二個未嫁便死，刑剋之名傳出，可刑剋之事卻非如此，丫頭，妳敢嗎？」

「你為何要娶我？」林夕落依舊還是那個問題，他依然答：「我喜歡！」

「因我是一匠女？」

「狹隘！」

林夕落搖了搖頭，並未直接回答，反而道：「此事暫且不提，即便敢嫁，若遇難事不能周旋處置妥當，反倒是拖累。不妨以事來驗證，若不能妥當處置了糧行、鹽行、錢莊、賭場，我林夕落絕不去當第三個鬼！」

魏青岩哈哈大笑，「我等著妳！」

林夕落坐其腿上，坦然地將其欲傳的信微刻完，便拿起出門，尋魏海去了……

晚間，肖金傑歸來後便向林夕落回稟今日與金四兒相見時的情況。

「金四兒真是太慘了！」肖金傑連連搖頭，「跟他私通的那個小丫鬟被大夫人查出，有著身孕還給浸了豬籠，金四兒那日外出歸來未能趕上，待回來時就捧著屍首了。他去尋大夫人討說法，大夫人說如今六姑娘欲與王府結親，這等糟粕的事絕不能發生。」

「金四兒火了，去尋老太爺，老太爺卻不肯見，他便指使著工匠罷活，可一天不給活幹可以，一個月沒活計，工匠們總要吃飯不是？大夫人換了她的人來當修繕的管事，每人多給半吊錢，工匠們便都不聽金四兒的，繞開他繼續幹活了。」

肖金傑一臉的心疼，「十兩銀子奴才可都買了酒給他，一個銅子兒沒剩下，還搭了一吊錢！」

林夕落想起林政孝對此事的態度，不由得嘆氣，可金四兒混成這副模樣也是他自找的。

許氏？林夕落冷笑，老夫人過世，二姨太太當家，她被欺壓如此多年好不容易翻了身，一朝被蛇咬，十年怕井繩，林府恐怕沒那麼容易消停了。

林夕落正準備問問二房的事，門外有人來回稟：「姑娘，有個叫金四兒的人前來求見，喝得醉醺醺的，只提了這一句便暈倒過去，可要將他帶進來？」

這就找上門了？

林夕落斟酌半晌，與肖金傑道：「你將金四兒帶去園子的池塘踹下湖，待他徹底醒了，再帶他來見我！」

肖金傑瞪了眼，讓他踹金四兒下湖？九姑娘也太狠了！

林夕落的話，肖金傑不敢不從，硬著頭皮出了門，心裡卻在打顫，金四兒醒來不會報復吧？但他如若不聽林夕落的吩咐，恐怕這會兒就得挨板子了。

這些日子肖金傑也明白了，他在林夕落面前就是去做慫事的，尋人挨打他首當其衝，這不是奉承磕頭就能伺候的主子，他得豁出去這條命才成。

林夕落則在思忖如何能將金四兒拿捏在手。

金四兒並非似肖金傑這等給兩銀子就能對付的奴才，她也知道金四兒手裡頭有一定的家底，否則妻兒一堆，他如何養活？如今落魄也因其心中對許氏氣惱不滿，但尋個小買賣過日子是絕無問題的。

只要他還有選擇，便不會實心實意地為她辦事，她也不會用他，這並非她心思狹隘。人為財死鳥為食亡，人心轉變只是瞬間的事，沒有把握，她絕對不做。

入夜，林夕落早早睡去，忽然聽到院中一陣嘈雜之聲，立即起身出了門，春桃正從外趕回，「姑娘，您歇著吧，外面的人是來尋魏大人的。」

「都是何人？」林夕落心中納罕，若是來找他的，為何這般吵鬧？

春桃搖頭，「奴婢也不知，都是穿著甲冑的將領和侍衛，但穿著與守咱們院子的侍衛不同。」

林夕落微微點頭，可心中更為擔憂，若是侯府的人找上門還罷了，這恐怕不是尋常人。躺在床上她再無睡意，睜眼閉眼，閉眼又睜眼，索性起身換好衣裳，去胡氏與林政孝那方看一看，別再讓她們掛念。

林政孝不在，只有胡氏和林天詡在，林夕落一進屋子，胡氏立即道：「也不知這半夜來的何人？連妳父親都叫去了。」

林夕落皺眉，口中安撫道：「娘不用怕，如若連父親一起請去，應該不會有大事。」嘴上這般說，可心卻更不安穩，可陪著胡氏一起等，心焦的滋味兒實在難熬，便藉著出去透透氣的由頭，悄悄往後院走去。

未至那院子門口，已是燈火通明，隔步一侍衛把守，格外森嚴，林夕落止步不再上前，也未尋人探問，正思忖是否回去，卻見一人匆匆從院中出來，正是李泊言。

林夕落立刻叫住他：「師兄！」

李泊言轉頭，見是林夕落，不由得驚了，立即走近，「妳怎麼在這兒？」

「惦念父親，這是何事？」林夕落瞧見他，心中鬆了幾分。

李泊言道：「軍中急事，侯府的二爺、兵部侍郎大人、太僕寺卿大人都在，不然也不會這麼晚來尋魏大人，是二爺欲見一見老師。」說至最後一句，臉上略有擔憂之色，卻安慰道：「師妹放心，魏大人在，不會讓老師吃虧。」

侯府二爺？那不就是持著鹽行乾股且與魏青岩不對盤的人嗎？魏青煥！林夕落還記得當初魏青岩提他之名時的咬牙切齒，他點名欲見林政孝，這還能有好事？

林夕落有意進去，李泊言卻急忙勸阻，「妳不可魯莽！」

「我就在此處等候。」林夕落將腳步收回，壓抑著心中衝動，李泊言道：「妳馬上回去，而且要入睡，別讓大人難做。」

林夕落皺眉，但見李泊言恨不得將她攆走，也不再多問，點頭就往回走，可還未等走出幾步，便被後方的侍衛追上，李泊言攔住，問道：「何事？」

「二爺欲見林姑娘，特意讓卑職來請。」侍衛看向李泊言身後的林夕落，「這位應是林姑娘吧，二爺有請。」

李泊言有意阻擋回去，林夕落卻知此事推脫不掉，魏青岩可以與其對峙，但她父親還在那裡。

林夕落看向那侍衛，言道：「你帶路吧。」

李泊言看她，知其心中惦念的是老師，也只得硬著頭皮跟進去。

林夕落一進門便見到正位坐一身著錦衣男子，魏青岩坐在一旁，腿上的木板卸掉，一副淡漠的模樣望向門口，另有幾人也將目光投來，可無人介紹，她也不敢隨意出口問安。林政孝站於一旁，見到林夕落進門，目光中的焦慮更濃。

「她便是那小匠女？」錦衣男子出口，林夕落行請安禮，「給二爺請安。」

魏青煥上下打量，「抬頭讓爺瞧瞧。」

林夕落也未有含蓄之意，抬頭與其對視，就見他一雙三角細眼、鷹勾鼻、厚唇寬面，目光中帶出的陰意極重，打量之餘，口中輕蔑道：「古人云：人不可貌相，海水不可斗量，如今瞧這一不入眼的小丫頭能做出那番為人不齒的事來，還真瞧不出！」又看向林政孝，「你也不是如此，怎會教出如此之女？林家的臉可被你們丟光了！」

林政孝低頭不語，林夕落沒想到他開口便如此諷刺，正欲還嘴，魏青岩道：「你又不是林家的奴才，管這等閒事撐的？正事談完，人也見完，你滾吧！」

魏青煥冷哼，「你攆我走？」

「那又如何？」魏青岩看向林夕落，林夕落緩緩走至他的身後站好，可她卻在惦念林政孝，被這般諷刺，父親可能承受得住？

魏青煥冷哼，「讓你再舒坦兩天，你幹的蠢事定推脫不掉任命，不如先趁這時候好好地玩個爽快，好歹留一遺孤也是承繼了香火！」

「滾！」魏青岩吼道，魏青煥慢慢起身，忽然開口：「你如若不願去送死也可，這丫頭送我，你二嫂又有了身子，我身邊還缺一侍奉的丫鬟，如何？」

林夕落渾身一顫，送死？他半夜尋至此地要魏青岩作何？

李泊言也驚了，有意出言反駁，林政孝卻朝其搖頭，此時是他兄弟二人相爭，李泊言若出口便是添油加醋，事情更亂。李泊言見林政孝表態，只得退回，而林夕落則一直看著魏青岩。

魏青岩站起身，林夕落擔憂他的腿，卻見他硬撐著身子朝前走幾步，若非知其有傷在身，根本瞧不出端倪。

魏青煥往後退一步，卻被魏青岩揪住衣領，一旁的幾位大人連忙上前勸阻：「五爺，算了算了，兄弟之間，為個女人不值當！」

「就是，如今公事在身，侯爺也特意囑咐，不允兩位大人提舊怨！」

這幾人也知勸說無用，卻不得不說。他們陪魏青煥來此談公事，怕就怕他兄弟二人起爭執，但旁日最暴躁的魏五爺沒發脾氣，這魏二爺反倒沒完沒了地挑事，如今這情況，能說怪誰？

魏青岩緊緊捏著魏青煥的脖子，魏青煥被他捏得眼睛直往外凸，「你敢！」

「試試？」魏青岩話語剛落，魏青煥疾速從腰間抽刀便朝魏青岩捅去。魏青岩冷笑，一把捏住他的手，喀啦一聲，魏青煥的手立刻流血不止，一根手指被掰掉，疼得他驚嚎亂叫。

魏青岩將其斷指扔在地上，用腳踩碎，根本不給他接指骨的機會，魏青煥跳腳大罵：「你個畜生，你給我等著！」侍衛上前用布綁住他流血不止的手，右手本是拇指斷掉，如今再斷一根，只剩三指……

「滾！」魏青岩最後一聲吼，魏青煥一臉狠意地出了門，其餘幾人也無語地跟著離去。林夕落見一人與林政孝敘言幾句便走，那應是太僕寺卿。

眾人離去，林政孝連忙讓人搬椅子來給魏青岩，「大人快坐下，腿傷恐又要復發了！」

「無礙。」魏青岩的手在發抖，林夕落立刻讓人取藥和紗布，撩開魏青岩的褲腳，卸掉他捆緊的棉布，舒緩、塗藥，又用木板捆上。

李泊言在一旁看著，心中不是滋味兒，林夕落如此熟稔照料應非初次，她與魏大人恐怕是……

解不開了。

林夕落顧不得李泊言心中那股子酸勁兒，為魏青岩包紮好，才長舒口氣，林政孝道：「剛剛太僕寺卿大人讓我告訴您，不必對此事太過上心，上面暫且未定主意，大人好好安歇，有事明日再議不遲。」

林政孝看向林夕落，示意她隨同一起離去，魏青岩卻拽住林夕落，雖未出言，但明顯是讓她留下之態。

林夕落朝林政孝搖了搖頭，林政孝只得帶著李泊言一起走。李泊言看著那一大一小牽在一起的手，倒是捶了自個兒胸口一拳，隨著林政孝離去。

「怕嗎？」魏青岩看著她，林夕落搖頭，「不怕。」

魏青岩挑眉，「這麼大的膽子？」

「連你這般冷若冰霜之人都無懼，何況他人？」林夕落道：「你有意讓我見二爺，是想知我是否膽怯退縮？」

魏青岩沒有否認，但眉頭緊蹙，顯然是身上的傷痛所致。林夕落從內間取來拐杖，扶他進屋躺臥休息，他依舊握著她的手，「前些時日邊境戰事又起，陳凌蘇死了，潰敗萬人，侯爺幾番被施壓，齊獻王上奏由我出征將功補過，侯爺應了，今日來此之人都是詳述敗戰輸在敵眾我寡。」

「敵眾我寡……」魏青岩冷嘲，隨即問道：「丫頭，妳怕我敗嗎？」

魏青岩臉色格外鄭重，不似尋常逗趣調侃，林夕落的心沉了幾分，沉半晌才道：「怕。」

魏青岩道：「妳也有怕的時候？」

「你敗，民女一家人能痛痛快快的死都是奢望，怎能不怕？」林夕落苦著臉，還未等補下一句，就被魏青岩拽入懷中，捏著她的下巴道：「妳信不信我現在就辦了妳！」

林夕落掙脫出來，埋怨道：「實話實說都不可，大人想我用謊話唬你？」

魏青岩嘴角微抽，鬆開她，不發一語，林夕落揉著被他捏酸的下巴，「我跟隨你一同出征。」

「妳不能去。」魏青岩看她一眼，「我出征之日，無人敢在此時動妳，連齊獻王也不敢，妳不必擔心。」

林夕落瞪了眼，「良心，我是為助你傳信，自不是擔憂安危。」

魏青岩看著她，摸著她的小手道：「丫頭，趁這機會把該屬於我的東西都奪回來……」

林夕落點了點頭，「我怎麼奪？虎走了，我這狐狸怎還威得起來？」

魏青岩被她這話逗笑了，捏捏她的小鼻子，自言自語道：「我會為妳爭一即便我不在，也無人敢動妳的東西！」

林夕落略微好奇，可又不願出言相問。魏青岩有些疲累，閉目不再多言，未過多久便熟睡過去，林夕落就在床角處坐了一宿，腦中一直都在想，該是他的東西奪回來，怎麼奪呢？

翌日醒來，魏青岩已經不在，林夕落一出院子，就被胡氏拽了過去，盯著她的小屁股一頓瞅，林夕落知她擔憂昨晚之事，連忙道：「娘，無事。」

胡氏拍著胸口，「娘擔心死了。」說著拽林夕落到一旁，「一早魏大人就與妳父親出去了，娘也不好帶人去後院尋妳，夕落……縱使妳有意跟魏大人，可也要等有名分之後……」

「昨晚大人傷病復發，女兒包紮過後已快天亮。」林夕落安撫著胡氏，「他與父親一同出去？父親不是與太僕寺卿大人宴請嗎？」

「娘未多問。」胡氏有意問昨晚的事，可又覺女眷不該多事便閉了嘴，話題依舊不離她的親事：「夕落，如今妳與魏大人已經如此，該爭的名分妳也不能不上心了。娘當初對魏大人有偏見也是因他的名聲不佳，可如今相處久了，發現他雖寡言卻也並非難相處，何況妳與他又……又同處一室，這總要有個說法，讓娘安心吧？」

胡氏說得眼淚都快掉下來，林夕落知這事瞞不住，為安胡氏的心，只好說了魏青岩應下娶她，

「……女兒還未想好，他道是宮門似海、侯門似刀，我也欲多思忖一二。」

胡氏瞪了眼，「他……大人有意娶妳為正室？」

林夕落點點頭，胡氏不由得舒了一口氣，「夕落，事不能任性而為，拖延太久對妳可沒好處，娘不再催妳，但妳要心中有數。」

「放心吧，娘，女兒自有分寸。」林夕落靠在胡氏懷裡，心中仍遲疑，她作得了他的妻子嗎？

用過午飯，肖金傑便來了。

「金四兒想見您呢，九姑娘，您可見他？」肖金傑咧嘴巴結，林夕落道：「他醒了？」

肖金傑點頭，「醒了，知道奴才把他踹進湖裡，險些把奴才的腿兒給掰折了！」

林夕落瞧著他，「活該！」

「對對，奴才活該！」肖金傑點頭應和，心裡頭憋屈，林夕落思忖半晌，「先叫他進來吧，回頭我賞了他銀子，你這幾日便去陪他喝酒，鼓動他去賭場裡耍一耍，你不是不會玩？他定是門清兒，就請他教一教你，去上一兩回，裡面所見所聞都要清清楚楚地回給我，聽到了嗎？」

肖金傑欲點頭，可又遲疑一分，開口道：「九姑娘，他若賭上癮了怎麼辦？」

「那就是活該！」林夕落冷哼，「活該自找的，你也甭攔著他到錢莊借銀子，回頭把錢莊的利、如何借、如何還都給我打探清楚了，但你若是敢上癮，我就把你掛了賭場門口曬成乾！」

「奴才不敢，奴才哪敢沾那事兒，奴才又不是嫌臊得慌，奴才沒那膽子，也心疼銀子！」肖金傑嘿嘿笑著，林夕落讓春桃給他銀子，「這事兒辦好了，我就去林府把你的死契要來，也免得你被

林府的人逮著弄死。」

肖金傑臉上的笑意大大地散開，雖然又向林夕落磕頭謝恩，可心中卻道：林府的人還未弄死我，我便先被姑娘您折騰死了……

肖金傑出去引了金四兒進門，金四兒大步流星走在前，見著林夕落，行了禮，便開口道：「求九姑娘提攜，我要報仇！」

林夕落看著他那肥嚕的肚子和肉顫的臉，「你有什麼仇？」

金四兒一怔，看了肖金傑一眼，也知林夕落是故意問的，拍著胸脯子道：「您當日許諾安排好的丫鬟被……被大夫人發現，死了，求九姑娘替我出這口氣，我金四兒定全力回報！」

林夕落未有意外，她早就知道金四兒見面開口便會要求替他報仇……

「金大管事，我憑什麼替你出面與大夫人過不去？嗯？」林夕落看著他，「你與丫鬟私通，她被浸豬籠淹死，卻是常理，算不得大夫人心狠。老夫人已過世多年，你不能總拿著與其同族一事當理兒說？」

金四兒一怔，當初肖金傑忽然請他吃飯，口中連連說道如今的九姑娘是多麼的厲害，宅院中的吃用、份例是多麼的好，他才有意把自個兒的憋屈說出口，又被肖金傑踹進了湖裡，還低三下四來求，九姑娘居然不答應？

金四兒皺了眉，卻依舊懇求道：「您想知何事？但凡我知道的一定都告訴您，不知道的，也打探來告訴您，只求九姑娘能賞我一口飯吃。」

「我想知何事問你……你若不知呢？」林夕落撂下手中的杯子，「這就好比做小買賣，想買兩個醬肘子，還等著你去養豬？這話說得就是個笑話！」

金四兒心中急了，跪了地上磕一響頭，「九姑娘，您讓肖金傑去尋我，不就是為了讓我來求您賞口飯？我金四兒敢保證，但凡能做到的絕不食言，更不昧心地禍害您半兩銀子，若違此言，天打雷劈！」

「我不缺人手，你也不值讓我尋大夫人麻煩的價兒。」林夕落使眼色給春桃，「賞他二十兩銀子，也別白磕了這個頭。」

林夕落說完，轉身便走。金四兒拿了銀子愣在當地，嘴唇都咬出了血，看向肖金傑，斥道：「你他媽的胡扯，你不是說九姑娘會答應？」

肖金傑連忙慫道：「金四爺，您當九姑娘還是林府裡的九姑娘呢？求她辦事，哪是磕一個頭就成的？您瞧瞧我來此快一個月了，腦門子還泛青呢！何況您上來就求九姑娘為您報仇，九姑娘憑什麼答應啊？你來此能作何？管修繕？這院子富麗堂皇，用不上工匠；賣力氣？您別瞧您比那站著的侍衛寬一半，人家一胳膊就能把您扔出院子！」

「放你娘的狗屁！那你讓我來作甚？」金四兒冷哼斥罵，肖金傑道：「原本以為您就是來求個差事，尋口生計，誰尋思您還欲報仇啊！得了得了，得了九姑娘的賞，您還是快走吧，今兒我作東，請您上福鼎樓吃一頓好的！」

「你個狗雜種，還吃上了福鼎樓？」金四兒上下瞧量，不屑一顧，肖金傑立馬挺直腰板，胡謅道：「這院子的大廚房是擺設，一日三餐都是福鼎樓來送飯菜，您當這兒是林府那？走吧！」

肖金傑擁著金四兒就往外走，金四兒心中訝異，卻也惱怒，邁著步子往外行去，酒醉過後，肖金傑剛提了「賭場」二字，金四兒被他這番吹捧的壓抑勁兒就上了頭，「你個狗奴才，跟著爺走，讓你知道知道爺的厲害！」

日落黃昏，林夕落等著用晚飯的空檔派人去找肖金傑，侍衛來回他至今未歸。

林夕落心中略微有底，此時未回，恐怕是徹夜不歸了，金四兒這小子顯然好個「賭」字，肖金傑明日多半能有事回稟了。

如此思忖，便去尋胡氏，卻得知魏青岩與林政孝二人都未歸來，晚間只有她母女二人用飯。

「天詡呢？」林夕落納罕，這小傢伙兒一日沒出現，旁日不是在這院子裡揮拳頭？

胡氏嘆了氣，「晚間魏海來接，說魏大人欲帶天詡一同去太僕寺卿宴請的飯局，讓他自幼就見世面，可一群大男人議事喝酒，他一個小娃子能作甚？」

林夕落也怔愣，他是想一齣是一齣，即便有心帶林天詡，也不必六歲就不放過他吧？

入夜，子時時分，院門口嘈雜，母女二人出門相迎。

林政孝明顯這晚沒少被灌酒，爛醉如泥，被侍衛抬著進門。林天詡這個小傢伙兒騎在魏海的脖子上，一臉興奮，胡氏連忙讓人將他二人帶回院子，而林夕落卻納罕魏青岩沒回。

正值此時，侍衛道：「林姑娘，大人在院外，請您上馬車。」

林夕落走出門口，他的車駕就停在眼前，透過車窗，那裡正有一雙眼睛看著她，問道：「敢不敢上來？」

林夕落未等踏上馬車，就已聞到一股濃重的酒氣，林政孝被扛回來，他也喝多了？

撩起馬車的簾子，踩著凳子上去，剛進去就看他橫臥在軟蓆之上，赤裸著上身，冷面上浮起幾分輕佻，就這樣看著她。

林夕落沒走過去，只在門口，「大人醉酒了？」

「過來。」魏青岩伸著手，林夕落的腦袋搖成波浪鼓，「不去。」若說旁日她信他不會做出過激的事來，但這酒後她不信。

魏青岩笑了，「來吧，我沒醉。」

遲疑半晌，林夕落試探地往那方走了幾步，卻被他拽入懷中，「妳這丫頭，從來不肯信我。」

「醉酒之人怎讓人信？」林夕落不習慣貼著他赤裸的上身，卻聽到他吩咐馬車往城門處去。

「你要作何？」林夕落納罕相問，魏青岩看她道：「我今晚便走。」

「今晚？」林夕落驚了，不是說了還可拖幾日，怎麼如此快？腦中忽然亂了，林夕落急問道：「你的傷可還未痊癒，怎能帶兵打仗？這不是去送死嗎？」

魏青岩湊其耳邊，呼吸掃在她的耳畔，林夕落初次沒有躲，而是這般靜靜地聽他說。

「我弄死了不該死的人，這是在罰我，丫頭，妳可會想我？」魏青岩輕撫她的髮絲，呢喃細語，林夕落的心底更驚，弄死了不該死的？他從軍營直接歸城，還一身重傷，硬撐著也要對外稱無事，難不成就是那一次？

林夕落目光中帶了探詢，魏青岩點頭，隨即催促道：「回答我，會不會想我？」

「會。」林夕落不再執拗，躺在他的手臂上，「你在時，我做事踏實，你走了，我……」

魏青岩從身後抽出一木盒，「打開。」

林夕落坐起身，這盒子有一臂之長，還有些沉，打開一看，裡面之物讓她極其驚訝，這……這又是一根雞毛撣子？這一根雖與他最早所贈之物不同，可這桿上的雕紋讓她有些不敢確信地看向魏青岩，「這是？」

「從皇上那裡為妳求的。」魏青岩看她臉上的驚喜，不由得也露出笑。林夕落拿出來揮一揮，早先他有說過欲求一他不在，她也不用怕的物件，合著便是它？

林夕落又放回去，「這物件我豈是不要供著睡了？」

「皇上所賜之物，妳可不向百婦叩拜，挨打之人也不能還手，但這要等我歸來。我出征這段時日，妳可用它保命，但不到萬不得已時最好別拿出來。明日宮中會有賞賜，那些只是隨意所用的物件，是給外人瞧的，沒這撣子實用，妳千萬要記清楚。」魏青岩頓了下，又道：「如若我沒回來……」

「我等你歸來！」林夕落未允他說出後面的話，四目相對，魏青岩忍不住轉身躺著，口中道：「別讓我瞧見妳，我忍不住！」

「偏不！」林夕落起了逗弄之心，反倒主動坐在他的身邊，魏青岩皺眉，「妳自找的！」

林夕落撇嘴，「你不會那麼做。」

「戰前一夜春宵也未嘗不可……」

林夕落的目光一直看他，卻是讓魏青岩沉嘆一聲，輕撫她的小臉，「丫頭，若我未能歸來，妳不許嫁林豎賢，書生無用。」

「交代後事？」林夕落有幾分動容，「你嬌我縱我慣著我，如今我都快忘了女子規禮是個什麼東西。對外宣稱我是你的女人，讓敢惹你這個活閻王來靠近我？把我爹娘和弟弟都牽在身邊，就等著我主動說想要嫁給你，你給我挖了一個坑，讓我跳進你的陷阱當中，我樂於在這個陷阱中醉得不醒，可你現在還叮囑我在你未歸來時如何選人嫁？」

林夕落眼中蘊了幾分濕潤，也是初次把心裡的話一口氣說出。

她一直都不敢去想他回不來怎麼辦，她不願去想，可他偏偏要提，更提及婚事……

魏青岩長嘆，伸出手擁她入懷，「等我回來！」

「嗯！」林夕落應了一聲，靠在他的懷裡。

兩人沒再多說一句，可心底的情愫卻已交織在一起。

林夕落不明白魏青岩為何會喜歡她，她也不懂自己喜歡他何處，只覺得跳進了他挖的溫柔陷阱之中，只覺得這樣平穩地依靠在他的肩膀上可以徹底放下心來。

可如今得知他欲走，心中怎麼這樣的酸呢？

馬車停至城門旁，林夕落能聽到周邊人頭攢動，腳步聲雜沓，每一聲都讓她的心顫抖一下，而每顫一下，摟著他的手臂便又會更緊一分。

似是察覺出她的緊張無措，魏青岩的目光充滿了溫柔暖意，可惜她一直不敢抬頭看他，而錯過了他目光中的愛憐與不捨。

直至天亮，林夕落不知何時睡了過去，待醒來時，魏青岩已經不在身旁。

簡單地梳攏髮髻，林夕落迅速下了馬車，遠遠望去，便見城外已開始統兵準備出征，她朝前跑去，卻被護從的侍衛攔回，「林姑娘，大人吩咐，不允您靠近。」

林夕落止步，只能遠遠地看著正於大軍之前，指揮將領整軍的他。

頭戴鷹盔，朱纓懸垂，身著青色明光鎧，手執長槊，腰際一把戰橫刀。陽光下，魏青岩身上所散發出的光芒讓人不敢直視，寬闊魁梧的臂膀、高高束起的髮髻、深邃如水的目光、從內而外散發的殺氣，在在讓人感覺到一股無形的壓力。

這是林夕落第一次看到他率軍出征的模樣，哪怕是曾在軍營中都未見過。

那時她只有膽怯與畏懼，而此時，她心中有著衝上前與他同赴戰場的衝動……

魏青岩一直都未回頭，只有眾將頒令、點將、呼號的聲音傳入林夕落的耳中，她就這樣一直看著，直至大軍開拔之時，他駕馬奔騰而去，微微轉頭的剎那，她感覺到他目光的炙熱，也看著他這樣離開。

直至所有兵丁離去，喧囂熱鬧的城門最終只剩下十幾名侍衛和那孤零零的馬車。林夕落默默地轉身上車，那長盒中的撣子映入眼中，她將其摟至懷中，吩咐道：「回吧。」

林政孝與胡氏一早便在正堂等林夕落歸來。

聽到侍衛回報，兩人忍不住到門口相迎，林夕落抱著盒子進門就被胡氏拽走，「大人走了？」

林夕落點頭，顯然林政孝已經對她說了，林政孝的臉上依舊有微微的醉意，「昨晚被同僚灌酒太多，未能送成魏大人，實在有愧啊！」

胡氏問起林夕落：「大人走時可有過交代？」顯然是擔心他一走，會否有人找上門來鬧事。

「不必擔心。」林夕落舉了舉懷中之物，「這是保命的，稍後還有賞賜下來，算是告誡外人不允來鬧事吧。」忽然又想起齊獻王，「忘記問大人，齊獻王的大婚……」

「推後了。」林政孝引母女二人一邊往回走一邊說：「邊境之地戰事緊迫，皇上大怒，尋常百姓的婚喪嫁娶便罷，他一個王爺怎能在此時迎側妃？」

林夕落的心落了肚子裡，「那就等著大人回來吧。」

行進院子，林夕落卻見魏海正陪著林天詡練拳，震驚之餘，連忙道：「你怎麼沒跟大人去？不是傷癒了嗎？」

魏海撓頭，「大人讓卑職隨林姑娘行事，護您安危。」

林夕落沒了話說，看向後方的院子，心裡空落落的。

不願多想，林夕落回了自個兒的院子洗漱後準備小寐片刻，春桃從外跑來，「姑娘，快去門外，聖旨到了！」

這麼快？林夕落急忙周整好衣裳出門，林政孝與胡氏、林天詡等人正在門口聽一位公公講起領賞的禮儀規矩，林夕落到此，他瞧了一眼，問道：「可是林姑娘？」

林夕落點頭，直接讓春桃先送上厚厚一包銀子，公公接過，臉上的笑容更燦爛，「這規矩是不能違的，但好歹領賞也是個喜慶事兒，大人和夫人領過後叩恩就行了，旁的事咱家會在一旁提醒著，您放心便是。」

「謝過公公了。」林夕落道謝，這公公連忙側步，再多的規矩也頂不過一包銀子，林政孝與胡氏二人也對此無奈。

接二連三的物件送進來，除卻吃用之物，林政孝還得了一支筆，眾人齊齊謝恩，送走宮中之人，胡氏依舊跪在地上起不來，林夕落連忙去扶她，胡氏坐了凳子上拍著胸口道：「還從未接過賞，娘膽小，嚇得！」

「不過是讓人莫來這兒鬧事的警告罷了。」林夕落漫不經心，連話語都透著股子無精打采，胡氏心知這是魏大人離去，自家女兒的心情不悅，便不再多說，讓春桃、宋嬤嬤等人將物件拿進去，林夕落便回了院子，躺在床上睡去，起身之時已是太陽西垂……

晚飯依舊是福鼎樓送的飯菜，林夕落嘆口氣，還未完全從魏青岩離去的勁兒中緩過神來。差一個人，只覺得這飯菜都不如尋常香……

春桃從外面進來，「大姑娘，肖總管剛剛來尋您回稟差事，奴婢讓他晚些再來。」

「去叫他來吧。」林夕落迅速吃用著，什麼事都比不了正事重要。

用過飯後，春桃讓肖金傑進來，林夕落看著他，一雙眼睛烏黑烏黑的，臉上也泛著青，這一副糟粕模樣幹什麼去了？

林夕落隨口一問：「怎麼著？看著好似被人打了似的。」

「哎喲，九姑娘啊，這兩天奴才可是苦了！」肖金傑跪了地上便開始訴苦：「奴才那日陪著金四兒去吃酒，隨後又依照您的吩咐去賭場，可金四兒對這行當倒是頗有門道，一晚上半個銅子兒沒輸不說，反倒是贏了百兩銀子！」

肖金傑嘆口氣，繼續道：「奴才就只得鼓動著他繼續玩，也順便瞧瞧其他賭徒都是何模樣，倒是瞧見有輸光銀子被人攆走的，也有被按在那裡按了手印子，隨即拿了條子派人去他家裡要債的，還有直接把妻兒閨女往外壓銀子的，實在都是一幫畜生！」

肖金傑雖是個不入流的奴才，但他畢竟打小就在林府的宅院中混日子，宅院裡即便再勾心鬥角，卻未有魚目混雜，這等事他自然未接觸過。

林夕落思忖下，又問道：「還知道何事？」

肖金傑眼睛都快瞪出來了，「奴才瞧見有錢莊的人去放貸，賭紅眼的畜生沒有不去那裡借錢的，這賭場的利錢可不是普通錢莊子的利，那可是按日利算的！」

林夕落心沉，「怎麼個日利？你仔細說說。」

肖金傑撓了撓頭，「奴才也沒搞清楚。」

「你個蠢貨！旁日裡不是對銀子最敏感？這事兒你沒弄明白回來見我作甚？」林夕落瞪他，說至最關鍵的地兒沒詞兒了，這比不說還讓她煩心。

肖金傑苦著臉，「奴才……奴才也賭了兩把，沒銀子了，再陪著金四兒賭下去，就也得去按手印了，九姑娘，奴才沒敢！」

林夕落嘆氣，「金四兒如何了？」

「他還在賭場裡頭，賭紅眼了！」肖金傑道：「奴才回來時，他可是按了兩張巴掌印了，好似連他的宅子都賭了出去！進賭場時，他還勸奴才別貪手，怎麼他一去，自個兒卻陷了進去……奴才害怕，回來向您請示，要不要攔他一下？」

林夕落沉了沉，吩咐肖金傑道：「你去那裡按一巴掌印，把這日息的利怎麼個演算法、都有哪幾個錢莊在那裡放銀給我問個清清楚楚，問不明白，我就不拿銀子去贖你！」

肖金傑傻眼，「九姑娘，您這是要奴才的命啊！」

最後，肖金傑拗不過林夕落，硬著頭皮去賭場借高利貸。

林夕落正想著是否派人去叫方一柱或劉大麻子來此問一問，可否知曉糧行的人欠債的事，可還未等開口，春桃便從外來回：「大姑娘，您猜誰來了？」

「誰？」林夕落瞧她這喜慶勁兒，擠兌道：「有魏海陪著，臉上都快笑得瞧不見眼睛了！」

春桃臉上一紅，「您又調侃奴婢，是十三爺來了！」

林政辛？林夕落的確驚訝，自從離開林府，她一直都未再得林政辛的消息，偶爾問起林政孝，他也對這十三弟一無所知，但……林政辛終歸是林忠德最疼愛的兒子，他來此不會是為了林忠德吧？

伍之章◆臨別依戀曉風流

林夕落的喜意漸消，周整好髮髻便往前面的院子走去。

林政辛正與林政孝、胡氏在正堂敘話，林夕落進門時，聽到他說起府上今日得知宮中賞賜林政孝之事的驚訝，連連暢笑，可笑過之後無奈嘆氣，「七哥，弟弟想走了。」

「十三叔準備去哪兒？」林夕落進門便問，林政辛立即起身，上上下下打量半晌，才笑著道：「九侄女如今可是厲害人了，走路都帶著幾分俏勁兒，何時能得妳的喜訊啊？」

林夕落瞪他一眼，「張口便挖苦我？送客！」

林政辛連忙賠罪，「怎能這般沒良心？我可是帶了好物件來給妳！」

「先不提物件，十三叔打算去哪兒？」林夕落不准他轉移話題，林政辛收起了笑，正經言道：「家裡頭亂七八糟，前陣子大嫂在府裡耀武揚威，可如今戰事起，綺蘭的婚事推後，三嫂與六嫂又開始挑起了刺兒。我算是看明白了，越在府裡頭待，我這腦子就越發的木訥，不如出去遊歷一番，也長長見識。」

林政孝一臉的猶豫，顯然剛剛林政辛已經對其說過林府如今是何模樣，林夕落索性藉機問起二房：「……二姨太太不是已收斂些許，如今怎又抖起分兒來？」

「老太爺如今被牽扯得無心管府中事，綺蘭婚事不成，二姨太太被大嫂壓制那麼久，自要尋機會動手，但如今她不再出面，只在後方鼓動三嫂，由三嫂出頭。大嫂除卻占個嫡系大夫人的名頭，可娘家不如三嫂的娘家厲害，三侄媳婦兒又生了個男丁，嫡侄子卻在床上躺著等死，大嫂在氣勢上輸其一分，明爭暗鬥，她敵不過。」

林政辛又感慨，「我在府裡整日閒逛，這些事不想知道都能傳到耳朵裡，煩，實在是煩！」

「煩什麼？十三叔都成爺爺輩兒的了，您得準備壓歲銀子！」林夕落臉上帶笑，可目光不時看向林政孝。林政齊前陣子諷刺的話她一個字都沒忘，父親的心中也定有疙瘩，如若林府再被二房占了，林政孝定是氣不過吧？

魏青岩為何這麼早走，好歹先把林政齊給弄出幽州城當個小縣令再離去多好？

林夕落忽然想他，緩過神來卻見三人都在看她，「看我作甚？」

「一臉的憂色，想誰呢？」林政辛調侃，林夕落瞪他一眼，將心中之事遮掩……

林政孝這半晌都未開口，似是思忖許久才一本正經地與林政辛道：「讀書你不成，去各方遊歷一番也不錯，待玩夠了，視野寬了，若能扎下心來讀書最好。若仍無心讀書，不妨再尋事情做，你雖得老太爺的寵，但生母離世，沾了庶字，要為自個兒做打算，別去摻和那勾心鬥角爾虞我詐，有那功夫，不妨去闖出一片天地來更踏實。」

林政辛起身向林政孝拱手作揖，「就知七哥不像他們那番賊心，整日除卻用銀子拉攏弟弟就不會做點兒別的，只有七哥能給弟弟更好的建議。」

「不妨往南走一走，所見所聞和認知都與北方不同，吃要吃出味道，玩要玩出門道，別一去一歸，除卻銀子花光卻一無所得，那『廢物』二字非你莫屬了！」林政孝話中略帶調侃，林政辛笑得更歡，「七哥放心，弟弟怎能作那般廢物？就算是廢物，也得回來求七哥賞口飯吃，你是兄弟中最心慈的人，定不會將弟弟攆走！」

林政孝點了點頭，對此事不再多提，林夕落也聽出林政辛有投靠之意，但不挑破，索性將此事揭過。晚間在此用了飯，林政辛看到福鼎樓的菜便敞開了膀子吃，吃飽喝足也未再多留，只道離城之前再來此一趟，便離開景蘇苑。

送走林政辛，林政孝一直都未能笑出口，沉了半晌才道：「如今在他的臉上也瞧不見真心笑意，這日子……」

林夕落知道林政孝之意，林政辛來這一趟，話語中雖說了大房與二房的事，但都粗略未詳說，而今日來此也是想投靠他們這方，不願跟隨林政武、林政齊一同被齊獻王拿捏住，為此才有意離開幽州城，待事情有個定論後歸來。

林夕落對林政辛的投奔未有反感，她更在意的是這是否是林政辛自己的打算，「……若是十三叔自個兒的意思還罷，就怕這是祖父的意思。」

林政孝點頭，「我也在擔心此事，罷了，終歸不是一日二日能有定論，不妨先好好睡上一覺，明日正式去太僕寺行職了。」

「魏大人不是有意讓您只掛名？」林夕落納罕，太僕寺可是行馬之地，父親能習慣嗎？

林政孝搖頭，「之前有意如此，但昨日魏大人和太僕寺卿與為父一同商議，如今戰事起，太僕寺可就不是閒散之地了，不妨在此幫襯一二，看可否有機會穩住六品的位子，抑或再往上走動走動。」

林政孝踩著腳下的雪，看向林夕落，「為父也贊同，魏大人有心了！」

最後一句意有所指，林夕落心中自然明白。太僕寺卿與魏青岩的關係非同一般，林政孝在太僕寺自然品級升得快，將來即便不在太僕寺，平調他職也是一飛沖天。

林夕落的臉色微紅，仰頭看向空中弦月，一切都在他的控制之中，她不點頭他就等，等到她點頭為止……這個人實在霸道！

雖如此思忖，但她心中沒有半點兒埋怨，腦海裡只有一個念頭：他何時能歸？

翌日一早，林夕落起身，春桃便來回稟：「肖總管昨晚就在堂下跪著，等大姑娘起來。」

「他輸了多少銀子？」林夕落坐在床上洗顏擦面，春桃卻是笑著道：「奴婢不知，魏海倒是過去問了。」

林夕落調侃地看她，春桃臉色通紅，殷勤地為林夕落更衣梳頭，隨後端來早飯，林夕落讓她端去正堂，「讓他過來吧，邊吃邊聽他回話就是。」

春桃應聲，魏海帶著肖金傑進來，肖金傑撲在地上便開始哭嚷，「九姑娘，您救救奴才吧！」

「先跟我說說你都查到什麼了。」林夕落一邊喝粥一邊問，肖金傑聞其飯菜噴香，嚥了嚥唾沫，連忙道：「這賭場的利可是隔夜息，昨兒奴才借了一百兩，今兒就得還一百一十兩，如若今兒還未還上，那明兒就又翻倍了，要還一百二十兩，奴才昨兒手臭，全輸光了！」說著拿著那紙單子，手都跟著抖，「奴才險些被扣住回不來，而後還是苦苦哀求，又報了……報了林府的名號，才放奴才回來。」

「你倒是會往身上添金，知道報林府！」林夕落冷笑，肖金傑委屈道：「奴才哪敢把這等醜事往您的身上沾，那您還不大嘴巴子抽死奴才……」

林夕落不願看他，「哪個錢莊借你的？」

肖金傑連忙道：「一錦錢莊。」

一錦錢莊？林夕落看向魏海，魏海連忙點頭，「正是魏大人請姑娘接手的那一家。」

「合著我倒成了你的債主了？」林夕落撂下碗筷，從肖金傑的手中拿過債單子，「金四兒呢？他怎麼樣了？」

「他輸得褲子都快穿不上了！」肖金傑道：「奴才走時，他都快被抄家了！」

林夕落問道：「他還沒向林府磕頭？」

「老太爺不管他，大夫人更不管，只說不認識他這個人。」肖金傑有些慌亂，「九姑娘，奴才這債……」

「閉嘴！」林夕落斥喝，肖金傑不敢再張口，林夕落仔細思忖，與魏海道：「一百兩，錢莊不當一回事吧？」

魏海道：「自不當回事，何況這事兒哪裡能用得上錢莊的銀子？這方借了賭錢的，那方就被賭場都贏去了，從左兜放右兜裡頭，那捂熱的銀子都不帶涼的！」

「你是說錢莊與賭場勾搭一起？」林夕落略有遲疑，錢莊是錢十道的老丈人當掌櫃，可賭場卻未有他的事，他怎麼把手插進去的呢？

魏海也不知這其中的彎彎繞繞，只得等在一旁，偶爾與春桃擠眉弄眼。

春桃不搭理他，林夕落坐在桌前想著此事該如何辦才好，直至飯菜冰涼，肖金傑的腿跪得麻木倒在了地上，她才緩緩地道：「看來，這錢莊是不得不去一趟了！」

一錦錢莊就在離金軒街不遠之處，林夕落吩咐馬車停下便看著周圍環境，除卻錢莊，就是茶樓、飯館，未見到賭場在何處。

魏海派人去打探後回稟道：「林姑娘，賭場在後街的巷子裡。」

離得如此近？林夕落斟酌後讓侍衛將馬車停靠一邊兒，她行步下來，帶著春桃往錢莊走去。

錢莊的夥計瞧見有人進來，立刻小跑到門前撩起簾子，可看清是女眷，心中多幾分機靈，連忙朝後方喊去：「客人到！」便又拂座上茶，伺候得格外周到。

林夕落拿起茶碗瞧了幾眼，不提茶香裊裊，只看這套汝窯的小碗便不是尋常人家用得起的，尋常便如此待客？還是看她是女眷，準備軟刀子砍兩下？

未抿半口，林夕落就這樣坐等，可半晌都未有人出來，她的額頭蹙起，頗感不耐，餘光睹見小夥計不時朝另外一方看去，而那方就是道門……

這是想趁人心不穩好談價錢？

林夕落輕咳一聲，看向春桃，「不等了，咱們走吧。」

小夥計立即上前，未等開口，那門後便出來一人，拱手道：「遲了，遲了，讓姑娘久等，實在是罪過！快請坐，請坐！」

一瘦高的中年人，青白混雜的鬍子梳剪成一縷，八字眉、八字眼，嘴唇薄如紙，若不說話就似一道縫兒，瘦長的臉上最凸顯的便是方塊鼻。林夕落心中起了惡意，這類長相生出的閨女能給忠義伯嫡子錢十道當妾，錢十道得是什麼品味？

「你是掌櫃？」林夕落先開了口，臉上帶了幾分不愉，此人立即道：「正是，本人姓汪，您若不嫌棄，稱呼一聲汪掌櫃便可，不知姑娘來此所為何事？」

林夕落笑道：「你這話說得可笑了，來錢莊自是為錢，還能為何事？」

「姑娘準備怎麼……」汪東籬有絲遲疑，目光也帶幾分審度，旁人家可鮮少有姑娘出面，而這位從衣著打扮、行步身姿都可看出是未出閣的……

林夕落看出他目光中的疑慮，便是道：「汪大掌櫃不妨紹介一二？我好斟酌斟酌。」

汪東籬沉住氣，並未立刻開口，而是撩了前襟，話語帶了幾分關切，「不知可否問一下，姑娘借錢所為何用？」

「怎麼？連用處你也要知曉得一清二楚？你這兒又不是官府。」林夕落露出幾分拒色，他立即笑著擺手，「閒聊罷了，沒有非知不可。旁人來錢莊不過是夥計應付，瞧姑娘到此我才親自出面，無非是怕您欲行賠錢的買賣，抑或做有差池的營生，錢莊的銀子畢竟是有利的。」

林夕落看著他，「你先將這借法、利錢說清楚，我覺得妥當了，自會告訴你。」

「姑娘稍等，我去去就來。」汪東籬起身朝小門而去，小夥計看了林夕落一眼，連忙跟進去。

林夕落呼口氣，嘀咕道：「這老東西屬狐狸的，他開始懷疑了……」

汪東籬進了屋，拽著小夥計道：「跟著魏大人的那位林姑娘，你可見過？」

小夥計搖頭，「一直沒來過，小的怎能見到？」

「不對啊……」汪東籬嘀咕道：「魏大人昨日才出城，今兒她能有空閒來？」

「門口還有跟隨的馬車，小的剛剛過去瞧了，一個都不認識，可那些人都不俗，絕非小門小戶出來的。」小夥計指向門口，汪東籬立即跑到窗邊去瞧，打開窗抻出腦袋一看，正瞧見魏海抱著胳膊往這方看來。

「壞了！」汪東籬跳了腳，「她就是那位林姑娘，旁的不認識，魏大人的貼身侍衛魏海可就在外面！」

小夥計也哆嗦了，驚訝之餘開始不安，連忙道：「掌櫃的，這可怎麼辦？這麼快就來了，可要小的去尋錢爺一趟？」

汪東籬也有些慌，隨即便想出了轍，「先不必勞師動眾，她一個丫頭不亮身分，就為了套話，應是對錢莊之事不懂，我就陪她應付下去，看她能如何！」

等候半晌，汪東籬從小屋中走出，出門便作揖道歉，「久等了，實在就這一個小夥計，事忙不過來，姑娘千萬不要見怪。」

「一個錢莊還不多雇兩夥計？」林夕落探問，汪東籬長嘆，無奈道：「別看是開錢莊，可也有開錢莊的苦難處，不瞞您說，這一錦錢莊乃是宣陽侯府魏大人兄弟二人開的，其間還有忠義伯府錢爺的幫襯，但來此借銀子的，多數是過往跟隨大人們出征傷重的殘兵，您說這銀子借出去，還能指望著還？大人心善，唉，說這麼多作甚？」

汪東籬頓了下便道：「姑娘若是有意做大買賣，就聽老夫一句，不妨先小本經營，縱使不順，也不至於虧得太多！」

林夕落沒吭聲，春桃急了，指著便是罵道：「放肆！我家姑娘做事輪得著你插嘴？喪門星的還說虧銀子，你這臭嘴還當掌櫃？」

林夕落不讓春桃再罵，汪東籬連忙拱手，「話語深了，深了，姑娘莫怪。」

「汪掌櫃，說說這利錢吧。」林夕落沉著聲，汪東籬心裡頭算計著，想來套他的話而後翻手查帳？再如何跋扈囂張的丫頭，都不是有腦子的……

汪東籬心裡頭如此譏諷，面上卻笑道：「不知姑娘欲借多少？有何作抵押的物件？」

「這兒又不是當鋪。」林夕落略有不悅，「千兩銀子如何算？別說行話，拿銀子算就可。」

汪東籬心中冷笑，臉上卻笑得更是燦爛，「今日一千兩您拿走，明年的這一日，您在一千兩銀子之上，多還回五十兩即可。」

「這麼少？」林夕落故作下意識出口，汪東籬一臉大義，「自當如此，我們東家開這買賣為的是造福百姓，不是為這幾兩銀子。」

林夕落瞧他那雙八字眼眯得快成了縫兒，索性吩咐春桃：「去把魏海叫進來吧，都說了不讓他跟著，他不聽，如今汪大掌櫃瞧見他便知不是來借銀子的，是來查帳的了！」

「林姑娘？」汪東籬故作驚詫，立刻讓小夥計換茶，「我可真不知是您來，您今兒到此怎麼沒讓人提前吩咐一聲？我也要將帳目都為您備上，唉，剛剛的話您可莫放心上，年歲大了，就是愛嘮叨了！」

林夕落也不再裝，「汪大掌櫃，你這利錢如此之少，可壞了行規啊，幽州城的錢莊可不止這一家，你也不怕被砸了店？」

「有魏大人……和錢爺在，有那份心思也沒那膽啊！」汪東籬道：「林姑娘，早前就聽說您是女中豪傑，做起事來比男人都豪邁，處置事格外俐落，老夫時常聽人談起，無一不豎起大拇指誇讚！」

「你甭在這兒抬舉我了，各個不罵我是匠女都見鬼了！」林夕落自嘲，汪東籬連忙擺手，「不一樣，不一樣，那些人不過是嫉妒您！林家大族可曾出過多位青史留名的女前輩，這一代再出一位那便是您啊！」

「汪大掌櫃，你這話要繼續如此說，我可慚愧得沒臉聽了。」林夕落笑著看小夥計新倒上來的茶，汪東籬連忙點頭哈腰，「我嘴笨，這輩子也就這點兒出息，這也是託了閨女的福，得忠義伯府的錢爺照應，才能來魏大人的錢莊上當個掌櫃，甚是榮幸啊！」

林夕落看他，都說嘴皮子薄的人能言善道，汪東籬可算是個典型了，可魏青岩也是薄唇，他怎麼話語那麼少？

魏海此時從外進來，看到林夕落先拱手，汪東籬連忙起身作揖，「魏統領今日來此，失敬，失敬了！」

林夕落看向魏海，翻個白眼道：「瞧你這模樣，虎背熊腰，穿這身平民小廝的衣裳，怎麼看都不對勁兒，手裡拿根棒子都像舉把刀似的，還是趕緊換了吧！」

魏海剛剛應也聽春桃埋怨過，便是道：「林姑娘，護著您可是大人吩咐的，他將卑職留此，卑職若是在宅院裡吃喝睡樂，不幫襯您做點兒事，他回來還不得把棍子打折了，卑職可不敢！」

林夕落瞪他一眼，魏海笑著走至門口，侍衛連忙將侍衛統領之衣送來。

插曲兒一過，林夕落開始談起正事。汪東籬早就發現她是來查帳的了，故而剛剛那一番話不過是故意做戲罷了，既然如此，不妨開門見山，林夕落沉了沉，開口道：「汪大掌櫃，我再問一句，這錢莊的利錢一直都如此少？」

「一直如此。」

林夕落問：「年利、月利、日利都如此？」

汪東籬擺手，「哪來的什麼日利，那還需借？林姑娘定是聽了那些糙人說笑話，這幽州城中是否有，我不敢應，但一錦錢莊是絕不做這沒心眼兒的事！」

「你保證？」林夕落繼續問，汪東籬拍胸脯答道：「我保證！」

林夕落從袖口拿出肖金傑昨兒在賭場裡頭按了巴掌的單子擺在桌面，「那你給我說道說道，這是何物啊？」

汪東籬拿過賭場的單子一看，頓時傻了，這怎麼……怎麼到她手中了？

林夕落看著汪東籬，瞧他的眉擰得快成了倒八字，眼珠子瞪得能看到白眼仁兒，鬍子抖來抖去，雖不張口，可其心中定然在想如何為此事尋個搪塞的理由。

處理糧行時，林夕落雖與嚴老頭針鋒相對，但好歹是為了口吃食，她心中也能理解，而鹽行有魏青煥插手其中，門道定然不少。

想起他兄弟二人吵嚷動刀，魏青岩又掰斷他一根手指，雖非同母所生，但這類兄弟，她從未遇到過，故而要動鹽行，她心中多少有顧慮，只想沉著之後再議。但錢莊虧錢，這是她最不能容忍之事。

一個賣銀子的還能賣虧了帳？比母豬上樹都難的事，他們也說得出口做得出來？

汪東籬看著那字條，餘光掃向身邊的小夥計，一巴掌拍向他的腦袋，指著便是罵：「這是不是你搞出來的？小崽子，你不學好，又偷偷地搞這等惡事，膽子可大了！」一巴掌又打去，小夥計跌倒在地，立刻抱頭，「掌櫃的，不是小的啊，真不是！」

「你再嘴硬！」汪東籬連踢幾腳，便氣喘吁吁地罵道：「旁日裡如何教你的？去賭場放貸，那是喝人的血、啃人的骨頭！旁日裡的確月銀不多，但你也不能這樣做，喪盡天良，丟人，丟人啊！」

小夥計似也知汪東籬之意，連忙跪地磕頭，「小的錯了，再也不敢了，小的娘痨病臥床，已快不成了，否則小的也不敢這麼幹啊，您饒了我，饒了吧！」

「怎能饒你？被林姑娘發現，你讓我如何為你求情？我可是沒這個臉！」汪東籬連忙轉頭看向林夕落，拱手道：「林姑娘，都是我管教不嚴，才出了這等惡事，要打要罰，都您一句話，我……我是絕不替他求情！」

林夕落看著這兩人演戲，倒是真佩服汪東籬，怪不得他一個平民出身的人能把閨女教成錢十道的寵妾，這委屈訴得苦大仇深，如若再不依不饒，她便是那惡人。

魏海換了侍衛服進門，冷哼地看著他二人，卻未說一句。

林夕落沉了半天，問小夥計道：「你娘痨病？」

小夥計立即跪地哭道：「小的自幼沒了爹，都靠娘縫縫補補賺銀子養活小的，可娘身子一直弱，小的沒能好生孝敬，實在是該死！」

「我看你也是該死……」林夕落撂下這一句，卻是讓小夥計驚了，連忙看向汪東籬，汪東籬又是一巴掌甩過去，斥罵道：「缺銀子給你娘親治病，不會與我說？錢莊是做什麼的？魏大人建這錢莊就是與人為善，你還藏那等心思，簡直是胡鬧！」

林夕落也不顧他二人在這兒一唱一和，看向魏海道：「汪大掌櫃正忙，你進去把帳本拿出來，我瞧一瞧。」

魏海領命欲走，卻被汪東籬攔住，看向林夕落道：「林姑娘這會兒就要查帳？」

「看看不成？我對這錢莊的事還一無所知。」林夕落看著他，「怎麼，汪大掌櫃不讓看？」

汪東籬有意開口說這是不信任他，可剛剛出了事，他臉皮再厚，這話也說不出口，便硬著頭皮擠出笑，道：「沒有沒有，我只覺得不能麻煩魏統領，何況他也不知帳本放置何處，我去為您取來……」

林夕落點了頭，汪東籬腳步遲緩地走向內間，林夕落叫過魏海，「讓侍衛盯住四周，不允任何人離開錢莊，若是有人出去找錢十道來，這事兒就不好辦了。」

魏海應下便出門吩咐侍衛，林夕落沉住氣等候，過了許久，汪東籬從小屋出來，臉上露了慌張之色，明顯是心虛，他捧了幾本帳本放在林夕落跟前，「林姑娘，這一季的帳，您先看著。」

林夕落看著那破帳本，冷笑地一字一頓道：「但凡是撒出去銀子沒來還的帳，都給我取來。」

「那多數都是跟隨過侯爺與魏大人打仗歸來的殘兵……」汪東籬越說聲音越小，再看林夕落瞪他，只得點頭又往回走。

沒過一會兒，汪東籬便搬出來許許多多的帳本，林夕落挨頁翻看，口中念名字、寫銀錢，讓小夥計跪在地上用筆記下。汪東籬在一旁聽得心裡發虛，他剛剛回了後間，本想從後院的門出去把錢十道找來，誰知有侍衛在把守，還聽到魏海吩咐，說是不允錢莊出去一個人。

汪東籬心中悔恨，實在是低估這小丫頭了……

冬日，屋內雖燒了火盆不凍手腳，也不至於暖得熱汗淋漓，但汪東籬的額頭卻滲出了汗，而且是冷汗。他渾身發顫，甚至打上了噴嚏。

帳目接二連三地兌，汪東籬心裡頭開始打鼓，縱使魏大人離開幽州城，但被這位林姑娘查出有虛假的帳目也不妥吧？總不能讓她把所有的帳全都看個遍……

心中思忖，汪東籬便使眼色給那小夥計，小夥計一怔，隨即開始耍賴，哭求道：「林姑娘，饒了小的吧，小的實在是寫不動了，這手腕已經僵了！」

林夕落看看他，又看看汪東籬，「汪大掌櫃執筆？」

汪東籬連忙擺手，「識字不多，怕連累林姑娘記錯了數。」林夕落

林夕落冷哼，看著小夥計，朝著春桃一擺手，春桃立即遞上魏青岩送她的雞毛撣子。林夕落拎拎起撣子直接抽到小夥計的胳膊上，小夥計「哎呦」一聲嚎，胳膊上赫然一條青印子，林夕落道：「有勁兒了吧？還僵嗎？」

汪東籬看著那傷痕，立即閉了嘴。林夕落繼續念，小夥計忙拎起筆一字一字地寫著……

一個時辰過去，林夕落才合上帳本，雖說未都看完，但這帳目明擺著是重新做過的，裡面的事她多少也清楚些許。

小夥計長嘆口氣，揉著胳膊，本欲起身，可見林夕落又舉起撣子，連忙跪在地上一聲不吭。

春桃將小夥計記下的人名遞給林夕落，林夕落挨頁翻著，她所念的名字多數是久欠不還的，說是所謂的傷兵殘將，打著跟隨侯爺與魏大人出生入死的旗號來借銀子，但這些名字可近百人，就不知其中是否有濫竽充數的了……

汪東籬自然也知她所念這些名字中虛實有多少，不由得苦嘆道：「林姑娘所念的這些人名，幾乎都是跟隨過魏大人的人，我也時常想去尋他們要回銀子，可……可一進那家門，這話語無論如何都出不了口，一家人恐怕一條褲子都穿不上，那是真窮啊！家中都靠爺們兒為生，可這些人傷的傷、殘的殘，力氣活做不了，那還能靠何吃飯？家中女人、孩子又多，實在是難啊！」

汪東籬感慨連連，林夕落將名單遞給他，「你瞧一瞧，這上面的人可都是這種情況？」

汪東籬拿過來仔細看，越看心越冷，恨不得把這紙頁撕了塞進嘴裡，可他知即便如此也無用，帳本上可還都寫著，便指著那小夥計道：「大概都是這類情況，帳目都是小亮子記的，這都是他的活兒。」

這就想將責任往外推？

林夕落看著那小夥計，「小亮子，帳目可都是你記的？」

小亮子看了看汪東籬，見他目光中明擺著透著威脅之意，只得點頭回道：「都是小的記的，但……但都是汪大掌櫃怎麼說，小的怎麼寫。」

汪東籬恨不得吃了他，可話已出口，他也只得承認。

「林姑娘，這些舊帳我也一直發愁，您今日來此正好，不妨出個主意？或者我再去這些人家中走動走動？」

由他走動？那賴了帳的人得「死」多少個？

林夕落笑了，「不礙的，你是大掌櫃，跑腿兒的活怎輪得到您？」不等汪東籬反應過來，林夕落讓春桃到門口去尋侍衛，吩咐道：「你去糧行尋嚴大掌櫃與方一柱，讓他兩人來一趟，記得帶些米糧。」

「嚴老頭若不肯來怎麼辦？」魏海有意提醒，林夕落道：「實話實說即可，他定會前來。」

魏海點頭應下出門，汪東籬不知林夕落這是要做什麼，忙道：「林姑娘有意去探望？您可真菩薩心腸！」汪東籬話語說得發顫，林夕落則繼續看帳不答。

未過多久，嚴老頭與方一柱進了錢莊。嚴老頭看向林夕落，依舊未拱手，林夕落反倒是給他讓了位子，嚴老頭面紅耳赤，瘸著腿言道：「尋老頭子來此作甚？我又不借銀子。」

林夕落安撫，「稍後您便知，此事沒了您可不成。」

嚴老頭不再開口，看著汪東籬那副慌張模樣便知此人又是被這丫頭給挖了坑，幸災樂禍一笑，卻讓汪東籬一個冷顫，心中只想這老頭子的笑怎麼感覺像要落井下石，踩他幾腳？

林夕落看向方一柱，「方大管事，糧您都帶來了？」

方一柱點了頭，「林姑娘有何吩咐？」

林夕落看向汪東籬，笑著道：「汪大掌櫃可說了，這借銀子不還的都是跟隨侯爺與魏大人出生入死回來吃不上飯的，家中連褲子都穿不上一條，這怎能行？自當要過去安撫一番，如若未有此人……」

林夕落看著汪東籬，「那便是早就死了，汪大掌櫃，到時你可要給個說法了！」

林夕落的話對汪東籬來說好似當頭棒喝，他當下頭腦發懵。

這女人臉色變得也太快了吧？

剛進這錢莊的門，便頻頻試探錢莊利銀怎麼個章法，他幾句話糊弄，她也不對賭場那張欠帳單子有過多說辭，本以為她會揪著賭場的事不放，孰料查帳記下的人名都是曾跟隨魏大人出征的殘兵。

本以為一女眷是心慈善念，讓人去糧行取糧分發下去，孰料她卻要挨家地走，也是在查借銀是否確有其事。那他曾藉著死了的人名和隨意想出的人名貪墨銀子豈不全都露餡兒了？

還有那花錢買通的人，讓其幫襯著說兩句謊的，會不會將他賣了？這小丫頭實在是太狠了！

汪東籬心裡頭打鼓，卻仍面上帶笑，可這笑僵硬如木，比哭還難看。既然說不過林夕落，他便把話題轉向他處，連忙道：「林姑娘，您這乃是好心，可這般做有些急了，這上百人，幽州城又這麼大，家家戶戶都無人能知住在何處，您怎跑得過來？」

林夕落看著他，引著嚴老頭上前，「這位可是跟隨侯爺出生入死輩分最高的一位了，那些傷兵殘將的，歸來都會去糧行領米吃用，如若連嚴大管事都不認識，這就是未跟過侯爺與魏大人的……」

汪東籬看了嚴老頭一眼，瞧其瘦骨嶙峋，一副腿瘸的破糟模樣，自然沒將他放眼中，不屑道：「年歲大了，怎可能記住這般多人？林姑娘，做事要有分寸，莫因一人之言，誤將這些有功之人得罪了，反倒惹出是非來！」

「放你娘的狗屁！」嚴老頭當即就罵：「老子跟侯爺出征之時，你他媽的還光屁股在玩泥巴！在老子面前裝這份爺，你也配，滾！」

嚴老頭這一通罵，可是將汪東籬給罵傻了，再看林夕落讓方一柱上前安撫更為驚慌。

林夕落看著汪東籬冷哼道：「汪大掌櫃，你不知這位的身分吧？他便是當年為侯爺擋刀的貼身侍衛，他若說這人未跟過侯爺，誰敢說個『不』字？軍營中事你也不懂，就老老實實在這兒等我回來與你好好算帳。你若有意請錢爺來更好，別忘了讓他抬銀子。」

林夕落轉身便走，還讓侍衛拎著跪在地上的小亮子。嚴老頭有意再罵汪東籬兩句，方一柱忙將其哄走，整個錢莊就剩下汪東籬一人。他呆滯半晌，才跳了腳地蹦起身，嘴中嚷嚷著「錢爺」二字，撒腿往外跑去。

出了門上了車，嚴老頭卻站住不走，「林姑娘，今兒的事我也算幫您撐了場面，往後這等破事莫再尋老……莫再尋我，我不參與！」

「嚴師傅，今兒請您來是為了撐場面不假，但也為讓您過過眼這名單上的人，若真有當初不願去糧行領米的，如今吃喝發愁，不免讓方大管事帶去糧行，哪怕幫襯著數個數，也能領口飯吃。都是軍中出來的，不願拿嗟來之食，這給了活計，自個兒掙食還有何不可？」林夕落頓了頓，繼續道：「但若真有藉此名頭來錢莊拿銀子不還的，十兩二十兩便罷，魏大人給得起，可上百人家的一輩子，魏大人負擔不起，您說呢？」

嚴老頭垂頭不語，林夕落看向方一柱，這胖子最會圓場面，她這一瞧，方一柱立即就安撫嚴老頭：「嚴大管事，林姑娘所言不差，在軍營裡都是漢子，可回了城不見得再有當初那份豪邁，您瞧我這肚子，讓我現在上馬都困難，人是會變的。」

嚴老頭當即指著他的鼻子罵道：「你這是在罵老子？」

「不敢不敢！」方一柱連忙道：「您如今都為了侯爺與魏大人著想，他們這幫小崽子憑什麼不隨著？吃喝玩樂，賭場裡頭耍錢、窯子裡尋姑娘，卻讓侯爺與魏大人付銀子？這事兒說不過去啊！」

這話出口，方一柱也臊得慌，可見林夕落毫無反應，心才放回肚子裡。

林夕落接話道：「何況這裡頭興許還有別的貓膩兒，侯爺與魏大人的人吃了喝了，這都不礙，總不能讓旁人跟著蹭吃喝，還把汙水潑了這圈子裡！胳膊肘不能往外拐，您必須得幫襯著！」

不等嚴老頭有什麼反應，林夕落說罷就上前拽著嚴老頭，「嚴師傅，上車吧！」

嚴老頭立刻躲開，「鬆手！拉拉扯扯，成何體統！」

「您就上去吧，上了年歲的老人就是長輩，還忌諱這些！」林夕落笑著將其推了上去，胖子從後面使勁兒。嚴老頭沒轍，也知是林夕落給他面子，索性借坡下驢，就這麼默認了。

嚴老頭雖脾氣暴躁，但辦起事來的確有幾分本事，林夕落把名單上的人挨個兒念給嚴老頭聽，他當即便能說出此人住在何處、哪一年傷的、家中還有何人，如此理下來，林夕落便給方一柱指了路，挨家挨戶地走一圈。

嚴老頭在車頭坐著，林夕落在馬車內用筆劃著，嚴老頭不時回頭看看她，如說這是一十五歲的丫頭，他還真不太敢信，想起前些時日鬧的彆扭，他拎起棒子連方一柱和劉大麻子這類人都怕，可這丫頭居然連眼睛都不眨。

再想著今兒的事，這丫頭事不做絕了，也有份善心在，對他們這些傷殘的糙兵無低眼小瞧，反倒是樂呵呵地應承，大方得體，無深閨小姐們的嬌氣，魏大人什麼眼睛能把這樣的丫頭挑出來？

汪東籬去了忠義伯府的角門處等著，可等了許久都未有人傳他進去，他焦急得連蹦帶跳，門房已是瞪了他好幾眼。又等了大半個時辰，他女兒的丫鬟才過來引其進門。汪東籬見了他女兒便是道：「出事了，出大事了，錢爺呢？不是讓妳請他了？」

汪氏道：「錢爺？在別的騷女人院子裡，我怎麼去請？什麼大事如此急，火上房了不成？」

「錢莊出事了！」汪東籬連忙道：「魏大人昨日剛出城，他手下的林姑娘便來了，將所有欠債的名單全拿了去，挨家挨戶地尋！」

汪氏一聽這話當即就急了，也不顧汪東籬是她爹，直接罵道：「你腦子怎麼長的，讓那小匠女給拿捏住？她讓你抄你就給？」

「沒尋思那小蹄子心眼兒這般的多！」汪東籬道：「快去請錢爺吧？」

汪氏正對錢十道新買來的妾心裡不舒坦，冷瞪汪東籬幾眼，也知此事耽擱不得，「這時候去請，我豈不是等著挨罵挨打？」

「那怎麼辦？」汪東籬連連捶手，汪氏站起身又坐下，與一旁的丫鬟道：「妳去那院子門口等著，待爺出來就把這事兒跟他說上一說。」

汪東籬瞪了眼，「還要等？」

「怎能不等，這是好事？爺興致正起著，我讓丫鬟去回這麼個噁心事，爺若……若那什麼了，我還要不要這條命了！」汪氏滿心氣惱委屈，汪東籬卻沒了勁兒，「完了，真的完了……」

林夕落一行人挨家挨戶地走，十個人家中只有一戶是真不願去向糧行討飯吃，嚴老頭罵上一頓便把人帶走。林夕落讓方一柱給家眷留下些米糧，再賞一串銅錢，便接著去下一家。

十家人中只有一戶如此，還有兩戶是硬著頭皮討飯吃的渾人，嚴老頭也不客氣，直接巴掌抽上去，隨即下了令，不去幹活還想討銀子，那是做夢！

其餘三五戶是不在城內住抑或人早就病死，家人冒了名頭去領銀子，但多數也不是帳目上記的那一大筆，另外三戶則是連嚴老頭都未聽過的名字。

林夕落每走一戶，都親自用筆詳細記上，嚴老頭原本不氣，走了十戶人家已是氣得滿臉通紅，也不顧與林夕落之前的不和，絮叨道：「混帳，都是一群混帳，居然幹出這麼丟人的事來！」

再看林夕落臉上未有絲毫表情，嚴老頭皺眉道：「妳這丫頭心裡頭揣著樂吧？這幫孫子各個不長臉，就該讓侯爺領了沙場上去替兄弟們當靶子！」

「樂什麼？」林夕落沒抬頭，數著道：「您說的這不過是少數，為何剛剛王瘸子媳婦兒說去錢莊借銀子的數與帳目上的數兒不上？還有連您都未聽過的名字又是從哪兒來的？總要記清楚、查清楚，回頭好算算這筆帳！」

嚴老頭皺眉，不屑道：「妳還要尋忠義伯的兒子要債不成？」

「這銀子當然得要！」林夕落看著嚴老頭的錯愕，道：「在糧行我不計較，那是因嚴管事和眾兄弟關起門來算是一家人，忠義伯的兒子算什麼？他與侯爺和魏大人一不沾親，二也沒兩肋插刀的兄弟情分，何況只在錢莊有兩成的乾股，卻敢下這麼黑的手，當魏大人是冤大頭嗎？我得讓他把這銀子補得一個銅子兒都不許少，還得再要點兒利息！您有什麼主意不妨也說一說，我一個人的腦子轉得慢！」

嚴老頭被說得回不上嘴，可仔細想想也是這個理兒，又見林夕落低頭算著帳，他不由得心中感慨：這個丫頭，魏大人是用對了！

夜幕蒼穹，明月高空，耀星繁墜，可金軒街上依舊燈紅柳綠，熱鬧非凡。

林夕落這一日已是身心疲累。

一下晌走了三十戶人家，賞的賞、勸的勸、罵的罵、打的打，喜怒哀樂輪換著品，她只覺得腦袋裡成了一鍋粥，連嚴老頭與方一柱都有些忍耐不住，這才將事情告一段落，明日再繼續查。

回到景蘇苑，林夕落坐在椅子上不願起身，春桃拿了今日的帳幫林夕落清算，魏海在一旁道：「大人之前只知錢十道有貪銀子的心，可卻沒想到如此黑心大膽，實在可惡至極！」

「大人？」林夕落見魏海提及魏青岩，怪聲怪氣地諷道：「他花銀子像潑水，哪管得了這些？與他這樣的人合夥做買賣，不黑他豈不是吃飽了撐的？」

魏海一怔，「林姑娘怎能如此說大人？」

「我說得有錯嗎？」林夕落瞪了魏海一眼，春桃在邊上道：「你自個兒瞧瞧，就知道姑娘所言不重了！」

將帳本扔過去，魏海一把接過，挨頁挨頁地看，眼睛便瞪得碩大，「這已是上千兩了？這可才三十多戶！」

「一千兩銀子分給三十幾戶人家，每戶才二三十兩，與大人說起他會覺得多嗎？」林夕落沉沉感嘆，嘀咕道：「何況依著那姓汪的回稟事，定然先說這一家子男丁傷得嚴重不能做工賺銀子，還有媳婦兒和七八個孩子等著張口吃飯，征戰歸來已有六七年，替還債的、買衣裳的、往嘴裡添飯的，二三十兩分攤下來，一年不過是幾兩銀子，魏大人眼睛都不會眨一下，定會點頭答應！他就不琢磨琢磨，都傷殘成那樣了，還怎麼生兒育女？」

這話一出，春桃臉紅至耳根，連魏海都忍不住眼角抽搐，可仔細一琢磨，林夕落這話卻是正理，這話與他自己說興許都不會在意，但家家如此，積少成多，這數目便駭人了。

「林姑娘想如何辦？」魏海不再感慨，只向林夕落請示。

林夕落嘆了口氣，小臉也沒有精氣神，回道：「我還未想好，先把這後續的幾十家走完，算個總數去要帳，那姓汪的定會找忠義伯府的錢爺出面，可我對此人一無所知，也不知是個什麼德行的人，好對付嗎？」

魏海思忖一二道：「……油滑、好色、貪財，軟硬不懼，嘴皮子最能耍，隨大人見過幾次，連大人都受不了他的那張嘴，不得不讓其插足錢莊兩成乾股，不好對付。」

林夕落想著魏青岩，他曾說過這錢十道在宮裡吃得開，他應是忌諱這個，否則還不一巴掌打掉他的牙，讓其說不了話？

事情煩亂，林夕落也不願再想，讓春桃端來洗漱的水，就將她與魏海攆走。

躺床上閉眼之前，林夕落輕輕嘀咕道：「別讓我夢見他……」

晨曦的霧光湧起，讓清冷的天多了一層茫白，春桃見已是卯時末刻，便躡手躡腳走進屋看林夕落是否醒來。剛一探頭，就見林夕落坐在床上發呆，春桃連忙問道：「大姑娘，您這麼早就醒了？」

林夕落苦笑，「醒了，打水吧。」

春桃立即應下出了門，林夕落嘀咕：睡什麼睡？不想夢見他，可他離去時的身影又出現了……自魏青岩走了以後，林夕落接連兩宿都夢到他，都說日有所思夜有所夢，可她這兩日忙得腳不沾地，怎還能夢到他？如今那噩夢倒是不做了，卻開始夢見惡人，這還讓不讓她安生過日子了。

揉著太陽穴，林夕落也坐不住下了床，春桃打來了水，她洗漱過後便去前院與胡氏、林天詡用飯，林政孝正巧出門，因事匆忙，父女二人也沒說上幾句話，林夕落看著胡氏道：「父親怎麼這般急？」

「妳父親做事認真，太僕寺的差事他一竅不通，每日都提早去跟著學，還好魏大人之前打過招呼，太僕寺卿也格外照應，同僚都對妳父親不錯，也格外盡力幫襯著。」胡氏說完嘆口氣，「妳父親是個臉面薄的，這兩日接二連三地請客，銀子可花了不少。」

「甭擔心銀子。」林夕落喝了口粥，念叨著：「這幾日便去錢莊收帳，前些日子糧行拿回來的銀子您也甭存著，拿出去花就是了，那是女兒的銀子，不是魏大人的。」

「瞧妳說的，」胡氏瞪她一眼，「還不都是一家的？」

「大人有意娶妳，還不是一家？」胡氏催促她繼續吃，林夕落撇嘴道：「女兒可未答應嫁！」

話中帶有調侃之意，林夕落一想那活閻王，沒了食欲，埋怨道：「誰跟他一家……」

胡氏笑斥道：「就會嘴硬！」

林夕落放下飯碗，忍不住抱怨道：「早先不說他提親之事，您埋怨的是他，與您說了之後，我倒成了被埋怨的，誰是您親閨女啊？」

「當然是妳，妳才是娘的乖寶貝兒！」胡氏摟著她親一口，院子裡傳來林天詡跟隨魏海練拳的呼喝聲，林夕落看著胡氏臉上多出的笑，心裡也甜，想著魏青岩身上還未痊癒的傷，心底又湧起擔憂，他能不能安穩歸來？

用過飯，林夕落等著嚴老頭與方一柱來，繼續將名單上未查過的人家走一遍。

兩人倒也勤快，約定的時點趕到門口，嚴老頭沒下馬車，方一柱撓頭來見林夕落。

瞧他這副模樣，便知老頭子定又有何主意，她便先開口問道：「方大管事有話不妨直說。」

方一柱略有為難，可轉頭看嚴老頭，他只朝其擺手讓他說，方一柱只得尷尬道：「嚴師傅說您跟著不方便，尋個會記事的跟著，您在家等消息即可，林姑娘，您瞧這行嗎？」

「他嫌我礙事了吧？」林夕落看著嚴老頭，昨兒他幾次要出手打人都被她攔下了，這是心裡不爽快了。

方一柱苦笑，「林姑娘聽穎大度。」

「我不跟著也可，正巧去錢莊看錢爺有何打算，但數一定要記清楚，記多了可以，記少了不成，這可是欠咱的銀子。」林夕落這話說出，便是道：「糧行有管記事的小廝，你帶一個就是，糧行的事都記得妥當，欠債的事絕無問題。」

「還是您派個身邊人合適。」方一柱沒想到林夕落答應得如此痛快，林夕落擺手，「用人不疑，疑人不用。」說罷，走向嚴老頭。嚴老頭還以為她有異議，未等林夕落開口，先道：「分毫不貪妳這銀子，胳膊肘絕不往外拐，妳還有何不放心的？都讓妳派人記帳了！」

方一柱連忙上前，「嚴師傅，林姑娘應了！」

嚴老頭一怔，「應了妳還來作甚？」

「來與您說句話都不成？」林夕落笑著道：「您不允我去，那我有個要求，您應不應？」

嚴老頭瞪她，「就知妳沒這麼好心。」

「昨晚我仔細想過，跟隨魏大人征戰歸來的人您都認得，也清楚他們的狀況，除卻糧行中做活的人外，出去賭錢不養家的、不願在糧行做差事要口飯的也不少，但昨兒的情況您也瞧見了，多數還是不願捨這張臉來吃白飯，我的意思是不妨把這些人籠絡到一起，您來當個主事的，不好好過日子的您就打，家中真困難的您就說出來，無論是糧行、糧倉還是城外的地，總能尋口飯吃。」

林夕落說到此，連忙擺手，「這事兒不讓您白幹，每個月給五兩銀子的月例，您瞧這可成？」

嚴老頭聽這話皺了眉，「妳會有這好心？」

林夕落陰陽怪氣地道：「我沒這好心，我是為了您能將這堆人籠絡起來，往後也少讓外人拿他們來為難侯爺與魏大人！錢莊的事您也親眼所見，這才幾年，往後可是一輩子的事，若總如此下去，不單銀子被坑了，對侯爺與魏大人的名聲也不好，您說呢？」

方一柱在一旁連連點頭，「林姑娘想得長遠！」

嚴老頭似也覺此事甚佳，可又不願立刻答應，「讓我想想，今兒將後續的人家走完再說。」

「那我就等著您的消息。」林夕落自知嚴老頭的脾性，也不催促，商議幾句便回了院子。方一柱駕馬趕車，嘴上嘀咕道：「瞧不出這林姑娘做事還真實在！」

「也是為了侯爺和魏大人。」嚴老頭在一旁念叨，「可這丫頭心眼兒忒多，怎麼長的？」看著馬車又回糧行，嚴老頭忙問：「這是幹啥？」

方一柱答道：「林姑娘讓回糧行尋個記事的，她沒派人，只說用人不疑，疑人不用。」

嚴老頭點了點頭，沒再多話。

林夕落回了院子沒多久，門口便有侍衛來稟：「林姑娘，忠義伯府的錢十道錢爺來見。」

這就找上門了？林夕落倒覺他速度夠快，魏海在一旁道：「林姑娘，現在見他不妥吧？具體的銀子數可還沒算出來。」

「他這是怕咱們要的銀子多，所以才早早就找上門來。」林夕落問向侍衛：「可看到他是否帶銀子了？」

侍衛回道：「錢爺行駕馬車，其中是否有銀兩卑職不知。」

林夕落思忖片刻吩咐道：「在前堂奉茶迎候。」侍衛離去，她又看向魏海笑問道：「魏統領，你會偷東西嗎？」

偷東西？

這仨字問出口，卻是讓魏海撓頭，斟酌半晌道：「卑職不會這手藝，何況跟著魏大人哪還用偷？都是直接用搶的！」

林夕落瞪他一眼，跟著魏青岩那個霸道的活閻王果真幹不出好事來，還不用偷直接搶？

「侍衛裡尋幾個會偷東西的備著，興許有用，找不來你就甭想娶春桃！」

林夕落剛說完，魏海二話未有直接出了門，春桃在一旁臉色憋紅，反應過來時林夕落已經往前院的正堂行去，春桃追上忍不住埋怨：「姑娘就會欺負奴婢，奴婢去尋夫人告狀！」

「告什麼狀，這還沒嫁呢，胳膊肘就想往外拐？」林夕落笑著調侃，春桃嘟嘴，「魏大人也不知何時回來，他若回來，大姑娘就沒心思欺負奴婢了……」

林夕落白眼翻天，「我不逗妳了，妳也不許提他！」

「那也要大姑娘真的說話算出才行！」

林夕落輕點她的臉蛋，「真是養不熟的丫蛋子，快些把妳打發走，我好找個貼心靠譜的來！」

春桃揉著臉笑，主僕二人繼續往前走。

進了前堂，就見一男子正在品茶，其身旁還有名衣著豔麗的女子用帕子擦著臉嚶嚶啜泣。

瞧見林夕落進門，兩人目光投來，未等春桃上前詢問介紹，那名女子就起身上前，「這位是林姑娘吧？」

林夕落點了點頭，她立刻哭泣道：「這位是忠義伯府的錢爺，奴家乃是錢爺的侍妾，這次惹了事來向林姑娘賠罪，還望您能高抬貴手，饒過奴家這一次……」

汪東籬的女兒？上來便是軟刀子？

林夕落走至錢十道跟前，他見林夕落對汪氏略有反感，便一把將其拽至身後，拱手見禮，笑著道：「林姑娘，早就有意請您喝茶相識，可因家中事雜，未能脫身，今日冒昧來見，實在顏面無光，還望您不要介意啊！」

「錢爺這話可真是抬舉我了。」林夕落還了一禮，走至正位坐下。

汪氏不敢再坐，小心翼翼地站在錢十道身旁。

春桃為林夕落上了茶，林夕落抿了一口，臉上掛了幾分笑意：「錢爺，今兒是來送銀子的？繁忙之中還要您親自來此，倒是勞煩您了。」

這話一出，錢十道怔了，開口便要銀子？連兩句寒暄客套話都不說，他這一肚子的巴結客套還未等出口，卻也賴不上林夕落不識抬舉……

錢十道指著身邊的汪氏，冷著臉罵道：「都是妳這個小賤人，不知管好家人，我豁出臉面向魏大人求來的掌櫃一職給了妳老子，可他呢？不看好手底下人，什麼髒事都敢幹，全是妳惹出來的禍，妳自個兒瞧著如何把林姑娘的氣撫平，否則妳就甭再跟著我回府！」

錢十道一轉身將過錯全都推了汪氏身上，汪氏的眼淚吧嗒吧嗒就往下掉，上前向林夕落福身，「林姑娘，您莫再動氣了，饒過奴家這一次，否則……否則奴家真是無顏再活了！」

「我不氣。」林夕落道出仨字，汪氏臉上立即一喜，可這笑未等綻開，就見林夕落看著她道：「我只要銀子。」

不等錢十道再開口，林夕落笑著道：「錢爺也甭這般惱怒，她雖是個妾，可也是您的人，要打要罰的，關起門來再動手也不遲。魏大人臨走前交代過，讓我在他歸來之前將錢莊的事料理妥當，這查了一日也沒什麼大事，無非是個『錢』字，汪大掌櫃欠了多少補上即是，旁的我也不再追究。」

林夕落見錢十道臉色發青，笑呵呵地道：「您與魏大人都是貴人出身，本不應沾這檔子事，可兄弟情深，別因為『錢』字傷了和氣！」

話題繞不開個「錢」字，錢十道只覺格外諷刺，他就姓這個字，自生下來何人能從他的手裡拿過銀子，這丫頭想得未免太簡單了吧？

汪氏見錢十道面色不豫，索性跪到林夕落面前，哭著道：「林姑娘，這錯都在奴家父親身上，可惜他太重『情義』二字，被那小亮子騙了，那銀子都是小亮子給貪了去，如今他還在您手中，這銀子您不妨讓小亮子交出！奴家雖是錢爺的侍妾，可錢爺早就告誡過，不允貪銀子做惡事，而奴家的娘家也不過是尋常百姓，父母弟弟依著在錢莊當掌櫃的月例來過活，若您能挑出半點兒不妥，奴家都認您的罰！」

林夕落看向錢十道，錢十道攤手，一臉的無奈，言道：「林姑娘，您若怪她儘管責罵，不必顧忌我的顏面，管教不嚴，我也有錯，待魏大人歸來，我自會給他賠罪！」

先是賴到小夥計身上，而這小亮子還被嚴老頭扣著，去挑汪東籬的錯？這會兒恐怕是將家底兒都搬空了，也挑不出什麼來。

末了一句還拿身分壓她，向魏青岩賠罪？明擺著是說林夕落的位分不夠，讓她將這氣憋回心裡罷了。

林夕落的笑臉沒了，一副冷漠之色，不開口說話，也未端茶送客，錢十道優哉游哉地喝茶，口中嘖嘖品味，「這茶不錯。」

跪在地上的汪氏臉上梨花帶雨，可心中卻在打鼓，這哭也哭了，哄也哄了，給她一小丫頭如此臉面也足夠了，她也該能起身了吧？

有意抬腿，卻聽林夕落開口道：「春桃，拿個軟墊子來，跪了地上腿涼得慌。」

汪氏一怔，轉頭看向錢十道，錢十道微微皺眉，卻抬了一下下巴，讓汪氏繼續跪。林姑娘擺明了是心中不忿在拿她撒氣，跪一會兒應也就罷了。

見錢十道如此吩咐，汪氏也不敢造次，春桃送上墊子，她本欲婉拒，可又憐惜膝蓋疼痛，只得厚著臉皮應下。

三人一言不發，林夕落是能沉得住，但時間一久，錢十道便覺得自己臉上無光，汪氏雖只是個妾，可這般給一丫頭跪著，他豈不是也跟著沒臉？

斟酌片刻，錢十道開了口：「林姑娘大才，除卻能為魏大人料理財事，聽說還能雕得一手好物件，旁人說什麼『匠女』，可我卻不以為然，好歹也是門手藝，不是誰都能會的，不知可有物件讓我開一開眼，賞玩賞玩？」

想用「匠女」之名激怒她？

林夕落心中冷笑，看向春桃道：「將前陣子為大人所雕的竹林香園筆筒拿來給錢爺瞧瞧。」

錢十道一笑，隨即安心等候。

春桃得了林夕落的眼色，自當明白自家姑娘是何意，慢悠悠地往後走。

魏海此時正等在院中，見春桃出來，快步上前問道：「偷東西的人尋到了，姑娘可還有用？」

「沒吩咐，我怎知道？」春桃撇了嘴，「錢爺和他的妾一唱一和的，姑娘心裡頭正不順呢！」

魏海往那方掃了一眼，冷哼，「我在後面兒都聽著了，跪會兒就想把銀子賴掉？跪死算了……」看向春桃，春桃連忙躲，「別靠近我，姑娘看到會生氣！」

「姑娘有何好生氣的？她那是瞧不見魏大人，心裡頭嫉妒！」魏海抓著春桃就走，春桃掙脫開，「魏大人對姑娘用強也就算了，你也想？做夢！」說罷，轉身就走，魏海只得撓頭，「這招在我身上怎麼就不管用？」

春桃慢吞吞的取來竹林香園筆筒時，已是過了兩刻鐘……

林夕落接過物件，向錢十道賠罪，「讓錢爺久候了，這院子太大，丫鬟又沒乘輦的規矩，來回一趟也需要些時候。」

錢十道早已等得不耐煩，這會兒心裡哪還有心思賞玩筆筒，可嘴上含糊不得，笑言道：「今日得見林姑娘親手所雕之物實在大開眼界，林姑娘的手藝精湛，實乃高師風範，不知師從何人？」

「自個兒閒著動彈動彈手，哪來的先生？」林夕落話一說完，錢十道立刻奉承道：「無師自通，更為難得，佩服，佩服啊！」

來此許久，也該提正事了，錢十道笑容一斂，開始細細地往回找顏面，看著跪在地上的汪氏，口中道：「林姑娘，那這事兒……」

林夕落看他，「怎麼？錢爺何意？不妨直說。」

錢十道輕咳幾聲，直言道：「今兒來此地也是為了與林姑娘說明白，小亮子貪了銀子，無論是送官還是打死我都絕無二話。此事也是我之疏忽，汪氏的錯我也認了，明日便讓汪大掌櫃來向您磕頭認錯，這錢莊我也無顏再插手，雖是一行善好事，但也不得不罷手，不妨就此分了股，當初我入乾股時，拿出一萬兩銀子，帳目上都有，林姑娘可看一看，到時我自會來取。」

林夕落心中一凜，春桃驚得險些叫出聲。

汪氏氣弱無力，好似隨時能昏過去，滿臉哀痛地道：「林姑娘，如今錢爺已將好話說盡，我又跪如此之久，也算向您賠了罪！小亮子貪了銀子，您直接去尋他把銀子要來即可，大人大量，您也放我一馬，放錢爺一馬，可好？」

錢十道瞪她，指著罵道：「渾說什麼？少拿我的身分來壓林姑娘，我一伯爺之子又如何？她可是為魏大人辦事的，錢莊乃我兄弟二人情分，妳懂個屁！」

汪氏立即點頭，「都是奴家的錯，爺不要動怒！」說著，又看向林夕落，那一副楚楚憐人之態，讓林夕落恨不得抽她幾嘴巴。

這話就是一把軟刀子，割肉放血，可放的卻是林夕落的血！

不但銀子不想賠，還想從錢莊拿走一萬兩，這是想趁魏青岩不在，用身分壓她這一無名無分的丫頭，硬生生地詐錢？沒門！

林夕落的臉色冷下來，錢十道站起身，看著汪氏道：「林姑娘如若不應此事，妳就在這兒跪著吧，即便跪死了也是妳一家子活該，自找的！」

雖罵汪氏，不過是讓林夕落給他個臺階，但得了銀子還想要臺階下，好事怎能全都占盡？

林夕落故作手足無措，「錢爺這是在責怪我傷了她，我怎敢讓您的侍妾賠禮？剛剛也不過是一門心思都想著這筆帳，實在是疏忽了！」不容汪氏多提，林夕落立即召喚春桃：「快快扶起，行至後堂淨一把臉，揉護下腿腳再走不遲。」

錢十道見此，連忙擺手，「不必再過多叨擾林姑娘休憩。」

「錢爺不肯給這面子？」林夕落側目瞧他，錢十道心中欲拒，可卻下意識地點了頭，「林姑娘相邀，自不能推辭，我就厚顏在此叨擾片刻。」

林夕落笑著道：「已是酉時了，不妨用過福鼎樓的席面再走，來此一趟，總不能讓您空著肚子，大人歸來定要怪罪。」

「那倒是有口福了。」錢十道的目光上下打量著林夕落，而一旁的汪氏則心中起了恨，此時門外來人尋春桃，汪氏卻心起歹意不讓春桃走，「春桃姑娘的手為我捏腿正合適……」

錢十道瞪其一眼，林夕落自個兒起身出門。

魏海見林夕落出來，回稟道：「剛剛卑職在門外都聽到了，姑娘留其用飯可有旁意？」

林夕落拽他至一旁，「還得是你機靈！他不讓汪氏白跪，想拿一萬兩銀子走，這退意應是剛起！」說著沉了一刻，「可尋到會『偷』的人了？」

魏海點頭，「侍衛中有兩個精通此道之人。」

「本想著讓他們將錢莊裡的契偷來，這回索性直接去搬銀子算了！」林夕落湊到魏海耳邊噓聲交代，魏海越聽越瞪眼，「這事兒行嗎？可不夠磊落！」

林夕落瞪他，「磊落什麼？魏大人從此時就開始教天詡學詭道，壞事也是他教的，不然還能怎麼辦？你有比這更好的法子？」

魏海連忙搖頭，「卑職想不出！」

「想不出就去辦！」林夕落道：「人手不夠可以讓方一柱和嚴老頭幫襯著你！」

魏海領命離去，林夕落回她的屋子換了衣裳，更吩咐了人去告訴福鼎樓，今日上酒。

汪氏洗漱過後，未有脂粉用，其眉目中多幾分嬌羞之意，倒讓錢十道品出幾分別樣滋味兒。福鼎樓的飯菜送上，連錢十道都跟著邊讚邊喝，但汪氏是侍妾，只能站於一旁，可瞧林夕落與錢十道同座，心中又多了幾分氣惱。

畢竟是汪東籬犯了錯，她好說歹說才隨錢十道來此將事情了結，心中氣炸了，也知不能在此時吃這沒必要的飛醋。

錢十道用上幾杯酒，眼神飛起，盯著林夕落道：「好酒！林姑娘如此款待，實在讓我無顏啊，若非他們那群奴才不懂辦事的規矩，我真有意與林姑娘一同將這錢莊做下去！」

錢十道酒入肚，話語輕佻起來，可為拖延時間，林夕落只得笑著道：「錢爺覺得飯菜入口，我就放心了！這會兒我也想明白了，錢爺剛剛的話也不過是被下人所累，與您何干？但幾千兩銀子的事，也不能打那小夥計幾板子便了了，我無法與魏大人交代，容我這兩日將錢莊的帳本都查過，再請錢爺來商議此事怎麼才算周全？」

「林姑娘靈活聰穎，佩服！」錢十道又大口飲酒，微瞇的眼依舊往林夕落的臉上瞟，汪氏在一旁忙繼續倒酒，只盼著錢十道吃完喝完趕緊走人。

春桃為林夕落夾菜，林夕落慢慢地用。這錢十道的長相不錯，可看人先看眼，他毀就毀在這一雙風流耷拉眼上，怎麼瞧都像個色胚子。

一壺酒灌下肚，錢十道有些迷迷糊糊，更有意往林夕落這方靠來。春桃一把擋住，侍衛立刻上前，汪氏正準備坐下吃上兩口，林夕落吩咐道：「既是醉了，那便送錢爺回忠義伯府。」

汪氏的手還未能拿起筷子，就被林夕落這一句話氣得當即撂下，瞪她一眼。汪氏忍著沒將心中話語說出口，而這會兒功夫，門外的侍衛前來回報：「姑娘，剛剛有人回稟錢莊著火了！」

「什麼？著火？」林夕落心中定下來，魏海動作倒是夠快，可臉上故作驚愕納罕，好似被震住了一般。

汪氏嚇了一跳，率先看向林夕落，見她傻了似的，驚疑消減，連忙問道：「掌櫃呢？」

侍衛不理她，只聽林夕落吩咐，汪氏上前便拽林夕落的手，「林姑娘，您倒是說句話啊！」

「掌……怎麼會著火？」林夕落故意不搭理汪氏，問向侍衛：「魏海呢？他可在？」

侍衛點頭，「統領大人已經備車！」

林夕落不再多問，腳步匆匆出了門，臨走時吩咐侍衛道：「將錢爺抬上馬車，同去！」

侍衛扶著錢十道就走，汪氏在其後緊緊跟隨，可上了馬車之後，無論她怎麼拽錢十道都不醒，最後汪氏忍不住，湊其耳邊大喊：「爺，錢莊燒了，您的銀子都保不住了！」

錢十道霍然驚醒，抓著汪氏道：「妳說什麼？」

「錢莊著火了！」汪氏焦急地道：「您說怎麼辦啊？」

「怎麼燒的？這是去哪兒啊？」錢十道發現自個兒在馬車上，頭暈目眩，可汪氏話語還在耳邊縈繞，「……您就一心看著那姓林的小娘們兒，連錢莊著火了還能醉著，這銀子也不知留下沒有，如若都燒了，那豈不是毀了？」

錢十道聽她這般絮叨，一巴掌抽過去，斥罵道：「放你娘的屁！老子的銀子燒了，都是妳剋的，妳個賤人，滾！」

錢十道撩開馬車簾子便將汪氏扔了出去，汪氏滾在地上，無法起身，侍衛立刻將她攙起，回稟林夕落，林夕落冷哼一笑，「帶著她一起走，還得藉著她的蠢勁兒讓錢十道沒臉呢！」

一錦錢莊此時已是一片廢墟，連帶著周圍的酒家、店鋪也受了拖累。

周圍店鋪的店主和掌櫃在門口指指點點，拽著汪東籬不肯鬆手，嚷嚷著讓其賠錢：「好好的，你們錢莊就著了火，連帶我們的店也跟著燒到！幸好這是寒冬，若是炎夏，這一條街都得被你給禍害了！」

「天氣再冷，你也不能往炭火盆子裡倒豆子？燒什麼不好，你偏偏燒這物件，豈不是自個兒跟自個兒過不去？」一旁酒家的掌櫃擠兌著汪東籬，汪東籬也是有苦難辯，什麼燒豆子？他是在燒帳本，本是火苗不大，孰知一下子燒了那麼大的火？

另外一人湊近汪東籬，聞聞他身上的味道，「喝酒了？一定是酒醉誤事！」

「你不會是豆子沒燒夠，連酒也倒進去了吧？錢莊燒了，你活該！」

眾人接二連三地斥罵，汪東籬滿臉灰土，兩條腿兒已經癱軟無力，破衣爛衫，頭髮糟亂一團，連八字眉都被燒掉半片，周圍的店家罵上半天他都沒反應，再罵也覺無趣，只得等著去通稟錢莊的主人來此。

此時的火已滅，可即便眾人好奇，也無人進去瞧半眼。

誰敢去？這裡本就是錢莊，燒的興許都是銀子，主人指不定如何窩心，誰去這裡走一遭出來定要背上黑鍋，沒長心的才樂意去湊這熱鬧。

故而，這錢莊之處無人站，但對面的街卻站滿了人，林夕落等人的車行至此地停下，她一下車就看到了汪東籬癱坐在那裡，像隻沒燒死的瘦猴子……

看到林夕落下車，汪東籬渾身一顫，連忙道：「林姑娘？您來了？這……這錢莊著火了！」再見錢十道和汪氏，汪東籬整個人呆滯半晌，緩過神來，指著林夕落便道：「是妳，一定是妳放的火！留著錢爺用飯，這方把火燒了，一定是妳！」

「放你娘的狗臭屁！」魏海怒罵：「再敢胡言一句，我就把你的嘴給撕了，你信不信？」

汪東籬嚇得閉了嘴，林夕落看錢十道一眼，他的目光中也帶了幾分審度，她故作不知，只道：「去請幽州府尹大人，此事請他調查清楚。」

魏海立刻吩咐人去，錢十道的神色略有緩和欲上前說話，可這酒勁兒未過，連著打嗝兒都是酒氣，一旁的汪氏忍著身子疼，看著汪東籬那副模樣就覺得丟臉。

林夕落望著殘物滿地的錢莊，問道：「錢爺可欲與我一同進去？」

「林姑娘請。」錢十道側身讓一步，林夕落進了屋。

汪東籬所燒的炭盆還在，帳薄在其內還有幾頁沒能燒乾淨，林夕落朝魏海一指，魏海快步行去，錢十道正巧也看到那炭盆內的物件，立刻上前阻攔。兩人爭搶之餘，林夕落輕咳一聲，魏海一把將炭盆搶過，捧於懷中瞪著錢十道。

林夕落四處走走瞧看，待見空無一物，便轉身出了門。

魏海跟隨其後，錢十道此時已經酒醒，心中更為氣惱，出門便狠狠地踹了汪東籬一腳，「你這個廢物！」

「錢爺。」林夕落拿出炭盆內未燒淨的紙，瞪向汪東籬，「你燒的這可是帳冊！惡人先告狀的是你吧？」

幾張紙被燒得殘缺不全，可餘留部分的字跡還能隱約看清。人名、錢數都可分辨，錢十道瞧見此物，腳下一晃，汪東籬滿臉驚慌，林夕落索性轉身把炭盆往地上一扔，圍觀的人上前指指點點，議論紛紛。

「林姑娘，您這是……」錢十道有意往回拉拽，關起門來談事都成，可當街這番做派，他這臉還要不要了？

林夕落看著錢十道，語帶無奈委屈道：「錢爺，有些事本不必如此，可我剛來他便指著我罵！您要臉面，我也得要，否則我怎對得起在前方征戰的魏大人，您說是這個道理嗎？」說著擺了手，侍衛立刻將炭盆圍上，她又看著錢十道，「這物件等著府尹大人來此，由他定奪。」

這話窩火，可錢十道半句話都回不上。

此時酒醒，他看著汪東籬便氣不打一處來，二話不說，上前一通猛打。汪東籬本就受了驚嚇，如今再挨打，跳腳亂叫，不該喊的話不過腦子的立刻出口：「錢爺，真的不怪我，我不過是燒個帳冊，怎能屋子都著了？一定是有人落井下石，一定是！」

林夕落在一旁插嘴道：「好端端的你燒帳冊，你打的什麼鬼主意？」

汪東籬也顧不得是誰問話，連忙道：「這不是錢爺讓趁機把帳都燒了，不讓看……嗷！」

錢十道險些氣昏過去，也不顧手輕手重一陣胡打，汪氏有意上前阻攔可又不敢，但見汪東籬已口中吐血，眼瞧著就快被打死，她連忙撲上前，「錢爺，爺，您放過他吧，這事兒不能全怪父親……」

「放屁！」錢十道指著汪氏，「妳躲開，我打死這個老畜生！」

汪氏拚命搖頭，「這好歹也是奴家的父親，您的親人，您怎能下如此狠手？」

「親人個屁！他個老奴才，貪銀子比誰都利索，做點兒正事便捅出簍子，不打死他難解我心頭之恨！」錢十道上前便將汪氏拽開，汪氏本就一身傷，這再被一拽，直接被扔至街道中央，伏地不起。

汪氏抬頭看到林夕落，指著她便罵：「都是妳這個賤女人，都是妳，一定是妳！」

林夕落擺手，侍衛立即上前拎起汪氏的衣領，左右開弓抽了十巴掌，隨即扔其在地。林夕落瞧其臉面青腫出血，冷言道：「瘋子可以說瘋話，可妳不是瘋子，妳想找個人來為妳父親頂罪，可妳總要顧忌點兒錢爺的顏面！妳雖不過是個奴，可也是錢爺的人，十巴掌是賞妳的，否則我就直接打死妳！」

汪氏躺在地上咳血，不等錢十道有何話說，林夕落又開口：「錢爺，這事兒還是甭再問了，不妨交由府尹大人定奪，說多了，誰都沒這臉面。」說著，看向周圍的店主商家，「各位都放心，但凡是受了牽連的，我自會掏銀子來賠，絕不賴帳。錢莊出了事，多有得罪，還望各位包涵。」

賠銀子的話說出，這些人便沒了脾氣，紛紛朝林夕落拱手，再奉承寒暄兩句便離開了。

未過一會兒，府尹大人親自前來，自要先向錢十道行禮叩拜，林夕落自行上前介紹。

府尹知曉林夕落的來歷，行事間也帶了幾分客氣，將汪東籬和見著錢莊著火的人帶走，道是有結果再議，雷厲風行，來得快，走得更快。

此地只剩錢十道與林夕落兩撥人，錢十道冷笑，「林姑娘，妳好手段！」

「錢爺這話說得我可不懂何意。」林夕落看著他，沒有分毫的退縮，錢十道繼續道：「這事兒我認了，撤了乾股，一萬兩銀子妳備著，拿到之後再不打擾。」

林夕落冷著臉，「一萬兩？這錢莊可否還留下您入乾股的憑據？如若未有，那便要等魏大人歸來再議，一萬兩不是小數，我給不起！」

錢十道目光陰狠，正欲開口，卻又聽林夕落道：「但汪東籬的過錯已定，錢莊的損耗您得賠，不然這事兒鬧開了，誰的顏面都不好看。」

錢十道冷笑，「他的錯與我何干？」

「他的閨女可是您的妾。」林夕落道：「而且剛剛您大發雷霆，打得汪大掌櫃一句話都說不出口也是眾人所見，錢爺，事出了簍子，您總得圓個臉面吧？以訛傳訛的事，您心裡頭清楚。」

錢十道的目光更狠，「妳在威脅我？」

「不敢。」林夕落連忙搖頭，「我不過在與您講道理。」

「妳打算要多少？」錢十道看著這錢莊，「燒了個破屋子罷了，裡面一乾二淨，連個桌椅板凳都不剩，有何物件我可不知。」

林夕落不屑一笑，「汪大掌櫃燒這屋子之前，可都將值錢的物件搬走了，興許連銀子都搬了，您怎能知？」

錢十道的目光中帶有幾分疑惑，林夕落帶著幾分嘲諷之意瞧他，卻把錢十道看得疑心更重，長喘口氣，冷哼地轉身便走。林夕落瞧著他離去，便喚魏海等人回景蘇苑。

進了院子，林夕落等人直接去了後堂，魏海感慨道：「林姑娘，您這膽子也太大了，連府尹大人都找來！這賊事若非我親手做的，還真當您受了多大委屈似的！」

林夕落長舒口氣，「我也是不得已……」

春桃好奇，讓魏海說起這事兒如何辦成，魏海便敞開了話說起。

「林姑娘吩咐進了錢莊先瞧瞧那裡面還存了多少銀票之類的物件，我讓方一柱在前面纏住汪東籬，後面直接讓人開始搬。這姓汪的也不知做了多少虧心事，正巧在燒那帳冊，我索性往裡面添了點兒料，這一下子便全著大發了，不過這主意可是林姑娘出的，若被外人知曉，林姑娘的腦袋就甭要了！」

春桃有些心急，「關姑娘何事？」

「這是皇上賞賜的。」林夕落雙手合十，自語地嘀咕著：「先生曾教諭我，善人行善，從樂入樂，從明入明；惡人行惡，從苦入苦，從冥入冥。我這算是惡人懲惡，老天爺不會罰我的。」

聽林夕落提起林豎賢，魏海撇嘴，春桃擔憂，「那府尹大人會不會……」

林夕落安撫地拍拍她手，「放心吧，魏海等人做事怎會留痕跡？何況府尹不會管這件事，是魏大人他得罪得起？還是錢十道得罪得起？」

春桃不再多問，林夕落問魏海：「銀票和銀兩搬回多少？」

魏海舉了二指，「近兩萬兩。」

林夕落點頭，「周邊店鋪的損失讓人去問一下，在賠償上多加一百兩，另外派人去將錢莊重新修整，汪東籬那老東西待過的地界，不吉……」

魏海應下便叫侍衛去辦，而這一會兒，門外有人來回稟：「林姑娘，外面有人來見您，說是賭場的人。」

林夕落略感驚詫，「可知為何而來？」

「說是有位賭輸了家當的人提了您的名字，他們才來向您請示。」

會提她名字的人，恐怕只有金四兒了……

林夕落此時並不願見賭場的人，但金四兒她有意要用，斟酌片刻，只得吩咐：「把金四兒一起帶過來。」

侍衛應下離去，林夕落問起肖金傑：「……他這兩日在作何事？」

春桃回道：「奴婢也不知。」

林夕落並未再問，未過多久，門外便進來兩三個人，其中一人破衣爛衫，卻凸著一個肚子，自是金四兒。

「這位瞧著可眼熟啊？」林夕落未搭理賭場的管事，反而先看向金四兒。

金四兒低著頭，撲通一聲跪地，「九姑娘，我這條命就靠您了！」

林夕落沒再搭理他，看向賭場的兩人，兩人上前拱手行禮，矮瘦的男子隨即道：「林姑娘，我們也不知這小子是您的親戚，否則也不敢……」話語未說完，就見林夕落狠瞪他一眼，他立刻閉嘴。

另一人瞧著不對，忙上前補話，「知道是您的人，我們也不敢讓其當了家產……」

「他還剩下什麼了？」林夕落沉著臉，矮瘦的男子道：「只剩一小宅子，他寧肯賣了自個兒也不讓我們收了，說是為了媳婦兒孩子。」

林夕落嘆口氣，金四兒有今日也是她挖的坑，這會兒還顧著女人孩子，倒真是個爺們兒。

「他的銀子就這麼算了吧。」林夕落這話說出，倒是讓金四兒怔愣，賭場的兩人也略有驚訝，矮瘦的上前追問：「就這麼算了？」

「怎麼，難道不成？」林夕落看著他二人，兩眼睛裡都帶股子不忿，她未問此二人來歷，但對賭字，她心存厭惡不願多管，可也不能由著他們胡鬧。

矮瘦男子撇著嘴，「……這不合規矩，兄弟們不服啊！」

「魏海！」林夕落一聲召喚，魏海立即從外進來，「請姑娘吩咐。」

林夕落指向那矮瘦男子，「他說我的吩咐不合規矩。」

魏海瞪眼，上前拎起那矮瘦的男子便是罵道：「他媽的，這賭場是魏大人的，更是林姑娘的，你跟誰定規矩？」兩大巴掌抽上，矮瘦男人便開始認慫：「林姑娘饒命，都是我嘴賤，嘴賤，我錯了！」

林夕落冷笑，又看向金四兒，「少在這裡裝慫，往後你去替我管理賭場，但凡有差池，你就自個兒掂量著辦！」

臘月初八這一日，下起了入冬以來的最大一場雪。

林夕落清晨睜眼便在景蘇苑中一通踩踏遊玩，胡氏連忙讓人將路上的雪鏟走，拉著林夕落回到屋中斥道：「這丫頭，越發沒了拘束，連雪都當成玩樂之物，妳就不怕著涼？」

林夕落只笑而不語，高高興興地聽著胡氏嘮叨責怪，宋嬤嬤打了一桶熱水來讓她燙腳。

心中舒坦！林夕落只有此感。

如今賭場金四兒接了手，他也不是傻子，將賭場接過之後雷厲風行果斷處事，之前坑他的、害他的、打過他的全都藉機報了仇，閒暇之餘倒也想明白這是他自個兒跳進了林夕落挖的坑，但他沒記恨，而是來向林夕落深深鞠了一躬。

林夕落也不再提，更是把肖金傑扔去金四兒手底下當雜役。金四兒整日裡看場子，偶爾耍兩把玩樂玩樂，有銀子花著、姑娘們圍著，這日子比他之前過得更舒坦。

糧行由方一柱管轄，嚴老頭也不負眾望，將曾跟隨宣陽侯與魏大人征戰歸來的殘兵都聚攏起來，依著特長分工做事，井然有序，效率也在提升之中。林夕落最為頭疼的事解決了，她心中自然舒坦，只剩一錦錢莊還在重新修葺當中。

錢十道一直沒有再尋來，幽州府尹也沒了消息，雖不知他是否還有什麼鬼主意在肚子裡盤算著，但他不動，她便不動。

當初一把火燒了錢莊，無非是不願錢十道藉著魏青岩不在拿捏她，如今將其趕出錢莊，林夕落也自詡小有成績，看著窗外飄落的雪，她心中不由得在想：魏青岩怎麼樣了？

腦中正合計著，春桃從外進來，呵氣暖和著手，調侃地笑道：「林姑娘，有您的一封信。」

「誰的？」林夕落讓宋嬤嬤又往桶裡倒了熱水，小腳燙得通紅通紅，極為舒暢。

春桃從懷中拿出，林夕落單看字跡便咬了下唇，這鋒銳之字一看便是魏青岩所寫，打開一看，只七個字：不許妳見林豎賢！

「先生回來了？」林夕落瞧這霸道之詞，恨不得將信撕碎。

胡氏怔愣，隨即道：「誰？豎賢嗎？」

林夕落點頭，「信是魏大人送來的。」

胡氏面色複雜，魏大人提起林豎賢？這兩人怎能湊在一起？

未等母女多敘，門外便有人進來，「夫人，老爺傳了信來，有晚輩至幽州與其相聚，晌午不歸府用飯了。」

晚輩？不會是林豎賢吧？

胡氏與林夕落不約而同將兩人聯想在一起，林夕落問道：「那人可是來過府裡？」

「一早見過老爺，老爺便帶他離開了。」

林夕落心底將魏青岩從頭腹誹到腳，這個人實在太荒誕，顯然是他遇見了林豎賢，並且讓林豎賢帶信歸來。他明知先生為人正直，不會私自拆信偷看，卻還在信中寫如此內容。

他……他這做法實在霸道無理，邪惡至極！

儘管如此，她心中卻無氣惱，這些時日的忙碌，她並未忘記林豎賢，可師生之情更為清晰，不再似之前那般模糊不定……是因為他嗎？想起魏青岩那張冷漠、霸氣、無理、蠻橫的臉，即使埋怨，卻更有掛念。

想他作甚？林夕落連連搖頭，心中雜亂，連帶著腳都跟著胡亂踢水。

知女莫過母，胡氏瞧她這副模樣，沒有勸解，倒來一句挖苦：「妳只在與魏大人有關的事上才露點兒嬌羞怨懟，小女兒情懷，像個姑娘家的模樣。如若不想他，便是一副死板的臉，連魏海都躲妳遠遠的。」

林夕落瞠目結舌，「與他有何干係？」

胡氏笑著不提，讓人拿來熱茶，林夕落擦過小腳，穿戴整齊，便接過熱茶入口，撒嬌地道：「娘，過年了，這一個年莫回林府吧？」

「回什麼？」胡氏道：「妳父親已說了，這個年他不回林府，也不陪咱娘倆過了，邊境戰事緊，他顧不上什麼年不年的。」

「父親在躲。」林夕落直接戳破，胡氏也不隱瞞，「他不願這般說，咱們何必多提？讓他適應一下，妳父親也不容易。」

林夕落點頭，母女二人用過飯，她正打算在胡氏的屋子裡睡一會兒，門外侍衛來報：「林姑娘，鹽行的管事求見。」

孫浩淳？林夕落的心裡咯噔一下，他主動找上門來能有何好事？

「只他自己一人？」林夕落細問，侍衛答：「還有隨身小廝。」

「前堂迎候吧。」林夕落起了身，胡氏瞧其帶幾分戒意，不由得問道：「來的是何人？」

「鹽行的管事。」林夕落立刻安撫道：「母親莫擔憂，我去去就回。」

胡氏也知不必再多問，只得吩咐春桃，讓其叫上魏海緊緊護著。林夕落腦中不斷盤算他來此地的目的，連乘轎輦的事都險些忘了，如若不是春桃將其拽上去，她已經快走出胡氏院門口。

慌了！林夕落拍著胸口，鎮定地長舒幾口氣，便上了轎輦往前堂而去。

孫浩淳等候在此，心中也在嘀咕，這林丫頭都不再對鹽行之事插手了，侯府的二奶奶偏偏要他找上門，這不是自找麻煩嗎？

可心中抱怨，孫浩淳當面是一句反駁之言都不敢說，別看二奶奶稱其一聲兄長，可他在侯府二奶奶眼中不過是個奴才，誰讓人家是嫡出，而他只遠房庶兒！

等候之時不由得心思亂飛，門口有了動靜兒，孫浩淳立刻正襟危坐，將腦中雜事拋去。

林夕落從內走出，看向孫浩淳道：「孫大管事今兒來不知有何事？倒是稀客。」

「林姑娘此地乃是魏大人禁地，無事怎敢隨意叨擾？」孫浩淳挖苦一句，又道：「年終了，來向林姑娘報帳，另外侯府二奶奶那方的紅利，也要您親自送去。」

要她送去？林夕落的目光不離孫浩淳的臉，有幾分納罕，明顯這不是規矩，而是二奶奶要見她，卻又不能當面派人來叫，便尋個理由讓她主動去侯府求見。

想起魏青煥，林夕落的心底陰沉，他與魏青岩刀刃相見、手足相殘，這位二奶奶又能好到哪裡去？麻煩又上門了！

林夕落並未馬上答應，也未立刻回駁，而是讓孫浩淳將這一年的帳目說一說。孫浩淳直接將帳目遞給林夕落，與往年虧錢倒不一樣，這次有盈利，只可惜利錢少得可憐……

未等林夕落開口責問，孫浩淳便道：「這年頭可不好過，今年能不虧本已是不易，林姑娘剛剛接管並不了解這其中的彎彎繞繞，瞧著盈利不少，可去掉各項開銷就沒幾兩剩餘了。」

林夕落冷笑，魏青岩出征，糧行被她收拾妥當，錢莊鬧出了偌大的事，她藉機也把賭場瞧不順眼的全趕走放上自個兒人，只剩鹽行一事未動，孫浩淳定怕她插手其中，便將今年的帳做成盈利，雖所得少，可總好過往年虧本。

看向孫浩淳，林夕落淡笑著道：「既是此事我都不明，還是由孫大管事親自去侯府與二奶奶說上一說，免得我話語說錯，再得罪了二奶奶。」

「這怎能行？」孫浩淳話語出口才覺過於唐突，連忙道：「您接管了魏大人的乾股，您就是東家，眼瞅著要過年，在一起相聚豈不正好？何況我只是個管事，參與不到其中。」

「如若我被您看成東家，所占的乾股又比侯府二爺、二奶奶多一成，我為何要去向二奶奶回事？」林夕落笑看孫浩淳，「這事兒好似說不通吧？」

「堂堂宣陽侯府的嫡二奶奶怎可來見您？您終究沒個名分，林姑娘，做人可要識抬舉。」孫浩淳話語說完，讓小廝奉上年底的紅利，連帶著帳冊也留在此地，隨後便起身拱手告辭。

林夕落沒挽留，而是在正堂靜靜地坐了半晌。

要她去見侯府的二奶奶……她承認她略有擔憂膽怯。

與魏青岩相處時間已不短，他從軍營歸來，只是剛受傷的那幾日她隨其回過侯府，除卻齊呈和一兩個侍衛，未有人來看過他，自那以後他便賴在景蘇苑不走，明擺著對侯府毫無情意。

魏青岩若真有心娶她，她早晚都要入侯府的門，可兩種身分入侯府卻是兩種待遇，如今她一無名分，二無地位，貿然去求見侯府的二奶奶，如若真往她身上潑汙水，豈不是自找苦吃？

魏青岩為其向皇上求的撣子不過是保命的，可不是保名聲、保無人坑害，她怎敢聽孫浩淳一句話就冠冕堂皇地去侯府求見？

說是侯府的二奶奶欲見她，如若那時她不肯認，說是林夕落自己巴結上門，她又能如何？她若不去，二奶奶對外可稱其無規矩、不知禮數，連請她都不肯前去拜見，這依舊是她的錯。

這把無柄的雙刃劍無論她如何握都要傷了手……

坐在屋中思忖，不知自問多少遍都尋不到答案，正在焦慮之時，門外突然有聲音傳來，春桃在旁回道：「大姑娘，老爺與先生歸來了。」

先生？林夕落投目過去，正看到一文生入門，仍那副翩翩超逸般的灑脫，正是林豎賢。

離別之日未能等到林夕落，今日相見，林豎賢不知該如何開口。

離開幽州城時他心懷坦蕩，一腔豪邁，可歸來之後，他不知為何心中始終有不安，如今見到眼前之人他才明白，他不安的原因就是她。

林豎賢僵硬不動，林夕落上前行了師生禮，「先生歸來，路上可安好？」

林豎賢輕嘆，「初始便覺安好，但路遇惡事，幸得魏大人援手，否則此命不保，妳……」

「學生得見先生無礙，便覺安心。」林夕落嘴上如是說，可想到魏青岩信中的話又是腹誹。他救林豎賢並派人將其送回，卻還單單不提旁事，就是不允她與林豎賢相見，可他越不想發生的事卻會找上門，兩人如此偶遇，難不成她還不搭理直接走？

林豎賢瞧她面容中帶了幾分無奈，雖不知所為何事，可提及「魏大人」三個字時，她的目光中明顯多了幾分期待。

心中酸苦，林豎賢並未細品為何如此，只問起她有何憂：「眉頭蹙緊，可有何難事不解？」

林政孝也投來目光，「夕落，我正欲問妳，妳母親剛剛說妳在此發呆半晌，可是遇上難事？」

林夕落看向林政孝，斟酌片刻才說起孫浩淳今日來此提起侯府二奶奶的要求：「……恐無正意，女兒略有擔憂，即便去也要尋個方法，可女兒暫時想不出。」

林豎賢並未細問，林政孝也未詳說，三人沉默不語，都在思忖有何方法，最後是林豎賢先開口：「求請不如偶遇，不妨尋她不在侯府之時偶然相見，即便唐突，事情也已辦妥，以規矩挑妳她也無從下嘴，因……因妳身上尋不到半絲的規矩。」

林夕落雖對他話中貶辭略有無奈，可這倒也是個方法……

「容我細細思量一番，父親、先生敘談，我先回了。」林夕落向林政孝、林豎賢行了禮便走，未有絲毫留戀。

林政孝看向林豎賢，見他的目光一直盯她的背影，不由得輕咳兩聲，言道：「豎賢，讓人收妥房間，你暫歇了吧，有事明日再議不遲。」

「表侄還是莫在此地久留，不方便。」林豎賢連忙推脫，「即便不回林府，我也可尋一孤院隱居幾日，年後丁憂期至，再請表叔父引見吏部官員，細商出仕之事。」

林政孝自然知曉他心裡已經知道魏青岩與林夕落之間並無那般簡單，可他離開幽州城時卻非如此，總要寬慰他幾句。

「豎賢，安危要緊。你當初離開幽州城是為了躲避齊獻王，如今你歸來，於他耳中隨意可知，你乃夕落之師，魏大人胸襟寬廣，不會介懷。」

林豎賢苦笑，「表叔父，您的心意我懂，此話不必多說。她一向恣意孤行，您與嬸娘無法左右也屬常事，不足為奇，只是她這般做，實是苦了她了。」

林政孝搖頭，他依舊當林夕落投靠魏青岩是為林家？

「豎賢，你可知夕落為何不願去侯府求見二奶奶？」林政孝這般問，卻讓林豎賢怔住，「叔父有以教我？」

「邁進那扇門有很多種方式，如今這一步，她並非不能邁，而是不想邁。」林政孝特意加重了「不能」與「不想」，便端了茶，到門口吩咐人引林豎賢在此居住一晚，明日再議離去之事。

林豎賢未再拒絕，仔細思忖林政孝的話，陡然一驚。

她不想，並不是她不得不做！他錯了，錯在雖言尊重但並未入心，那日為何不直接與她直言欲娶她為妻？而是與其父母表白心中之說，與魏大人協定三年之約？

晚了！林豎賢心中只有這二字，恭恭敬敬向林政孝深深一鞠躬，便隨侍衛離去。

林政孝端起桌上茶碗，苦澀搖頭，心中想著林夕落：這丫頭……像誰呢？

陸之章◆相思難寄藏彆扭

回到自個兒的院子，林夕落躺在床上舒口氣。春桃端來洗漱的水似是欲言又止，林夕落也不願開口問，春桃終究沒忍住，出言道：「大姑娘，您跟先生……」

林夕落瞪她，春桃立刻閉嘴，「奴婢擔心您。」

「是魏海讓妳問的吧？」林夕落點她額頭，春桃連連搖頭，「才不是他說的，奴婢怎會聽他的？旁的事興許聽，但涉及姑娘您的事，奴婢絕對不聽！」

林夕落微微一笑，洗漱後便躺在床上歇著，彷若自言自語道：「開口稱了先生，便一輩子都是先生，老天爺既已註定，何必去揭破強求？有些人、有些事，並非靠想像便能結合一起，反倒不如這整天拌嘴鬥氣的舒心，無壓力。」

春桃似懂非懂，也未再多說，吹了燈燭便到外間守夜。

林夕落卻一夜都未能睡好，直至天色漸亮，她才合眼半晌，醒來時立刻讓春桃去叫魏海來。

魏海匆忙進門，請示道：「姑娘有何吩咐？」

「我如若遞帖子求見二奶奶，你有多少把握她不會對外稱我上門巴結？毀我名聲或動手腳？」林夕落開門見山，魏海怔住後思忖片刻搖頭，「卑職無半分把握。」

林夕落繼續問：「如若我不去，你有多少把握她會對外稱我不識抬舉？不將侯府放入眼中，抑或更劣詆毀？」

「十成！」魏海斬釘截鐵，直言道：「二爺有不少事都是二奶奶出主意，卑職自懂事起便跟隨大人，對侯府人事略知一二。姑娘若有意問事，卑職定知無不言，但涉及到朝堂及侯府祕事，恕卑職不能說。」

「那就幫襯我打聽一下二奶奶近期可有離府之時，時辰，還有隨同的人最好都能打探到，你可有把握？」林夕落知道這不是容易的事，魏海雖本事不小，可對於侯府中人來說，魏青岩是庶子，魏青煥是嫡子，兩人更是勢同水火，魏海不過是魏青岩身旁侍衛統領，魏青煥對其定更注意。

魏海沉了半晌，隨即道：「年前二奶奶應有出府之時，卑職儘量爭取，不過，姑娘，您欲見二奶奶？」

林夕落點頭，將昨日孫浩淳之事提起：「……不去，定會揪我桀驁之錯，去了，恐怕很難脫身。昨日得見先生，他便提此法，雖然倉促唐突，可不免是應付的手段。」

魏海點了頭，「卑職也有一提議，此事若不成，姑娘不妨裝病，能拖一日是一日。二奶奶邀見之事，若被老侯爺知道，定不會允。」

「我總不能裝病到大人歸來。」林夕落無奈搖頭，魏海無話可說，只好先出去尋人打探消息。

林夕落一直在等，心中焦慮，便行至書桌前提起了筆，可無論如何行字仍焦躁不安，索性撂下筆，拿出雕刀和木條，糊裡糊塗地刻上字，卻又將其劃掉……

為何會如此？她自己也尋不出原因，看著窗外紛飛不停的雪花，她走出門外，感受不到雪花落下的涼意，卻覺得那張冰冷的臉就在身旁。

回到屋內，她於木片之上刻下微小的幾個字，拿著跑出門外，尋侍衛將鷹隼領出，捆於其腿上，放飛空中……

魏青岩正於軍中與眾將領商議明日戰事安排，長途跋涉，連夜奔馳，他倒是安心養傷，腿已不必再捆木板，但依舊不能如常人那般行走自如。

他眉頭緊蹙，聽著將領們回稟軍情，侍衛在外求見，進來時手捧鷹隼，「大人，有信！」

張子清自認得鷹隼腿上捆綁的木條為何物，便將其摘下，遞於魏青岩手中，「大人，有何緊急事務？」

魏青岩摸著那木條，心中一凝，見將領們投來目光，便道：「歇一刻鐘再議。」

眾人離去，張子清未走，此事他也知曉，魏青岩沒有隱瞞，取出脖頸上掛的晶片，藉著燈光朝木條上映去。半晌，眉頭皺得更緊，就見木條上刻了一行小字：「嬌我縱我寵我人在何處？思卿念卿盼卿天各一方。」

張子清略感焦慮，「大人，可是要緊的事？」

魏青岩將木條攥於手中，嘆道：「的確要緊……」

自放飛那隻鷹隼，林夕落便沉下心等待魏海歸來。

魏海辦事俐落，未至下晌便匆匆回來。

見魏海風塵僕僕，臉上的冰霜還未化，林夕落便讓春桃先倒了熱茶給他，「不急，慢慢說。」

魏海飲了幾口熱茶，待緩和些許，便道：「卑職回府中請人問了，二奶奶臘月二十三，也就是小年那日欲陪侯夫人前往清音寺燒香，是否還有他人同行，變數太大，畢竟距那時還有小半月。」

還有侯夫人？林夕落略有躊躇，問道：「這位侯夫人的脾性……」

「對大爺、二爺很好，因其乃嫡出，對三爺、四爺一般，卻與大人格外不和。」魏海撓頭，林夕落也覺自個兒問的是廢話，他都將魏青煥的手指弄斷了，侯夫人怎能看得上他？

庶出的滋味兒林夕落在林政孝的身上已有體會，但她心知魏青岩與她相比只有更悲，否則也不會在景蘇苑隨她家人同住如此之久……

長嘆口氣，林夕落的心中倒是平靜，「不管有多不和，這事兒都得應承下，晚見不如早見，早見不如我先行一步……臘月二十三，我也去清音寺燒香！」

臘月二十三俗稱小年，乃祭灶神、掃塵的習俗之禮，也有「官三民四船家五」的說法，也是臘月二十四民家祭、船家臘月二十五祭灶神之習俗。

幽州城乃大周國之都城，官家之人眾多，故而平民百姓也慣於在臘月二十三一同祭神。

但因有女眷不允參與祭掃灶神一說，周邊寺廟便於這一日行廟會、集日，官家各府的女眷會來此相聚燒香拜神，平民百姓也會來添點兒香火油錢圖個吉利，商販則藉機在此行個小買賣，故而此日熱鬧非凡。

宣陽侯府的二奶奶，魏青煥之正妻宋氏在清音寺下了轎，看著仍有閒雜人等在此處觀光，瞪著侍衛道：「這些人在此作何？瞎了嗎？侯夫人最喜靜，還不都清走！」

美豔婦人、尖銳利嗓兒，不用侍衛清場，旁人家來此地燒香的人便已被嚇得連忙致歉離去。

宋氏左右探看，隨即上前方轎旁撩起簾子，笑道：「母親，到了。」

「嗯。」侯夫人伸出手，兩位嬤嬤立刻上前扶著，宋氏推開一人親自攙扶，侯夫人看她一眼，斥道：「怎麼吩咐的？來了也未能清場，侍衛都是吃白飯的？」

「母親，如今駐守侯府的侍衛可不比從前了，有本事、懂身手的全都被侯爺派去護衛五爺隨軍出征了，這些不中用的留下，能陪著咱們出來燒香已是不易了。」宋氏陰陽怪氣，侯夫人冷哼：「不過是個送死去的，還用那麼多人陪著……」

宋氏溜了縫兒，「母親這話可不能隨意說，別看五爺出征走了，他身邊可有能耐人，藉著這機會在城內跋扈張揚，誰都不敢在此時招惹，厲害得很。」

侯夫人看她，「是那姓林的丫頭？」

「母親也知這個丫頭？」宋氏故作驚詫，侯夫人瞪她，「侯爺知，你們都知，我怎能不知？」

「母親莫怪罪。」宋氏連忙賠禮，繼續道：「那丫頭可不得了，別看出身林家大族，卻是一匠女，也不知五爺哪隻眼睛瞎了，瞧上這麼個人！這丫頭倒也能耐，當眾就與五爺同乘一馬，也不嫌臊得慌，連那魏海都親自護衛她，收了糧行、燒了錢莊，連賭場都沾手，這種沒規沒矩的可別真進了咱們侯府！」

侯夫人停了腳步，「妳是怕她動鹽行吧？」

宋氏尷尬，「瞞不過母親。」

「不過一個丫頭罷了，一鹽行的買賣妳至於如此費心勞力地去尋思？侯爺護著他，妳腦袋想開了花也沒用，誰讓老二不爭氣？文鬥不過，武爭不過，不妨想想妳這肚子，添個男丁，否則妳這位二奶奶當得也沒底氣。」

侯夫人說完繼續往前走，邁步進了廟，燃香、叩拜，不再多說一句。

宋氏並未氣餒，她嫁入侯府多年，自然知曉侯夫人的脾氣，莫看她在斥自己，可其眉頭一皺，明擺著是對五爺和這丫頭更為不滿。

目的達到了，宋氏也不再多說，隨著侯夫人一同叩拜燒香，心中禱念佛祖賞她肚子裡一男丁，續傳香火……

燒香之後，宋氏扶著侯夫人於廟後的閣堂中飲茶休歇食齋飯，因此地多為官家供奉，來這裡靜思之人都是皇親貴戚、公侯子爵等家眷，相識之餘不免寒暄敘談幾句，更有品階低的人來向侯夫人請安。

夫人們相見不免絮叨幾句家中閒事，而更多之人則誇讚宣陽侯府的五爺魏青岩本事非凡，剛至邊境之地初戰便傳來捷報，連皇上都大喜。

侯夫人雖臉上燦笑，可心中越發冰冷，宋氏在一旁不敢插嘴，逢迎間也得吹捧兩句。侯夫人越發氣惱，扶了扶額，宋氏立即道：「母親可是累了？不妨先歸府吧？」

侯夫人點了點頭，眾女眷話語便停了，接二連三地告退，侯夫人臉上的笑立刻消失，宋氏跟著抱怨：「各個都不長眼，明知五爺非您親生的還這般吹捧，都是故意的吧？」

「掌嘴！」侯夫人怒斥：「這種挑撥之言往後不許再提，侯爺最忌諱何事妳不知道嗎？在這等地方也胡言亂語，若被我聽到半句，我就將妳休回宋府！」

宋氏知道她是在拿自個兒撒氣，連忙抽了自個兒一巴掌，「兒媳再也不敢了，母親饒恕！」

侯夫人面色陰冷，也無心在此處上香飲茶，直接吩咐起身離開，孰知正欲上轎，便見一清麗少女在遠處靜候。

「那是何人？」侯夫人抬了手，侍衛立刻上前詢問，隨後回報：「回侯夫人的話，她自稱是林府中人，偶遇侯夫人與二奶奶，在此靜候求見。」

侯夫人皺眉，宋氏忙問：「她叫什麼名字？」

「林夕落。」侍衛道出這三字，宋氏便氣惱，「這不要臉的居然還找上門來了？」

侯夫人看著宋氏，諷刺道：「妳不是讓她去侯府見妳？怕妳心懷不軌，自要尋機偶遇，能跟著那兔子的人，會與妳一樣是榆木腦子看不懂妳揣著什麼髒心眼兒？剛剛妳也聽見了，首戰大捷，妳別在這時候給侯爺心裡頭添堵！」

侯夫人坐進轎中不再露面，顯然無意見林夕落。

宋氏咬了唇，讓丫鬟搬來椅凳，坐下後與侍衛道：「讓那丫頭過來吧。」

林夕落得侍衛的話，揚起笑臉上前。

她今兒一早就在清音寺候著，未多帶人，只有春桃與魏海二人相陪。

侯夫人出行，車駕隊伍自不會少，一出現魏海便能看得到，待侍衛清場，林夕落便在外面等，這一等就是一個多時辰。魏海上前與相熟的侍衛攀談說明來意，魏青岩初戰大捷，所有人都歡欣鼓舞，侍衛自不會攔。

可看到這位侯夫人指向自己，林夕落只覺腿腳發軟，可發現侯夫人只是坐於轎中，她才鬆了口氣。宮門似海，侯府似刀，她覺得自己就見到了這把最利的刃，儘管只是遠遠瞧見，可那股鋒銳之氣讓她下意識有些膽怯，這不是常人能有的氣勢。

這股氣勢並非能學到、能偽裝，而是長久歲月磨礪出來的，是讓他人心生畏意的刺。

林夕落咬了一口自個兒的舌頭，讓腦清醒些才緩步走向宋氏。

刺意濃濃，雖見宋氏與那位侯夫人相差甚遠，但她並未因此而輕敵，上前先叩拜了侯夫人的轎子，隨後向宋氏行禮道：「給二奶奶請安。」

宋氏上下打量著她，「妳就是林夕落吧？早就聽過妳的名字，一直有意見妳，前陣子孫管事還提起妳欲到府中見我，我就一直等著，可遲遲未有音信，今日能見到妳，倒是我的榮幸了。」

話語雖未斥責，可其中的不滿盡露，林夕落笑道：「孫管事提起讓民女去見二奶奶，為二奶奶送上這一年的紅利，民女本欲遞上帖子求見，孰知冬冷，不慎沾了風寒，不敢貿然見二奶奶，便拖至今日，讓二奶奶見笑了。」

「沾染風寒還能來燒香？妳這心倒是虔誠。」宋氏看向春桃所拿的紅包，使了眼色給身旁的嬤嬤，二人在一旁傳接，林夕落未反駁，而是軟語笑道：「二奶奶抬舉民女了，民女回幽州城不久，還未見過如此熱鬧盛事，故而出來沾沾喜氣，孰料遇上侯夫人與二奶奶，得遇貴人自要前來求見，也將這紅利遞上，願侯夫人與二奶奶大吉大利，事事順意。」

「帶著這麼多的香油銀子來燒香，林姑娘，妳這出手可真大方！」宋氏身旁的嬤嬤回了銀票數額，宋氏不忘諷刺。

林夕落立刻擺手，「民女怎敢將這般多的銀錢帶在身上？來到此地便聽眾人說起侯夫人與二奶奶也在，這才命人回去取來銀票在此等候。」

「這麼說我還應跟妳道一聲謝了？」宋氏陰陽怪氣，可話語越說越多，侯夫人於轎中沉咳一聲，宋氏不敢再多說，可看著林夕落這副模樣她也嚥不下這口氣，「人妳也見過了，就不必在此地多留了，別讓佛祖沾了妳的寒氣，也跟著染了病。」

「佛門之地也敢如此胡言亂語，掌嘴！」侯夫人轎中猛斥，宋氏住嘴，又抽了自個兒一巴掌，連忙道：「母親莫怪罪，都是兒媳胡言，不敢再亂說了！」

林夕落在一旁聽著，心底也跟著發顫，跪拜在一旁不敢出聲。

「繼續！」

宋氏不敢反駁，又是接連抽著自個兒的嘴巴，不知抽了多少下，忍不住掉了眼淚，「母親，兒媳再也不敢了！」

侯夫人讓一旁的嬤嬤撩起轎簾，看著宋氏道：「旁日裡寵妳、縱妳也就罷了，在佛門之地也妄語對佛祖不敬！都說妳生不出個男丁，如此張揚，佛祖怎會賞妳？」

宋氏嚶嚶啜泣，林夕落更是低頭。

侯夫人看向林夕落，「妳這丫頭怎麼不為她求情？可是在幸災樂禍？」

「民女不敢，只是膽弱，剛見侯夫人動怒被嚇傻了，不敢開口說話。」林夕落嘴上示弱，心中卻格外警戒。鋒銳刀刃刺向自己，她只覺手心出了汗。

侯夫人冷笑不再言語，身旁的嬤嬤吩咐起轎，林夕落退到一旁，送眾人離去。

正欲鬆一口氣，卻見侯夫人身旁的嬤嬤走回，遞與林夕落一物，讓她心裡一沉……

這正是她剛剛交予宋氏的紅利銀子。

捏著紅包的厚度，裡面銀票一張未少。

林夕落看向那位嬤嬤，笑道：「不知這位嬤嬤如何稱呼？」

「這是侯夫人給林姑娘的見面禮。」那嬤嬤說完便行禮離去，掃拂了林夕落的顏面不說，「見面禮」三個字更是格外刺痛她的心。

春桃不懂，臉上掛了笑道：「大姑娘，侯夫人怎麼以這見面禮賞您？實在奇怪！她的脾氣好駭人，奴婢剛剛嚇得都不敢抬頭了！」

「這是斥我身分低俗，幾張銀錢就可以打發了……」林夕落將那紅包攥緊，喃喃自語：「倒是省了我這紅利銀子！」

春桃驚詫後連忙閉嘴，可臉上帶著擔憂，又不知該如何勸慰，「……大姑娘莫傷心。」

魏海顧不得二人私話，查看四周景況，上前道：「姑娘還是儘快回去，此地三教九流，人多繁雜，只有卑職一人護衛不周全。」

林夕落應下，三人回了景蘇苑。

晚間用過飯，林夕落與林政孝父女二人關起門來談論今日之事。

林夕落嘆了口氣，「……若非大人傳來捷報，恐怕今日未必只是賞我銀錢、斥我低俗這般容易脫身了。」

林政孝聽到她這一番經歷，心中略有感慨。自家女兒自己疼，看她面色失落，開口道：「魏大人雖能憑藉一身本事博得如今的地位，但終究是庶子出身，宣陽侯夫人如此待妳也不足為奇。夕落，若嫁給魏大人，妳便是要在侯府中度日，妳要及早思量，能不能忍、肯不肯忍，以及妳是否有本事在那府中生活，這都要考慮清楚，為父一直對此頗為擔憂。」

「如今我也明白當初他那一句『敢嫁』為何意了。」林夕落想著今日的侯夫人與二奶奶，這不過只是隨意見一面，與朝夕相處完全兩個概念，她能應承得了嗎？

林政孝見她輕咬著唇，雙手拄著小臉無精打采的模樣也甚是心疼，「夕落，不妨將事情看得簡單一些，若此時還不能決定，不妨只看日子一天一天過去，終究有一天妳能沉下心來做決定。」

「會嗎？」林夕落看向父親，林政孝堅定點頭，「一定會。」

「那女兒就等著了。」林夕落傾訴完心裡舒暢多了，向林政孝行了禮，便回到屋中歇息。

心思疲憊，她很快便睡了過去，而這一夜，那個男人依舊出現在夢中……

翌日醒來，林夕落陪同胡氏用過早飯後開始關注重建錢莊之事。

待大年過後，錢莊會重新開張，章法可尋，如今卻缺一大掌櫃，她不可能自己去錢莊當掌櫃，身邊又無妥當之人，這件事她已思忖許久，時至今日都沒能尋出點子來。

魏海這幾日也在四處打探，可即便與其他錢莊中人喝酒言談，也都得不出個可用的人來，而後仔細追問，才得知這是錢十道做的手腳，不允一錦錢莊開張。

得知此信兒，魏海匆匆趕來，林夕落聽後也沒有太驚訝，只冷笑道：「早就知他不會善罷甘休，若非大人傳來捷報，他早找上門來鬧事了，也不會暗做手段。」

「可他不應該知道那火是您吩咐放的吧？」魏海摸著下巴，「卑職可親自檢查過許多遍，未留半點痕跡。」

「他被踢出錢莊，還管這火是誰放的？縱使汪東籬吵嚷著火是他的錯兒，這位錢爺半分銀子沒得著就窩窩囊囊走了，他也不會善罷甘休。」林夕落想起汪氏，不由得搖頭，「何況他還搭上一個妾？」

「不過是個妾罷了，在錢十道的心裡可比不得萬兩銀子重要。」魏海說完，就見林夕落與春桃一同瞅他，被看得心裡發慌，忙問道：「怎麼？有何不對？」

林夕落搖頭，「沒有，就聽這話彆扭。」名分這東西，看來真的缺不得……

魏海自當不懂她的心思，問道：「姑娘，這事兒您覺得該怎麼辦？」

「容我想一想再說，眼瞅著便是過年了，先盤算年關的事吧。」林夕落有心問問魏青岩的情況，可卻不知如何開口。魏海的心思早落了春桃身上，直至春桃指向林夕落，魏海才注意到她臉上的落寞。

「姑娘，大人恐怕無法歸來過年，您不用等了。」魏海直言直語，卻讓林夕落臉色緋紅，不知是羞惱還是心亂，索性直接離去。春桃埋怨地瞪了魏海一眼，連忙去追林夕落。

魏海看著兩人一前一後地走了，不由得撓頭，「我又說錯了？」

小年祭掃，錢十道準備了禮進宮去孝敬各位娘娘，從宮中出來時正好遇到齊獻王。

錢十道向其行了禮，齊獻王上下掃量，「怎麼著，臉色如此難看？陪本王喝兩盅？」

「喝不下了！」錢十道想起齊獻王與魏青岩的瓜葛，耷拉眼中有一絲不忿，「剛又被袁妃娘娘斥罵一通，讓我好生過年別再惹事，王爺，您說我這是招誰惹誰了？好好的銀子要不回來，反倒還被斥罵招惹是非？」

「怎麼著，還為了那著火的事？」齊獻王不屑擺手，「一萬兩罷了，在你爪子裡頭不過是個指甲，瞧你這臉色，如若不知的還以為你們忠義伯府鬧了喪了。」

錢十道立刻反駁：「這不是銀子的事，憋氣啊！那小蹄子的心眼子忒多，居然玩不過個丫頭，往後我錢十道如何見人？」

「誰讓那魏崽子出師大捷呢？也是你這運氣不好，否則莫說一萬兩，十萬兩你也得出。」齊獻王想著林夕落，「不過那小丫頭是有些囂張，明明不是絕色佳人，魏崽子卻瞧得上。」

「他？」錢十道撇著嘴，「他那命相就與尋常人不一樣……」

「閉嘴！」齊獻王斥喝，錢十道連忙張望四周，兩人心照不宣，誰都不提。

「王爺有何法子，幫我想想，如今這腦子整日被罵得已經轉不動了。」錢十道有求也有巴結，

齊獻王笑道：「你可是伯爺之子，那丫頭縱使是魏崽子的人，也暫無名分，何況你那不還有人關在府尹手中？」

錢十道瞧其目光之意，仔細揣度，他與府尹雖相識，可沒太大的交情，「……靠得住嗎？」

「靠不靠得住，就瞧你的膽子有多大了！」齊獻王拍拍錢十道的肩膀，哈哈笑著進了宮門。

錢十道在宮門口思忖半晌，立刻上了馬車吩咐道：「去幽州府衙大獄，我要看看汪東籬那老東西死了沒……」

林夕落這兩日在忙碌著錢莊的籌備，魏海又從其他地方尋了幾個掌櫃和帳房，林夕落一一見過，也在試著能否行事，門外有人來稟：「姑娘，糧行的人來尋您回稟事，您可欲見？」

「讓他們進來吧。」林夕落將帳目收攏好放置一旁，門外有三人一同進門，是劉大麻子、嚴老頭與方一柱。

相互見過禮，方一柱把帳目交上，「雖接手時間不長，但也請林姑娘過過眼。」

林夕落看著嚴老頭把腦袋轉向一旁，讓春桃端上茶點，隨意翻看幾眼便合上，「如今能有盈餘便是好，年關了，該給大家分糧的就都分一分，月錢也莫少了，都踏踏實實吃頓好的。」

嚴老頭輕咳兩聲接話道：「按月分發的工錢和米糧都發了，嘴裡都不虧，昨兒已有人來問我可否向林姑娘請示一下，年底的糧就莫發了，不如兌換成錢讓他們放兜裡，想買什麼就買什麼，即便是二兩酒也成。」

嚴老頭話語中帶幾分刺，林夕落早已聽習慣，沉上半晌道：「過年家家都有點兒新意，可多數都孤家一人，不妨都聚了一起過大年，也圖個熱鬧。」

「他們正有此意。」方一柱怕嚴老頭話語不妥，急忙接過，「所以才有意向林姑娘請示，可否把糧兌酒錢。」

林夕落笑著道：「糧食照發，大年夜裡，索性就搬幾箱子銅錢兒過去，每人抓兩把，能抓多少是多少，誰也別攀誰，圖個樂呵兒，再讓人去抓幾隻豬鴨雞鵝，銀子都我出，嚴師傅，您看可好？」

嚴老頭只點了點頭，劉大麻子拍腿道：「還是林姑娘爽快，若是您有這提議，恐怕有家的也都不回了，連帶著媳婦兒孩子全都一同來過年，有肉誰不肯多吃兩口？」

「那就都帶來！」林夕落笑著應承，嚴老頭沉了半晌又道：「如今我也聽了妳的意見把所有跟過侯爺與魏大人的殘廢都籠絡起來了，可光吃飯不幹活，這事兒豈不白做？有力氣的能去糧行，可有一些之前便不是揮刀子出身的，去糧行屁事做不了，都覺得喪氣得慌，妳瞧著是否還有其他事讓他們做一做？」

「都是作何出身？」林夕落皺了眉，「或者都有何專長？」

「待我回頭挨個地問一問再來回妳。」嚴老頭說到此，林夕落忽然起意，「可有擅長算帳計數的人？」

嚴老頭思忖，「倒有一人，可惜出征時把眼睛熬瞎，記事、計數過耳不忘，腦子格外靈活。」

「此人在何處？可信得過？」林夕落心中大喜，嚴老頭道：「還在糧行裡頭吃白飯，一瞎子，還能幹什麼？」

林夕落拍手道：「有他坐鎮錢莊，我就不需要什麼大掌櫃，找幾個夥計打算盤的報帳即可！」

嚴老頭欲再問，門外有侍衛來稟：「林姑娘，府尹在門口等候，說是要請您回府衙問事。」

府尹？林夕落皺了眉，「何事？」

侍衛道：「汪東籬與府尹大人說是您指示他燒錢莊的，他欲照章辦事！」

林夕落心中一冷，要出事了……

林夕落並未馬上出去見府尹，而是在屋中靜靜地思忖。

嚴老頭有意替林夕落出頭卻被方一柱強行拽走，臨走時特意要林夕落咬準她那日雖見過汪東籬，但所談都是糧行的人在錢莊借銀子的事，對其他事一無所知。

林夕落點頭，便讓他與嚴老頭等人先回，也讓春桃去將魏海叫來。

春桃跑到外面找了一大圈，才知魏海一早離開景蘇苑，遵宣陽侯的吩咐出了城。

「大姑娘，這可怎麼辦？」春桃有些焦慮，「奴婢去回老爺一聲，請他出面？」

林夕落搖頭，不讓春桃再說，府尹今兒找上門應該也是掐準了時機……錢十道，他沉了這麼久，還敢在魏青岩捷報傳來之時鬧這件事，他可是逮到什麼把柄不成？

魏海不在，林夕落不知他那日到底都帶了何人、如何行事，這件事的確棘手。

此事說大不大，說小不小，往大了說，那錢莊是皇上賞賜，誰沾了此事都是殺頭之罪；往小了說，這不過是個鋪子，意外天災也可能發生，何況皇上當初賞了魏青岩也不過是一時興起，如若外人不提，他老人家恐怕都不記得。

錢十道把這件事鬧騰出來，只為了個「錢」字？

林夕落心中不定，可又不能當作沒事，只得與春桃道：「妳立刻尋旁日與魏海相近的侍衛，讓他們去找魏海，問清楚魏海何時能歸，並將這件事告訴他。我如若離不開府衙，妳讓母親不要驚慌，讓父親去尋太僕寺卿大人，問問此事怎麼辦，另外……」

林夕落嘆了口氣，叮囑道：「此事不容先生插手，妳一定要告訴父親，絕不許他露面！」

春桃聽了林夕落的話，心中好似被擰了一把，「大姑娘，奴婢陪您去……」

「陪我作甚？家中人少，這事我只能囑託妳。」林夕落仔仔細細地盤算，待無交代的事後便取下銀針髮簪，與木條上刻下字，依舊是尋一極小的空盒，將這薄木條當作盒栓插上，交由侍衛捆於鷹隼腿上，放飛空中……

林夕落聽空中鷹啼數聲，心中不再慌亂，沉穩地換好衣裳，一步一步地走出景蘇苑大門。

與府尹相見之時，林夕落笑著先行了禮：「讓您在此等候多時，大人勞苦，可欲先進去喝杯茶暖一暖？」

府尹拱手，客氣道：「就不在此過多叨擾，錢爺還在府衙內等候著，本欲請林姑娘對此事說一二句即可，但錢爺批駁我做事不依章法，只得請林姑娘到府衙走一趟，勞累您了。」

這話雖說得客套，可不免也是在告訴她，這事兒是錢十道逼著他做的，他也沒轍……

林夕落笑著應下，府尹是否真如他所說的被迫誰都不知，只得寒暄道：「有勞大人了。」

上了馬車，這好似一犯人所用的囚車，就在外面搭上了青布，林夕落尋個地兒剛坐下，便聽府尹吩咐駕馬前行，而此時胡氏才得知此事，從院子裡跑出來欲追，春桃連忙截住：「夫人，大姑娘吩咐了您不能去。」

胡氏將她的手推掉，「出了這麼大的事，我怎能不去？不過是請去問幾句話，居然用這樣的馬車帶夕落走，她可是個姑娘家！」

「夫人，您不能……」

「別攔我！」

「您得等老爺回來，請他去找太僕寺卿大人！」

春桃在她耳邊焦急說道，胡氏怔住，手顫著連忙道：「對，妳說的對，老爺……」

行至府衙，林夕落從車上下來，這一路上被晃得有些暈，扶額站穩，就看到錢十道那雙耷拉眼正往這方瞧來。她站直了身子，出言道：「錢爺，您近來可是時常鍛煉身子？耳力實在好得不得了，連在衙獄大牢裡的犯人說的話都能知曉，讓人佩服不已！」

錢十道冷笑，「林姑娘還是莫把這髒水再往外潑，我有這樣的奴才是我之不幸，但妳能花錢買通他來燒了錢莊，妳的膽子也夠大的，我也著實佩服！」

「錢爺，這話隨意出口您就不怕閃了舌頭。」林夕落看著錢十道，冷漠中帶有一股銳意，好似刀尖鋒芒，讓錢十道忍不住一顫。

未等開口，林夕落先邁步進了府衙，錢十道跟著進去，卻因身分在有一椅凳可坐，林夕落縱使再有魏青岩當靠山，也只得站在堂前。

府尹從外進來，未先坐於正位之上，而是與錢十道、林夕落二人言道：「錢爺、林姑娘，這也不是什麼大事，沒必要宣揚開，對您二人的名聲可都有礙，不妨私下裡說合說合，將此事了結，豈不兩全其美？」

府尹自是兩方都不願得罪，若非錢十道打著袁妃娘娘旗號硬來尋他，他是絕不收這銀子、辦這糟蹋事的。

錢十道說是為了顏面嚇唬嚇唬這林姑娘，得了銀子便了事，可誰不知林姑娘是魏青岩的人？魏青岩如今在邊境沙場捷報頻傳，皇上整日裡最惦記的人就是他了，這時候尋他的人找麻煩，不是自討苦吃？

府尹說完先看向錢十道，錢十道自知府尹的心思，在一旁翹著二郎腿兒，滿臉不忿之色，念叨著：「大人說的也有道理，林姑娘畢竟是女眷，不過這事兒總要有個說法，雖說那狗奴才是我的人，可如今卻招了，乃是受林姑娘指使燒了錢莊，那可是錢莊！」

「喲，錢爺，他說是我指使的便是我？當日裡他可還說是您指使燒帳本才起了大火，我可沒把那奴才的話往心裡去！」林夕落笑呵呵地說，就見錢十道臉上的肉一顫一顫的，耷拉眼裡陰光閃閃，歪著嘴道：「如今他可是拿腦袋作保，若非是妳指使，他寧肯死！林姑娘，何況不止是他一人如此說，周邊可有人瞧見了，是妳的人去做的事，妳還敢不認嗎？」

林夕落慢悠悠地白了他一眼沒回半句，可她的心中實在沒底，真的有人看到魏海等人……雖說他是魏青岩的侍衛統領，可那地界兒人多眼雜，若是真有人瞧見，又被錢十道給逮到，這事兒還真不好辦……

瞧著林夕落漫不經心的神色，錢十道朝府尹拱手，「大人，林姑娘好似沒有依著您的意思，把此事說合了結了，依我看，還是將那些人都帶上來，公事公辦的好！」

府尹看向林夕落，「林姑娘，您不再多考慮一二？」

林夕落搖頭，「錢爺口中的了結，是讓我把這爛事給認了，大人，髒水可不能隨便喝，這是要腦袋、要命的……」

府尹無奈嘆氣，埋怨地看了錢十道一眼，勸慰林夕落道：「林姑娘，您想得複雜了，銀子能解決的事，簡單！」

這話無非是說白了，錢十道只要銀子。

林夕落看了錢十道一眼，冷哼道：「若真是我做的，我定掏這銀子，可不是我做的，誰想把這髒水扣了我腦袋上，也要想想後果！」

錢十道一顫，真不是她嗎？他這兩天的確是在錢莊周圍仔細查問起火那日的事，提起汪東籬不由得又是怒罵，但也有一小要飯的說那日看到有人從後面進了錢莊，可卻說不清那人身分，也說不出面貌特徵。

錢十道心中大疑，便讓府尹把汪東籬從牢獄中帶出來，他滿口否認是他把銀子搬走了，更納罕燒兩個帳冊怎麼可能著火，但提起那日林夕落手下糧行的人去過錢莊兌銀子，錢十道一下子便將兩件事聯想起來。

這個丫頭的心太過歹毒，若非齊獻王提兩句，他還真當自個兒吃了啞巴虧不敢對此事張揚。單純地嚇唬這丫頭糊弄銀子，他還真不敢，如今心裡有了譜，他倒是想要詐上一詐，不過是個十五歲的小丫頭，能有多大的膽子？

錢十道臉色多變，府尹無可奈何，心裡頭連連感嘆這事兒不好辦，見兩人都不服軟，只得正色道：「既是如此，那二位可莫怪我稍後多有得罪。」

行步至公位之上，算是正式開審，一個衙役搬來了椅凳給林夕落，卻被錢十道罵走：「你這是讓林姑娘犯了規矩，她一個平民女子，在府尹大人面前是要跪著的，搬走搬走！」

林夕落瞪他一眼，規規矩矩地向府尹行了禮，府尹還未等開口，錢十道便催促：「大人，這被審的人是不是上來便要先打十個板子，以示告誡？」

「錢爺，是您審還是我審？要不，您來？」府尹皺了眉，示意他莫太過分。

林夕落冷哼一笑，目光中的諷刺讓錢十道臉頰抽動……

林政孝此時已在齊獻王的王府門口站了許久，可太僕寺卿就是不出來。寒風刺骨，他卻內心煎熬，門口守著的門房就是不允他進，拿多少銀子都不管用。

過了半晌，王府角門裡出來一小廝，林政孝連忙奉上銀子，小廝將銀子放入袖口內，回道：「林爺，您甭等了，太僕寺卿大人被王爺以公事的名義按住就是不允走，連回家都不放人，大人也沒了轍！」

林政孝心底一涼：夕落，妳可別出事啊！

錢十道說不過林夕落，索性鼓動府尹把汪東籬帶上來。

汪東籬昨日已經把錢十道教的話背得滾瓜爛熟，也因這條命被錢十道握在手裡心情緊張，沒等府尹開口問，他便一口氣地全說了出來。

天花亂墜，絮絮叨叨，將林夕落如何指使他放火，如何指使他嫁禍給錢十道，一個字不忘地背出口，說罷之後還看了錢十道一眼，老淚縱橫地道：「錢爺，我髒心爛肺，我豬狗不如，我對不住您啊！」

錢十道氣得恨不得抽他兩巴掌。

話背得是不錯，可倒是等府尹問一句回一句嗎？這稀里嘩啦全說出來，若看不出其中有詐，那便是瞎子了！

林夕落看著錢十道冷笑，「錢爺，還用我說什麼嗎？您是忠義伯爺的嫡子，可別為此事丟臉找不回來……」

錢十道臉色鐵青，咬著牙根兒道：「甭以為就這麼算了，有人見到妳的人那日從錢莊後門進

錢十道看向府尹，府尹便道：「帶見到的人上來。」去，妳休想抵賴！」

林夕落心中一緊，朝門外看去，一瘦小的身子被推上來，衣衫襤褸，看著似個小叫花子……

小叫花子被帶上來時整個人已經嚇得抽搐，不敢開口，連連向府尹磕頭。

府尹看著他，又瞧了錢十道與林夕落的表情，才問：「一錦錢莊著火那天你看到什麼了？」

小叫花子一怔，「大老爺，您昨兒不是問過了？」

「放屁！」錢十道在一旁罵道：「再老老實實地說一遍！」

「小的就瞧見有人在錢莊後門那裡，別的就沒再看到了！」小叫花子說完，錢十道繼續罵：「你可看清那人長什麼模樣？」

小叫花子連忙搖頭，「小的就是個要飯的，不給錢，我看他作甚？」

「你這狗東西！」錢十道斥罵一聲，卻也無可奈何，他可以吩咐汪東籬換個說辭，但對這小叫花子，府尹無論如何都不允他私下相見。

這等人可不是家生的奴才，他能花錢買通，說不準轉臉旁人給的銀子更多當即就能反悔，縱使之後將其打死也是壞了事。府尹的勸誡錢十道也覺得有道理，這才甘休沒有伸手，孰料這小叫花子果真當不得大用，說話跟放了個臭屁一樣。

「錢爺，您還有旁的證據嗎？民女家中還有事，這眼瞧著快過年了，忠義伯府想必也忙碌得很吧？」林夕落譏諷，錢十道翻了臉，「當日糧行的人去錢莊談還銀子的事，怎麼就那麼巧？他前腳走了沒多久，錢莊就著了火，林姑娘，事情可別做絕了！」

「錢爺，那日汪管事在炭盆子裡燒的可是帳本，這話還用多問嗎？」林夕落站起身，「大人若無再問，民女告退。」

林夕落轉身就走，錢十道霍然起身，「妳站住！」

「錢爺有何指教？」林夕落聲音冷漠，錢十道看向府尹，「大人，是不是得將糧行那位管事叫來問一問，他那日去尋汪東籬到底所為何事？這事兒不講清楚，我可不依！」

府尹皺了眉，看向林夕落道：「林姑娘有何意？」

「她若不應就是心虛！」錢十道直指林夕落，林夕落自嘲：「我就不應，錢爺又能如何？」方一柱的為人林夕落信得過，但錢十道沒完沒了，這背後指不定有何打算，她必須要防。

錢十道看向府尹，「大人，可是您在審，不妨您說句話？」

府尹猛瞪他一眼，叫林夕落上前：「林姑娘，借一步說話。」

林夕落上前，府尹道：「林姑娘，他不過是為了點兒銀子，銀子好辦事，您說呢？」

「大人，銀子送上，這罪名可就我擔了，我擔不起。」林夕落緩言回道：「此事您也心知肚明，何必讓我後退一步？」

府尹道：「過年了，宮裡頭的娘娘們也都很盼著大禮過年，您也別忘記送上兩份孝敬。」

林夕落一驚，這是說錢十道宮裡頭的關係？

瞧她愕然，府尹微微點頭，明擺著他也無可奈何。

林夕落沉默了，仔仔細細地思忖半晌，總覺得哪兒不對勁兒。錢十道本已甘休，皇上對魏青岩初戰大捷也格外讚賞，宮裡的娘娘就敢讓錢十道來要帳？

雖說她林夕落在這等地位高貴的人面前都不配入耳，可她的身後是魏青岩，這事兒可不單純為了銀子這般簡單。

林夕落雖未想明，可依舊搖頭，「府尹大人，這事兒民女不能應。」

府尹無奈，只得吩咐人去糧行將方一柱帶來。

林夕落退至一旁，便聽錢十道陰冷諷刺：「敬酒不吃吃罰酒，看妳能硬氣到什麼時候！」

等待的時間總是讓人心中憂慮，林夕落不停地告誡自己要冷靜，絕不能讓錢十道看出半點兒端倪。錢十道那雙賊眼時時刻刻盯著她，她便硬挺著瞪回去。

約過小半個時辰，方一柱被帶到。

進門時與林夕落對視一眼，方一柱好似早就料到他逃不開這事兒的糾葛，先是向林夕落拱手，隨即走向府尹，「大人。」

先拜林夕落，而後拜府尹，單單將錢十道忽略，錢十道起的耷拉眼更是陰狠，「你們林姑娘寧可讓你來受罪，也不肯賠銀子將此事罷了，難得你如此忠心！」

「憑什麼賠銀子？」方一柱尋常慣於退縮，可此時硬氣得很，「府尹大人，不知叫我來此有何事要問？」

「一錦錢莊起火那日，你之前可是去過，你去那裡作何？」府尹問道，方一柱自是冷笑，「當然是討銀子去的，那帳目我一一核對過，可有不少人是沒去錢莊借那麼多銀子，但帳目上卻寫著，自得把這說借卻還沒拿到手中的銀子要來，否則還不餵了狗！」

方一柱說完，朝錢十道那方看一眼，拱了拱手，「錢爺也在，給錢爺問安了！」

錢十道氣得險些暴跳如雷，進門不問安，這剛說完貪銀子餵狗便看他，這不明擺著所罵之人就是他嗎？

「那日你到底是去做什麼？從實招來！已經有人看到你們在錢莊的後門派人點了火，你不過在前打個遮掩，好卑鄙的手段，膽子也忒大了，可是林姑娘指使你這麼幹的？」錢十道在一旁忍不住詆他，方一柱卻一言不發。

錢十道斥道：「你啞巴了？」

「大人又未問話，我為何要答？錢爺，您可不是府尹。」方一柱冷嘲熱諷，錢十道立即看向府尹，「今兒若問不出個說法，這個年就甭過！」

府尹看著他也著實無奈，林夕落冷笑道：「如今已問三人，各個說辭都不合錢爺的心思您就不依，那說什麼您能依？您不願好好過這個年，也莫連累了旁人。」

「打，給我打這個胖子，不打板子定不肯說實話！」錢十道逼迫府尹動手，府尹皺眉道：「錢爺，您少說一句可成？」

錢十道冷哼別過頭，「那就看你如何辦事了！」

府尹無奈一嘆，「錢爺，大周國律法不允對無罪之人用刑。」

錢十道冷瞪著他，威脅道：「那上次吏部楊大人三子的金佛被其妾氏偷了養漢子偷偷跑了，你怎麼直接就動了板子？那還是個娘們兒，也沒見你下手輕了，如今你跟我講大周律法？你若不給這胖子動板子讓其招了，我就去宮裡頭問一問，這大周律法可是改了？」

府尹皺了眉，林夕落立時起身道：「您若違了這律法，我也要去討說法，這些人都是跟隨宣陽侯出生入死歸來之人，為大周立功無數，來此不過是問兩句話，卻還要動板子，成何體統？」

府尹被這兩人糾纏得頭大如斗，恨不得撂下此事就此走人，可他能怎樣？無論如何做，他都是個錯，可拿了錢十道的銀子，若得罪了他，便是得罪了袁妃娘娘，魏大人歸來興許只尋他一人算帳，可得罪袁妃？他一家子人恐怕都屍骨無存！

府尹將此事想明，只能向錢十道靠攏，喚人道：「來人，先賞他十大板，讓他從實招來！」

林夕落一驚，急忙起身阻攔，「不可！」

「退下！叫您來此是問話的，不過一平民女子，看魏大人的顏面已是未讓您跪地回話，您還隨意插嘴？如若再多話，掌嘴伺候！」府尹如此說辭，讓錢十道露出幾分得意。

林夕落看著方一柱被衙役按倒，隨即就要開打，心中著實不忍，邁步上前阻攔，道：「大人如若要打，不妨打我，何必打這無辜之人？」

府尹不讓其再多說，朝著衙役擺手，眾人立即用手中戒棍將林夕落押後。林夕落心中慌亂，她出主意讓魏海與方一柱動的手，如今卻要胖子來承擔這個責任，她怎能如此做？

「住手！我……」林夕落剛剛開口，就聽方一柱大嚷：「林姑娘不要說了，您要想清楚魏大人在征戰沙場，別因一時心軟，汙了他以命換來的功勞！」

「打！」府尹一聲令下，板子劈啪落下，血濺四起，胖子卻一聲不吭。

林夕落的心底被方一柱這句話瞬間點醒，她不能就此甘休！

方一柱被打了十大板，這十板子下去，皮開肉綻，鮮血滿地。

方一柱的嘴都咬出了血，硬是不吭半句，林夕落將身上的披風摘下，蓋在他的身上。

錢十道瞧她這副做派，諷刺道：「林姑娘，都打完板子了，妳這做派能解疼？」

府尹此時已站定了錢十道一方，斥著方一柱：「從實招來！」

方一柱朝著府尹便是大喊：「放屁！想讓老子屈打成招？那是做夢！來啊，有本事把老子打死，老子做鬼也咬死你！」

「來人，再打二十大板！不，四十！」府尹下令，衙役們立即上前，林夕落站在方一柱身旁，冷言道：「府尹大人，我勸您留一絲餘地。」

「本大人審理案件，輪得到妳說辭？」府尹道：「林姑娘，一條人命，您也多多斟酌！」

「我自當斟酌！」林夕落說話間便往府衙外走去，衙役們拿出戒棍擋她之前，林夕落抬手撥開，「我看誰敢攔我？」

冷漠的目光、心中的憤怒只差一絲稻草壓上便會瞬間爆發，錢十道別過頭看向府尹，明擺著讓他來做這惡人，可府尹此時也有些猶豫，不知林夕落這離去意欲作何？

「林姑娘，終歸要給一句話。」府尹斥問，林夕落答：「錢爺不是想要銀子？」

府尹與錢十道對視，錢十道略有猶豫，這丫頭不會又出別的花樣吧？

府尹叫進來身邊的小廝，「路遠，你陪林姑娘去一趟。」

小廝應下，林夕落邁步出門，臨走前看了方一柱一眼，便一去不再回頭……

回去的路上，林夕落惱怒至極，儘管外面數九寒天，可她卻渾身滾燙。

方一柱！她一定要為他挨的板子尋回公道！

林夕落剛剛並非不去阻攔，方一柱所言正是林夕落之前沒能想明之事，他一句話點醒，讓林夕落很想抽自己嘴巴。錢十道口口聲聲說拿錢，可他背後有宮裡的人在撐著，她如若就此認了，給了銀子，錢十道對外豈不宣稱她是心虛拿銀子消災？

她絕對不會往身上攬災，燒了皇上賞賜的錢莊，她縱使有魏青岩從皇上那裡求來的撣子保命，他在沙場以命換來的功勞也會就此抹得分毫不剩。錢十道或許沒這心思，他身後之人一定有。

林夕落啊林夕落，怪不得魏青岩總說妳笨，妳就是笨！笨得五體投地！

一路走，林夕落一路自罵，回到景蘇苑，胡氏已在門口等著，見她歸來，立即上前上下打量，開口探問：「夕落，妳沒事吧？怎麼樣？」

「娘，無事，我歸來取些東西！」林夕落顧不得再多安撫，直接指向錢十道的小廝，吩咐侍衛道：「把他拿下！」

侍衛上前，小廝叫嚷：「我是錢爺的人！」

「堵上嘴，別在此時亂叫，聽著就讓人心煩。」林夕落話畢，侍衛立即脫下襪子塞其口中。

林夕落直接回到房中將皇上賞賜的撣子捧於手中，問春桃道：「魏海可回來了？」

「還沒有！」春桃焦慮，「這個人也不知道去哪兒了，關鍵的時候沒了影兒，真是個混蛋！」

氣急之餘，春桃也把魏海給怪上了，林夕落拍了拍她的肩膀，吩咐道：「讓侍衛去尋嚴老頭與劉大麻子，要快！」

春桃聽了林夕落的話立即就朝外跑去，胡氏在一旁擔憂地看著，不敢插言半句，林夕落在屋中來回踱步，無意間看到胡氏和林天詡都在看她，心中暖意湧上，不由得緩言道：「娘，您放心吧，女兒不會有事！」

胡氏拍拍胸口，「娘、娘不擔心！」這話出口，林夕落的心中愧意更盛，胡氏這麼說是怕她分心，那眉頭間的褶皺仍在，怎能不擔心？

「娘！」林夕落跪在胡氏跟前，趴在她的腿上，胡氏撫摸著她的頭髮，母女二人誰都未多說一句，林天詡上前拽著林夕落的手，「大姊，弟弟跟妳去！」

林夕落摸摸他的頭，帶著他一同去前堂等候。

嚴老頭與劉大麻子已經匆忙趕至此處，林夕落說了方一柱被嚴刑逼供：「……我有意上前阻攔，但他說了，不允我的心軟汙了魏大人拚死掙來的功勞，如若您二位與我一樣對此事憤懣不能忍，不妨召集人，一同去府衙討個說法！這件事都是我的錯，錯在不應自以為是！」

嚴老頭看著林夕落，初次心平氣和地教訓：「妳這丫頭就會認錯，可妳到現在都沒想明白此事錯在何處。」

「嚴師傅有以教我？」林夕落恭敬求教，她兩世為人，卻是第一次遇上這種事，她覺出自己無力、無能，可又不願就此甘休。

嚴老頭極不客氣，指著她便斥道：「妳就錯在這顆心不夠狠，該硬的時候要硬到底，當初燒那一把火，就應該連汪東籬那雜種一同弄死，連帶著周圍所有看到的人全都滅口，一個不留，哪會有今日之事？」

林夕落的神色蹙緊，劉大麻子也點頭，「嚴師傅說得有道理，當日不該有胖子去引那雜種的注意力，直接一刀砍死，東西搬走，放一把火就是！」

嚴老頭不再多說，轉身便往外走，劉大麻子看著林夕落失了魂一般，安撫道：「林姑娘，對別人手軟，是對您自己、對兄弟殘忍，您終究是女眷，能做到如此地步已是不易了！」

劉大麻子說罷，拱手出了門，林天詡看著發呆的林夕落，拽著她的衣角道：「大姊，他們為何如此訓妳？大人為何還不歸來？」

林夕落嘆了口氣，「他們訓得無錯，要硬氣就應該要硬到底，大姊婦人之仁，做不到殺伐決斷，心慈了……」

林夕落許久未歸來，府尹與錢十道開始憂慮。

錢十道又派了兩個人去景蘇苑查看，卻都杳無音訊，沒傳回半句話來。

「大人，這小蹄子不會耍弄咱們吧？」錢十道有些按捺不住。

「不會吧？此地可還有她的人。」府尹朝向方一柱看去，錢十道冷哼嗤笑，「不過是是奴才，打死又能如何？」

府尹被他如此一說，眉頭更加蹙緊，這件事說到底他也脫不開干係了，還是早早了事為上策。正打算叫衙役出去看看，門外卻有人匆忙跑進來，「大人，不好了，糧行的人全都在門外聚集，說大人屈打成招，讓您放人！」

府尹立即從椅上跳了起來，哆嗦著手道：「可……可看到那位林姑娘？」

衙役搖頭，「沒有！大人，這些人怎麼辦？」

「有多少人？」錢十道也嚇了一跳，心底直罵這事兒定與林夕落有關。

衙役思忖，「……有三十多人！」

「全都關起來！」府尹立即下令，衙役苦臉道：「都關？」

府尹跳了腳，「全都關起來，一個不留！」

衙役匆忙朝外跑，府尹來回踱步，口中埋怨：「就說了不要輕易惹這丫頭，她跟了魏大人如此之久，又能將糧行、賭場等地收拾得服服貼貼，怎能這般如此對付？錢爺啊，被您坑苦了！」

「她聚眾鬧事，可是死罪一條，縱使魏青岩再厲害也不可能救得了她，稍後她若出現，立即拿下，就地正法！」錢十道目露陰狠之色，「即便魏青岩回來，他還能把這事兒翻過來？」

府尹蹦高道：「哎呦，我的錢爺啊，您這是哪門子主意？弄死她，魏青岩歸來還不殺了我？我這命怎能保得住？」

錢十道當即湊上前，陰狠道：「她若不死，魏青岩歸來她一訴苦，你一家子都不得好死！她若死了，袁妃娘娘再為你說上兩句話，魏青岩還能把你如何？何況你這是秉公辦事，幽州城乃大周國之都城，到都城府衙鬧事，她活膩歪了！」

「可是還有林家？」府尹想起林忠德，「她祖父林忠德可是左都御史！」

「她這一家子都被林忠德趕出了門，否則怎會不居林府？這等事林忠德自個兒都怕擦不乾淨屁股，哪還有心思管一個死人？」

府尹皺眉，拱手試探道：「錢爺，那我可都靠您了，您可要在袁妃娘娘面前為我美言幾句？」

「那是我姑母，你自當放心！」錢十道心中一緩，補言道：「不成，不能讓那丫頭走了就不回來，還是再派人去！」

府尹聽後，立即喊人：「來人，去將林夕落押送至此，如若不從，就地正法！」

話音一落，門外簇擁進來一人，府尹與錢十道立刻往這方探來，進門的正是林夕落。

錢十道目光中一喜，立刻看向府尹，府尹未等說話，就聽林夕落道：「府尹大人這是要將誰就地正法啊？」

一旁的方一柱看到林夕落進門，心中焦慮不已，可嘴被堵上半個字都說不出，否則剛剛他一定大罵錢十道和府尹一頓狗娘養的。林夕落朝他看來，方一柱掙扎瞪眼，示意她快走。

林夕落明白他意，心中感念他的忠心，又看向了府尹。

府尹聽林夕落這般說辭，再見她手中捧一長條盒子，「林姑娘，衙門外所聚都是糧行的人，妳可承認？」

林夕落斬釘截鐵，「我自當承認。」

「聚眾於府衙鬧事，妳便是指使之人，死罪難逃，妳莫怪本官無情了！」府尹話落，錢十道雞眼瞪得碩大，彷若替府尹下令般的嘶啞尖銳，斥向四周的衙役道：「都傻愣著幹什麼？還不將她拿下！」

錢十道一句話嚷出，衙役們齊齊上前。

林夕落冷笑，再看府尹與錢十道這副做派，笑的聲音更大。

「想藉機弄死我？」林夕落將盒子捧於手中，高舉過頭，口中道：「給皇上請安，皇上萬歲萬歲萬萬歲！」

這話一出，讓錢十道與府尹二人震驚，未等反應過來，便見林夕落打開盒子，從其中拿出一物，這物件不是旁物，正是一根結結實實的雞毛撣子。

林夕落舉起叩拜，隨即拿在手中，看向府尹道：「您認得這撣子上所雕的圖吧？」

府尹踉蹌幾步，連連點頭，林夕落再問：「您知道皇上所賜之物可有何用處？」

「免……免死！」府尹癱坐在椅凳之上，依舊不敢置信地瞪著眼，林夕落又問：「那您知這為何會是一把雞毛撣子？」

府尹驚恐搖頭，指著林夕落道：「妳怎會有此物？」

「假的，一定是假的！府尹大人，快派人將她處死！」錢十道驚呆之餘立即跳腳大嚷，林夕落看著他，舉著手中撣子上前，冷言道：「我就讓你看看這撣子到底是真是假！」

話語說完，林夕落舉著撣子就衝上去，錢十道下意識要躲，就聽府尹在一旁大嚷：「皇上賞賜要叩拜，不能躲，您若躲了便是大不敬，袁妃娘娘也保不得您啊，錢爺！」

此話入耳，錢十道下意識停下腳步，還未等想個明白，就覺身上挨了重重一抽，跳腳嚎叫。隨即劈里啪啦的聲音響起，錢十道只覺身上處處傷痛，蹲在地上抱頭不動。林夕落掄開了胳膊好一通抽打，每次下手都用足了力氣，不出幾下，錢十道的衣裳便被抽漏了棉絮，紛飛四揚。歇斯底里的尖銳叫聲響起，林夕落抽打得格外賣力，好似要將這些日子以來的委屈、憋悶全都發洩出來。

錢十道是個疲軟的，未能堅持多久就嗓子沙啞，根本聽不出他口中叫嚷的是什麼。府尹看到他這副模樣，也擔憂在這裡鬧出大事，急忙親自上前阻攔，「林姑娘，這可是忠義伯的嫡子，您高抬貴手！」

「他是忠義伯的嫡子，您是何人的兒子？」林夕落舉著撣子看著府尹，府尹嚇一跳哆嗦道：「我……我自是我爹的兒子！」

「您收了錢爺的銀子？」林夕落質問，府尹立即擺手搖頭，「沒有，本官怎麼會收受賄賂？」

林夕落舉著撣子，「見皇上所賜之物如見皇上親臨，您說謊可是殺頭大罪！」

府尹被這話一唬，嚇得腿軟，立刻抽著自個兒耳光，「我有罪，林姑娘，您早說有此物啊！」

「皇上所賞乃是恩賜，我還要到處告訴旁人不成？」林夕落冷笑，「我早說的話您就不敢如此對待我？府尹大人，您這官當得可真清正廉明！」

「林姑娘，都是我的錯，我也沒轍，這都是錢爺硬逼著我……」府尹只覺話越說越錯，索性求著林夕落：「您不妨就這麼走吧？當此事從未發生，可好？」

林夕落拿著撣子一步一步上前，「剛剛您想派人抓我當即處死，是嗎？」

府尹擺手，「沒有，絕對沒有！」

「說謊！」林夕落冷笑，「錢爺我不敢打死，可您呢？我既是得了皇上的賞，就要為此而回報皇上，如此貪婪庸官，我就用這撣子抽死您！」說罷，手上的撣子便落至府尹身上。

「哎喲！」

又是一陣劈里啪啦，周圍的衙役各個都跪在地上餘光偷看，這還是他們的大人嗎？被一名十五六歲的丫頭拎著撣子打？這事兒雖是惡事，可怎麼如此好笑？

林夕落打得胳膊酸軟，可這揮掄的動作已是成了慣性，只聽著一聲又一聲的尖嚎響起，她的腦子也有些發昏。

門外忽然有人高聲傳報：「宣陽侯到！忠義伯到！」

「妳這丫頭，快住手！」一男聲響起，林夕落一驚，手上撣子接連又揮兩次才停住。

宣陽侯的眉頭皺緊地看著她，忠義伯早已經去一旁看著錢十道，二人在外已知事情經過，縱使忠義伯滿肚子氣也不敢在此時多說一個字。

林夕落手持皇上所賜之物，可不用向二人叩拜，但她將撣子放置一旁，行了福禮，卻因力氣不足，一下子跌了地上。

宣陽候不再看她，轉身與忠義伯道：「你想怎麼辦？」

「這事兒因銀子而起，不妨也以此了事！」忠義伯陰狠地看向林夕落，冷哼地別過頭去。

「百萬銀子，此事作罷。」宣陽侯說完，也不等忠義伯是否答應，吩咐道：「把這丫頭帶走。」

宣陽侯離去，侍衛隨其撤退，林夕落臨走時明顯感覺到忠義伯朝其投至的殺意目光……侍衛所至並非旁地，而是到了麒麟樓。

林夕落被抬至一空屋之中，她揉著胳膊腿兒，心中只有一個念頭：她得活下來！

宣陽侯的出現雖說是解圍，但他那是對外算帳，對內如何處置自個兒還不知道。想起魏青岩幾次說起這位父親時的複雜難言，她都覺得自己這條命恐怕是從一個案板蹦至另一個案板，腦袋上所頂之物都是一把刀。

約莫過了大半個時辰，屋門被推開，林夕落轉頭就見宣陽侯站在門口看她。

雄壯威武，雖髮鬢已灰白，但直挺的腰板、銳利的眉目都讓人下意識地膽怯。

那是長年在沙場中刀槍劍影滾出來的殺氣，旁人不能比擬。

「給侯爺請安了。」林夕落跪地行禮，宣陽侯上下打量她半晌才邁步進屋，「有著皇上所賜之物還向本侯行禮？妳想挖個什麼坑讓本侯跳，還是想把這兒也一把火燒了，賴至本侯身上？」

「民女不敢。」林夕落直白言道：「在侯爺面前，民女是生是死不過您的一句話，魏大人臨走時為民女向皇上所求的撣子，那是皇上賞賜給魏大人的。旁人不知民女是何人，民女對外人能以此唬喝，但對侯爺若如此做派，那是尋死。」

「嘴皮子倒是夠利索！」宣陽侯又斥：「抬起頭來！」

林夕落咬著嘴唇抬起頭，與宣陽侯四目相對，只覺那鋒銳目光似一把刀橫在自己的脖頸。

就這樣被盯了許久，直至林夕落覺得渾身僵軟骨痛，宣陽侯才又開了口：「本侯不親自殺妳，妳就盼著那小子能安穩歸來，否則這一根撣子可保不得妳一輩子。」

說罷，宣陽侯起身離去，林夕落癱坐在地上，摸了一下脖頸，卻是滿手冷汗。

為何在宣陽侯的口中，她感覺不到他對魏青岩的半絲留戀？感覺不到父子之情？甚至他好似對自己有著一絲憎恨？林夕落頭腦紊亂，直至魏海匆匆趕來將她帶回景蘇苑。

這一路上，林夕落未有一句話，即便魏海在一旁絮絮叨叨，她都聽不進半句。

回到景蘇苑正堂，安撫著林政孝與胡氏放心去歇息，她才算從今日之事緩過神來。

「林姑娘，卑職剛剛所言，您都記住了嗎？」魏海又問，林夕落眨了眨眼，「什麼？你剛剛說什麼讓我記住？」

魏海怔愣後攤了手，「就知道您沒往心裡去，卑職再講一遍！忠義伯的百萬兩銀子已經送到，侯爺拿走了五十萬兩，另外五十萬兩已放置麒麟樓中，此外，侯爺也下令不允您年前再拋頭露面，大人何時歸來，您才可出景蘇苑。」說完，補了句：「您記得了嗎？」

「記住了。」林夕落初次提到銀子沒喜色，自嘲道：「他們要殺我，卻還沒弄死我，幾十萬兩銀子封我的口，我的口也值這麼多錢了？」

魏海沒再多說，拱手出門，春桃伺候著林夕落回了寢房洗漱，看著她睡過去。

林夕落承認，她今兒體會到了發自內心的恐懼，從被府尹帶走邁上那青布囚車，從錢十道咄咄逼人，對方一柱屈打成招，她取皇上所賜的擇子歸來，聽到府尹下令捉拿她要就地正法，她的確害怕了，可對這些再怕，也沒有宣陽侯的目光可怕，那股犀利並非冰冷，就好似尖刀刺下，讓人渾身顫慄。

不願多想，也是不敢多想，她靜靜地睡去，第二日天亮也不願起，繼續地昏沉著。

春桃端了飯菜來等，不敢將她叫醒，只得坐在一旁，涼了去熱，熱了再涼，再熱……

胡氏擔憂得也在此地陪著，直至晚間，她硬將林夕落拽起用飯，林夕落閉著眼睛將飯菜塞入口，又繼續蒙頭大睡。一連兩三日都如此，胡氏能明白她心裡是有股子怨，可怨又能如何？這魏大人也不知何時才能歸來……

大年二十九，景蘇苑卻無分毫過年的氣象。

魏海這兩日也不見蹤影，春桃與胡氏在床邊悄悄敘談，林夕落就這樣似睡非睡地聽著，並非是她不想起，只是覺得心思疲憊，反正宣陽侯不允她出門，何不就此睡至他歸來？

心思還未落定，就聽侍衛齊聚此院，胡氏納罕地起身出門，就見一人匆忙趕來，胡氏驚後便喜，是魏大人回來了！

魏青岩一身塵土，滿臉疲憊，未允胡氏行禮，而是朝她拱手作揖。

胡氏沒反應過來，宋嬤嬤在一旁輕推兩下，胡氏下意識地咬了嘴，立刻往裡屋看去，他這是要單獨留此？已是星月耀空，夜深人靜，這時候單獨留他二人會不會……

胡氏眼皮輕跳，卻被宋嬤嬤一把推了出去，連推帶拽的，胡氏也只得出了門。

春桃也從內間離開，臉上帶了幾分羞紅……

胡氏仍擔憂，宋嬤嬤安撫道：「夫人，您就是看到又能如何？咱們姑娘能跟魏大人是最合適了，她也該有個男人依靠。十五歲的姑娘整日在外張羅著事，她能得個名分才是最重要的。」

「可還沒大婚，這若是……」胡氏忍不住想起新婚白綾，宋嬤嬤抽了抽嘴角，「您站此地就攔得住嗎？」

胡氏嘆了一聲，「唉，我什麼都沒瞧見！」

眾人離去，魏青岩緩步進了內間。

林夕落仍臥在床，聽到腳步聲，嘀咕道：「春桃，飯拿下去吧，不想用了，給我杯水。」

窸窸窣窣的聲響後，她喝到了水，可水至嘴邊，才感覺身邊的好似不是春桃？

瞬間轉頭看過去，林夕落眼睛瞪大，一口水從口中噴了出來，灑了一被子，嗆咳不停……

魏青岩上前撫著她的背，林夕落捶著胸口，突然發覺自個兒衣著不對，迅速鑽進了被窩，悶聲道：「您、您怎麼回來了？」她在床上躺了許多天，身上只有一件圍胸……

魏青岩不允她遮住頭，撩起她的被角，「不是妳發了祕信，讓我回來的嗎？」

林夕落面色滾燙，「人家沒說讓您回來，只說等您。」

「我是擔心妳。」魏青岩格外認真。

林夕落從被中露出腦袋，看著他，目光中帶了一絲期待，輕問道：「還走嗎？」

「妳想我走，還是想我留下？」魏青岩話語調侃，臉上揚起了笑意。

林夕落咬著嘴唇，顧不得自己亂髮髒面，從被角伸出小手，握在他的大手上，「別走了。」

魏青岩點了頭，「好，那我不走了。」說罷，褪去外衣，只著內衫，便欲上她的床。林夕落大驚地往裡躲，「你幹什麼？」

「妳不是不讓我走？」魏青岩看著她，「我這就留下陪妳。」

「是讓你不要再去統兵征戰，哪裡是要……要這樣留下！」林夕落喊嚷，魏青岩已經坐在床上，摸她的小腦袋，撫著她的青絲，口中道：「妳見了林豎賢，要給我一個交代。」

提及這個話題，林夕落的神色冷了下來。

她坐直身子，卻用被子將自己裹得緊緊的，不知該如何開口，又因焦慮不安，眼淚在眼眶中來回打轉，最後掉了下來，怯弱地承認道：「我……我怕！」

林夕落的眼淚越掉越多，索性撲到他的懷裡，哽咽道：「我見了侯夫人，也見了侯爺，我真的怕，我能承受得住嗎？」

這些話對胡氏她不敢說，她怕母親擔心，對春桃，說了也無用，這些事憋悶在心，她一直得不到答案，她知道自己力不從心，只想有個肩膀能依靠……

魏青岩將她抱在懷裡，手指抹去她的淚珠兒，「怕了？那是不想嫁我？」

「才沒有……」林夕落輕聲呢喃，窩在他懷裡不動，魏青岩挑起她的小下巴，「那是想嫁？」

「害怕！」林夕落嘟著嘴，魏青岩伸手「啪啪」的隔著被子打她屁股，「妳這丫頭，我可只有這一宿的時間！」

「啊？」林夕落從他懷中起身，瞪眼道：「怎麼？你還要走？」

魏青岩沒有回答，林夕落面露委屈，「我還沒發洩完心裡的不痛快呢……」

「妳想怎麼痛快？」魏青岩話音剛落，林夕落突然摟著他的脖子親上一口，「我嫁！」

魏青岩驚後便喜，直接朝外喊道：「魏海，去侯府告訴老爺子，也讓齊呈找林忠德提親！」

「是！」外面腳步聲遠去。

林夕落臉上湧起俏紅，「能不能不走了？」

「我這不還抱著妳？」魏青岩回答，林夕落不滿地道：「是明日能不能不再離城去戰場？」

「我沒說要去。」魏青岩看她，林夕落僵愣，「你騙我！」

魏青岩問：「我怎麼騙妳了？」

「你剛說只有一宿的時間！」林夕落有一絲氣惱，魏青岩卻看出她的羞澀，笑道：「明早自要進宮面聖，還要將這幾日欺辱妳的人都找回公道，自是只有這一宿時間，可我也未說沒有第二宿、第三宿……」

林夕落臉上赤紅一片，剛剛是以為他還要走，心中不捨才做出那樣的事來，孰料他居然這樣逗弄自己，小拳頭不由得捶在他身上，嬌斥道：「討厭！」

魏青岩哈哈大笑，摟她更緊，又將唇湊上她的小嘴。林夕落抱緊他的脖頸，任由他輕啄。她承認她在撒嬌，她承認自己想他，兩人相處如此之久，他的離去讓她格外不安。他的歸來，讓林夕落不再埋藏心中的情愫，任憑思念完全釋放出來……

溫潤的雙唇相觸，朝夕相處的兩人雖以往也有親暱舉動，卻比不得初次相吻的悸動。她的心怦怦地跳，腦中除他之外空無一物。

她感受著他霸道的唇好似要將她吞掉，更悄悄伸出小舌回應……

林夕落只覺臉上臊熱，魂魄好似飛到了半空中，渾身上下酥酥麻麻。他的唇就像是辣子，吻過之處一陣滾燙。

他看著她，一張俏臉沒有了以往的潑辣，羞紅的臉好似要滴出水來。

似是看到魏青岩在笑盯著自己，林夕落的目光躲躲閃閃，待躲無可躲，索性摟緊他的脖頸閉上眼睛，任他瘋狂採擷。

情到濃時身不由己，可魏青岩終究保留一絲清醒，恪守大禮，在快忍不住時，便一把將林夕落推開，快步走到床對面的桌案處，拿起涼茶往嘴裡猛灌。

林夕落用被子捂住臉竊笑，魏青岩冷哼道：「小妖精！」

笑聲更甚，可魏青岩卻不敢再上前，否則定是難以忍住心中慾火將她當即吞掉。

可她還是完璧處子，他不能在此時占有她，他要留她到洞房花燭之日……

此時院子忽然多了些響動，魏海剛得了魏青岩要到林府提親的消信，自然先在景蘇苑中傳開，林政孝與胡氏二人得知後，懸宕的心終於落了地。

可此事既然定下，便要來此細細詳問，何況胡氏一直擔心他與林夕落真出什麼事。

不用侍衛通傳，魏青岩已經將衣裳周整好，開門迎林政孝與胡氏進門。

春桃從外跑至內間，看到林夕落坐在床上，一張俏臉赤紅滾燙，忍不住也跟著臉紅喜笑。林夕落抿著嘴唇，笑哼著看她，「又不是妳，妳笑得如此燦爛作甚？」

「姑娘又欺負奴婢！」春桃不再多說，扶她起身，為她打水洗漱，穿戴衣衫，林夕落這才想起，當初魏青岩可是說了，魏海要隨娶，春桃豈不也有喜事沾身？

林夕落上上下下將春桃看了個遍，笑著逗問道：「這幾日得再弄幾個丫鬟來，妳嫁人時也要有陪嫁伺候的，與我說說，魏海有沒有偷偷親過妳？」

春桃的臉「騰」的一下子火紅，遮不住羞，捂著臉便跑出了門。

林夕落坐在床上嘻嘻一笑，隨即偷偷吐舌，摸摸自個兒的小臉，她的心裡已經都是他了……

這方，魏青岩與林政孝、胡氏談起提親之事，開口道：「這次回來得唐突，自是要先進宮回稟，也藉機將婚事提起，若能得皇上賜婚再好不過，但終究是與林府結親，想必還要與林忠德提及一二，但首先要您二老點頭才行。」

林政孝連連點頭，胡氏笑著應道：「此事還用說？夕落能有個歸宿，我這顆心也就徹底撂下了。」說著，喜極而泣，忙用帕子抹抹眼角，「大人見笑了。」

「大人對夕落疼惜，我與她娘也看在眼中。這丫頭性子銳，往後還望魏大人多多體恤、多多諒解。」林政孝說完，魏青岩立即拱手，「放心，有我在，她一定安然無事。」

胡氏不由得想起之前嫁她的兩位過世之女，臉上又多了分憂慮，林政孝看出胡氏所想，連忙將其欲出之言瞪回去。胡氏咬了嘴，臉上陰晴不定，魏青岩也知她心中擔憂，出言道：「夕落雖是續弦，但已有皇上賞賜，她可不必向百婦下跪。之前曾有一妻，還有一訂親未嫁之女如今都已過世，我對此事也有芥蒂，故而才讓夕落先接手糧、鹽、錢、賭這四樣家事，她很聰明，膽子夠大，我信她。」

魏青岩的話胡氏略有不明，但林政孝心中一清二楚，回言道：「魏大人乃文武英才，您能信她，我們二老也著實欣慰，往後這個丫頭就交給您了。」

魏青岩當即行禮，「雖已大年二十九，但詳細的事還要等明日天亮再議，二位不妨先回去歇息，明日必要忙碌了。」

魏青岩拱手送兩人離去，胡氏終究沒將想問的話說出口，出了門，她擔憂地道：「魏大人剛剛那一句，我怎麼聽得糊塗，什麼夕落聰明？接家事與續弦有何關係？」

「刑剋比不得刀子快，侯府就是這把刀，妳呀，不懂更好！」林政孝噓聲說完，就見屋中已燈燭瑩亮，魏青岩是有分寸之人，應不會此時就做出逾越規矩的事來。

胡氏也非傻子，經林政孝這一提，登時拍著胸口道：「哎喲，怎麼依您這麼一說，我這剛撂下的心又提了起來？」

大年三十，天色澄亮，魏青岩一早便離開景蘇苑往皇宮而去。

林夕落坐在床上發呆，與魏青岩說了半宿的事，這會兒雖困倦卻無睡意。

春桃探頭進來，見她這般坐著，便打水為其洗漱穿衣。

用過早飯，林夕落去了胡氏的院子，胡氏看到她，第一句便是：「妳父親隨魏大人走了。」

林夕落納罕，「為何？大人不是要入宮？」

胡氏雖然搖頭，臉上依舊掛著笑，「這我怎知？終歸都是為了喜事，娘正在等著消息……」

林夕落面色微紅，出奇地乖巧坐在胡氏身邊，「我與娘一起等。」

對林夕落的婚事不用再多說，兩人反倒拿春桃當起了話由子，談論起為春桃籌備嫁妝、隨嫁的丫鬟婆子。春桃在一旁被說得面紅耳赤，卻還不敢還嘴，心中也有點兒小期盼，一上午便這般喜樂融融地過去。

林夕落在等，但宣陽侯府中沒如尋常那般平靜。

二奶奶宋氏一早便到侯夫人屋中請安，見大奶奶孫氏也在，當即開口道：「昨兒半夜便傳來消息說五爺回來了，而且還讓侯爺派人去向林府提親，他要娶那個匠女！母親，那丫頭不過是個庶出的，而且名聲不佳，怎能入得咱們侯府？」

孫氏在一旁只聽不說，侯夫人也沒半句回話，宋氏忍不住又道：「來府中賞其一侍妾的名分已經夠了，母親，侯爺對此事怎麼說？」

侯夫人微睜開眼看她道：「侍妾？賞了青煥為妾，妳可願意？」

宋氏連忙閉嘴，孫氏突然插話道：「弟妹恐怕不知，這丫頭可是幫過五爺的大忙，這其中隱祕連大爺都不知道，侯爺都在護著她。」

「那又能是何事？居然連大爺都不知道，大嫂又怎知道的？」宋氏有些不愉，孫氏沒等回話，侯夫人開了口，冷言道：「都閉上嘴！為一娶親的事便吵嚷不寧，妳們二人可還有嫡媳的規矩？五爺征戰有功，又欲大婚，這乃喜上加喜的好事，是宣陽侯府的榮耀，容得妳們在此說三道四沒完沒了？長嫂、二嫂自要做出表率，該籌備幫襯的都動動手，要麼就為肚子爭幾口氣，別整日裡閒得只會動嘴皮子，正事分毫不成！」

孫氏立刻行禮應下，宋氏心中氣惱，孫氏是嫡長房的大奶奶，旁日裡幫襯著侯夫人管府事，她們二房分毫插不上手，她不閒著還能作何？可這話在侯夫人面前她一個字都不敢說出口，唯唯諾諾地應下，便先回了自個兒的院子。

孫氏見宋氏離去，湊至侯夫人跟前道：「母親，這丫頭可非比尋常，若是連侯爺都護著，她難免會興風作浪，聽說皇上還有賞賜……」

侯夫人看她半晌，「依妳說，該怎麼辦？」

孫氏立刻噓聲念叨：「……若是這次也出了事，他刑剋的名聲也就無人能再翻起了。」

侯夫人聽後閉目半晌，點頭道：「依妳。」

魏青岩剛出宮門，就聽到身後有人大喊：「魏崽子，你站住！」回頭探去，正是齊獻王在後快步追趕。魏青岩沒理睬，直接上馬欲走，齊獻王大嚷道：「站住，你若敢走，老子就往後拖娶側室的日子，讓你這小子也睡不成！」

魏青岩手勒韁繩，等著他跑過來，齊獻王上氣不接下氣，魏青岩被他盯著也只得下了馬，問道：「何事？」

「你這小子在玩什麼把戲？在邊境接連大捷，臨到戰末之時卻讓你大哥接你的班兒去領大功，你腦子被驢踢了？就為了回來娶那丫頭？」齊獻王滿臉納罕，從頭到腳地不可置信。

魏青岩面色依舊如常，「怎麼，娶她不成？」

「那你往後可要叫本王一聲姊夫了！」齊獻王指了指地，「還不跪拜向本王磕頭？」

魏青岩沒搭理，又上了馬，齊獻王拽住韁繩湊其耳邊道：「錢十道被袁妃娘娘好一通罵，連忠義伯都跟著受了牽連，你可小心著點兒，那位娘娘可不是好惹的，她可是記住了那丫頭的名字。」

「有王爺在，我怕個甚？」魏青岩看著齊獻王，「您這位姊夫在前當盾，不用豈不是瞎了？」

齊獻王臉上肉顫，「你這小子就這麼認了？」

魏青岩看他，只道三個字：「我樂意！」說罷，腿敲馬肚，駕馬而去。

齊獻王摸著肉圓的下巴皺眉思忖，心中滿是不解，一旁的跟班兒連忙道：「王爺，那丫頭哪兒招魏大人如此喜歡？魏大人為了她連戰功都拱手讓人了，他不是瘋了吧？」

齊獻王嘆了口氣，嘀咕道：「他瘋？他才沒瘋，他爭來再多的功有個屁用？無妻無子，孤身一人，命即便搭上了也記他老子的功，不過他為何非娶這丫頭呢？」

跟班兒的一哆嗦，回道：「那位林姑娘還真不是尋常女人能比的，據說那日拎了根雞毛撣子把錢爺和府尹打得渾身冒血啊！」

齊獻王撓頭，「就因為她是個潑娘們兒？不應該啊……」

「王爺，您可是要動一動？」跟班兒瞧其臉色，試探地問出這一句，齊獻王輕撇嘴角，「放心，他的大婚在本王之後，總不會有人這麼輕易地讓他娶了媳婦兒，刑剋？狗屁！」

巳時初刻，林夕落與胡氏便接二連三地接賞，都是各宮娘娘賞其大婚的物件，雖未有皇上親自賜婚，但這番重賞不比親自指婚差上半分。

綾羅綢緞、珠寶玉石，應有盡有，連帶著花草食茶都在其中。

林夕落起了跪，跪了再起，一個時辰好似都在做同一動作。

胡氏喜得合不攏嘴，待送走最後一撥宮中人，才湊至林夕落耳邊道：「娘為妳高興！」

林夕落揉著膝蓋，臉上雖喜，可心裡不由得嘀咕著魏青岩怎麼還不回來。

侍衛們將物件陸續搬進去，林夕落與胡氏正欲往回走，門外又有人來稟：「夫人、姑娘，林府的大老爺、大夫人來見，您二位見嗎？」

林政武和許氏？林夕落見胡氏驚愕後是為難，顯然覺就這般推脫掉很難為情。

「母親若是有意要見，那不妨就聽聽他二人說什麼。」

「多半也是知道妳欲嫁魏大人的消息……」胡氏嘀咕著，林夕落冷笑，「他們知道了還能說什麼？今兒是大年三十，一來想讓父親、母親回林府吃團圓飯，二來也想讓咱們一家子都回林府去，從林府出嫁，否則不合規矩。」

「妳這張嘴呀！」胡氏笑斥，便讓人去請他二人，「還是要給妳父親留些分寸才好，畢竟那也是他的家！」

林夕落點頭應下，陪著胡氏坐在正堂等。

柒之章◆歡喜備嫁待籌謀

林政武與許氏二人從外進來，進門就瞧見一箱又一箱的賞賜，許氏臉上有幾分惱意，嘀咕道：「不過是嫁個侯爺庶子，怎比得過女兒去王府當側妃，如此張揚，成何體統？」

「閉嘴！」林政武猛斥：「稍後可不許有這等說辭出口，否則妳就給我滾回去！」

許氏悶聲不語，跟隨他一同進了正堂。

互相見了禮，林政武左右瞧看，納罕開口道：「七弟未在？」

「父親一早隨魏大人出去了，至今未歸。」林夕落插了話，林政武緩緩點頭，才開口敘道：「許久未見，在此等他片刻也無妨。九侄女的喜訊傳來，大伯父也甚是高興，能得宣陽侯府的魏大人垂目，也是妳的造化，著實不易啊！」

「這倒是，總比給個三品官的孫子當貴妾要強得多。」林夕落突然提起鍾奈良，讓林政武與許氏二人面色鐵青，當初若不是因為鍾奈良，林政孝也不會就此與林政武鬧開……

胡氏瞪了林夕落一眼，林夕落只當沒瞧見，又問起林政辛：「十三叔近日可好？」

有了臺階下，林政武立即點頭，「今兒一早得知妳大婚的消息，他便去找了老太爺，主動要幫妳操持婚事。」提及婚事，又道：「今兒大年三十，弟妹與九侄女不妨回林府吃個團圓飯，待七弟歸來也一同去。」

許氏連忙接口道：「依著我說，再吃團圓飯也不是真團圓，弟妹，九侄女大婚並非小事，林府百年名號也不是虛的，娘家總要撐得起場面，你們一家四口不妨搬回林府，從林府出閣，否則從此地出嫁，難免讓宣陽侯府的人瞧低了，妳說呢？」

林夕落看了胡氏一眼，意為她猜得果真無錯，胡氏滿臉苦笑，只回道：「這事兒要聽老爺的，我可作不得主。」

「七弟那方我作主了，回頭讓人再傳個話給他，這就收攏東西，往回搬吧。」林政武說話間便欲吩咐人張羅事，林夕落見他如此硬來，臉色當即落下來，「大伯父，還是等父親歸來再議，何況這兒是魏大人的地兒，您喧賓奪主不太合適。」

許氏不滿，「這丫頭，妳大伯父這也是為了妳好……」

「沒關係，那就等一等魏大人，我也正有意拜見。」林政武索性坐下來繼續等，許氏看著胡氏與林夕落，揉眉道：「這事兒也真是緣分，當初魏大人將九侄女嚇昏，又為其解圍，如今結成百年之好實在難得。九侄女也是天資聰穎，手藝精湛，不過入了侯府，還是不要再碰雕刀，免得被人拿捏話柄。」

胡氏下意識地反駁道：「魏大人就喜歡夕落雕小物件把玩！」

林政武霍然看向林夕落，林夕落連忙解圍，「魏大人不過喜歡把玩的物件罷了，大伯母說的是，侯門不比林府，容不得我跋扈張揚。」

許氏不再多嘴，胡氏也自知話過多，林夕落額頭出了汗，臨近出嫁，還是要慎言慎行……

林政武堅定了心思，等不到林政孝便不走，茶已是換了第三次，許氏朝其使著眼色，林政武更是細細品起這暖茶的滋味兒。

胡氏沒了轍，只得吩咐人去福鼎樓多添飯菜，多幾人的份例。

林政武立刻道謝，「讓弟妹破費了！」

胡氏有意說出連日都如此，卻見林夕落在拽她衣角，便換了話道：「大夫人與大老爺許久未見，多填兩道飯菜沒什麼。」

許氏臉面上多幾分不滿，可又怕說出來壞了氣氛，她隨林政武出門時，林忠德千叮嚀萬囑咐，讓其二人必須將這一家子勸回，否則不必入門。

旁日裡跟在後面聽喝的，如今卻要吹捧著，許氏無論如何都拉不下來這張臉，只聽著林政武把家中人、事全都說了個遍。

時至晌午，林政孝仍未歸，福鼎樓的席面送上，眾人正要動筷，侍衛通傳：「大人回來了。」

林政武與許氏下意識起身前迎，卻看到林夕落與胡氏淡然地坐在位子上，頗覺納罕。林夕落也不說話，魏青岩從外進門，看到林政武與許氏在，不由得多幾分審度，林政武上前自介道：「魏大人安，我乃夕落之大伯父。」

魏青岩點了點頭，坐在位子上端碗就等吃飯，林夕落調侃：「不知大人歸來，沒準備您的筷子，怎麼辦？」

「那妳餵我？」魏青岩將碗放置她的手中，坐在那裡等著吃。

林夕落被驚得滿臉通紅，瞪他一眼，卻也忍不住臉上掛了笑。

林政武與許氏二人被晾在這裡不知該如何是好，胡氏輕咳兩聲，魏青岩才皺眉道：「坐吧。」

林政武欠著半個身子坐下，許氏可不敢，一直站於林政武身後，這氣氛自不同以往般融洽，尷尬之人在此，魏青岩也覺得不痛快，飯未入口便直接問道：「今日來此除卻道喜還有何事？」

「自是來接七弟一家歸林府，九侄女能與魏大人結百年之好，還是從林府出閣為佳，何況今日大年三十，也請七弟一家歸府用團圓飯……」林政武一見魏青岩，不由得發顫，後話還沒等說出口，就聽魏青岩道：「從林府出嫁可以，但不必現在就歸，林府準備著就行，待大婚前一日，夕落一家自會歸府同慶，今兒的團圓飯就免了吧。我欲帶夕落回侯府，伯父、伯母得邀前去與太僕寺卿大人一家同聚。」

林政武呆愣得還不知如何回話，魏青岩看了看一桌子的飯菜，似又想起什麼事，與他道：「齊獻王仍在大年初二迎娶你女兒為側妃，倉促了些，不過早前已都有準備，你們還是回去忙吧！」

林政武和許氏瞪了眼，這……這是何時的事？他們兩人一早出來到現在都還不知道。

「不是因邊境戰事將婚事推後了？」林政武壯了膽子問出口，魏青岩點頭道：「原本是有意推後，但邊境大捷，齊獻王欲在年節時添一份喜。」

林政武只覺自個兒的臉上結結實實挨了一巴掌，火辣辣的疼。自家姑娘後日要大婚，可這一上午卻無人來此告知，他這父親當得何等窩囊？

林夕落在一旁忍不住笑，胡氏是發自內心的急，見林政武與許氏無措，便催促道：「大哥與大嫂還不快快回府，綺蘭大婚的事別耽擱了，府裡也應是剛得知此消息，家裡頭該忙亂了！」

許氏聽後當即連連點頭，「應該的！應該的！」

林政武也顧不得寒暄，兩人立刻行禮倉促離去。

人一走，屋中瞬間安靜，魏青岩舒心地點了點頭，自言自語道：「這回筷子夠用了！」

林夕落被他這句話逗得笑不攏嘴，胡氏也忍不住笑，可一桌三人，就她這一個長輩實在不妥，胡氏便問宋嬤嬤道：「天詡可練好字了？」

宋嬤嬤自然明白胡氏的意思，立即道：「小少爺正等著用飯了。」

「拿著飯菜我去陪陪他，這小傢伙兒得大人親自教習也算是出息了，如今一兒一女都勞大人照應了。」胡氏追捧一句，魏青岩起身拱手，「伯母放心，理應如此。」

胡氏立即還禮，速速離開，下人們也都識趣離去，一張大圓桌席只剩魏青岩與林夕落二人。

林夕落悶頭用著飯，魏青岩看著她道：「就不問一問大婚之日定在何時？」

「大人有意就說，何必讓我開口問？」林夕落嘟著嘴，魏青岩湊其耳邊噓聲道：「怎沒昨兒那麼主動了？」

林夕落滿臉通紅，悶頭道：「主動一次，難不成要被你拿捏一輩子？」

魏青岩哈哈大笑，捏她的小鼻子道：「大婚定在二月初二，皇上選的日子，雖未正式頒旨賜婚，也算是賞。」

「所以齊獻王才主動要在大年初二將綺蘭給娶了？」林夕落忽然想起林府中人，「可比我年長的還有一個芳懿。」如若不提此事，她已是快將林芳懿給忘了，她的婚事怎麼辦？

林芳懿此時正在二姨太太的床前跪地掉淚，哭訴道：「林綺蘭成了王爺側妃，她是嫡出嫡長女，我不與她爭，可憑什麼那個匠女丫頭就能嫁去給侯爺之子當正妻？嫁了刑剋的人她也不怕死，我卻還要在她之前匆匆訂親，這是哪來的道理？祖母，我何處不如她二人？」

二姨太太看著她，半句斥責都道不出，「妳沒有不如她們，妳錯就錯在生了林家庶系門裡。」

「祖母，那我怎麼辦？」林芳懿委屈得梨花帶雨，抱怨道：「我不比她們嫁得好，也絕不能隨意選個人家就此了事，我怎能甘心？祖母，您幫幫孫女，啊？」

二姨太太摸著她的頭髮，心中也著實不甘。

她拚了這麼多年，兒孫比之前的老夫人多，也把林府上上下下規整得井井有條，可如今呢？如今林綺蘭就快成了齊獻王側妃，她扶正的期望徹底破滅了，以往拿捏手中的人也能入得侯府，而她的孫女？比她二人姿色佳，琴棋書畫也都能拿得出手，為何就是比不上她二人？

二姨太太的心越發的冷，她不甘心，自己辛辛苦苦積攢下的一切就要這樣毀於一旦？心中惱意極盛，二姨太太與劉嬤嬤道：「去把大庫打開，將那尊金佛抬出，給公主府送上最好的一份大禮，讓芳懿送去！」

二姨太太看著林芳懿，「妳要把自個兒留在公主府，伺候好公主，爭取讓她將妳帶入宮，我最後能做的只有這些，成不成就靠妳自己了！」

林芳懿向二姨太太磕了頭，「祖母放心，孫女絕不讓您失望！」

魏青岩與林夕落大婚之日傳出，除卻林府與宣陽侯府略有隱動之外，金軒街後街的小酒館兒中，一人在獨自飲酒，酩酊大醉，此人正是李泊言。

他這些時日忙碌戰事不在幽州城內，可歸來之後，聽聞他人談起林夕落近期種種事宜，心焦火燎，處置完公事立即從外地趕回，孰料待他到了景蘇苑時，卻已傳來魏青岩跋涉回城，連軍功都捨棄了的消息。

他們大婚都已定了日子，李泊言自問道：「你真拿她當師妹看待嗎？」

憶起幼時之事，她與如今截然不同，幾次相處，她也都不肯聽他的，反而接二連三地爭吵。

他承認對林夕落只懷有幼時的情分，時至今日，他仍在懷念過往的她，溫柔、嫻淑，說話時臉蛋都帶著俏紅的羞澀，而如今？跋扈、活潑、潑辣的躁脾氣，他對自己所思之人的轉變略有失落，但這股失落卻並非不喜。

可如今自己喜與不喜還未能想明，卻傳來兩人大婚的消息。

魏青岩是他的恩人，如今卻要娶他曾議親的師妹，這事兒提起來多麼荒唐可笑，他在其中要多尷尬？他只覺得自己無顏回去，便坐在此地喝酒，一連十幾壺酒進了肚，醉得眼前模糊。大年三十，街路上格外熱鬧，而他孤家寡人，卻獨自在此借酒消愁……

酒館的老闆小廝也要打烊過年，他只得拎著酒壺朝門外走去。

不知走過多少喧嚷的街道，不知聽了多少孩童放的鞭炮炸耳，李泊言第一次覺得喜慶的節日如此哀苦，酒壺沒有抓穩叮噹落地，欲低頭拾起，耳邊陡然一人聲響起：「借酒澆愁？堂堂的千總，酩酊大醉，總要顧些顏面才好。」

李泊言努力睜了睜眼，扭頭看去，這不正是林豎賢？

林豎賢也在外閒逛，今日得知林夕落與魏青岩婚事，心裡多少有幾分苦味，正想出來聽聽喜日節慶聲，卻遇上這個酒鬼。

「你……」李泊言道：「你陪我喝酒！」

「酒不醉人人自醉，喝什麼不一樣？」林豎賢厭惡地拽起他，「還是喝茶吧！」穿過熙熙攘攘的人群，李泊言跟著林豎賢到了他所賃的住屋。林豎賢燒上開水，拿出兩個大碗，抓幾把茶葉沫子扔進去，開水一沖，放置李泊言面前，「湊合著喝吧。」

李泊言一碗清茶入肚，卻見林豎賢無比感嘆地慢慢品，便諷刺道：「你的學生如今要嫁人了，你不去恭賀二句？」

「何必挖苦？此事都是你我二人自負才有今日之果！你猶豫，我猶豫，她為何不能去選魏大人？」林豎賢想起那日林政孝的話，苦笑道：「遵我一聲師，稱你一聲兄長，豈不正好？咱們又憑什麼抱怨？魏大人能為她袖手沙場戰功，連夜奔波趕回，若換做是你，你捨得嗎？我自問過數遍，自愧不如。」

李泊言看著他，僵持了一刻鐘，忽然倒了一大碗茶灌下肚，「她這哥，我當定了！」

林政孝帶著胡氏與太僕寺卿同慶大年夜，林夕落則在屋中選衣著裝，魏青岩欲帶他到宣陽侯府，她得裝扮一番。旁日裡不太喜歡著裝修飾，可如今要跟他走，她格外上心。

比量半晌，終於選了一套竹葉青柳襖裙，外披狐皮絨毛坎肩，在盤髮髻之時，她的手略猶豫。雙丫髻雖俏麗，可她已慣於盤圓髻，如今換個髮飾怎麼看都不順眼。

「大姑娘，您今兒是跟魏大人去侯府，這個髮髻好看。」春桃拿出一盒又一盒的簪子替她挑選著，「宮中還有賞賜下來的簪子，這紅珠寶玉簪、流蘇簪，您倒是選一個？」

林夕落對著鏡子瞧了半晌，最後搖頭，將髮髻又拆掉，「還是盤圓髻吧。」

春桃嘆了口氣，也不多勸，林夕落又在臉上塗了脂粉，魏青岩正倚在門口看她。

從鏡中瞧見他，林夕落又取了那根銀針木條簪插在髮髻之上，起身行至魏青岩面前，問道：「如此可行？」

魏青岩看著那銀針木簪露出微笑，拽起她的小手輕吻一下，「甚好。」

四目含情，可此時不容他二人過多親暱，披好大氅，林夕落便跟隨魏青岩出門。

再次來到侯府，林夕落才算清清楚楚看到宣陽侯府邸的模樣。

門口兩尊石獅，威武肅穆，紅漆高柱琉璃瓦，青石磚地高懸樑，屋脊圓柱上刻有綻放的荷花，目光探進便覺此地宏大威嚴。

跟著魏青岩從側門入內，林夕落乘上輦車，不敢四處亂看，只時而將目光投向他……

自邁進宣陽侯府的大門，魏青岩就似換了個人，臉上沒有在景蘇苑時那般輕鬆隨意，微蹙的眉頭寫滿冷漠與厭惡。

厭惡？林夕落不知她心底為何突然蹦出這兩個字，可他眉間擰起的溝紋的確讓她心生此感。

魏青岩表情深沉如墨，林夕落正身坐好，也不再隨意亂想。

大年三十之日，府邸處處掛著紅燈籠，喜慶窗花彩條將枯黃的樹杈裝點得格外華麗。

行至三進宅地輦車才停下，林夕落下車正了正衣裝，魏青岩牽起她的小手往裡走去。

一進正堂之中，林夕落只覺得眼花繚亂，堂內席面已不知擺了多少。不提席上用飯的主子，單是周圍侍奉的丫鬟婆子、小廝侍衛便人頭攢動。她不敢亂看，任魏青岩拽著她往裡走。

感覺到許多目光朝自己投來，林夕落心中湧起一分緊張，魏青岩的手緊了緊，示意她放鬆些。林夕落小步緊緊跟隨，在心中不停告誡自己要淡定下來。

行至第一桌，林夕落看到了宣陽侯與侯夫人，這兩人她曾見過，可那時場合與此時天差地別，心情自然也不同。

魏青岩行了禮，林夕落隨即上前叩拜道：「給侯爺、侯夫人請安。」

侯夫人看了宣陽侯一眼，臉上沒笑意，只道：「起來吧。老五，怎麼今兒就把她帶來了？」

「是父親有意要見一見。」魏青岩說完，侯夫人倒是一怔，見侯爺沒什麼表示，只好嘀咕一句：「那倒是稀奇了。」說罷，朝身旁的嬤嬤擺手，那嬤嬤立即送上紅包。林夕落接於手中又道謝，侯夫人不再多說。

宣陽侯看了林夕落半晌，擺手道：「先去用飯，用過飯後再敘正事。」

魏青岩拱手應下，上前拽起林夕落的手，林夕落只覺這腿破天荒的軟，好在有他於前引路。

兩人行至最角落處的桌旁坐下，偌大的一張桌子，琳琅滿目的菜餚，只有他二人用？

林夕落帶著探問地看著，魏青岩讓她靠近自己半分，言道：「人少，清靜。」

林夕落也覺如此甚好，等人都到齊才能正式開始席宴。

門衛接二連三地傳話，宣陽侯的兒女孫輩陸續進堂，林夕落被魏青岩擋住半個身子，便壯了膽子往門口看去……

嫡出的長房與侯爺、侯夫人同席，二房次席，三房、四房各有席位，孫輩則又分出幾桌，唯獨她與魏青岩是坐在最角落處。魏青岩的冰冷目光與這喜慶節日格格不入，讓林夕落又想起最初見到他時的那副模樣。

小手攀上他的大手，魏青岩的臉色才略有和緩。兩人都無語，就這般地等著。

未過多久，宣陽侯率先舉杯，說上幾句團圓過年的話，隨即眾人齊聲恭賀，才落座動筷。

魏青岩鬆了口氣，輕聲道：「吃吧，吃過之後侯爺要見妳。」

林夕落琢磨半晌，仍未忍住問道：「見我做什麼？」

魏青岩用筷子比劃了兩下書寫姿勢，林夕落心中了然，這是要看她雕字……難不成她為魏青岩傳信的事，宣陽侯也知道？

不再過多思忖，兩人開始用飯，正吃著的功夫，遠處有一位夫人行至此地，林夕落抬頭，這不正是二奶奶宋氏？

林夕落欲起身，卻被魏青岩按住，兩人撂下筷子，魏青岩道：「二嫂到此不知有何指教？」

「三弟、四弟有意讓你過去喝兩杯酒，問問你娶親的事他們能幫襯點兒什麼。」宋氏的話語雖淡漠，魏青岩仍往她所指的那方看去，果真是有兩名男子在朝他擺手。

魏青岩斟酌下，與林夕落道：「妳隨我同去。」

林夕落點頭欲走，卻被宋氏攔下，「五弟，這好歹是侯府，你雖然訂了親，但媳婦兒可還沒過門，帶至此地雖是侯爺的吩咐，可你也不便帶她到處亂走。」

魏青岩蹙眉，帶林夕落去男人席面略有不妥，可留她單獨在此更不放心，林夕落卻是笑道：「大人盡可放心，我就在此等候。」

「妳等我，我馬上就回。」魏青岩說罷闊步離去，宋氏則選了個位子坐下，看著林夕落。

林夕落沒說話，宋氏便道：「那日見妳倒沒仔細瞧，如今我可得好生看一看，能讓五爺把戰功拱手讓人，連夜趕回京城，這得是多麼國色天香的一位女子！」

宋氏話中的嘲諷，林夕落未記掛心上，她更驚詫的是，魏青岩把戰功拱手讓人？只因她那一封微雕傳書嗎？

宋氏看到她迷茫不知的表情，不屑地道：「妳居然不知道，五爺這腦子是被妳迷暈了吧？」

「大人並非喜好將功績掛於嘴邊絮叨的人，戰功累累卻拱手讓人，能有此胸襟是大度，是真男人，總比整日裡爭權奪位、對兩金銀銅子兒算計沒完的男人好過千倍。」

林夕落這話說完，帶了幾分仰慕地看向魏青岩，這副情癡模樣讓宋氏氣惱不已，恨不得一巴掌抽到她臉上，可林夕落是宣陽侯吩咐讓魏青岩帶來的，若在此時鬧出事，無論誰對誰錯，這責任都在她身上，將心中之氣忍下，宋氏咬牙冷哼著起身離去。

林夕落鬆了口氣，規規矩矩地坐著，只等魏青岩回來。

她知道魏青岩收到自己的傳信趕回，卻未曾想他是將戰功給了旁人，她不知他是否還有別的原因，可看他在前方寒暄飲酒的背影，心底的漣漪蕩漾開來，對未來的日子更了多幾分期待。

她嫁他，這選擇必然是對的！

半晌，魏青岩歸來，腳步有幾分搖晃，顯然被灌了不少酒。

林夕落起身親自倒了茶，魏青岩灌下肚，話也多了起來：「三哥、四哥都在南方，過年特意趕回，待妳我大婚之後再走。」臉上掛有喜意，顯然他與這二人關係更近些，「改日單獨讓妳見他二人。」

林夕落點了點頭，想起宋氏所言，不由得道：「你將戰功讓給旁人？」

魏青岩一怔，喜色消減幾分，「誰與妳說的？」

「二奶奶。」林夕落沒有隱瞞，魏青岩沉默半晌，道：「不單是為妳，我犯了錯，本就是去將功贖罪，這個大功落我身上不妥。」

「那我也記你的好。」林夕落嬌嗔，魏青岩握住她的小手揉捏幾下，目光中的火熱好似直探她的心，「今晚為何不是洞房？」

林夕落臉色赤紅，腦袋恨不得扎到桌子底下。

魏青岩哈哈大笑，眾人驚詫地看了過來……

隔桌的女眷更是瞠目結舌，四奶奶齊氏笑著道：「能讓老五露出笑，這可實在不易！」

宋氏冷掃一眼，「也不知這是怎能看對眼兒的？這丫頭雖說不醜，卻也不是美得不可方物，就能把老五迷成這樣？」

齊氏笑著道：「單是美人可不成，也得瞧得上眼！聽說二爺又納了一位美若天仙的妾？這不也都拘了二嫂手中！」

宋氏瞪她，「大過年的妳來擠兌我？明兒就讓二爺送給老四，看妳還敢不敢拿我說嘴！」

「您想送，也得二爺捨得啊！」齊氏隨意還嘴，宋氏又要回，孫氏立即阻攔，「大過年的都少說兩句，一年見不上一兩次，都留幾分臉面！」

無人再多言，侯夫人也往那方看了幾眼，忍不住問道：「侯爺特意要見這丫頭所為何事？」

「妳甭管！」宣陽侯凌厲頂回，侯夫人硬道：「她終究是要進這侯府內院的，我怎能不管？」

宣陽侯沒答話，而是起身出了正堂。

侯夫人眼睛微瞇片刻之後便當此事未發生，齊呈匆匆跑到魏青岩與林夕落這席回稟：「五爺，侯爺請您二位過去。」

魏青岩點頭，帶著林夕落起身離去，進書房之前，魏青岩噓聲道：「丫頭，別怕，有我！」

林夕落隨同魏青岩進了書房，只有宣陽侯獨自坐於桌案前等他二人。

那虎豹般的目光讓林夕落顫了下，深吸口氣才鎮定下來。

桌上已擺好了木料和雕刀、雕針等物，不用問也知是讓她幹什麼。

林夕落行了禮，也沒開口寒暄廢話，直接上前坐在小几上，活動活動手腕手指，隨即選了一輕薄木片，未用桌上擺好的雕針，而是將頭上的銀針木條簪取下，趴在桌上，手攥緊細銀針，在木條上飛快遊動。

宣陽侯只瞧見偶有微小木屑散出，好似這丫頭在木條上隨意劃著玩兒，不是在刻字。

未過多久，林夕落將銀針理平插在髮髻上，吹去木條上的屑灰，魏青岩便拿在手中。他從脖子上取下林夕落為其雕刻的晶片，藉助螢燭之光看去……

「知之者不如好之者，好之者不如樂之者。」

這兩句話極為清晰，宣陽侯即便之前聽魏海講述過，如今親眼看到依舊有驚詫之感。待將此物看完，宣陽侯便將晶片和木條扔至一邊，上上下下打量她，沉聲道：「妳是怕我斥妳『匠女』之名才刻如此一句，耍這等小聰明作甚？」

「侯爺斥得是，民女的確是小聰明，還望侯爺多多提點。」林夕落就這般認下，倒讓宣陽侯沒話接著說，沉上片刻才繼續道：「妳怎會如此之法？可還有他人知曉？」

「民女幼時得父親贈一套竹簡論語，便在外捧著讀玩，無意之中透過脖上掛的珠串看到竹簡上的刻字變了模樣，心中好奇，比對著才發現這樣能將字放大，隨即便用小木條刻著玩，至於可有他人知曉，民女也不知道。」

林夕落早已將這件事的起源編好了理由，連魏青岩都信以為真，雖然她心中緊張，但宣陽侯也似也認了這個荒唐的說法，又問道：「此事妳家人可知曉？」

「不知道。」林夕落篤定回答，魏青岩在一旁看著木條上的字，開口道：「父親還是莫與幾位兄長說起為好。」

宣陽侯有幾分不悅，正欲斥責，魏青岩又道：「即便知道，他們身邊也沒有會雕微字的人，又有何用？」

「此事若教他人，需多久能成？」宣陽侯不再理睬魏青岩，直視林夕落探問。

林夕落正色思忖，答道：「民女六歲至今有如此成績，至於他人多久能學成，民女也不敢斷定。侯爺若能有忠心不貳的人學，民女樂意效勞。」

宣陽侯的神色略有緩和，「此事暫且作罷，旁人問起，只說我問妳林家之事即可。」

林夕落福身應下，魏青岩便帶著她離開此地。

拍著胸口，林夕落嘀咕道：「嚇死我了！」

「妳這膽子倒是夠大的！」魏青岩攥著她的小手，「還答應教習？」

「侯爺本就有此意，我不提，他也會提，索性主動一些，我在這府裡也能站得穩點兒。」林夕落說完，左右看遠處除侍衛外並無他人，便將頭頂著他的胸口，撒嬌道：「還不都是為了能做你的媳婦兒。」

見她這副嬌嗔的模樣，魏青岩笑著抬起她的下巴輕吻一口，噓聲輕語：「帶妳去看焰火？」

林夕落臉紅點頭，魏青岩牽著她的小手便往府外走去。

角落中有一人影跑回屋中將事情回稟侯夫人，侯夫人擺了擺手，臉上的怒氣更沉……

魏青岩並未帶林夕落在侯府看焰火，而是帶她出門上了馬。

林夕落納悶地問道：「這是去何地看焰火？」

「上來。」魏青岩一把將她拽上馬放置身前，用披風裹緊，隨即駕馬出了城。

夜晚星光點綴蒼穹，好似一雙雙眼睛俯瞰大地，年夜，從山頂望向城內，焰火、煙花縷縷升至空中同星光呼應，林夕落被魏青岩摟緊於懷中，心中如蜜一般甜，可轉頭看他時，他的目光中有幾分落寞蕭瑟。

這是一座山，他們兩人正在山頂。

「美嗎？」魏青岩輕問出口。

林夕落微微點頭，「美，你怎知此地能看到這樣的美景？」

魏青岩的聲音很平淡：「自從學會騎馬，我每年都一人來此地獨賞，如今有妳。」

林夕落感覺到他語氣中的怨，轉頭看他：「為何你會選我？」這是她心中沒能尋到的答案。

魏青岩沒有直接回答，而是說起了他的經歷：「幼時，我便被安上刑剋之名，無人親近，身邊只有一個陪護的老頭，他說人不能與命爭，可我不信，練武、讀書，比任何人都努力。有一次皇上微服出來到侯府，他們不允我出現，我不從，偷偷跑出去，而後挨了好一通打，可我依舊不從，巴結著三哥帶我出府遊玩，實際上是去找願與我親近之人，卻總是失望而歸。」

「每一次偷跑，回府都要挨毒打，就這樣到了十六歲，我仍是不認命，私自出府，將當時得了武狀元的人打成重傷。此事傳遍幽州城，皇上知曉我是宣陽侯的兒子便點名見我，直接出了當時殿試的題目給我，若是我能回答得合皇上心意，他便不追究。」

「我自覺天賜良機，可當時腦中突然空白……」魏青岩冷笑，「手顫得一個字都寫不出，索性抽了自己幾巴掌，打得嘴角流血，更知道我若在此時丟了臉，恐怕丟的就是這條命。被逼無奈便口述一文，文武全才之名，由此得來。」

林夕落聽他說完，欲扭身看他，卻被魏青岩緊緊箍住不允動彈，又聽他道：「我不信命，妳與眾不同，所以我選了妳。」

魏青岩說完才讓她轉過身來，林夕落看著他那雙冰冷眼眸中的恨，心軟了下來，這話題太過悲傷，她不想看到他眉頭蹙緊的模樣。

「我忘記最重要的一件事。」林夕落心中一動。

「何事？」他的聲音有些顫，林夕落側頭看他，「我都要嫁給你了，可還不知你的年歲。」

魏青岩倒吸一口氣，捏著她的小嘴道：「妳看呢？」

「我今年十五歲，你大我十歲嗎？」林夕落舉著兩隻小手，「十歲？」

魏青岩被她的模樣逗笑，輕撫她的髮絲，認真道：「丫頭，妳總會在這時安慰人。」說罷，抱住林夕落的頭吻下。

林夕落沒有抗拒，仰頭迎上……

風起雪落，遠處又有煙花綻起，如若這真是夢，她寧願永遠不醒來……

沒有再回宣陽侯府吃年夜餃子，林夕落跟隨魏青岩回了景蘇苑。

廚娘們都在這裡團圓過年，林夕落端了一盤餃子，一個又一個餵入魏青岩口中。

甜膩了一晚，直至林政孝與胡氏回來，幾人敘談半晌才各自睡去。

大年初二，林夕落一早便穿戴好，隨同林政孝與胡氏去了林府。

今日是林綺蘭嫁齊獻王為側妃的大婚之日，一家人縱使不和，這日也不能缺席。

行至門口，卻見魏青岩也在馬上，林夕落納罕，「大人也去？」

「怎能不去？齊獻王不允我缺席。」魏青岩看著林政孝與胡氏，有心帶林夕落走，可又覺如此不妥，便是道：「先隨妳去添妝，妳再同我去齊獻王府。」

林夕落點頭應下，林天詡在地上亂蹦著嚷道：「姊夫姊夫，我也去！」

這聲稱呼讓眾人驚愕，胡氏連忙捂住他的嘴，「還未到時候，怎能亂叫？」

林天詡滴溜溜的眼睛也不懂是怎麼回事，指向魏海道：「是魏統領讓我這樣叫的！」

林夕落朝魏海瞪去，魏海連忙轉移話題，「對了，李泊言呢？他可是從遠地歸來，可一直都沒見到人影。」

這話不提還罷，這時提起更是尷尬……

魏青岩沒再多說，伸手將林天詡拽至馬上，帶他先往林府行去，林夕落與胡氏上了馬車。

胡氏感嘆著道：「泊言雖自稱妳兄長，可他心中恐怕難過這個坎兒。」

林夕落想著他，也想起了林豎賢，「今日可能見到先生？」

胡氏點頭，「應當見得到，這個年一過，他也應出仕了。」

林夕落憶起他二人，嘀咕道：「先生便是先生，師兄也乃師兄，我自會尋他二人好生說清，莫因一件喜事鬧成哀事，父親那方不好開口。」

「魏大人對此會不會介懷？」胡氏有些擔心，林夕落篤定道：「他不會，他有這份胸襟。」

母女不再對這個話題多說，魏青岩已經駕馬疾馳至林府，眾人瞧見他身旁一矮小的傢伙兒居然是林天詡，門房迎客的林大總管眼睛都快瞪出來，立刻派人去通稟。

「不知魏大人到此，多有怠慢還望勿介懷。」林大總管冒冷汗，又看向林天詡，「少爺安。」

林天詡早先在林府族學被拘著，如今到了景蘇苑，跟隨魏青岩與魏海學文、練拳，已是褪去了小文生之氣，張口便道：「十哥呢？讓他出來，我要跟他比試比試，看我現在能不能打過他，叫他之前總欺負我！」

林天詡讓著就往院子裡跑，林大總管一把攬住他，「哎喲，少爺啊，今兒是大喜的日子，您可別惹禍啊！」

魏青岩道：「怎麼，不讓進？還是不讓打？」

林大總管一張臉抽搐著，「魏大人，孩童玩鬧，怎能當真？」

魏青岩拍著林天詡的小腦袋，「都說了是玩鬧，那你去欺負他就是了。」

林天詡得了令，立即跳起來往裡跑，魏海也跟著去湊了熱鬧。

此時，林夕落等人的馬車已趕到，林忠德往門口趕來，如今的祖父子三代人再次相見，各自心中多了幾分異樣之味兒……

魏青岩到了林府，林忠德自是邀其往正堂去，胡氏與林夕落則直接乘轎到紫苑為林綺蘭添妝。

林綺蘭今兒雖是大喜的新娘子，卻是最不舒坦的一個。

因是側室，喜服不是正紅，佩戴的首飾都有規矩不能逾越了正室，雖有人為其上妝，可她的眼淚不停地往下掉。

許氏在一旁勸慰，她卻哭得更厲害，「娘，為何我的命就這麼苦？」

「不許亂說，這麼多人在，妳這話若是被聽了去，可要出大事！」許氏忙捂住她的嘴，為她擦拭掉臉上的淚珠兒，林綺蘭又正坐了身子，由全福夫人上妝。

林夕落與胡氏到此，許氏雖心裡不悅，卻也笑著迎她們進門。林綺蘭扭頭看了林夕落一眼，怨懟道：「妳來幹什麼？別瞧我這一身不是正紅，可嫁得也比妳強！」

許氏輕斥：「綺蘭，今兒是喜日。」

林綺蘭冷哼一聲，坐正身子繼續上妝。林夕落讓丫鬟將為林綺蘭添妝的物件取出，直接扔了嫁妝箱子裡，看向許氏道：「來此除卻為六姊姊添妝，另外還有兩件事，其一，我要肖金傑的死契，往後這個人我帶走；其二，冬荷和她娘我也要帶走，身邊的人不夠用，自要從林府中挑兩個，大伯母不會捨不得吧？」

冬荷？許氏不記得這丫頭是誰，不由得問道：「冬荷之前是做什麼的？」

林夕落提醒道：「早前二姨太太送了我院子裡的，我離開時只帶了春桃走，她便被留下了。」

許氏有心回駁兩句，可外面已有人來此拽著林夕落和胡氏敘話，許氏忙逢迎討好，又吩咐丫鬟上茶果點心，便走至林夕落身邊道：「冬荷和她娘給了妳可以，但肖金傑那奴才的死契不能給，人妳用著就罷了，他的死契留在林府，妳還有何不放心的？」

林夕落側目笑道：「大伯母還捨不得那奴才？那我就派人送回來給您。」

許氏一怔，「妳這話什麼意思？」

「要不我去尋老太爺說？」林夕落正說著，林大總管來了，「九姑娘，魏大人在外等您。」

林夕落點了點頭，與胡氏打了招呼便往外走。許氏氣得滿臉鐵青，與正跟旁府夫人敘話的胡氏道：「這好好的添妝，她怎麼就這樣走了？」

「魏大人說要帶她去王府，稍後從那方來迎親，等等就回。」胡氏隨口應道，許氏不由得嘮叨：「還未大婚就在一起，這……」

胡氏沉下了臉，「規矩二字就甭說了，若真按規矩來，這帳可有得算呢！」

許氏沒等還嘴，小廝跑來道：「大夫人，不好了，天詡少爺把十少爺給打了！」

胡氏嚇了一跳，「哎喲，這孩子不瞧著就出事！」說罷，匆匆往外趕去。

許氏拍著自個兒的額頭道：「我再也不想看到這家人，再也不想！」

林夕落正乘小轎往門口行去，忽然見到遠處有人朝她招手，春桃跑上幾步看去，回道：「是二姨太太。」

這老婆娘叫她作甚？林夕落讓人落了轎，二姨太太那方急忙催促快些……

「您有何事？今兒正房娶親，按說您是不該露面的。」林夕落沒下轎，只撩了轎簾子說話。

二姨太太嘆口氣，「妳惦記著綺蘭，就不惦記芳懿？還都是姊妹，都姓一個林字。」

林夕落仔細想一想，「妳有什麼話不妨直說？」

二姨太太比往日臉上多了不知多少皺紋，以往看著是豐腴少婦，如今卻是個淒苦的老太婆。

「芳懿入了宮被太子妃瞧上了，留她在身邊伺候著，皇上為魏大人與妳指定二月初二大婚，這二月匆匆嫁人，她怎能心甘情願？夕落，縱使她之前跋扈，對妳有所不敬，可姊妹一場，妳還是要多幫襯幫襯她。」

「她早先不就有這份打算了嗎？如今能進宮也算是她的造化，但您可求錯人了，我不過是與魏大人訂了親，還未正式大婚，您應該去求大夫人和六姊姊，她嫁的人可是齊獻王。」林夕落頂回，二姨太太連忙道：「九姑娘心中明白，太子殿下與齊獻王……」

不等二姨太太說完，林夕落立刻吩咐春桃道：「莫讓魏大人久等，咱們走吧。」

春桃馬上吩咐起轎，二姨太太後半句話憋回口中，看著她的轎子遠行，劉嬤嬤道：「這位九姑娘的心腸可夠硬的，您如此委婉說辭，她一絲動容都未有。」

二姨太太揉額，言道：「早前小看了她，如今不被她放在眼中也是預料中的事，不過有此一句倒是能護著老三和老六的平安，如今芳懿剛攀上太子妃這棵大樹，他二人的位子還談不上穩妥，老三和老六都與他們這一家子不和，那位魏大人是出了名的護短，只盼著看在太子的分上，別這時候踩他二人幾腳我就知足了！」

「二姨太太怎麼會與您說這番話，真是奇怪！」春桃一邊走一邊問，林夕落想著林芳懿，嘀咕道：「天知道二姨太太打得什麼鬼主意，不過芳懿……她若能穩下心來，興許還真能做出點兒模樣，就怕她心思不正，那恐怕就前程堪憂了。」

春桃聽得迷糊，林夕落也不再說。

林府就是個無形的洞，只要心腸略微軟半分，便會被吸進去榨得乾乾淨淨，林政孝與胡氏二人不就是例子？對林府的這些人，她只想敬而遠之，絕不想再沾手半分。

在門口看到魏青岩，林夕落的心裡撂下林府中人的算計，笑著下了轎。

魏青岩讓她上馬，她連忙退後不肯，「這麼多人瞧著，我還是乘馬車為好。」

魏青岩沉了片刻才點頭，囑咐道：「齊獻王剛剛又派人來催，我若不去，他便不來迎親，如若他有何刁難，妳千萬不要應承。」

林夕落蹙眉又問：「那我跟你去可合適？」

「他定會將我灌醉，可不在妳身旁，我擔憂出別的岔子。」

魏青岩雖沒說明會出什麼問題，但林夕落的心裡已多了幾分陰霾。

這個齊獻王可不是個省油的燈，他會做出什麼樣的事誰都無法預測。

林夕落上了馬車，侍衛在前引路，一行人便離開了林府。

齊獻王府車水馬龍，張燈結綵，喜氣洋洋，前來慶祝的賓客已多得數不清。

莫說是馬車，即便是行人想走過，都要推搡半晌才能挪動一步。

齊獻王燦笑如花，還未等去迎親便已被灌了不少酒，看到魏青岩帶著林夕落到此，他拎著酒壺衝上前來，指著魏青岩道：「魏崽子，本王就在等著你來，你不來，這親本王還不迎了，不過你把這丫頭帶來是何意，想以她來阻擋本王灌你酒？你這鬼心眼子著實太多了！」

「自是來向王爺慶賀。」魏青岩依舊那副古井無波的淡漠，齊獻王有幾分不悅，林夕落福身道：「給王爺道喜了。」

周圍一群人都是王公貴戚之輩，雖說旁日裡愛玩耍鬧事，可今兒是喜事，便都上前勸說。

「王爺，魏大人已來了，這時辰也快到了，您該準備去迎親了！」

「就是，喜事重要啊，可別耽擱了！」

眾人意圖將話題轉開，齊獻王卻不依，壓根兒不搭理迎親之事，看著林夕落刁難道：「妳這丫頭來向本王道喜也無錯，好歹今兒過後妳得稱本王一聲姊夫了！妳若把這壺酒都喝了，本王就認了妳這份喜，妳若不喝，那便是不給本王面子，哼哼，今兒這親事本王就不迎了，妳跟魏崽子的婚事也甭想成！」

齊獻王將酒壺拎到林夕落面前，林夕落嚇一跳，險些將酒壺扔地上，魏青岩接住，「我喝！」

「你不成，你又不是這丫頭！」齊獻王上下打量著她，「怎麼？妳不敢？」

周圍的人紛紛搖頭，都知魏青岩到此齊獻王定不會輕易放過他，可他不來，這位又拖著不去娶親，如今帶著女眷來，齊獻王還不依不饒了。何時較勁兒不成，偏偏還在今日？

齊獻王耍賴，索性讓人搬了椅子來坐著等。魏青岩面色陰沉，林夕落不敢吭聲。

這位王爺明擺著是找麻煩的，魏青岩之前預料果真無錯，他就是在刁難，可這般僵持怎麼辦？

時間越過越慢，已是快過了迎親的吉時，魏青岩使眼色給一旁的人，一年輕男子立即上前道：「王爺，娶親重要，這可是您跟皇上自請的喜上加喜，可別為一壺酒耽擱了！」

「這怎能怪本王？不過一壺酒而已，這丫頭喝了又如何？若是耽擱喜上加喜，都是她的錯，與本王無關！」齊獻王指著林夕落：「妳喝不喝？」

林夕落忍不住道：「王爺何苦刁難民女？」

「就是刁難妳，那又如何？」齊獻王醉酒直言，說罷還嘿嘿的壞笑幾聲，周圍的人翻了白眼。

林夕落拽著魏青岩衣角，從他手中拿過酒壺，「王爺如此說辭，民女喝了便是！」

林夕落舉起酒壺灌至口中，一壺酒汩汩入腹，她長吸一口氣擦乾了嘴，魏青岩急忙扶她，卻見她絲毫反應未有，春桃遞過帕子給她擦嘴，林夕落眨了眨眼睛，狡黠一笑，「姊夫，迎親的吉時到了！」

眾人瞪大眼睛，這壺酒他們這群爺們兒喝下都得醉上幾分，這丫頭怎麼跟喝水似的？

齊獻王被她這副無事的模樣給噎住，不依不饒道：「妳……妳再喝一壺，不然本王不依！」

「胡鬧！」一聲叱喝，眾人皆讓開路，往後看去，卻是宣陽侯到此。

林夕落立刻行禮，眾人也拱手示意。

齊獻王看向宣陽侯，氣焰軟了幾分，卻仍狡辯道：「您這兒子故意不隨本王迎親！」

「迎個屁！讓林家人把那閨女抬來便罷，戰事又緊，皇上大怒，你二人都隨本侯走！」宣陽侯說完轉身匆匆離去，魏青岩立刻拉著林夕落往外走，齊獻王追喊：「戰事要這丫頭作甚？」

無人再理睬，就見魏青岩將林夕落拽上馬，跟隨宣陽侯疾馳而去。

齊獻王摸著下巴，吩咐身旁的侍衛道：「跟著去，看魏青岩把那小娘們兒帶去何處！」

林夕落跟隨宣陽侯與魏青岩去了麒麟樓。

宣陽侯口述，林夕落手持雕針刻字，魏青岩親自動手將木條捆綁於鷹隼腿上，放飛空中。三人都無多言，這樣的工序一直忙碌到傍晚才將事情徹底完成。

林夕落的手指已被雕針硌出血印，深吸口氣才突然想起，「那方有會看信的人嗎？」

魏青岩點了點頭，「張子清在。」

林夕落放心下來，起身站在一旁不多話，只聽宣陽侯與魏青岩二人在桌前談論緊急軍情。待過半晌，宣陽侯招手叫她，「妳那手還能再行字嗎？」

「侯爺吩咐。」林夕落又要持刀，魏青岩道：「用筆即可。」

林夕落鬆了口氣，只要不雕字，她便不會太耗精力。

尋了筆墨、鋪好紙張，宣陽侯開始口述與各個營地之令。林夕落手起筆落，這方說完，她不多時便寫完。一封接著一封，蓋上宣陽侯之印，便由侍衛送出。

手腕很酸，但林夕落硬挺著，她知道宣陽侯是有意刁難，若說雕字無人能與她相比，可撰寫書信還用得她？無非是想瞧瞧她到底能承受多重的壓力。

林夕落心知肚明，索性咬牙忍著。

魏青岩投來關注的目光，她便回以無事之笑，卻讓魏青岩更是心疼。

該傳的令都已由侍衛送出，宣陽侯此時才點了頭，起身行至門口，轉身道：「此事不再需要你二人，安心去籌備婚事，待婚事大成之後，本侯自會尋人跟隨妳學此門手藝。」

「侯爺慢走。」林夕落行禮送宣陽侯出門，魏青岩立刻抱起她到一旁，看著她手上的青紅傷印與墨漬，揉著道：「辛苦妳了。」

「侯爺有意考驗我，我怎能在此時出差錯？」林夕落笑咪咪地將小手放在他的大手中，「讓你占便宜，揉吧！」

魏青岩揉著她的小手，卻笑不出來，「今兒的事恐怕齊獻王會入心，這段日子要小心才是。」

「他？」林夕落此時才想起自己被他灌了一壺酒，「他早就打算讓你我出醜，若非侯爺出現，這事兒不知要鬧得多荒唐。」

魏青岩感嘆道：「他是油滑人中裡心眼兒最賊的……」

「那你呢？」林夕落含情脈脈，魏青岩忍不住輕啄她小嘴一口，「我是最喜歡妳的！」

「討厭！」林夕落嬌嗔。

「喜歡妳還討厭？」魏青岩摟緊她的腰，「那妳就討厭一輩子好了！」大手窸窸窣窣地遊走，林夕落急忙起身，「沒喝多少就耍酒瘋，休想！」

「我自當不急，有一輩子的時間！」魏青岩欲起身抓她，門外的侍衛前來問是否在此用飯。

林夕落狡黠一笑，魏青岩只得作罷，帶著林夕落一同在此地用過飯後便回了景蘇苑。

林政孝與胡氏、林天詡已經歸來，兩人進了正堂，就見林政孝一臉無奈。魏青岩留下與其敘談，胡氏拽著林夕落和林天詡去了側間。

「今兒忽然出了戰事，齊獻王未能來迎親，直接吩咐抬了轎子將綺蘭送到王府，該行的禮都未能成，大夫人鬧不停，被老太爺給訓了，這是怎麼回事啊？」胡氏絮絮叨叨將今日的事說完，林夕落才開口道：「是邊境戰況出了急事，我與大人到王府時，宣陽侯特意去找他。」心中也頗有感慨，「這種事都是天意，誰能說得準？」

胡氏擔憂地想到她，「那妳與魏大人的婚事，是不是也要往後拖了？」

林夕落搖頭，「這倒沒有提。」

胡氏拍拍胸口，「沒有就好，娘最擔心的就是這事，旁人家的事都無所謂……」

「瞧您，還巴不得我快嫁人才好！」林夕落嗔怪地噘嘴，胡氏笑著道：「娘這也是擔心妳，對了，冬荷和她娘我帶回來了，妳可是要見一見？」

林夕落點頭，胡氏便讓宋嬤嬤去將二人傳進來。

冬荷一進門，林夕落險些認不出她，本是俊俏白皙的小臉，如今卻是瘦黃無顏色。

「冬荷？」林夕落忍不住起身過去，看到她這副慘狀，幾乎要哭出來。

冬荷在跪地上磕頭道：「奴婢……奴婢見過九姑娘。」

「妳、妳怎麼這副模樣了？」林夕落知道她走後，肖金傑被大夫人好一通折磨，可冬荷是一個丫頭，她也下得去手？

春桃在一旁忍不住掉了眼淚，口中道：「奴婢剛剛問過了，您將奴婢等人帶走之後，冬荷便被二姨太太叫了回去，六老爺有意要收她，冬荷不從，反倒被六夫人好一通打，打過之後便降成了粗使丫頭，奴婢跟著夫人去找她時，她還在六夫人院子裡撬冰呢，女兒家來小日子還要幹這種粗活，簡直……簡直太過分了！」

春桃終究注意規矩沒有說出「畜生」二字，林夕落卻是直接罵了出口：「畜生不如！」

「那怎能是丫頭做的活兒？」胡氏心中也著實不忍，林夕落吩咐春桃道：「去請個大夫來，為她身上的傷抓些藥，冬荷娘就去幫襯著大廚房做些事，暫先這麼安排，其他事日後再說。」

冬荷磕頭道：「奴婢謝過九姑娘了。」

「快去吧。」胡氏催促著，春桃便帶冬荷出了屋。

林夕落坐在那裡，心中說不出是什麼滋味兒。胡氏也滿心感慨，不願多說。

另一邊，林政孝與魏青岩說完公事，魏青岩便提及私事：「……太僕寺卿大人有意在年後推舉您任少卿，我未立刻答應，想來問詢下您的意思。」

林政孝一怔，「在太僕寺任職不久便這般提職，他人恐怕會心存芥蒂。」

「這倒無妨，少卿不過次五品，未及正五品進朝堂，何況您在這次戰事中也的確幫了他不少忙，太僕寺這地兒多數都是渾人，正經做事的無幾個，即便有也是力不從心。」魏青岩說到此，又提及了林豎賢：「他年後出仕，這當口選的也是一關鍵點，皇上恐會再行召見當面問及戰事考考他，但他無論如何作答恐怕都是錯兒，讓他提前思忖琢磨一二，別回答不慎被發落去邊轄之地，那便是要苦熬了。」

林政孝未想到他能為林豎賢打算，目光中多幾分訝異之色，起身拱手道謝：「我定與他將此事說明，大人如此體恤他，實是大度。」

「無妨，對夕落，他爭不過我，我又何必介懷？」魏青岩對此不屑計較，林政孝苦笑著沒法回答，又議了一番婚事的籌備，便各自去睡。

林綺蘭的新婚之夜在床上哭了一宿，蓋頭雖然揭了，交杯酒也喝了，身上的衣裳也被褪去了，白綾上也染了血，可新婚夜的喜，她沒有，她恨不得拿這白綾將自己勒死……

齊獻王還是個男人嗎？

林綺蘭倒吸口氣，看著手邊的人造陽具上面沾染的血絲，她狠狠地將這物件扔在了地上，又將所有的東西全都砸碎，趴在床上嚎啕大哭，心中滿是恨，她能恨誰？她最恨的便是林夕落！

她若不與那刑剋的魏大人有關係，自己怎會被齊獻王要走？雖然早知齊獻王的愛好不同，可也不至於如此虐待她！她是個人，不是畜生！

林夕落，我一定要妳好看，我一定讓妳不得好死！

大年十五元宵節，街上比尋常幾日更為熱鬧了些。

林夕落於這一日重新將錢莊開張，所用的掌櫃不是旁人，正是她的十三叔林政辛。

林政辛自林綺蘭嫁出去之後便不願在林府待著，主動為林夕落的婚事忙前跑後，頻繁來往於林府與景蘇苑之間，反倒是被林夕落給留下了。

錢莊正好缺一大掌櫃，林政辛學業無成，做這事正好。

何況錢莊三教九流都接觸，用旁人她還真信不過。

好說歹說，林政辛總算是應了，林夕落又尋了嚴老頭當初說過的那位過耳不忘、對數字極為敏感的瞎子做幫襯，又尋了三人作帳房、夥計，便於正月十五這一日正式開張了。

林政辛一身大掌櫃的衣裳，金絲團花的長襖，外披裘皮馬甲，連帽子的綾頂都換成了象牙的，眾人一看便知道這位是大掌櫃，為什麼？從頭到腳鑲金帶銀，一看便是土財主啊！

當了大掌櫃，林政辛格外興奮，主動上前點了炮，劈里啪啦一通響，周邊前來恭賀的人都被請進一旁的酒樓吃席面。

林夕落與魏青岩到此時，林政辛正拽著一老帳房在請教錢莊中的規矩，見二人來此，立刻拱手道：「魏大人安！九侄女安！」

「瞧您，怎能與我行禮？」林夕落斥道：「不過是來瞧瞧，往後都靠著十三叔了！」

林政辛腰板挺直地笑道：「瞧妳說的，我一閒人，來此也是為了學學本事，再在宅子裡混下去就成廢人一個了！魏大人信任我便好，不然豈不是給九侄女和七叔父丟臉！」

「能有這份心便好。」魏青岩沒有多說，而隨意打量四周。林夕落進門看了帳，見了那位瞎帳房，兩人正打算離去時，卻正巧看到有人從東西兩方往此處行來，正是李泊言和林豎賢。

林豎賢明日便欲進宮面聖，得了林政孝的囑咐，他才知曉這些提點都是魏青岩的話，心中有愧，總覺應該當面道謝，去了景蘇苑，得胡氏告知錢莊開張，便朝此地走來。

李泊言是心中更苦，大年三十那日喝多了酒，在林豎賢的陋屋中灌了茶便離去，孰料酒茶飲多，渾身發熱，出門又是冰天雪地，回去便一病不起，直至大年十五，才走路不打晃。

臥病半月，李泊言也算想清楚了，那日林豎賢雖是自責，可話語中的道理也是在斥他。

他二人比別人多什麼？既是已經認作妹妹，何必再自我糾結？也覺得再藏下去實在愧對眾人，後得魏海告知今日錢莊開張，索性也來此地恭賀。

兩人走個對面，都愣在原地，而後搖頭苦笑，看向魏青岩與林夕落。

魏青岩率先進了屋，林夕落轉身跟著進去。李泊言先邁步，正與林豎賢並肩而行，門口只能過一人，誰先進？

「您是出仕狀元，您先行。」李泊言讓了路，林豎賢拱手作揖道：「您乃六品千總，我只一布衣平民，您先請。」

兩人互讓幾次，又都苦笑，為了「禮」字已丟過情分，如今還不罷休？

進了屋，林夕落親自動手奉上茶，李泊言與林豎賢如坐針氈。

魏青岩看著他二人，沒有絲毫表情，可熟悉他的李泊言心中開始打鼓，魏大人越是如此，越表示他心中有事。

沉默半晌，魏青岩先指向林豎賢，緩言道：「若是來此謝我對你明日面聖的提點，那便不必出口了，因你還未見，不知結果如何。」

林豎賢一怔，依舊拱手作揖，「魏大人提攜之心意我銘記在心，既是如此，那便不多打擾。」

「先別走，丫頭應尋你有事相談。」魏青岩指向旁邊的一間房，林豎賢往那方向看去，兩條腿卻僵在原地，邁不動步。

他的確有意見一見她，可如今魏大人在此，他冒昧相見，於理不合啊！

李泊言在旁擦一把冷汗，心中怦怦直跳，這是考驗嗎？

考驗林夕落的忠貞，也是對他二人的試探？

李泊言朝魏青岩看去，他的神色淡然如常，沒有半分疑慮審度。林豎賢也轉頭看向他，攥緊了拳，心中雖忐忑不安，卻還是朝那間屋子走去。

李泊言狐疑地看著，魏青岩看他道：「怎麼？你覺得如此不妥？」

「卑職不敢，卑職前來領罪。」李泊言有意跪地，魏青岩扶住他，「自家人，何罪之有？」

自家人……李泊言喃喃，心中更是愧疚。

魏青岩對此不再多說，而是說起近日軍事動盪。

李泊言起初心中不寧，但事情緊急，他便將雜亂思緒全部拋開，專注在公事之上。

林豎賢進門便看到林夕落，桌上已有沏好的茶擱置桌上。

葉青、水碧，他走上前便端起入口，「噗」的一下子又噴出來，「怎麼這般苦？」

林夕落端起自己這杯苦茶，盡數入口，不留半滴，隨即道：「佛家有云，人生有八苦，生、老、病、死、愛別離、怨長久、求不得、放不下，但其中的道理反倒不如這苦茶更讓人入心，讓人回味。」

林豎賢苦笑，「妳這一句倒是讓我無言反駁了，求不得、放不下，是貪欲過剩，雖然口中常言無欲則剛，人這一雙眼睛，可讀閱書、可審度人、可看世間萬物，唯獨看不清的卻是自己。」說罷，端起剛剛那杯苦茶，一飲而盡。

林夕落笑了，「願先生仕途安穩。」

「共勉。」林豎賢起身，將一本書放置桌上，行步到門口又轉回身，師生二人對視，都看到各自目光中的擔憂與安慰。林豎賢沒有再留步，轉頭離去。

林夕落看到他留在桌上的書，是本遊記，其上密密麻麻小字，都是他經歷之地的心得感悟。將其合上，吩咐春桃收好，林夕落便出了門。

魏青岩與李泊言依舊在對近日軍情辯駁不休，瞧見林夕落出現才住口。

李泊言目光中帶幾分打量，林夕落納罕道：「師兄為何如此看我？」

「他是想知妳對師生之情是否還有幾分留戀。」魏青岩拽著她坐在身邊，李泊言差點兒咬了舌頭，這話居然會從魏大人口中道出？

林夕落笑道：「一日為師，終身為師，情分未斷，何必留戀？」

魏青岩知道她是故意調侃，便捏著她的小手狠狠攥緊。

林夕落手疼，但臉上的笑意更濃。

李泊言無奈搖頭，敘了幾句閒話便欲離去。

「師兄，父親和母親等你回去吃團圓飯。」林夕落的話讓李泊言止步，應道：「我一定去。」

李泊言離開後，屋中只剩魏青岩與林夕落，林政辛等錢莊的人自不會在此時跑來搗亂。

林夕落看著他，噘著小嘴道：「手疼了！」

魏青岩攥著她的手不肯放開，「疼也無用，不會放了妳！」

林夕落主動坐到他腿上，晃晃悠悠地擺動著小腿兒，撒嬌道：「不放便不放，背靠大樹好乘涼，你故作大度，卻還心眼兒狹隘，這可怪不得我！」

「別亂動！」魏青岩低斥，林夕落不聽，繼續亂晃，忽然覺出身下有東西硌得慌，抬著小屁股坐了坐，「這是什麼？」

說罷，忽然想起什麼，林夕落的臉瞬間成了大紅蘋果，猛然從他腿上跳開。

魏青岩揉額，臉上有幾分苦色，「都說讓妳不要晃，妳這個笨女人！」

「我笨？」林夕落一臉不滿，顧不得臉紅，衝上前就咬了他一口，隨即轉身跑走。

魏青岩並未阻攔，只口中嘀咕道：「唉，二月二怎麼還不到？」

正月十五晚間，李泊言與林政孝等人在景蘇苑團聚，林政孝放下心，歡喜地喝了好幾杯酒。

一切都很順利，糧行、錢莊、賭場都可暫且擱置一旁不管，林夕落的心思便放在了鹽行上，可鹽行中還有侯府二奶奶的事，甚是棘手。她與宋氏有過兩面之緣，都以不歡而散告終，雖說魏青岩與侯府中人關係複雜，可唯獨二房是首當其衝的對頭，她不得不思量更多。

林夕落在惦記著鹽行，孫浩淳這些時日卻跳了腳。

大年一過，吃喝把玩，銀袋子便見了空，可今日不同往日，之前那位林姑娘馬上要成為魏大人之妻，她的話語權非比尋常，孫浩淳哪敢隨意動手腳往自個兒兜裡裝銀子？

思前想後，覺得這事兒還得去尋二奶奶商量，便在大年十六這一日去侯府請見。

「眼瞧著又要領鹽引開始大賣，這位林姑娘若插手……」

宋氏正坐著抿茶，見孫浩淳急色模樣，嘴角輕扯，滿是不屑，「怕她作甚？一個黃毛丫頭！」

「您是不怕，可我不過是個跑腿兒的啊，您不妨尋思個把戲讓她沒精力來管也成，只要過了這二十來天，事兒都料理清楚，咱也不怕她找上門！如今正緊的空檔兒，她若出現，實在是招惹麻煩啊！」

孫浩淳出了餿主意，宋氏皺眉道：「她整日與五爺在一起，我有什麼辦法讓她沒功夫？」

「您多想想主意？」孫浩淳巴結懇求，宋氏縱使不願也知道這個時候不能使性子，便嘀咕道：「她一個匠女，得學學規矩吧？」

孫浩淳當即拍手，「就是，理應如此！」

「你回去好生準備這件事，等著消息吧！」宋氏打發走孫浩淳，便起身前往侯夫人的院子。

侯夫人此時正與孫氏談論婚事的籌備，瞧見宋氏進門，便道：「又有什麼主意了？」

「瞧母親說得，我這不也是在為五爺的婚事著想！」宋氏滿臉堆笑地掩住臉上尷尬，笑著道：「我只是尋思五爺第三次談親事，雖說這丫頭得他的心，但該教的、該懂的也不能等進了門才學，否則五爺顏面上豈不無光？今日的五爺可與以往不同，不但是從一品都督同知，還是加授的龍虎將軍，不如母親先派個嬤嬤去教一教，起碼她也得知曉侯府的規矩，免得來此還要母親跟著操心。」

孫氏看了宋氏幾眼，又將目光投向侯夫人，侯夫人挑眉，「妳這顆心倒真是孝順！」

「孝敬母親乃是應當應分的。」宋氏明知侯夫人的話語是在損她，卻也厚著臉皮應和。

侯夫人看向孫氏，「不妨就依著她，妳看挑選哪位嬤嬤合適？」

孫氏沒想到侯夫人會問她，忙應道：「五爺的事母親一直都掛在心上，不如您捨了花嬤嬤幾日，請她去教一教如何？」

「那可是我身邊最貼心的人！」侯夫人有幾分不捨，宋氏看向孫氏，心中也對她這提議略有驚詫，不過是選個人過去挑錯找麻煩，何必讓侯夫人身邊的人去？

孫氏不理宋氏，笑著與侯夫人道：「這更能表明您對五爺的好。雖說五爺不是嫡出，可您心裡一直都惦念他，前兩次的婚事也都是您主動操持，這次五爺甚是上心，您派了身邊的嬤嬤去，五爺定會感激您。」

「不記恨我就成，提什麼感念孝順！」侯夫人嘆口氣，轉頭看向身邊的花嬤嬤，「讓齊呈帶著妳去吧，跟了她身邊好生教著，也別仗著我的勢頭太過苛刻，回頭再讓老五記恨咱們。」

花嬤嬤應下便出了門，宋氏心滿意足，寒暄兩句便離開了，侯夫人看向孫氏道：「妳這又是藏了什麼心？」

孫氏回道：「母親，您不覺得侯爺對這丫頭都有點兒與眾不同？」

老夫人看著她，「侯爺對她不同，那是侯爺的事，連我都被斥不允多管，妳還敢擅自插手？」

「不動手，也要知曉清楚得好。」孫氏的眼睛微瞇，一張臉布滿了算計，「這次五爺能將軍功主動讓給大爺恐也是早有打算，若他真能服服貼貼，不妨就容他一次。」

「妳是心慈善念，我倒成了惡毒的老婆子！」侯夫人冷道：「那就等她邁進這個門再說吧！」

林夕落一早醒來就被胡氏拽到了前堂，看著齊呈與一旁的嬤嬤，下意識便覺不是什麼好事。待聽得二人的來意是為了教習規矩，林夕落看向那位嬤嬤，上前道：「這位嬤嬤如何稱呼？」

「老奴一直都在侯夫人身邊侍奉，您稱老奴一聲花嬤嬤即可。」花嬤嬤規規矩矩地行了禮，林夕落也認得她，就是當初在清音寺送她銀錢紅包又對她不理不睬的的那一位。

說是教習規矩，不就是來拿捏她的？還沒入得侯府便要先體會一番刀刃兒的滋味兒，她往後的日子可是有好戲可看了。

人已經來了，自沒有硬推出去的理由。

林夕落讓人將花嬤嬤帶至自己的小院兒，她則去前堂找魏青岩。

魏青岩聽後臉上多了幾分寒意，原本正商討喜事，忽然多出這樁噁心事來讓人堵心，可這是侯夫人的安排，嬤嬤也是侯夫人身邊的貼身嬤嬤，自是不好隨意打發，畢竟林夕落還沒有嫁。

「……我終歸有匠女的名聲，沒有推脫學規矩的理由，侯夫人這樣做也不稀奇。」林夕落倒是想得開，當初在林府的族學，連林豎賢那樣刁鑽苛刻的先生都應付了，還會在意侯府的嬤嬤？

魏青岩微微點頭，囑咐道：「妳若不喜，我立即派人將她送回；若有意留她，各方面都要注意，包括吃食以及所用的物件。」

林夕落頷首應下，他第二個訂了親還未過門的媳婦兒不就是突然暴病身亡？死得蹊蹺，他的名聲也添了累贅……

想到此，林夕落主動窩了他懷裡，撒嬌地靠在他身上不說話。

魏青岩心疼起來，摸著她的小臉道：「怕了？」

「不是。」林夕落搖頭，魏青岩又問：「那是怎麼了？」

林夕落嘟了嘟嘴，「又要被拘起來學規矩，誰高興得起來？《女訓》、《女誡》當初被豎賢先生不知罰過多少遍，如今又要拾起，心裡不舒坦。」

「那索性躲我屋子裡不出去？」魏青岩親她一口，林夕落摸了臉，認真道：「算了，在你這兒與那位嬤嬤相比，指不定哪個更危險。」

魏青岩被噎得說不出話，狠狠捏她的小鼻子一把。

林夕落也不抱怨疼，只是伸手揉了揉，自言自語地嘀咕道：「這一個多月快熬過去吧。」

翌日一早，林夕落卯正時分就起了身，洗漱裝扮妥當便等候花嬤嬤到此教習。

從出門端碗持筷子開始，行步走路、語速言辭、舉手投足、品茶煮酒，花嬤嬤全都一一提點，口中不停囑咐道：「侯府便是這般規矩，您的一舉一動都掛著五爺的顏面，林姑娘莫嫌老奴嘮叨，這也都是為您好。」

「五爺是皇上面前的紅人，他娶親皇上都如此在意，林姑娘莫讓五爺失望。」

「林姑娘用茶還是有聲，要細細地品……」

「我喝的是藥。」林夕落把杯子往前一端，「您品一品？」

花嬤嬤急得退後，「林姑娘可要多多注意休憩，眼瞧著便是大婚之日，您得注意身子。」

「我自當注意，免得像大人前兩位夫人那般死得不明不白。」林夕落笑著回話，花嬤嬤未想到她會忽然說這話題，忙道：「林姑娘恐是聽了旁人胡言，把此事想得過於複雜，侯府乃清靜安和之地，不會有這等事發生。」

「那二奶奶怎會告訴我，讓我小心著些？」林夕落似是隨意出口，而後連忙捂嘴，「是我失言了，花嬤嬤不妨說一說每日打算教習多久？總不能讓您整天跟著，那太過辛苦了，我這心裡實在過意不去。」

前一句是坑，後一句是遮掩，花嬤嬤自是將此事聽進耳中，但林夕落不再對此事多說，花嬤嬤沒有接話的道理，「林姑娘也勞累，每日兩個時辰可好？」

「那就有勞您了。」林夕落又吩咐春桃：「今兒這一個時辰已過了，眼瞧著便至飯食，讓人去告訴福鼎樓，今兒多添一雙筷子。」

花嬤嬤恭恭敬敬地行禮，「下晌還有一個時辰，隨同林姑娘讀書行字，老奴先退下了。」

林夕落還了禮，春桃便帶花嬤嬤離去……

這也不是個好對付的！林夕落心中涼意湧上。

不卑不亢，事事都拿規矩來衡量，即便她有意針鋒相對，她卻一句不接，這人要在此待上一個多月？林夕落心裡還真有些沒了底。

晌午依舊是眾人一同用飯，花嬤嬤也隨同至此，魏青岩依舊置了一桌，沒有單列幾席，花嬤嬤不由得開了口：「五爺，林姑娘只與您訂親，還未成一家人，同席用飯恐怕不妥。」

林政孝與胡氏覺得尷尬，意欲起身離開，魏青岩擺手阻止，讓他們繼續坐下用飯，隨口道：「妳若覺得不妥，那便轉過身莫看就是。」

花嬤嬤怔了下，行禮賠罪，真的轉過身不吃不看。

林夕落驚詫地看向魏青岩，他雖如平常般用飯，只是眉頭蹙緊的深紋明顯是對此厭惡不喜。這一頓飯，連林天詡都沒如以往那般嘰喳說笑，吃過飯便隨著林政孝與胡氏離去。

林夕落看向魏青岩，他拽著她往屋裡去，花嬤嬤就在門口站著，不出言阻撓，也不離去，舉手投足都帶股子沉穩規矩，可林夕落卻好似眼前豎了一根刺，心裡怎麼就這樣彆扭呢？

魏青岩在窗邊朝外瞧著，口中道：「她是侯夫人身邊最厲害的人，長年這副表情，比侯夫人還不知喜樂。」

「讓這樣的人來教規矩，侯夫人還真看得起我！」林夕落仰頭自嘲，魏青岩笑著道：「妳與眾不同，只不過這主意一定不是侯夫人出的。」

林夕落坐在椅凳上仔細思忖，若不是侯夫人，那是誰？

二奶奶宋氏？林夕落在侯府中除卻魏青岩之外，也只對她知曉些許，可這又是為何呢？不管為何，這事兒都是衝著她來，她躲躲藏藏，豈不更被笑話？

林夕落心中憋了股子悶氣，揉額道：「不過就一個月的功夫，我還不信了，她的規矩能教出花來！」說著起身出去。魏青岩透過窗子看她，嘴角輕揚，這丫頭的韌勁兒又上來了……

出了門，林夕落讓人給花嬤嬤熱了飯菜，花嬤嬤謝過便坐下吃用。

林夕落也不多說，待她將碗中最後一粒米吃淨，才開口道：「花嬤嬤辛苦了，我為人愚鈍，不知您所欲教習的規矩都乃何事？在林府時曾於族學中修習過些時日，所學乃是書、繡、畫，花嬤嬤還有何事可教？」

林府族學在幽州城內也是有名號的，花嬤嬤自不會在這時端架子，只得道：「老奴來此是陪著林姑娘，並非刻意教習，您言行中有與侯府不合之處才會講上兩句。」

「那若有疑問我是否可向您請教一二？」林夕落靜心探問，花嬤嬤福身，「若能幫襯得上，一定不會推脫。」

林夕落點了頭，「那便隨我一同去書屋行字好了。」說著往她的院子行去，花嬤嬤在後跟隨。

這一下晌，林夕落都在靜讀《女訓》、《女綱》，而後還書寫一遍。

她的舉手投足、研墨行字，花嬤嬤還真挑不出錯兒。旁日裡只知這林姑娘是一名匠女，如今見她書落行筆，確是有幾分才氣傍身……

抄過女訓綱常，林夕落取出林豎賢所贈的那本《遊記》細細讀起。

這本《遊記》都是林豎賢離開幽州城在外的所見所聞，每至一地，便會書寫多篇衣食住行文，應有盡有。林夕落慣於一門心思做事，讀起書來也沉靜一心，旁若無人。

花嬤嬤在一旁坐著，就這麼靜靜地看著。見她竟能如此安靜一下午，心中不由得多了幾分好奇，這是故意的？還是以往便如此？

原本眾人就在猜度五爺怎會看上一匠女的跋扈丫頭，如今見她端坐桌前，行出的字、所看的書都與傳言相悖，耳聞不如眼見，這位林姑娘還真與旁人家的閨女與眾不同。

有心探問幾句，花嬤嬤便動了動身子，可林夕落分毫未覺，依舊埋首書中……

花嬤嬤怔過後，開口道：「林姑娘。」

林夕落未動，花嬤嬤又叫：「林姑娘？」

「嗯？啊？」林夕落將書合上，「花嬤嬤有何指教，時辰到了？」

「早已經過了。」花嬤嬤起身道：「您讀書也累了，老奴不妨為您說一說侯府中之事，不知您是否有意聆聽？」

林夕落點頭，笑著道：「花嬤嬤這是疼惜我！」

「侯府中首當一位的自是宣陽侯，其次是侯夫人，侯夫人共誕二子，乃是大爺、二爺；三爺是太姨娘之子，那位太姨娘已經過世；四爺生母是侯夫人的婢女，如今仍侍奉在侯夫人身邊；五爺生母，不用老奴多說您也應當知曉。」

林夕落微微頷首，「此事自當知曉，花嬤嬤不妨繼續說。」

「大奶奶共有二子，大少爺如今已十四歲，如今跟隨大爺出征赴沙場，而二少爺是庶出，今年九歲，其生母是大奶奶的貼身的丫鬟，大奶奶對他也多有疼愛；二奶奶無子，三爺與四爺都遠在南方，子嗣眾多，而五爺之下暫無所出。大奶奶在侯府中最為勞苦，幫襯著侯夫人處置家事，還要照看孩子，著實不易。」

「侯府都是爺們兒，沒有姑奶奶，這倒是稀奇了！」林夕落玩笑般的道，花嬤嬤搖頭，「小姐也是有的，可遠嫁的遠嫁，過世的過世，至今鮮少有音訊，不提也罷。」

花嬤嬤說到此，看了看林夕落的肚子，林夕落笑道：「您這是在告訴我，要想在侯府站穩位子靠的便是這肚子了？生多少丫頭也無用，還得要生個兒子才成？」

「老奴不過隨意說說罷了。」花嬤嬤後退一步，林夕落笑了，「放心，我定要這肚子爭氣，否則豈不是浪費了花嬤嬤的苦心？」

花嬤嬤行完福禮，便離開林夕落的書房。

林夕落看著她離去的背影，心裡頭卻更沉上一分。

花嬤嬤把侯府中所有人都與自己說上一遍，不正是想看她心中對哪一方面注意更多？都說咬人的狗不會叫，這花嬤嬤恐怕就是最凶的那一條……

花嬤嬤跟隨林夕落三日，每日都看其行字讀書，時而畫繡相談，林夕落都能接得住她的抽問和刁難，花嬤嬤再無話可說。

這幾日相處花嬤嬤也明白了，這位外界所稱的匠女不是硬撐的名聲，而是一天資聰穎之女。府上幾位奶奶與她相比較，她為人更直率果敢，雖是直言敘事，可也非無心的傻子。一句話，這個女子不好鬥，起碼比魏青岩之前那兩位夫人要難對付得多。

這日一早，林夕落起身正準備叫花嬤嬤來隨她一起見錦繡端莊的繡娘，可還沒等出門，就見魏青岩從外匆匆趕回，身後還帶了一人，不正是林豎賢？

「先生。」林夕落快步上前，林豎賢一臉的窘迫，忽然見她，不由得遮顏行禮，隨即跟隨魏青岩快步離去。

林夕落看向後方趕來的魏海，阻攔問道：「這是怎麼回事？」

魏海探頭看看已經離去的二人，湊到她身邊回道：「他又被齊獻王糾纏沒完！」

「皇上不是很賞識他，直接指派他為翰林院修撰？」林夕落驚愕得嘴角抽搐，前兩日林豎賢面聖，果真不出魏青岩所料，皇上的確拷問林豎賢邊境戰事他有何見解。

林豎賢早已在心中思忖好，問題答得極為巧妙，讓皇上大為讚賞，直接狀元袍上身，賜其次從六品編撰之職，可這才兩日就又被齊獻王糾纏上了，他這什麼命啊！

魏海帶了點兒幸災樂禍，「誰讓這小子臉長得俊，被齊獻王瞧上哪還能得好事？」

林夕落挑了眉，長得俊也成了錯？

魏海匆匆趕去後院，林夕落也無心再尋花嬤嬤看嫁衣，索性吩咐春桃道：「跟花嬤嬤說今兒歇一天，就說魏大人尋我有事相談。」

春桃應下，林夕落想起了冬荷，「她休養得怎樣了？」

「恢復得不錯，這兩日也在問姑娘何時有空，欲過來伺候您。」春桃與冬荷相處久了，對她也多幾分憐憫。

「那就叫她過來吧。」

春桃去找冬荷，林夕落便回屋等候。想到林豎賢，額頭蹙緊，他可怎麼辦？

冬荷從外進來，蠟黃的小臉、薄弱的身子休養得好了些，可纖弱的楊柳嬌身仍似風吹便倒，只是臉上掛了笑，不再似剛來時那般淒苦可憐。

她進門便先向林夕落磕頭，林夕落扶起冬荷，「……妳曾跟過我，也知妳是細心之人，如若早知她們如此待妳，早就將妳要回來了。」

冬荷笑著流了淚，「大姑娘如此說，倒讓奴婢心中更為愧疚。」

「過往之事不必多說，往後妳也不是林府的人，就一心跟著我，妳可願意？」林夕落這般問，冬荷又是跪地磕頭，「奴婢一心侍奉大姑娘，若有二心，天打雷劈！」

「行了行了，起來吧！」林夕落讓她起身坐了一旁的小凳子上，「往後妳娘就留在這裡陪夫人，妳跟著我，可六伯母為何會將妳要去？這我倒是稀奇。」

冬荷臉上嗔紅，低頭悶聲道：「是冬柳……她肚子裡有了六老爺的孩子，六夫人便欲在身邊再尋一人。奴婢也不知道，是被冬柳叫去看她，誰知就這樣被留了下來，可奴婢不願作……」

林夕落安撫地拍拍她，讓她不必再說，宅門大院這等爛事不少，誰知侯府中她會不會遇得上？

春桃沒多久也從外歸來，回稟道：「花嬤嬤說您今兒若歇了，她便欲回侯府一趟，晚間定歸，讓奴婢來問問大姑娘的意思？」

林夕落努了努嘴，「讓她去吧，待了幾日，總要跟侯夫人回上幾句。」

春桃又欲去傳話，冬荷搶先起了身，「春桃姊姊歇一歇，讓奴婢去吧。」

兩人爭執半晌，冬荷終究是搶著出了門，林夕落攔下春桃在身邊，「讓她熟悉一下也好，妳就要跟魏海走了，我身邊的人也得先練練手。」

春桃臉紅，「夫人可允了奴婢去作您的陪房，繼續伺候大姑娘，您可不能丟下奴婢……」

林夕落掃她一眼，「想跑也跑不掉，不留在我身邊便不允妳嫁人！」

「大姑娘就會欺負奴婢！」春桃嘟著嘴，林夕落歪著頭，調戲道：「就喜歡欺負妳！」

「咳咳……」

屋外幾聲輕咳，林夕落抬頭看去，卻是魏青岩與魏海從外進來。

春桃臉一紅，跑到旁邊去倒茶，林夕落起身迎上去，笑著道：「你怎麼到這兒來了？」

「欺負人都欺負得如此理直氣壯？」魏青岩沒回答，抓著她的小手到一旁，魏海隨著春桃去倒茶，屋中便又剩他二人。

林夕落往院子裡看看，只有他與魏海，怎麼不見林豎賢的影子，便道：「先生呢？走了嗎？」

「就這麼惦記他？」魏青岩挑眉，林夕落抽抽鼻子，「酸味兒好重！」

魏青岩狠咬她小嘴一口，笑斥：「再調侃我，我就辦了妳！」

林夕落揉著嘴，一臉的委屈，魏青岩嘴上卻說起了林豎賢。

「……他已經走了，如今齊獻王也只敢跟在他身後邀約喝酒品茶，他正得皇上賞識，齊獻王不敢太過。他只盼著別成過眼雲煙，被皇上忘至腦後，便不會出事。」

林夕落揉著嘴不說話，魏青岩看她，「怎麼不說話，不是惦念妳這位先生？」

她仍不開口，魏青岩挪開她捂嘴的手，林夕落索性嘛起，抱怨道：「看吧看吧，嘴都腫了！」

魏青岩瞧她這模樣，忍不住笑出聲，輕輕為她揉著，「小妖精，誰讓妳嘛著小嘴兒招惹人！」

林夕落氣惱，狠狠地咬他一口心裡才平和些許。魏青岩也不覺疼，笑意更甚，摸著她的小臉，感慨道：「只有妳才能讓我這般暢懷大笑，不存虛假。」

「你以前……」林夕落話未出口便又嚥回去，想起初次見他時的冷漠、為她插簪時的桀驁霸氣，能讓這樣一個人笑好似的確不容易。

氣氛略有傷感，林夕落不喜歡這種氛圍，冷哼地瞪他，「欺負我尋樂，怎能笑得不暢快？」

魏青岩本欲再說，屋外魏海忽然出了聲：「大人，幾位將領有事求見。」

林夕落從魏青岩懷中起了身，「今兒正欲選嫁衣，我去尋母親。」

魏青岩點頭，兩人一同離開，卻各奔不同方向。

林夕落跟著胡氏挑選嫁衣的樣式，此時的宣陽侯府中，花嬤嬤正向侯夫人回稟這些時日的事。

「……老奴這幾日的觀察，林姑娘雖在外被稱『匠女』，但書、畫、字、繡都頗有功底，不俗，比尋常人家閨女只強不弱。若非老奴親眼所見，實在不敢相信，敘話之餘，她也說過這都是林家族學中所修習的課。」

花嬤嬤話音落下，侯夫人便搖頭，「她來幽州城也不過半年多的時間，更何況沒待多久便被老五帶走，哪就這般快練成？不過她的父親倒是一苦寒學子，憑自個兒本事考得進士功名才遠放邊轄之地為一縣令。」

「老奴有意與其說起侯府中各位夫人、各位爺，更提了子嗣，她好似對此很上心。」花嬤嬤也有猶豫，繼續道：「但這份上心似是故意做派，並非實心，這個丫頭不簡單。」

「妳教習的規矩，她可有不悅不從？」侯夫人皺了眉，花嬤嬤沉了片刻：「起初偶爾頂撞一二句，這幾日則沒有。」

侯夫人沉了臉，「妳對她如何看？」

花嬤嬤有些猶豫，侯夫人感慨道：「這麼多年了，妳就不能將話說個明白？我如今老了，不願再多思忖這些事了。」

「她雖然出身不高，但恐怕比二奶奶要難對付，五爺對其格外上心。」

花嬤嬤說完就聽侯夫人冷哼一聲，「老二那媳婦兒還用提？是個人都比她強！貌似精明機靈，那點兒小心眼兒是個人一瞧便知，肚子卻還不爭氣，沒用的東西！」

花嬤嬤沉默不語，侯夫人半晌才道：「那妳就繼續陪著這丫頭，也不用故意刁難，只瞧著就是，最主要是瞧著侯爺和老五那個崽子。」

花嬤嬤應下便匆匆趕回景蘇苑，侯夫人茶杯端起又重重落下，魏青岩，她絕對容不下……

捌之章◆瀟灑出閣解煩憂

林夕落本以為選嫁衣不過是片刻功夫的事，孰知卻折騰了一整日還不算完。一個大紅喜服的嫁衣，色、料、繡都有規矩，上上下下各個小件都要量尺寸訂製，林夕落覺得自個兒就是個衣架子。胡氏也在一旁精挑細選，眼花繚亂，拿不定主意。

林夕落很想尋個藉口脫身，可魏青岩在忙著，父親公事未歸，連林天詡都在練字，胡氏的注意力自然全在她身上。

雖看大紅喜服是喜悅，可誰架了一天胳膊也都受不了，正在琢磨著，門外有人前來回稟：「林姑娘，鹽行的管事來了，要請您按個手印才能領鹽引，您瞧著怎麼辦？」

孫浩淳？林夕落撂下了手，旁日裡鹽引都是他一人包辦，如今在這時候尋她按手印，肯定沒安什麼好心眼兒。

林夕落讓胡氏為嫁衣的事作主，她換好衣裳便往前堂行去。

孫浩淳正在前堂翹著腿品著茶，只等著拿到林夕落按了掌印的文函便走，今兒他可是提前打探好了，魏青岩忙碌他事不在，錦繡緞莊的人一直在此，這丫頭還能有空管自己？

正琢磨間，孫浩淳抿茶的空檔就見林夕落進了門，一口茶險些噎了嗓子眼兒，連忙起身拱手道：「林姑娘怎麼親自來了？這等小事按個手印便罷，無非是走個過場！如今您正為大婚忙著，我前來叨擾已經是罪過了！」

「之前你也曾尋魏大人按過手印？」林夕落沒與他寒暄直接問，孫浩淳忙笑著道：「這倒是從未有過，每次都是二爺幫襯著，可如今二爺不在侯府，我自得來尋您了。」

林夕落看著擺在桌上的單子，又道：「那你為何不去尋魏大人？」

孫浩淳語帶一絲自嘲，「魏大人早先便已說過，這等事自行決定，他不操心，何況如今國事更為重要，我怎敢為這點兒銀兩之事去勞煩他？您又不是不知魏大人的脾氣！」

林夕落雖然不懂，可信不過孫浩淳，這事兒不能立刻就應承下來。她坐於一旁，一點兒都不急，「這些時日鹽行都有何動向？孫大管事不妨說一說，讓我也長長見識！」

孫浩淳一愣，「林姑娘，您對其中之事可比我還明白，還用我說給您聽？這是寒磣我！」

「你說不說？」林夕落瞬間冷下臉，孫浩淳忙道：「去年的帳您瞧過了，今年剛剛開張，自要以鹽引進鹽，這不都擺著呢，還有何可說？」

林夕落拽著那單子，「往年領鹽引，不都是憑條子去鹽政衙門，今年怎麼還要按巴掌印？會這樣簡單嗎？」

「那還能有多複雜？」孫浩淳遮遮掩掩，心中只恨她繞著彎子問話，再多問幾句，他都快被繞進去了。

林夕落不吭聲，只坐在一旁喝茶。孫浩淳也一杯接一杯地往肚子裡灌，見林夕落不慌不忙，他心中越發焦急，終於忍不住道：「林姑娘，您到底是何意？如若今年的鹽引不領，買賣不做了，也不妨說一聲，外邊那麼多張嘴等著吃飯，您不過一巴掌的事，何必如此疑神疑鬼？」

林夕落笑了笑，隨即冷下臉，「自當是信不過你。」

孫浩淳本欲再接話，卻無法開口，這都被人直接說「信不過」了，他還能有何說辭？

「您信不過我無妨，我去尋二奶奶說。」孫浩淳冷哼著擺出了宋氏，林夕落只是冷笑不語，未等再開口，冬荷過來回稟：「林姑娘，花嬤嬤回來了。」

「請花嬤嬤到這兒來，我正有事請教。」林夕落心中忽然湧出個念頭，她倒是要看看花嬤嬤對上孫浩淳，她二人能鬥出個什麼樣子來？

花嬤嬤？孫浩淳聽這名字略有耳熟，不過一個老媽子他也未多往心裡去，目光中露出幾分不屑嘲諷，依舊翹著二郎腿兒在這裡等。

花嬤嬤到此，第一眼就看到了孫浩淳，瞧其這副模樣，心生不滿，與林夕落行禮過後，便聽林夕落道：「花嬤嬤，我倒是有幾件事向您請教。」

「林姑娘請說。」花嬤嬤帶著審度的目光看向孫浩淳，把他看得不太舒坦，他也朝此望來。

林夕落拿起去年鹽行的帳冊，還有孫浩淳拿來的條子問道：「這帳冊我有些看不懂了，您幫襯著我看看，其上可是有不規矩的地兒？還有這條子，今年要開始領鹽引，要我在條子上按一巴掌印，可之前我並未聽說過此事，不知您對此怎麼看？」

「林姑娘家事，老奴怎能擅自插手？」花嬤嬤立刻出言婉拒，林夕落笑著道：「未出閣的姑娘學女紅，即將要嫁的不是要學持家，花嬤嬤何必推脫？」

不容她再拒絕，林夕落直接翻開帳冊送至她的眼前……

花嬤嬤無奈，將帳冊捧在手中看上幾頁，再看那欲按巴掌印的條子，開口道：「帳冊上處處都是錯兒，老奴寡聞，也未曾聽說過要在條子上按巴掌印去領鹽引的說法。」

「妳這老婆子懂個屁，尋常不出門的人怎能知道商事行情？」孫浩淳張口便罵，花嬤嬤的目光中凝幾分冷意，站在一旁不說話。

林夕落笑著介紹道：「花嬤嬤，這位是魏大人手下鹽行的大管事，也是侯府二奶奶的表兄。」

花嬤嬤聽此沒有反應，只上前行禮道：「給孫大管事請安了。」

「哼……嗯？妳怎知道我姓什麼？」孫浩淳看著花嬤嬤，再看林夕落，目光中滿是奇怪。

林夕落心中早已笑開了花，臉上則一本正經地道：「孫大管事不認識花嬤嬤？這位是宣陽侯夫人身邊的花嬤嬤，如今來教習我如何持家、如何學禮。」

孫浩淳當即目瞪口呆，恨不得抽自個兒一嘴巴。

好一個林夕落，居然在這時候宰他一刀！這丫頭的鬼心眼子怎麼長的，居然使這等小手段？

雖說花嬤嬤是侯夫人身邊的奴才，但這等人連二奶奶都不敢得罪，更何況是他？

他剛剛居然直接叫他老婆子……

孫浩淳恨得牙根兒直癢，巴不得林夕落一直不捅破這層窗紙，他只作不知道走人便罷，可如今這般對峙上，他能怎麼辦？

「花嬤嬤……」孫浩淳顫抖著開口，花嬤嬤則道：「林姑娘，帳目不妨讓孫大管事理清之後再來回稟給您，鹽引之事老奴也不清楚，可認知中從未接觸過此事，還請林姑娘斟酌。」

花嬤嬤又將這話說了一遍，明擺著是不偏袒，縱使她自己也知道被林夕落擺了一道，可既是跳進這個坑，她便有這份責任。如若她糊弄過去，鹽引出了事，丟的可是侯夫人的臉。

林夕落向花嬤嬤行了禮，看向孫浩淳道：「孫大管事，您都聽清楚了？」

「聽清楚了，實在是我的不對，回去定要好生罰了帳房！他們居然如此糊弄，實在罪該萬死！」孫浩淳咬著牙根兒把話說完，隨即捧了帳目和單子便要走，林夕落按住手中之物，吩咐道：「這物件留此便可，我還要向魏大人交代。」

孫浩淳有意還嘴，可又見花嬤嬤面無表情地看著他，只得認了倒楣快步出門。

待他一離去，林夕落也未與花嬤嬤再議此事，反倒帶著她去尋胡氏把嫁衣的事定下來。

花嬤嬤也未退後，對嫁衣的材質、顏色、尺寸及花冠上的寶石都一一對照挑選，若有遺漏她便出言補缺，倒是讓胡氏極合心意。

錦繡端莊的人離去，胡氏笑著看花嬤嬤，「真是辛苦您了，若非您在此，還真有疏忽之處。」

「侯夫人吩咐老奴教習林姑娘，這也是老奴應做的本分。」花嬤嬤說罷便告退離去。

林夕落沉了口氣，想起今兒孫浩淳那副德性，又笑了起來，他想趁忙碌的空檔拿自個兒做筏子？沒那麼容易！

宋氏聽孫浩淳回稟這事兒，氣得頭直發暈，指著孫浩淳便開罵：「你到底有沒有腦子？當初不是告訴過你，侯夫人已經派了人去教習那丫頭規矩，你把鹽引的事經手就行，居然還上趕著去讓她挑刺兒？你是吃飽了撐的吧！」

「我這不是尋思她匆忙間把這手印按了，藉這個機會把鹽行的乾股再往手裡頭挪一挪，多混兩個銀子花？」孫浩淳一臉的苦色，抽了自個兒一嘴巴道：「都是我該死，如今怎麼辦？那個花嬤嬤不會把此事告訴侯夫人吧？」

「怎可能不說？當初我去建議侯夫人派嬤嬤讓那丫頭學規矩，她已經想出我要有動作，如今這事兒被掀了，她不拿我開刀才怪！」宋氏心中焦慮，好似椅子上有釘子一般坐立不安，不由得起身攆人：「你還不滾！」

孫浩淳連忙作揖離去，宋氏斟酌半天，去了侯夫人院子。

侯夫人看她到此，便道：「又來我這兒是何事啊？」

宋氏不敢開口，笑著巴結道：「兒媳是來探望母親的身子，哪裡有什麼旁的事？」

侯夫人冷笑，「又來孝敬我了？」

「這是媳婦兒應當做的，二爺也惦念著您，這兩天總在念叨著，特意吩咐媳婦兒來陪母親多說說話。」宋氏撒嬌地坐在一旁，侯夫人朝後擺了擺手，嬤嬤帶上來兩個女子，宋氏只覺得心中一冷。

侯夫人看著宋氏道：「新選了兩個丫頭，妳領回去吧，青煥回來讓他挑一挑。」

宋氏臉上火辣辣的燙，有意開口回絕，可又沒這個膽子，彆扭半天，只得試探道：「二爺如今不在，不妨等他回來……」

「等什麼？妳的肚子不爭氣，還不許讓青煥再選他人？」侯夫人瞬間就火了，宋氏立即掉了眼淚兒，「母親，這也不是媳婦兒一人說得算的，還不是二爺……」

侯夫人不允她再說，指著便是罵道：「一門心思尋思銀子，還有臉把這責任賴了青煥身上？帶著人趕緊走，我不想再看到妳！」

宋氏不敢還嘴，立刻起身連連向侯夫人認錯道歉，但侯夫人面色堅定，她也知道這事兒推脫不開，只得帶著那兩名丫頭離開……

侯夫人喘口長氣，看著花嬤嬤剛剛派人送來的書信，口中嘀咕著：這林家的丫頭，還真不是個省油的燈！

一個月的時間倉促而過，眼瞧著離二月初二還有不足五日的功夫，景蘇苑中也更忙碌開來。

林夕落無心再寫字看書，整日裡只聽著花嬤嬤的教導、胡氏的嘮叨。

如今要離去，林夕落還真有些不願離開這個家。

侯府的宅門再高、院子再闊，都比不上這個溫暖和煦的小窩，可她知道，若想父母能安安穩穩地過上這日子，她就不得不邁出這個門。

想起魏青岩，林夕落心裡犯了嘀咕，這些天他不是歸來便走，就是幾日不在，到底在忙什麼？

腦子裡正想著，門口的侍衛回稟：「姑娘，齊獻王妃、齊獻王側妃到！」

林夕落愣了半晌，隨即恍然一驚，林綺蘭？

林綺蘭自大年初二嫁了人，林夕落便將她忘至腦後。

本尋思大婚之時齊獻王應該會到，但她與齊獻王妃在此時來是為何？

這般突然到了門口，她若回絕恐怕不妥，依著齊獻王的脾氣，定會尋魏青岩的麻煩。齊獻王這人是軟硬不吃，整個一無賴，林夕落對他心中有幾分畏懼。

林夕落問侍衛：「魏大人可回來了？」

侍衛道：「還沒有。」

看來是不得不見了！林夕落起身，吩咐冬荷去請花嬤嬤來。

待述說了來客之後，林夕落道：「……從未見過齊獻王妃，側妃雖是我的六姊姊，可您也知道我的脾性，家醜不遮，她與我勢同水火，這事兒終歸還是衝著大人顏面來的，花嬤嬤可否幫襯一二？」

林夕落直言自嘲，花嬤嬤也無話可駁，宣陽侯府的眾位爺各有各的心思，但對外事還都是站在一起，花嬤嬤也不得不思忖這事兒齊獻王可否有旁的心思。

林夕落也不催促，只等著花嬤嬤開口。

「林姑娘是想見，還是不想見？」花嬤嬤直問，林夕落作答：「自然是不想見，可大人不在，咱們好似也無推脫的理由？何況是王妃到此，如若這般拒了，齊獻王會不會大發雷霆？」

林夕落這會兒收了心，不再計較花嬤嬤與侯府的關係，認真地商議。

花嬤嬤道：「那老奴便陪林姑娘一同去見。」

林夕落臉上露了喜色，她就在等花嬤嬤這句話。

花嬤嬤又是板著那一張臉，跟隨她的身後往正堂而去。

齊獻王妃秦素雲坐於正位上品著茶，林綺蘭在一旁坐著，抬頭看看正堂的擺設，嘴角勾起幾抹不悅的嘲諷，與齊獻王府的富麗堂皇相比，這個院子實在是太過簡陋了……

等候半晌，卻還未見林夕落到來，秦素雲沒說話，林綺蘭卻忍耐不住，叫來一旁的侍衛道：「這可是齊獻王妃到此，你們林姑娘怎能如此怠慢？不出門迎候便罷，也不派人招待，這是哪門子道理？她也是林府出來的大家閨秀，做事這等小氣，實在丟林家的臉！」

「妹妹，喜事將近，她應該也在忙著，咱們不必著急。」秦素雲柔聲相勸，林綺蘭卻不依不饒，「王妃大度，可她終究是妾身的妹妹，總該訓斥幾句才是，否則嫁入侯府再出差錯，實在沒了林府的名聲。」

秦素雲沒再回答，林綺蘭的腰板更直起來……

這幾日的相處，齊獻王雖沒再進過林綺蘭的屋子，可她也瞧出來些端倪，雖說一正、一側兩妃，還有四妾、通房的擺設，但齊獻王這一個多月壓根兒就不進後宅的門。

內宅的規矩雖在，可這位王妃的脾氣比她還軟，齊獻王吩咐何事，她便應從何事，遇事都是請示齊獻王，從不自個兒拿主意。

林綺蘭也想明白了，名分已經有了，自要好生利用，起碼先把心裡的仇怨消了，所以她便鼓動秦素雲來見林夕落。秦素雲自是要請示王爺，孰料齊獻王點頭便答應了。

秦素雲有意先送帖子，林綺蘭勸說半晌，說是直接來此更是個驚喜，但兩人到此卻只奉茶坐在這裡，林夕落壓根兒就不露面。

從私心來講，林綺蘭巴不得她不露面，秦素雲自不會多說什麼，可她回去自有與齊獻王回話的機會，齊獻王得知林夕落如此冷落二人，豈會不大發雷霆？

林綺蘭心中越想越覺得舒坦，可還沒等舒坦透，門外有侍衛通稟：「姑娘到。」

林綺蘭微翹的嘴角立即冷了下來，坐在原位上沒動彈……

林夕落沒看林綺蘭一眼，上前先向秦素雲行禮，「這便是齊獻王妃？民女林夕落向您請安。」

「林姑娘不必多禮，今日來此也是王爺的吩咐，林姑娘大婚，到此探望一二，也有意問詢可有需要幫忙之處。」秦素雲笑著上前扶她，林綺蘭卻道：「九妹妹，這可是王妃，妳理應行叩拜大禮，這規矩忘了嗎？」

林夕落瞪她一眼，「王妃沒開口，妳先張嘴說話，妳的規矩又記了何處？」

林綺蘭有意再說，花嬤嬤上前道：「給齊獻王妃、側妃請安，林姑娘有皇上賞賜之物，免向百婦行叩拜之禮。」

林綺蘭冷哼地別過頭去，秦素雲笑道：「皇上賞賜女眷少有，多數都是皇后娘娘恩賜，林姑娘實在好福氣。」

「王妃過獎了。」林夕落又行了禮，隨即走到林綺蘭跟前，隨手一福便罷。林綺蘭有心再說，可目光放到了花嬤嬤身上，卻不知這老婆子是何人？這不是林夕落從林府帶出的，恐怕是魏大人派來此地的？不知這個人的底細，她不敢擅自出言頂撞。

禮行了一圈，林夕落沒有坐下，站在一旁笑道：「王妃今日到此著實讓我格外驚喜，一時間不知道該如何辦才好了，讓王妃久等實在是我的罪過。婚事已經在籌備當中，我只聽著眾位主事的嬤嬤們吩咐就是，旁的事用不上我操心，反倒成了閒人一個，王妃的好意民女心領了，感恩不盡。」

客套話誰都會說，林夕落說起來也能琅琅上口。

秦素雲也是掛了笑，帶幾分俏意地道：「林姑娘所言不假，這婚事雖忙，可最不忙的便是新娘了，不怕妳笑話，當初本妃出嫁時也有同感。」

林夕落對秦素雲略有吃驚，這是做作？可瞧她目光神色又不虛假，她本以為齊獻王妃會是個刁蠻之女，卻沒想到是這樣一個人……

「王妃說笑了，民女的婚事怎能與王妃相比。」林夕落笑著附和，秦素雲連連擺手，「這有何不能比？都是喜事！」

林綺蘭在一旁看兩人聊得歡暢，心裡說不出有多恨，見不得這融洽，便出言諷刺道：「九妹妹，關起門來是一家人，也容姊姊訓妳幾句！眼瞧著妳便要嫁至侯府，可不能如尋常那般張揚跋扈，妳是個姑娘家，總要有點兒做姑娘的規矩本分，那什麼雕刀、雕木的全都扔了，否則進了侯府，妳可有得罪受了！」

秦素雲一怔，有意出口說林綺蘭幾句，但斟酌一下，又把話嚥回了肚子裡。

林夕落自不會讓著她，看了林綺蘭一眼，反駁道：「關妳何事？妳閒得吃飽了撐著了，連宣陽侯府的事都想插手？」

「不知好歹！我做姊姊的這是提醒妳！」林綺蘭當即站起來訓斥，林夕落看向一旁的花嬤嬤，轉頭道：「規矩二字容不得妳多嘴，這乃是侯夫人派來陪伴我的嬤嬤，花嬤嬤尋常便陪伴侯夫人左右，如今伴著我還用得著妳擔心？何況魏大人就喜歡我把玩雕件雕物，侯爺與侯夫人都允了，妳站這兒充什麼大瓣兒蒜？有這份心，不妨好好侍奉齊獻王與王妃，管好妳自個兒！」

「林姑娘天資聰穎，無論書、字、畫、繡、雕都極為精湛，侯夫人對其自當疼愛。」花嬤嬤笑著應和，讓林綺蘭氣得渾身哆嗦說不出話。

秦素雲在一旁只覺尷尬，她雖然早就知道林綺蘭與林夕落兩個姊妹不和，卻沒想到會如此針鋒相對，誰都不肯讓誰，那她來此地作何？

秦素雲左右看看，覺得沒必要再待下去，便道：「綺蘭，今兒也累了，咱們這就回吧。」

秦素雲開了口，林綺蘭只得起身，上前行禮賠罪道：「王妃莫笑話妾身，妾身與妹妹多年愛拌嘴鬥趣，無礙的。」

秦素雲一直溫煦地笑待眾人，「那就好，有姊妹陪伴在身邊，這是好事……」

「讓王妃見笑了！」林夕落應和著陪送出門，秦素雲臨上車駕之前，笑著與林夕落道：「妳是個聰穎的，看到妳便想親近，待妳出閣之日，本妃再隨同王爺前來賀喜。」

「多謝王妃。」林夕落向秦素雲行了禮，林綺蘭巴結著上前攙扶，姊妹二人對視的目光中，除卻恨、怨、狠，再無半分親情。

一直恭送這長長的車駕離去，林夕落看向身旁的花嬤嬤，感慨道：「讓您瞧見這笑話了，這不是來賀喜的，這是巴不得添喪的……」

花嬤嬤依舊沒有任何表情，「家家如此，戶戶爭鬥，丫鬟婆子們為個銅子兒都能爭個頭破血流，爭的不過是這張臉，並非是為了銀錢。」

林夕落轉過頭，「您倒是瞧得開。」

花嬤嬤不再多話，林夕落長呼一口氣，便帶著她又回了小院。

晚間，齊獻王回來時，林綺蘭正在秦素雲的院子中……

得知二人今日見過林夕落，齊獻王讓她們把今兒的事原原本本說上一遍。

秦素雲沒有開口，林綺蘭卻喋喋不休：「如今侯夫人派了身邊的嬤嬤去教她規矩，就在身邊陪著，妾身訓她幾句她反倒駁回來，說魏大人就喜歡她把玩雕刀雕件的，連侯夫人都允了，這丫頭，有她好瞧的！」

秦素雲沒想到林綺蘭會如此直言，分毫不留姊妹情面，連忙往回圓話道：「她倒是個喜樂的直性子，妳是姊姊，理應讓著她些。」

齊獻王抿著茶，眉頭卻皺緊，「她親口這麼說的？」

林綺蘭剛被秦素雲訓一句，膽怯地看了她一眼，又與齊獻王點頭道：「的確她親口所言。」

「不過是妳姊妹鬥嘴的氣話，怎能當真呢？」秦素雲對林綺蘭這副做派略有不滿，林綺蘭連忙道：「妾身也是對這位妹妹太過操心，讓王妃見笑了。」

秦素雲不再開口，齊獻王也沒反應，林綺蘭覺得再待下去不合適，主動請退離開此地。

過了半晌，齊獻王出門尋來身邊的人，吩咐道：「想辦法把那丫頭給我弄來！」

魏青岩夜晚歸來，進門就見林夕落在他的屋中等候。她坐在桌前看書，一旁的茶湯熱氣裊裊，他放輕腳步，她仍是專注在書中，半晌都沒察覺屋中另有人在。

春桃從外面趕來，看到魏青岩，連忙行禮，「大人。」

林夕落抬頭，見魏青岩正看著她。

「何時回來的？怎麼都不出聲？」林夕落放下書本起身，魏青岩捏著她的小鼻子，「警覺這般差，讓人如何放得下心？」

「這是在你的屋子，又不是旁的地兒！」林夕落又立刻說起今兒齊獻王妃來的事，「……說是齊獻王的吩咐，但林綺蘭恐怕沒說什麼好話。齊獻王妃那個人性子是真那般軟，還是故意做作？」

魏青岩皺眉，「都說了何事？」

「林綺蘭不過是尋我鬥嘴，想來這兒顯擺她身分的高貴，讓我學規矩，往後甭再把玩雕件。」林夕落隨口嘮叨，想起林綺蘭就覺得厭惡。

魏青岩拽過她，冷言道：「一字不落地都說一遍給我聽。」

林夕落想了半天，便將初見秦素雲和林綺蘭，直到她們離開，前前後後的言行都說了一遍，連她斥罵林綺蘭的話都沒落下。待將事情說完，不由得犯了嘀咕，「就說了這些，會有事？」

魏青岩沒答林夕落的話，而是出門去吩咐侍衛：「立刻加派侍衛守在此地，任何人出入都要有我親筆的條子才可，否則二月初二之前全都擋回去，不分是誰。」

侍衛領命離去，魏青岩才又轉身進了屋，林夕落見他如此謹慎，追問著道：「是不是我說了錯話？今兒也實在看不得她張揚的勁兒！」

「沒事，不過對齊獻王警戒心還要高些才好，這幾日妳便別擅自出門，家眷最好也都別走動。齊獻王那個人表面大大咧咧，卻狠辣至極，難保會在此時做出什麼事來。」魏青岩安撫地拍拍她，但林夕落察覺到他的敷衍，「不肯告訴我嗎？」

「只是擔憂妳的安危，護著妳，豈不更好？」魏青岩不肯說，林夕落嘟嘴，委委屈屈看他。

魏青岩抹著她的小嘴，「又裝委屈？」

「是真委屈！」林夕落起了身，「你忙吧，我回去了！」

魏青岩拽她的手，「別走，在這兒等我！」

「不留了，走了。」林夕落從他手中掙脫，魏青岩也未強行挽留，看她披好大氅出了門，他立即吩咐將魏海等人全部叫至此地，連宣陽侯的侍衛統領都未落下……

林夕落離開魏青岩的院子，心裡頭帶著一絲賭氣。

她不知這氣從何來，是對他不肯將實情說出，還是因他剛剛突然變冷的面孔心寒？一個字都不許落地敘述今日齊獻王妃來此所談的話語，那個時候的他就好似是根刺，總之就是心中不舒坦。眼瞧著沒幾日便要嫁了，心裡怎麼還堵得慌了？

回了院中，林夕落洗漱過後便歇下，翌日一早賴床不起，冬荷不知她如今脾性，在一旁等著。待花嬤嬤進了院子，冬荷無法，只得湊到林夕落床邊道：「姑娘，花嬤嬤都來了，您要不要起身？奴婢去打水來為您洗漱！」

林夕落躺著睜了睜眼，這一宿她沒怎麼睡好，眼睛酸澀浮腫，嘀咕道：「打盆涼水來即可。」

「涼水？」冬荷訝異了，可仍是照吩咐做。

林夕落無精打采地起了身，直至用冷水淨了面才清醒些許。

她換好衣裳便去見了花嬤嬤，卻是無精打采道：「今兒不舒服，起得遲了，讓花嬤嬤見笑。」

「林姑娘的喜事還有幾日便到，即便身子不累，心也跟著累，不舒服也是常事。」花嬤嬤轉了話題便說起陪房、陪嫁，「……算上今日，還有四日便是大婚之日，不知林姑娘可是選好陪房、陪嫁了？」

聽花嬤嬤提到正事，林夕落也認真起來，「這件事也想問一問花嬤嬤，對陪房、陪嫁丫鬟，侯府中有何定例？」

「容老奴逾越，魏大人終究是庶出，依定例，陪房不超兩家，陪嫁丫鬟不超四人，隨您侍奉的嬤嬤可有一位。」

林夕落點頭，除卻春桃以外，還要選一家人；冬荷跟在身邊，那還需要三個丫鬟。這事兒倒頗有些棘手，胡氏身邊的丫鬟婆子本就不多，如今讓她選，豈不是只能在林府裡選？總不能這時候出去找……

「後日回林府待嫁，那時容我再問一問家中對此事可否有章程再議。」林夕落說完，花嬤嬤便不再多語，陪著林夕落看過書、行過字，便回到她自個兒的屋中去。

林夕落去尋了胡氏，胡氏更納罕魏大人的安排，「一早便得知不允再出行，後日就要回林府待嫁，這是怎麼個事？」

「越到這日子他越緊張，您莫放心上，依著他吧。」林夕落雖是勸慰胡氏，卻也是自我安慰。

胡氏皺了皺眉，「怎麼讓妳這一說，我也跟著緊張起來了？」

「哎呦，夫人啊，這是喜事兒，您在這時候應該更樂呵才對！」宋嬤嬤在一旁解了圍，胡氏才露了笑臉，「對對，喜事，瞧我這顆嘮叨心！」

林夕落說起了陪房和丫鬟的事，胡氏也為這事兒犯了愁，「回林府讓她們安排？指不定都安排出什麼樣的人來！」

胡氏露了難色，「要不要問一問魏大人？」

問他？林夕落有些猶豫，「如若在外尋人呢？」

宋嬤嬤連忙擺手，「這可不成，即便陪房、陪嫁的人都是信得過的，還是都會生出些小矛盾，如若在外尋，指不定會出多大的亂子。」

「還是問一問魏大人吧。」胡氏依舊是這意見，「林府的人我倒覺得還不如外面尋來的，魏大人已有了令，即便妳想出外尋人也得有他親筆的條子才行。」

林夕落嘆口氣，雖不情願，可臉上也不敢表露太多，以免讓胡氏擔憂。

待又說了幾句閒話，便則起身往外走。

林夕落沒有乘轎，就這樣一步一步走去，走過一個院子，再過一個小園子，冬荷在身後跟隨，待路過林夕落的院子，卻見她沒有進去，反而繼續朝前走。再往前便是魏大人的後宅，冬荷有意出聲問問，可還是把話憋回去，就這麼跟著。

走到院子門口，林夕落停步，院子裡面空蕩無聲，悄悄探了頭，屋中好似沒人，心裡頭更憂鬱幾分，轉頭時撞上了冬荷，險些把她撞倒。

「哎喲！」

「沒事吧？嚇到了？」林夕落連忙扶住冬荷，為她撣著身上的塵土，冬荷連連擺手，「奴婢沒事，九姑娘，魏大人應該還沒回來，您要在此等嗎？」

林夕落苦笑，這話不正是她自問的？等嗎？還不知他何時才能回來，等什麼？

林夕落搖了搖頭，道：「回吧，今兒不等了。」

話語說完，不再躊躇慢步，而是快步前行，直接回了她的小院。

冬荷要跟進奉茶，卻被春桃從一旁拽走，「別進去了。」

「姑娘不是喜歡蜜茶？」冬荷一門心思勤快，春桃指了指屋角，冬荷才注意那方有一高闊的人影，急忙躡手躡腳地跟著春桃往旁邊行去。

林夕落進門低頭便往寢房走，可還未等走進門口，就見到床榻上有一人臥著看書。

林夕落嚇了一跳，「怎麼……你怎麼來了？」她剛剛去他的院子，他卻在自己屋中……

「我為何不能在此？」魏青岩撂下書，擺手道：「過來。」

林夕落沒立刻過去，褪去大氅披風，淨了手，坐在一旁的椅子上，「今兒有空了？」

魏青岩見她沉著一張小臉，起身從榻上下來，將其拽到懷裡，「怎麼？還在委屈著？」

「自是委屈。」林夕落看著他，「有話不與我說，還瞞著，我受不得。」

魏青岩笑著親她一口，「這小脾氣開始上來了！」

「我尋常在你身邊，你有事還會與我直說，如今要嫁了，反倒開始遮遮掩掩，那這嫁得還有何意義？不如不嫁了！」林夕落噘著嘴，將心中不滿全都說出，「如若我做得有錯，你說出來又有何妨，為何不提，讓我這心裡好不舒坦！」

「小妖精，開始撒起潑了！」魏青岩摸著她的頭髮，林夕落依舊噘嘴，魏青岩道：「再噘嘴？」

嘴唇噘得很高……

「再噘嘴？」

嘴唇噘得更高……

魏青岩直接輕啄一口，霸道地挑開她的小嘴。林夕落不從，卻拗不過他……

「討厭！霸道！占便宜！」

半晌過後，林夕落被他鬆開便開始叫嚷。

魏青岩靜靜地抱著她，許久才道：「還有三日……」

「三日會出什麼事嗎？」林夕落見他的眉頭蹙緊，略有憂慮。

魏青岩捏著她的下巴，「三日後便可洞房了！」

林夕落一張臉通紅，輕斥：「討厭！」

魏青岩哄逗林夕落一個下午，直至到晚間她合眼睡去，才出了院子。

李泊言此時早已在外等候，見他出門，上前請示道：「已經逮住幾個在周圍走動的人，應是齊獻王的人，怎麼處置？」

魏青岩冷道：「全殺，一個不留！」

齊獻王聽著下人的回稟，雷霆大怒。

「全都沒有音訊？一個都沒有？他媽的，這個魏崽子可真夠狠的！」

「王爺，接下來怎麼辦？可還要繼續……」

齊獻王破口大罵：「那丫頭沒轍，她身邊的人也都不成？一群飯桶！」

「如今景蘇苑戒備森嚴，進出都要有魏大人親筆的條子才可，不過後日眾人回林府，不妨那時再動手？」

齊獻王沉了半晌，「那就再等兩天，絕不能讓魏崽子舒坦了！」

陰曆二月初一，林夕落一早便跟隨著林政孝、胡氏等人回了林府，花嬤嬤也去，待明日大婚時再一同回宣陽侯府。

魏青岩派了人護送，侍衛比尋常多一倍，他更是沒有駕馬，而是親自陪同林夕落乘了馬車。

林夕落總覺得他心不在焉，目光中帶有一絲警戒，可魏青岩不說，她也不好張口追問，以免再為此事讓他分神。

這一路車駕行走得極為緩慢，李泊言親率一隊侍衛在前清路，以人設屏障，連林政孝與胡氏心裡都多了幾分前所未有的謹慎。

「老爺，是不是出了什麼事？旁日裡出行也沒這般慎重，難不成有何事發生？」胡氏忍不住問出了口，林政孝則安撫道：「魏大人慣於謹慎，大局為重，如此甚佳。」

胡氏不以為然，卻也不再多問，只是將林天詡緊緊摟入懷中……

林忠德率林政武、林政齊等人在林府正門處迎候，林政齊的眼神中有幾分不屑，可林忠德的吩咐他不得不聽。自林綺蘭嫁入齊獻王府，二房之前的話語權就像是冬天落在樹枝上的雪，輕風一吹便散落不見……

雖然林芳懿已經進了宮，得了太子妃的賞識，可她能否再進一步還是未知數。

他只能隱忍下去，咬著牙，捏著脖子也得忍。

接連有人探信兒回報，這一等便是小半個時辰才遠遠看到宣陽侯府的車駕隊伍行來。

許氏在後帶了幾分妒忌，「不過是回個府，至於這般大的陣仗……」

田氏笑了笑，「說起這個，倒是讓我想起齊獻王側妃回門的時候，好似比不上這氣勢！夕落也真是的，這還不是大婚，也不是三日回門，如此鋪張豈不是逾越了？」

許氏嘴角抽搐，「綺蘭本就不是跋扈囂張的人，也知收斂，哪裡會這般張揚？」

田氏和劉氏對視一眼，都揚起輕笑，而這一會兒，侯府的車駕已停至門口，眾人上前，林政孝與胡氏最先下來，兩人帶著林天詡向林忠德等人行禮，「給父親請安了！」

林忠德點了點頭，「回來就好。」

林政武往後看，忍不住道：「七弟，魏大人在何處？」

林政孝側身往後，「魏大人還在後面。」

眾人投目過去，正見魏青岩在馬車旁扶林夕落下車，這姿態讓許氏瞠目氣惱，更多了怨懟。

田氏在一旁嘀咕著：「夕落就是個有福氣的，魏大人整日陪著……」看了看許氏，擠兌道：「側妃回門，王爺好似因事忙未能來？」

劉氏插了縫兒，「邊境軍事緊急，王爺是重臣，哪能走得開？」

「也是，可魏大人也是都督同知，還是龍虎將軍，卻是有空？」

許氏聽不下去，冷哼著上前幾步。胡氏看著她走來，便行了禮，「大嫂。」

「回來就好，宗秀園已經重新修葺，新房也已經布置好，還是回去歇著吧。」許氏話語說得比白水還要平淡，胡氏應和後便等著林夕落。

林夕落跟在魏青岩身後進了門，林忠德上前行了大禮，「大人。」

魏青岩也未拒，只點了點頭，一一看向周圍眾人，孤傲審度之態讓眾人心中不安，卻也無人有膽量與他挺直對視。

「魏海。」魏青岩點了名，魏海立即率領侍衛湧進林府。

林忠德的眼角抽搐，這哪裡像是來此出嫁？如若外人不知，還以為是抄家！

侍衛站好，魏青岩便帶著林夕落往院內走去。

林夕落與許氏擦肩而過，許氏咬著下唇，忍不住道：「九姑娘還是稍留片刻，婚嫁的禮儀、規矩還要為您說上一說。」

林夕落停步，魏青岩皺眉，看向她身後的花嬤嬤，「妳留在這兒聽完，然後再說給丫頭聽。」

「是。」花嬤嬤直接留此，魏青岩拽著林夕落便走。

許氏氣得跺了腳，看向花嬤嬤道：「不知您怎樣稱呼？」

花嬤嬤自然知道許氏剛剛阻攔是為了什麼，回答的話語也說得格外硬氣：「老奴乃是宣陽侯夫人身旁的嬤嬤，大夫人稱老奴一聲花嬤嬤即可。」

許氏一怔，極為尷尬，跟隨著侯夫人的嬤嬤哪裡用她來教？只覺得臉上赤紅，難以下臺，不知怎麼開口才好？

田氏與劉氏在一旁輕扯嘴角，簇擁著胡氏去院子裡看景兒吃茶……

在此等候許久，魏青岩卻置之不理，林忠德難堪不已，林政孝看出老爺子的尷尬，上前圓場道：「兒子不才，年後剛得次五品之職，還需父親多指點迷津。」

林政孝給林忠德尋了個臺階，林忠德直了直腰，點頭道：「你之前寒窗苦讀，積累多年，此次能接連晉升也是你的成果，為父甚是欣慰。」

「還望父親指點。」林政孝再次躬身，林忠德便吩咐往書間庭而去，林政武與林政齊自是跟隨，其他人作鳥獸散，七老爺一家歸府才算作罷。

魏青岩一直將林夕落送進屋內，林夕落長嘆口氣，「不至於如此吧？」

「我不放心妳。」魏青岩在屋中各處查了個遍，林夕落在身後拽著他的衣襟，小碎步地跟著，「那我這樣跟著你，你放心了嗎？」

魏青岩轉身摟著她，「明兒才能吞了妳！」

林夕落紅著臉，「討厭。」

「討厭？明兒讓妳討厭個夠，小妖精！」魏青岩低頭看她。林夕落滿臉赤紅，用小腦袋頂著他的胸膛，來回扭著不說話。魏青岩拽她坐在一旁，「明兒請了太僕寺卿夫人當全福夫人，為妳添妝的人妳只坐在內間見一見即可，不要離開這間屋子，抬轎的人也都特意選好，妳自可放心。」

「我會注意。」林夕落看著他，「明兒必須要告訴我為何這般謹慎，否則我可不依你。」

魏青岩拍著她的小屁股，「好，一定從頭到腳都告訴妳！」

林夕落撒嬌半晌，魏青岩才離開去書間庭見林忠德。

林夕落也沒在房中多待，去了宗秀園的院子，李泊言正等候在此。

「師兄。」林夕落上前行禮，李泊言連忙側身，「大人吩咐選的陪嫁和陪房已經帶來了，師妹可要見一見？」

林夕落點頭，李泊言吩咐一旁的侍衛，可見林夕落一直看他，臉上多了幾分尷尬，言道：「這一家人曾跟大人從軍，因年齡太大便被大人留下給師妹做陪房，夫妻二人共有三子二女，女兒可作妳的丫鬟。」

林夕落笑道：「如此甚好，勞師兄操心了。」

李泊言拍著胸脯，「依舊那句話，師妹之事，全力以赴。」

林夕落福身，李泊言出去領人。

男丁未到，只有一個婆子帶著二女到此。

先向林夕落行了禮，林夕落上前扶起，「往後都是一家子，不必如此多禮。」

「大人信任我們一家，林姑娘往後便是主子。」

「妳如何稱呼？」林夕落看著這婦女，約四十多歲，頭髮灰白，身材略肥，面色有幾分精明。

「老奴姓陳，您喚老奴陳嬤嬤即可。」

「陳嬤嬤。」林夕落輕喚一聲，陳嬤嬤臉上更多了笑，引著道：「這是老奴的兩個閨女，秋翠今年十四歲，小的是秋紅，今年十二。」

林夕落看向後面兩個丫頭，她們羞怯地上前磕頭，林夕落讓冬荷送了賞，言道：「秋翠就跟了我身邊做一等丫鬟，秋紅年幼，先跟著學一學，往後秋翠嫁了，秋紅再頂上一等丫鬟的缺兒，畢竟我身邊只能留兩個陪嫁的一等丫鬟，秋紅便算二等丫鬟的位分，但給她一等丫鬟的月例銀子便是。」

陳嬤嬤臉上全是笑，「大人吩咐的，都是林姑娘的人，您怎麼吩咐就怎麼做，絕對沒二話。」

林夕落對此倒很放心，雖說第一次相見，比不得春桃、冬荷，但魏青岩選的人總好過林府送的，讓她帶去侯府也能放心用著。

兩個丫鬟定下，林夕落說起陳嬤嬤的男人和她三個兒子，「……先跟去侯府，而後再安頓，畢竟我連那院子都未進過，如今也不知須做什麼，許多事還得陳嬤嬤幫襯著，我心裡才有個底。」

陳嬤嬤笑道：「老奴的男人是跟著大人出征過的，大人吩咐過，讓三個小子護著林姑娘的院子安全，至於林姑娘還有何旁的安排，便聽您的。」

林夕落心中驚詫，護著她的安全？魏青岩做出如此周密的打算，會不會是為了防備宣陽侯府裡的人？雖知魏青岩對侯府有怨，可已到了如此緊迫的地步嗎？那他還要在侯府中作甚？

這等事林夕落只能自問，抑或尋找機會去問魏青岩，旁人恐怕無法知道這個答案。

讓春桃帶著秋翠和秋紅去換衣裳，幫襯著點清箱籠嫁妝，林夕落則拿過給林府送來拜喜的帖子，挨個地翻看一遍，看到其中一張署名錢夫人，忽然想起被魏青岩打掉滿口牙的鍾奈良。

她早已將大理寺卿府忘至腦後，雖說錢夫人是戶部郎中的夫人，可她怎麼都忘不掉她當初欲為自己插簪，又與她唇槍舌戰，讓她去給鍾奈良當妾的事。

看著林夕落坐著發呆，春桃湊上前道：「姑娘，您怎麼了？」

林夕落的眉頭依舊沒有舒展開，吩咐道：「妳去讓林大總管來一趟。」

春桃立即去傳話，未過多久，便有侍衛隨從林大總管到來。

儘管是寒冬，林大總管的額頭卻是出了汗，這汗不是累的，而是被侯府侍衛夾持而來嚇的。

「九姑娘，叫、叫老奴來有何事？」林大總管不敢說起旁的閒話，立即問起正事。

林夕落把帖子遞給他，「這帖子是誰接的？」

林大總管接過一看，皺了眉，「戶部郎中？有什麼問題嗎？」

「您忘了？戶部郎中錢夫人可是大理寺卿府的姑奶奶。」林夕落這般說出，林大總管當即一驚，來回翻看帖子，連忙道：「咱們府的八姑奶奶原本欲來沾您的喜氣，被老太爺給拒了，大理寺卿府的帖子更是退了回去，這帖子上打的是戶部郎中之名，恐是門房的人不知道。」

「那便退回去吧。」林夕落說完，又擺手叫回他，「去查查是誰接的帖子，要仔細地查。」

林夕落這般謹慎，林大總管也不敢耽擱，當即點頭，林夕落看向陳嬤嬤，「您的兒子可在？讓他們跟隨同去，一定要查個清楚。」

陳嬤嬤應下，隨著林大總管往外走，林夕落看著手中那燙金面兒的拜帖，心中湧起一股強烈的噁心，好比踩在腳面上的癩蛤蟆。

如若說門房的人不知戶部郎中夫人與大理寺卿府有關，那曾經看過拜帖的人還能不知？林府中掌家的人能不知？她就不信這偌大的府裡全都是傻子，全都是瞎子！

想在這時候故意噁心她……林夕落心中極為冰冷，她就要好好地看看，到底是誰噁心誰！

林夕落臉色沉下，坐在屋中等，春桃已經被帶去準備隨喜的嫁衣和嫁妝，冬荷在一旁悶聲不語，就這般陪著……

過了大半個時辰，陳嬤嬤歸來，回稟道：「姑娘，人已經查出，被大人叫去了。」

「為何不帶回給我？」林夕落當即站起身，陳嬤嬤阻攔道：「姑娘，這事兒讓大人替您辦妥豈不更好？明日便是喜日，您今兒踏踏實實準備妝容才是正途。」

林夕落的神情一冷，「妳是聽他的命令來侍奉的？還是來監督我的？」

陳嬤嬤怔住，隨即道：「自是聽從大人的命令來侍奉姑娘，老奴絕對沒有旁的意思！」

「沒有旁的意思，妳卻先去告知大人，而不是聽我的吩咐？妳到底是侍奉誰？」林夕落頓時氣惱，「妳如若覺得是來看著我的，那妳就立即回去，我不用妳這等人來侍奉，我用不起！」

陳嬤嬤被嚇到，看著林夕落有些不知所措。

冬荷在一旁坐了許久，此時站出來道：「還等什麼？還不去把人給姑娘帶過來？」

「可是人已經被大人扣下……」

「那我就自己去！」林夕落說著便往外走，而這一會兒，魏青岩已經帶著侍衛從外進來，身後還有林政武也緊緊跟隨。

瞧見林夕落一臉怒意，魏青岩上前道：「這是怎麼了？」

林夕落停下腳步，指著陳嬤嬤道：「你是派人來監視我的？」

魏青岩看著陳嬤嬤，眉頭皺緊，「怎麼回事？」

陳嬤嬤道：「大人，剛才老奴先去傳話給您，姑娘生氣了，道是老奴未將查出之人帶給她。」

魏青岩似是未想到如此狀況，臉色也陰沉下來，「帶著妳的兩個丫頭走吧，我會再派人來。」

陳嬤嬤當即跪地，「大人恕罪，實在是老奴糊塗了，本是尋思姑娘明日出嫁，這等事不必讓她再過多操心。」

「我指派了妳是她的奴才，妳便要聽她的，如若她與我意見不合，妳也要聽她的，懂了嗎？要學會認清誰是妳的主子。」魏青岩語氣雖淡，卻已讓陳嬤嬤驚顫，連連告饒：「姑娘，老奴知錯了，往後定不會如此。」

陳嬤嬤跪地認錯，秋紅年幼，眼中已含了眼淚，林夕落嘆了口氣，「行了，先起來吧。」

「謝姑娘。」陳嬤嬤立刻起身，帶著秋翠和秋紅連忙站到一旁。

林夕落未再對此事糾纏不完，而是上前看著魏青岩身後侍衛押著的兩個人，直接問道：「戶部郎中夫人的帖子是你二人接的？」

其中一小廝年紀不大，此時已嚇得快哭出來，「回九姑娘的話，帖子是奴才接的。」

「你可知道這戶部郎中夫人與大理寺卿府有關？」林夕落這般問，小廝搖頭，苦著臉道：「奴才剛到府上當差沒一個月，對此事不清楚，接了帖子便去問了管事，是管事讓奴才留下。」

小廝說罷，看向一旁的人，「就是他，是他讓奴才接的。」

林政武此時上前道：「九侄女，不過是一個帖子，大不了讓人退回便是，何必在此問個沒完？明兒是大喜的日子，別讓魏大人跟著操心，老太爺那方也在等著此事的消息。」

「我就要問！」林夕落梗著脖子硬頂，林政武悶著氣也不敢還嘴，魏青岩指向那管事，「你是個管事，你不知戶部郎中與府上的事？」

管事的被侍衛按住，看向林政武，林政武冷瞪著他，他忙搖頭道：「奴才、奴才不知！」

魏青岩手起刀落，管事一隻手指當即被剁下，尖聲慘叫，不敢再有隱瞞，當即叫破喉嚨地嚷道：「奴才問過大夫人，是大夫人讓奴才留下的！」

大夫人？林夕落直接衝出了門，魏青岩看向李泊言，李泊言立即率侍衛跟隨，魏青岩則看著林政武，口中道：「齊獻王的岳丈，此事您如何給我一個交代？」

林政武看向魏青岩寒冰般的眼神，心裡已經開始流下了汗……

林夕落直接衝去紫苑，許氏正與胡氏、田氏、劉氏說著婚嫁的安排，花嬤嬤也在此候著。

瞧見林夕落衝進門，許氏一臉不滿，當即斥道：「明兒都要嫁人了還這般莽撞，花嬤嬤不拘著妳學規矩，妳也不能如此無禮！」

「我無禮總好過您無恥！」林夕落一把將錢夫人的帖子扔在許氏臉上，冷斥道：「這帖子是您吩咐接的？大伯母，您腦子裡灌了漿糊，記不得這錢夫人是何許人嗎？您是想瞧著我喜嫁的日子被她噁心一通好幸災樂禍是吧？至於用這種下三濫的手段？」

許氏嚇了一跳，看著那帖子，一臉心虛，捂著胸口道：「混帳！妳這丫頭，還有沒有規矩！」

「規矩？」林夕落冷笑，「好啊，我就來給您說道說道這規矩！林綺蘭被齊獻王娶走當日，您可是接了帖子邀她來觀禮？如若您敢點頭應下，我明兒就親自去迎她，更要好生地向錢夫人訴一訴苦，她本是想為自個兒的弟弟提親選妾，卻未曾想把這事兒辦砸了不說，還被大理寺卿府記恨！我還要帶著她去拜一拜六姊姊，讓她好生把大理寺卿的嫡孫罷了婚約、不娶她的事說上幾遍，讓六姊姊也寬寬心，莫記恨！」

「妳——」許氏捂著胸口渾身發顫，「妳、妳太過分了！」

胡氏在一旁聽得目瞪口呆，田氏與劉氏二人明顯也知此事，這時候卻故作不知。

田氏連連搖頭，「大嫂，這等事您做得可不道地，這是九侄女大婚，怎能拿這種事來添堵？」

「老太爺可是連八姑奶奶都不允歸府，您卻還接錢夫人的帖子，您雖說是好心不願駁了戶部郎中的臉面，可也要顧忌著齊獻王側妃的名聲和九侄女婚事的名聲！」

許氏氣惱不已，指著她二人道：「閉嘴，給我閉嘴！」

「喲，九侄女，還是莫說了，妳大伯母如今脾氣大著呢，我們可惹不起！」

「就是，不妨將這禮單都拿走，回去自個兒看一看，有何需補漏的，三伯母為妳出頭……」

林夕落看著兩人只冷眼相瞧，胡氏此時才緩過勁兒來，帶著林天詡起了身，氣憤地出言道：「明兒夕落出了閣，我便隨七老爺回景蘇苑，那裡的宅門雖比不上林府大，不過住得舒心，不噁心，大嫂剛剛勸解我等回府之事，我心領了！」

林天詡跑到林夕落的跟前，「大姊，我保護妳！」

林夕落看著胡氏氣得滿臉通紅，上前扶著她道：「母親，回院子吧。」

胡氏氣得有些暈，「走走，咱們走！」

田氏使眼色給劉氏，兩人一同簇擁胡氏往院子外面走，林夕落不願這時候再鬧出什麼亂子，只得將此事暫且擱下不提，帶著林天詡正欲離去，孰料一直在旁邊的花嬤嬤突然出言道：「這事兒可不能這般算了！」

花嬤嬤突然插話，讓所有人都愣了。

林夕落沒想到她會突然出頭，心裡有幾分審度，道：「花嬤嬤有話不妨說出來。」

花嬤嬤行了禮道：「林姑娘對此事氣惱乃是常理，可氣過之後總要有手段跟上，將此事處置了才是。若只是撒氣了事，不如將這事兒嚥了肚子裡不說，免得有了氣、有了惱，鬧得眾人皆知、眾親寡散，可往後若還有人拿這件事與您說嘴鬥氣，您不過是斥罵兩句，又能如何？」

花嬤嬤這話說出，讓一旁的許氏大發雷霆，「這位嬤嬤，縱使妳是宣陽侯夫人身邊的嬤嬤，也不能如此教習九姑娘這般狠惡心腸！九姑娘好歹還姓這個林字，容不得妳在此說嘴！」

花嬤嬤依舊如常，行完福禮便道：「老奴不過是說出心中之言，九姑娘如何由她自己思忖，林府大夫人，焦躁惹心火，不妨靜一靜心，對身子也好。」

花嬤嬤這般冷靜，許氏再開口也落了下乘……

林夕落沒當即應和，只是道：「花嬤嬤說得有理，可我欲先送母親回去再議。這事兒該怎麼處置，在此地說辭也無用，我自會尋老太爺來定奪。」

花嬤嬤福身道：「老奴逾越了。」

林夕落未再多說，帶著眾人離去，原本熱鬧非凡的紫苑這會兒寂靜無聲，許氏捶著胸口，叫來一旁的小丫鬟，吩咐道：「快去王府見綺蘭，告訴她這事兒被九丫頭發現了……」

林夕落一行人回到宗秀園，魏青岩與林政武等人已不在，陳嬤嬤和她的兩個女兒在一旁候著，瞧見林夕落進門，連忙上前行禮。

「今兒的事暫且過去，也是我心焦氣急，但道理依舊是魏大人說的道理，妳們心中清楚了？」

林夕落沒了剛剛的暴躁，話語平和，倒是讓陳嬤嬤一臉愧色，「都是老奴的錯兒，姑娘莫記在秋翠和秋紅的身上，老奴認罰。」

「沾了喜事，今兒就不計較了。」林夕落說完，便扶著胡氏進了屋。

田氏與劉氏也跟隨而來，林夕落絲毫不搭理，只偶爾與胡氏敘上幾句，可胡氏一門心思都在林夕落的身上，兩人也沒了興趣，寒暄幾句便各自回了院子。

胡氏的臉上帶了幾分憂色，林夕落卻暢快一笑，「這些人總算是走了，娘，大婚的事就都託付給您了，女兒只等著嫁了。」

「夕落，妳沒事吧？」胡氏忍不住問出口，林夕落搖頭，「我沒事，一切都交由您來操辦，無論有天大的事也比不過婚事重要，剛剛是女兒太過心焦，是我的錯兒，這會兒也想清楚了。」

胡氏鬆了口氣，可看向一旁的花嬤嬤，心裡仍帶一絲猶豫，「這件事不妨交由魏大人和妳父親吧，母親去幫妳清點嫁妝，安排好陪嫁的人和事。」

林夕落笑著送走胡氏，只留了冬荷在身邊。

她並非是忽然轉變，若非有花嬤嬤剛剛那番話，只怕她仍氣惱不堪。

回歸林府出嫁，無非是欲藉著這百年名號的名聲，否則她是絕對不會回來。儘管心中已對林府眾人的嘴臉有了底，但事情突然出現，她的確是亂了陣腳。

如花嬤嬤所說那般，若不能把事兒處置了，不如不惱不怒，雖說花嬤嬤的心中更願林夕落把林府鬧開了花兒，但她卻覺得這事兒不應該她管，她何必不鬆手？

對待身邊的人，她更需要的是信任……

花嬤嬤仍在一旁守著，林夕落主動與其談起侯府的吃食及侯夫人的喜好，話題說開了，時間過得倒也快，林夕落心裡慢慢鬆弛下來。

她這方算是安頓好，魏青岩此時卻正與林忠德、林政武等人對峙。

林政武的額頭出了汗，林忠德斥罵得嗓子乾涸，已經連連飲了四五杯茶。

魏青岩在一旁不說話，也不出聲，直至林忠德的「混帳」再罵出口，魏青岩才端起手邊的茶。

林忠德有些罵不動了，看向魏青岩道：「大人，此事是林府的疏忽，今日已晚，明日大婚，還望您不要介意，老夫一定將家中之事清理好，明日絕不出亂。」

「那就依著您，明兒若無事，此事便就此做罷，終歸娶了您的孫女，我也應當稱您一聲祖父，但明日若有分毫瑕疵……」魏青岩看著林政武，口中冷意乍起：「這事兒我就請齊獻王來親自處置。」

林忠德心中一冷，好似寒冰從頭頂灌至腳底。

請齊獻王來處置？他心中自言一句大逆不道的話，那會比請皇上定奪還要可怕！

「大人放心，老夫一定讓這喜事辦得圓圓滿滿。」林忠德說至最後一句時，下巴上的鬍子都跟著顫抖。林政武在一旁悶聲不語，只揉著剛剛被魏青岩掐紫的脖子……

門外來人回稟：「大人，侯爺請您回府。」

魏青岩點頭，起身離開書閒庭。林忠德看他的身影在眼前消失，頓時癱軟如泥，看著林政武，又是大罵：「混帳！」

魏青岩到宗秀園見林夕落，卻見她笑呵呵地與胡氏、花嬤嬤在說著明兒婚嫁大禮。

看到魏青岩進來，胡氏起了身，花嬤嬤也跟隨離去。

「這會兒又笑了？」魏青岩撥弄著她的小嘴，林夕落歪著頭道：「剛剛是我心氣浮躁了。」

魏青岩訝異，「妳還有認錯的時候？」

「我可沒錯兒，只是心焦罷了。」林夕落耍了無賴道：「這也是你惹出來的，突然讓侍衛如此護衛，雖不說理由，可難免讓人也跟著緊張起來，怪不得我。」

「妳這張嘴，錯事兒都能說出歪理來。」魏青岩親上一口，林夕落瞇著那雙吊稍眼，更無賴地道：「歪理也是理。」

魏青岩摸摸她的小臉，「我走了，新婚前一晚，我不能留在此地。」

「這就走？」林夕落有一絲不捨，魏青岩點頭道：「剛剛來人催我回侯府，明日大婚，今日眾人都等著將我灌醉，好在明日大婚出醜。」

林夕落瞪了眼，「啊？」

魏青岩瞧她這副傻樣，不由得露出了笑，「笨女人！」

林夕落知他在調侃，小拳頭輕捶幾下，魏青岩摟著她便印上她的小嘴。林夕落的臉紅至脖根兒，雙手圈著他的脖頸，伸出小舌輕輕回應他的霸氣，而他被這一挑逗，更為霸道地深入……

兩人癡纏難分，四唇分開的剎那，林夕落又印上他的嘴，隨即劃至其耳邊，輕輕地舔舐兩口。

魏青岩只覺渾身一顫，隨即就看到她不懷好意的笑。

魏青岩舉起巴掌打她屁股幾下，咬牙道：「妳這個小妖精，等著！」

林夕落一臉赤紅卻咯咯笑個不停，「還不走？」

魏青岩長呼一口氣，迅速轉身出門……

林夕落一直瞧著他的背影消失在面前，冬荷在一旁露出了小腦袋，看林夕落何時有吩咐。

「什麼時辰了？」林夕落出言相問，冬荷立刻道：「已經酉時中了。」

林夕落吩咐道：「準備水吧，我要沐浴淨身。」

冬荷應聲而去，帶著秋翠、秋紅一同準備。

林夕落仍舊站在門口，看著垂在空中的彎月，心中道：還有五個時辰……

魏青岩回至侯府，此地已經來客甚多。

公、侯、伯，除卻不在幽州城內的人家外，幾乎全都到齊，在席面上等候著他。

瞧見魏青岩歸來，眾人拿著酒罈子迎上來，「魏賢侄，大婚前一夜的酒是不能拒的，怎麼樣？認慫的話，我們也就不逼你了！」

「放屁！老子的兒子怎能認慫？」宣陽侯大罵，眾人嬉笑追捧，「你兒子不認慫，你這老子就得頂上！」

宣陽侯立刻舉杯，「喝！」

魏青岩的面色依舊無喜，看著眼前幾十杯敬來的酒，他也知道這一關逃不過，索性撩開衣襟，接過酒罈全都灌入腹中。

齊獻王聽到手下回稟，嘴險些氣歪，「這魏崽子，護那丫頭緊便罷了，連其家人都這般護著，他難不成知道老子瞧不慣他成喜事？」

「王爺，如今怎麼辦？」手下一臉為難，生怕又被斥罵。

「怎麼辦？明兒的婚事自要給攪和了，他若娶得舒坦了，老子怎能舒坦？」齊獻王這話一出，手下連忙道：「那您是打算？」

齊獻王冷笑，揪過他的耳朵道：「……那就給本王弄死她！」

林夕落沐浴過後便躺在床上不停告訴自己快快睡去，可越是如此想，反而越發有精神。

怎麼辦？林夕落沒了轍，腦中回想著她來到這陌生朝代以來的點點滴滴……

父親、母親、天詡、魏青岩、林豎賢、李泊言……眾人一一從腦中閃過，喜怒哀樂重品一遍，她的心豁然些許，還有什麼放不下的？

好不容易緩緩睡去，這一晚卻不能平靜，因為那曾經糾纏心中的夢魘再次出現……

林夕落坐在床上發呆，只覺眼睛酸澀，難以睜開。

冬荷聽見屋中聲響，探頭看過來，見到林夕落對著窗戶坐在那裡，連忙小步進屋，輕聲道：「姑娘，您怎麼醒了……啊！」

冬荷一聲驚叫後連忙捂住嘴，林夕落苦著臉看她，「我的臉很嚇人嗎？」

「眼睛腫了。」冬荷怯生生回答，林夕落嘆口氣，「去沖一杯綠茶，放上冰，我冷敷眼睛。」

冬荷忙跑著出去準備，屋門一開，其餘的丫鬟婆子也都跟著起了身。

林夕落聽著外面窸窸窣窣的聲音，想著昨晚的噩夢，腦中混沌一片，理不清思路……明明已經許久不做這個噩夢了，為何要在出嫁前一晚出這樣的事，這是對她的告誡嗎？

她心中無定論，而這會兒冬荷已經取來了茶湯和冰。

用棉巾沾了茶湯裹上，冰敷眼睛，弄了半晌，腫成魚泡的眼睛才好了一些。

時辰已經不早，林夕落沐浴穿衣，冬荷在一旁服侍著，而這一會兒胡氏也已踏進了門。

胡氏的臉上喜氣盎然，林夕落也露出羞澀的笑。

換上嫁衣，林夕落只等著全福夫人到此上妝，而此時端喜盆的、拉喜簾兒的、掛紅帳子的，接二連三在她的眼前晃，她只能瞧著，不能亂動。眾人喜笑顏開地忙著、鬧著，讓她忘卻了昨晚噩夢的不喜。

胡氏心焦得很，已經到門口去看了多次，「全福夫人怎麼還未到？太僕寺卿夫人是個祥和的人，應該不會遲的。」

林夕落苦笑，「娘，這才什麼時辰？剛剛去接，路上也要有耽擱的功夫。」

「娘這不是著急嗎？」胡氏笑著看她，摸著她的小臉道：「我閨女是最俊俏的，娘看著妳要離開身邊都捨不得了……」

話語說著，胡氏的眼睛裡蘊了眼淚，林夕落連忙擺手，「您可別掉眼淚，不然女兒也跟著哭，這妝可上不去了！」

胡氏連忙擦臉，「都怪娘，娘不哭，這是大喜的事！」越說眼淚越是止不住，胡氏急步離開屋子跑到外面去。林夕落心裡也湧起一股酸澀，就要去那刀海的府邸過著心驚肉跳的日子了嗎？

這種問題永遠沒有正確的答案，誰讓她要嫁給魏青岩呢……

門外一陣嘈雜，秋翠在門口笑著高喊：「全福夫人到！」

冬荷撩起簾子，胡氏迎著一位夫人進門，豐腴的身子、圓潤的長相，便知是大度和氣的性子。

林夕落起身見禮，笑著道：「初次見羅夫人，給您請安了！」

羅夫人上下打量著林夕落，笑著調侃道：「快坐下，能給妳當上全福夫人我可高興了好幾日，旁日裡妳都被魏大人管著，今兒才能見到妳的面兒！能讓魏大人如此上心，我一直都在猜會是什麼樣的丫頭，如今親眼瞧見，長得秀氣不說，瞧這一雙吊稍杏眼兒又透著精明，一看就不是普通丫頭，怪不得能把魏大人拿捏住！」

林夕落臉色紅潤，輕咬唇道：「夫人調侃我，哪是我拿捏他，明明是個被拿捏住的……」

「喲，瞧瞧我這張嘴，把妳逗得如此臉紅，倒是省了脂粉銀子了！」羅夫人暢快大笑，林夕落也跟隨喜笑不已，胡氏在一旁道：「最佩服夫人的性子，跟您在一起想不順心的笑都難。」

「活一輩子不就是為了樂，何必整日苦著臉，不過都是苦給自個兒瞧的，旁人誰會惦記妳？」

羅夫人說罷，朝後引見，「這是我的閨女，涵雨，今年十三了。」

羅涵雨從後上前，向林夕落行了禮，看著林夕落大紅喜服的模樣豔羨道：「林姊姊真好看！」

林夕落看著她，又調侃起羅夫人，「涵雨這模樣才是個傻的，可是夫人這般灑脫的性子，怎麼把妹妹拘得如此柔貼的脾氣？」

羅夫人哈哈大笑，「早聽說這丫頭的嘴皮子不饒人，今兒我算是見識到了，果真是個跋扈的，開始排擠上我了？這丫頭的性子像她父親，整個一悶葫蘆，否則我也不會特意把她帶來讓妳們結識？將來可指望著她跟妳學學如何拿撣子揍人！」

「我算是求饒了，再說下去，夫人非要把我擠兌到地縫兒去不可！」林夕落笑個不停，胡氏連連搖頭，「時辰可不早了！」

「瞧我說著話就忘記了正事，我這個全福夫人可是帶著活計來的，若把正事耽擱了，魏大人還不找上門來與我沒完？」羅夫人笑著便親自動手為林夕落上妝，一邊畫著，嘴上還要念叨著福辭。

羅涵雨在一旁歪著腦袋瓜看，秋紅、秋翠在左右各持著鏡子，讓林夕落能瞧得見……

被羅夫人這一頓打岔調侃，林夕落的心裡頭對昨晚的噩夢消了幾分心悸，多了幾分喜慶，今兒是個喜日子，她必須要歡歡喜喜地嫁。

開臉、上妝，胡氏都多幾分欣喜，旁日裡林夕落最厭惡上妝打扮，連擦點兒脂粉都不情願，如今上了新娘喜妝，好似變了個人，這俏嫩的臉蛋、水汪汪的眼睛、紅潤的小嘴兒格外討喜。

「喲，這上了妝可都不敢認了，魏大人瞧見，豈不是像喝醉了似的？」羅夫人撂下畫筆逗著她，林夕落不敢再露牙笑，連連朝著羅夫人擺手求饒。門外陸續有各府的夫人、小姐來，羅夫人也不閒著，一一為林夕落引見。

林夕落不過是行禮問好，隨即夫人小姐們上前添妝，她再說兩句感謝客套話，可這人來人往，她沒記住幾個……

羅夫人看她一臉無奈的表情，笑道：「也不必都記著，若有心與妳結識，妳嫁至侯府自會再來拜見；如若無心，那便是衝著林府名號，妳更不必記掛心上了。」

「謝過夫人提點！」林夕落笑著道謝，羅夫人輕斥：「這等關係何必再說謝字？」

林夕落也不再寒暄，之前魏青岩能讓羅大人直接到吏部將林政孝要去，而後又能接連提品位，如今再看羅夫人的態度，想必他與太僕寺卿一家關係不淺，她如若再客套反倒失了分寸。

門外鑼鼓喧天，一陣喧囂哄嚷湧起，立即有丫鬟站在院子裡叫嚷道：「接親的來啦！」

林夕落心裡揚起一股子喜，往外看去卻都是人疊著人，她什麼都瞧不見……

花嬤嬤在一旁提點著，林夕落向胡氏磕頭叩恩，胡氏塞一個蘋果到她手中，眼睛裡的淚珠忍不住掉落，帕子捂住嘴硬憋著不哭出聲音，羅夫人立即將蓋頭為林夕落蒙上，讓她別看到這傷感的一幕。

林政孝邁步進屋，準備親自背林夕落出閣……

因林夕落其上的幾位兄長都不在府邸，即便在，林夕落也不願在這件事上沾了二房的晦氣。林天詡太過年幼，背她出閣的事只能落在林政孝這父親身上。

李泊言在一旁指揮侍衛把守，目光不時投向喜屋內，儘管看不到那個人。

羅夫人道：「林大人，您是父親，背女兒出閣不妥當吧？」

林政孝也是無奈，「未有其他合適之人，其兄長都未能歸來。」

「她的伯父、叔父不也成？」羅夫人看向胡氏，「這事兒可不是憑心思的，外人瞧見會說不合規矩。雖說這規矩也不必遵，可大婚的事讓人拿此說嘴不妥當。」

花嬤嬤在一旁附和道：「林老爺、林夫人，這事兒羅夫人說的對，不妨再請一位老爺過來，時辰不早，耽擱不得了！」

「十三叔呢？」林夕落蒙著蓋頭也不忘提點一句，林政孝連連頓足，無奈急道：「本就定的是他，結果這小子前兒個非要親自到這院子的樹上掛喜條，把腿給摔傷了！」

林夕落皺眉，還未等開口，便聽一男聲響起：「我來！」

眾人朝門外看去，來人不是旁人，正是李泊言。

李泊言不等眾人訝異指責，立即跪地道：「今日師妹大婚，我也有意給老師、師母當兒子，如若二老肯認，我當即磕頭認認您二位為義父、義母，為您二老盡孝，背師妹上轎！」

林政孝震驚不已，胡氏也不知如何是好，羅夫人一時不知該說什麼，花嬤嬤便道：「林大人，您快做決定，別耽擱了。」

李泊言一直低著頭，等著林政孝有一說辭，林政孝立刻點頭，「泊言，認你為義子乃我最為欣悅之事，可在此時認你，豈不是委屈了你？讓我心中甚是不安啊！」

「就是，還是請大老爺來吧！」胡氏忍不住出口，李泊言道：「義父、義母請受義子一拜！義子背妹妹出閣乃兄長之責，若有私心，天打雷劈，不得好死！」

說罷，李泊言朝地「砰砰砰」三個響頭磕下，林政孝便取下腰間所掛之筆袋送上，「改日定當補上大禮。」

李泊言不再多說，行至林夕落的床前，背上鋪上軟墊子，蹲下身道：「妹子，上來吧。」

林夕落伏在他的背上，李泊言背起她便往外走。

林夕落在他身後道：「哥，你就是一輩子的親哥哥……」

李泊言背著林夕落上花轎，讓所有的人目瞪口呆。

驚訝過後便看向魏青岩，魏青岩的嘴角微微上翹，滿臉喜意，這表情差點兒讓旁人咬了舌頭。

這李泊言是他的手下吧？怎麼背著林姑娘出來他反倒笑了？這笑到底是喜還是怒？

胡氏不允跟出，只能在院子內與眾人說李泊言是她與林政孝的義子，有人覺得這話是敷衍，也有人覺得義子應當，有意拍馬屁的則直接高呼「喜上加喜」，連帶著林忠德林老太爺都多得一位義孫，實乃天賜……

吹捧話語此起彼伏，鑼鼓鞭炮聲響起才逐漸消去。

周圍的賓客起鬨，孩童吵鬧，林夕落坐在轎中只覺得耳邊嗡嗡作響。有蓋頭蒙著，她更不能看到魏青岩的模樣。

吵鬧許久喜轎才被抬起，吹奏停止，周圍的喧囂之聲漸漸落去。林夕落沉靜之時，忽然想起昨晚的噩夢，渾身一抖。那一箭從背後穿心的景象在腦中縈繞不去，她突然覺得頭疼不已，夢魇揮之不去，她下意識便從轎椅上起來，窩在喜轎的一角蜷縮不動……

不知過了多久，心情才平緩下來，可剛欲起身，外面忽然傳來一陣嘈雜聲，只聽遠處有人大喊：「快護住喜轎！」

林夕落只覺頭皮發炸，可抬起頭來，她這方卻絲毫沒有動靜兒。

另外一邊刀刃碰撞得刺耳，圍觀百姓倉皇叫嚷，這、這到底是怎麼回事？

未等林夕落緩過神來，就見喜轎被人掀翻，林夕落的蓋頭挑起，麒麟樓赫然入眼。

「嗖」的一聲，兩根利箭穿入喜轎，林夕落剛剛蹲在角落中，利箭從她的頭頂刺入，削落了幾根頭髮……噩夢果然成真了！

未等再多思考，又聽到箭聲破口而來，她還沒反應過來就被人拎起，猛然轉頭看去，面前之人正是魏青岩！

「嚇到了？」魏青岩將她抱在懷裡，滿臉的擔憂。

林夕落哆嗦著道：「我……我昨晚就做噩夢了！」

魏青岩長吸口氣，將她緊緊摟在懷中。

林夕落這時才看清楚，她這頂喜轎後方不知何時多出十幾頂一模一樣的喜轎，那些喜轎被利箭穿透，扎得好似蜂窩一般，她不由得張大嘴巴，「這……怎麼這麼多喜轎……」又瞪眼看向魏青岩，「你早就知道？」

「以防萬一。」魏青岩一直抱著她，冷峻的目光掃視四周，手中拎著劍，劍上有血滴滴在地，林夕落倒吸口涼氣，可一摸他的手臂，卻摸了一手的血。

「你受傷了？」林夕落想到刺入她喜轎中的箭，他又為她擋了傷？

魏青岩沒有多說，好似對傷痕不在意。林夕落顧不得手中捧著的蘋果，夾在懷中，掉了眼淚裹著他的傷口，隨即小拳頭輕捶他的胸口，「你怎麼不早告訴我？」

未等魏青岩想好如何出言撫慰，林夕落摟著他的脖子就印上他的嘴……

眾人啞然，侍衛立刻全體背過身將二人護在中間。

魏青岩被她這一舉動驚得倒是喜上心頭，立刻抱著林夕落上了馬，吩咐侍衛道：「抬著喜轎按規矩走，我急著洞房！」

侍衛們看著兩人駕馬奔去，又都轉頭看向李泊言，「李千總，這該怎麼辦？」

李泊言揉了額頭，之前還有淡淡的傷感，這會兒怎麼倒慶幸沒娶了這丫頭？好似連魏大人都有點兒拿不穩了，他？更甭提！

看著周圍侍衛都在等他下令，李泊言聳肩苦笑，吩咐道：「還能怎麼辦？奏樂！起轎！」

（未完待續）

漾小說 95

喜嫁 貳

國家圖書館出版品預行編目資料

喜嫁 / 琴律著. -- 初版. -- 臺北市 :
麥田, 城邦文化出版 : 家庭傳媒城邦分公司發行,
2013.06
冊 ; 公分. --（漾小說 ; 95）
ISBN 978-986-173-942-7（第2冊：平裝）

857.7　　102009921

作者	琴律
封面繪圖	若若秋
責任編輯	施雅棠
副總編輯	林秀梅
編輯總監	劉麗真
總經理	陳逸瑛
發行人	涂玉雲
出版	麥田出版 城邦文化事業股份有限公司 104台北市中山區民生東路二段141號5樓 電話：（886）2-25007696　傳真：（886）2-25001966
發行	英屬蓋曼群島商家庭傳媒股份有限公司城邦分公司 104台北市中山區民生東路二段141號2樓 客服服務專線：（886）2-25007718；25007719 24小時傳真專線：（886）2-25001990；25001991 服務時間：週一至週五上午09:00~12:00；下午13:00~17:00 劃撥帳號：19863813；戶名：書虫股份有限公司 讀者服務信箱：service@readingclub.com.tw
麥田部落格	http://blog.pixnet.net/ryefield
香港發行所	城邦（香港）出版集團有限公司 香港灣仔駱克道193號東超商業中心1樓 電話：852-25086231　傳真：852-25789337 E-mail：hkcite@biznetvigator.com
馬新發行所	城邦（馬新）出版集團【Cite (M) Sdn Bhd】 41, Jalan Radin Anum, Bandar Baru Sri Petaling, 57000 Kuala Lumpur, Malaysia. 電話：(603) 90578822　傳真：(603) 90576622 Email：cite@cite.com.my
美術設計	洸譜創意設計股份有限公司
印刷	鴻霖印刷傳媒股份有限公司
初版一刷	2013年6月27日
定價	250元
ISBN	978-986-173-942-7